D1678057

MERIDIANE
Aus aller Welt
Band 88

FATOS KONGOLI

Hundehaut

ROMAN

AUS DEM ALBANISCHEN VON
JOACHIM RÖHM

AMMANN VERLAG

Die Originalausgabe erschien 2004 unter dem Titel *Lëkura e qenit*
bei Toena, Tirana

Die Übersetzung wurde gefördert vom Literarischen Colloquium Berlin
mit Mitteln der Stiftung Pro Helvetia.
Der Verlag bedankt sich hierfür.

Erste Auflage
Im 25. Jahr des Ammann Verlags
© 2006 by Ammann Verlag & Co., Zürich
Alle deutschen Rechte vorbehalten
www.ammann.ch
© 2003 by Fatos Kongoli
Satz: Gaby Michel, Hamburg
Druck und Bindung: Freiburger Graphische Betriebe
ISBN 3-250-460088-1

Für meine Frau Lili

I

Die alten Griechen nannten ihn Hades, und bei den Römern hieß er Pluto. Zum ersten Mal nahm ich seine Anwesenheit wahr, als meine Frau Marga krank wurde. Vor einem knappen Jahr ist sie gestorben. Natürlich handelte es sich bei dem betreffenden Wesen nicht um die Gottheit aus der griechischen oder römischen Mythologie, sondern um einen gewöhnlichen Sterblichen mit zeitlich begrenztem Aufenthalt auf dieser Welt wie wir alle. Ich kann mich auch nicht mehr genau erinnern, unter welchen Umständen ich auf diesen Namen kam. Vielleicht hatte ich bloß eine Assoziation. Ja, das muß es gewesen sein, eine Assoziation.

Es heißt, inzwischen sei auch Hades gestorben. Ich sehe ihn nicht mehr an seinem üblichen Platz, spüre nicht mehr seine stechenden Blicke, höre nicht mehr sein hämisches Lachen. Trotzdem mag ich dem Gerücht, er habe während meiner kurzen Abwesenheit seine Tage beschlossen, keinen Glauben schenken. Es ist bestimmt nur ein arglistiger Täuschungsversuch. Man will mich hereinlegen. Das könnte dann heißen, daß an der Mauer in dem Sträßchen hinter unserem Wohnblock, wo die Leute üblicherweise ihre Bekanntmachungen anschlagen, bald ein Zettel mit der Mitteilung meines unerwarteten Ablebens auftaucht...

Aber ich merke, daß ich mich da in etwas verrenne. Es kann der Geschichte, die ich erzählen möchte, nicht dienlich sein, wenn ich die Dinge verkompliziere. Und dann noch diese düstere Stimmung. Kein Mensch kann es leiden, wenn die Dinge verkompliziert und in düsterem Licht gezeichnet werden. Es wäre also wahrscheinlich vernünftig, ich würde zu etwas Simplerem, leichter Faßbaren übergehen, zum Beispiel zu mir, um die mit Margas Tod und diesem gewissen Hades denkbar ungeschickt begonnene Geschichte zügig voranzubringen. Ein wenig Komik könnte auch nicht schaden, damit die Leute etwas zu lachen haben. Und ich ebenfalls.

Ich heiße Krist Tarapi. Man denkt bei meinem Vornamen automatisch an Jesus Christus, der bekanntlich bei uns vor noch nicht allzu langer Zeit als Persona ingrata gegolten hat. Allerdings hat mir persönlich die feindliche Einstellung dem Begründer des Christentums gegenüber nicht weiter geschadet. An meinem Gebaren und meinen Taten war überhaupt nichts Christusartiges, so daß man mich offensichtlich nicht als Gefahr betrachtete. Nein, Probleme brachte mir nur mein Familienname ein. Ich habe oft versucht, seine Herkunft zu ermitteln, aber niemand konnte mir dabei helfen. Eine Bedeutung gaben ihm Menschen, die mir nicht wohlgesonnen waren und außerdem nach Vereinfachung strebten. So machten sie Trapi aus Tarapi. Noch heute spricht man mich gelegentlich ganz ohne böse Absicht mit »Herr Trapi« an.

Womöglich enthält diese Verballhornung sogar einen ordentlichen Schuß Wahrheit, wird doch jene volkstümliche Bezeichnung für das männliche Geschlechtsorgan gewöhnlich auf leichtfüßige Einfaltspinsel angewendet. Da ich eine Geschichte erzählen möchte, halte ich es für angebracht, schon vorab um Entschuldigung zu bitten, und zwar nicht, weil mir die Verfälschung meines Nachnamens Komplexe bereiten würde, sondern aus der praktischen Erwägung heraus, daß man den anderen, wenn man ihnen etwas erzählt und dabei das Wertvollste stiehlt, was es gibt, nämlich Zeit, aus Naivität oder auch aus Dummheit leicht auf die Nerven gehen kann. Womöglich tritt man ihnen zu nahe und setzt sich dabei in ein schlechtes Licht.

Nun ist es mir ziemlich egal, ob ich in gutem oder schlechtem Licht dastehe, gut und schlecht sind relative Begriffe und hängen vom jeweiligen Blickwinkel ab. Die Menschen haben sich zu ihrem Trost eine Philosophie zurechtgelegt, wonach das Gute nicht nur gut und das Schlechte nicht nur schlecht ist. Gutes kann sich danach in Schlechtes und Schlechtes in Gutes verwandeln. Das gilt zum Beispiel auch für mein letztes Abenteuer. Ich habe nämlich eben erst ein Abenteuer überstanden.

Wer mich kennt, wird sich über dieses Geständnis nicht wundern, sondern sich bloß grinsend sagen: Natürlich, der Herr Trapi! Besonders, wenn er die Motive erfährt, die mich bewogen, blindlings in einen Strudel von Ereignissen zu hüpfen, ohne die geringste Ahnung, was dabei herauskommen würde. Immerhin war mir klar, daß nichts, was mich erwartete, schlimmer sein konnte als der Tod, den ich alltäglich erlitt. So erspare ich mir denn auch die klassische Beteuerung, die ganze Geschichte sei meiner Phantasie entsprungen. Sie wäre sinnlos. Mit diesem Trick will man sich nur ein Alibi verschaffen und Spuren verwischen. Eine der handelnden Figuren ist aber auf jeden Fall kein Produkt meiner Phantasie oder einer zufälligen Ähnlichkeit und unglücklicherweise trotz meiner gegenteiligen Absichten auch noch an den Beginn dieser Geschichte geraten. Hades.

2

Von ihrer Krankheit (damals erschien mir, wie gesagt, zum ersten Mal Hades) informierte mich Marga unter Umständen, die für mich keineswegs ehrenvoll waren. Es geschah Anfang September 1999, also im letzten Herbst des zweiten Jahrtausends. Unser Planet bereitete sich auf einen neuen Zeitabschnitt vor, und ungefähr sechs Millionen Erdbewohner (die genaue Zahl ist mir leider nicht bekannt) freuten sich ungeachtet der düsteren Weissagungen des Nostradamus auf diesen magischen Augenblick.

In der Nacht hatte ich einen feuchten Traum gehabt. Unter solchen Störungen litt ich bereits seit einer ganzen Weile, seit jener heißen Sommernacht, als Marga mir den Wunsch, mit ihr zu schlafen, mit der verdrossenen Begründung abschlug, es täte ihr leid, aber sie empfinde gar nichts mehr und meine Bemühungen, sie in Erregung zu versetzen, seien absolut nutzlos. Ich begriff die Tragweite dieser Aussage nicht sofort, wollte sie einfach nicht akzeptieren. Marga jedoch schien sich auf diesen Augenblick lange vorbereitet zu haben. Sie verweigerte mir von da ab standhaft jeden Sex, du bist jetzt frei, sagte sie, du kannst tun, was du willst, ich bin nicht eifersüchtig. Aber natürlich blieb meine Freiheit darauf beschränkt, feuchte Träume zu haben. In dem Milieu, in dem wir leben, ist man unter ständiger Beobachtung, und mit fünfundfünfzig sieht man einem geilen Bock seine Begehrlichkeiten nicht nach, wenn er einen verheirateten Sohn und eine studierende Tochter hat und bereits Großvater ist. Mein Sohn hat mich nämlich unnötig früh in diese Würde versetzt. Er heiratete bereits in jungem Alter und setzte danach in kurzem Abstand zwei Kinder in die Welt, womit er mich in einen Abgrund geschlechtlicher Versagensängste stürzte.

In der Nacht, in der mich Marga kurz vor Morgengrauen von ihrer Krankheit unterrichtete, erlebte ich einen der intensivsten meiner erotischen Träume. Ich schlief darin mit der besten Freundin meiner Tochter. Ich weiß, das ist eine Schande, Ausrutscher dieser Art sind einem nicht einmal im Traum gestattet. Aber selbst der verrückteste Traum hat etwas mit der Wirklichkeit zu tun. Tatsache ist, daß Lori, die bewunderte Freundin meiner Tochter, mich bei ihren gelegentlichen Besuchen stark beeindruckte. Ich vermied es mit allen Mitteln, ihr in die Augen zu schauen, weil es mir sonst kaum gelungen wäre, meine anstößigen Regungen zu verbergen. Ich fühlte mich gleich doppelt schuldig, Marga und Irma gegenüber. Irma heißt meine Tochter.

Lori nannte mich nicht »Onkel« und gebrauchte auch keine andere der üblichen Anreden, sondern benutzte ganz einfach meinen Vornamen, wie es auch meine Tochter tat, die mir damit, wenn ich ehrlich bin, schmeichelte, während Marga das ganze für Snobismus hielt und ablehnte. Loris blaue Augen und ihre helle Haut ließen, was ihre natürliche Haarfarbe anging, auf blond schließen. Doch dies ließ sich nicht sicher verifizieren, weil sie ständig die Farbe wechselte. Eines Tages zum Beispiel stand sie ganz in Sauerkirsche in der Tür, von den Haaren über die Lederjacke und die engen, hochhackigen Stiefel bis hin zum Duft, den sie verströmte. Marga und Irma waren nicht da. Trotzdem benahm sich Lori, als sei sie zu Hause, ich muß kurz mal telefonieren, sagte sie, ging zum Telefon ins Wohnzimmer, nahm den Hörer ab und wählte eine Nummer. Ich blieb verwirrt an der Tür stehen. Zum ersten Mal war ich mit diesem aufreizenden Geschöpf allein, und das wilde Tier in mir begann sich zu regen. Also war es doch noch nicht krepiert. Im Gegenteil. Sein gieriger Blick glitt über ihre Formen. Lori sprach mit leiser Stimme, ließ ab und zu einen Scherz einfließen und sagte schließlich in seriösem Ton zu jemand: Ach bitte, sei doch kein Esel, Krist ist hier im Zimmer, Irmas Vater, er hört deine Dummheiten und denkt sich seinen Teil.

Ich hörte weder etwas, noch dachte ich mir meinen Teil, sondern ging verdattert hinaus in den Flur und weiter zur Wohnungstür, um einen möglichst großen Abstand zwischen mich und sie zu bringen, sonst hätte sich das wilde Tier in mir nicht beruhigen lassen. Nach einer Weile kam sie in eine Wolke von Sauerkirschduft gehüllt aus dem Zimmer, küßte mich mit sauerkirschroten Lippen auf die Wange und verschwand im Treppenhaus. Ich blieb zurück in der Verwirrung, in die mich die leichte Berührung ihrer Brüste gestürzt hatte. Noch ahnte ich nicht, daß das wilde Tier in mir dauerhaft aus seiner Ruhe gerissen war. Und daß sie sich von nun an regelmäßig in meinen Träumen einstellen würde.

So wie in jener Nacht, in der mich Marga von ihrer Krankheit informierte. Ich hatte mit Lori einen anstrengenden Geschlechtsakt ausgeführt, der in einen Sauerkirschorgasmus mündete, und als ich die Augen öffnete, hörte ich ein Schluchzen. Draußen wurde es bereits hell. Ich lag auf der Seite und rührte mich nicht: es war Marga, die schluchzte. Fast lautlos. Als habe sie Angst, mich zu wecken. Unter dem Eindruck meines Traums glaubte ich zuerst, ich hätte bei meinen virtuellen Bemühungen, Lori zu penetrieren, womöglich im Schlaf ihren Namen gestöhnt und Marga weine deswegen. Nach ein paar Minuten ertrug ich ihr Schluchzen nicht mehr, langte zu ihr hinüber und berührte sie. Sie wandte sich mir zu und murmelte etwas, das nicht gleich in meinem Gehirn ankam. Ich bin krank, sagte sie, ich werde sterben.

Margas fester Ton zeigte mir, daß ihre Worte absolut ernst gemeint waren. Sie hielt die Augen geschlossen. Trotz meiner beschämenden Gemütsverfassung dachte ich keinen Augenblick an einen bösen Scherz. Ihre brutale Mitteilung kam für mich jedoch so unerwartet, und mein Zustand war so jämmerlich, daß ich nichts Besseres als ein gequältes Lachen zustande brachte. Davon steht aber nichts bei Nostradamus, sagte ich und strich ihr übers Haar. Das fehlt in seinen Prophezeiungen... Sie setzte sich auf. Ich hatte schon vor einem Jahr einmal den Verdacht, erklärte sie. Jetzt wird es Zeit, daß ich ins Krankenhaus gehe.

Ich zog es vor, meine Marga gegenüber mehr als taktlosen Witzeleien über Nostradamus und seine Weissagungen einzustellen. Im blassen Morgenlicht sah ich ihr Gesicht zerfallen. Heute, wenn ich zurückblicke, fällt mir das Bekenntnis leicht, daß ich Marga mein Leben lang geliebt habe und daß keine andere Frau sie von ihrem Platz hätte verdrängen können. Es ihr selbst zu sagen hätte sich damals gehört. Wenn nicht gleich an diesem Morgen, so doch wenigstens in den Tagen danach. Wie die meisten hätte sie mir vielleicht nicht geglaubt, aber es wäre trotzdem richtig gewesen, ihr zu schwören, daß ich keine andere Frau je so geliebt hatte wie sie. Ich tat es weder an diesem Morgen noch an einem der folgenden Tage. Noch heute quäle ich mich damit herum. Ich habe das Bedürfnis, mich zu rechtfertigen. Ich möchte, daß man mich von meiner Schuld freispricht und mir rückwirkend ein Zertifikat der Lauterkeit ausstellt.

Ich war mir immer bewußt, welches Bild die anderen von mir hatten. In ihren Augen war ich ein Glücksritter mit der Mentalität eines Fischs. Es ist fast ein Wunder, daß das Schicksal für Leute wie mich dennoch manchmal ein Geschenk bereithält. Bei mir war es eine wunderbare Frau. Eine wunderbare Frau, der ich allen Grund gab, an mir zu verzweifeln. Sie hat Schaden an mir genommen. Ein Sprichwort bei uns sagt, daß man Butter nicht auf Hundehaut verschwenden soll. Butter, die mit Hundehaut in Berührung kommt, wird ranzig. Sie war die Butter, ich die Hundehaut!

Hades erschien mir zum ersten Mal an dem Tag, als ich Marga ins Krankenhaus brachte. Sie packte ein paar Sachen zusammen, und ich fühlte mich als Hundehaut. Marga wollte nicht, daß Irma wach wurde. Sie wollte auch keine Nachricht hinterlassen, wo wir waren. Es war ein Samstag, und samstags gab es keine Vorlesungen, so daß Irma ausschlafen konnte. Marga nahm einen Schirm mit, um sich vor der sengenden Sonne zu schützen. Ich trug eine Baseballmütze mit dem Emblem der New York Yankees, die mir mein Sohn aus Amerika geschickt hatte. Er ist vor mehr als fünf Jahren nach Amerika gegangen, nach New York, als Wirtschaftsemigrant. Er hat an der amerikanischen Lotterie teilgenommen und gewonnen. Inzwischen arbeitet er auf dem John-F.-Kennedy-Flughafen und wird von allen Tommy gerufen. Wir gaben ihm den Namen Thoma, weil er am Tag des Heiligen Thomas geboren ist. Marga und ich hatten kein besonderes Verhältnis zu Heiligen. Wenn es für uns überhaupt Heilige gab, dann war es für Marga der italienische Sänger Gianni Morandi und für mich ein Engländer, nämlich Tom Jones. Als Tommy vor achtundzwanzig Jahren geboren wurde, warfen wir eine Münze, und mein Heiliger gewann. Ich habe meinen Fuß bis heute nicht nach Amerika gesetzt, und er kam erst wieder hierher, als Marga starb. Ich nenne es ein Glück, daß sie zwei Jahre vor ihrem Tod noch Gelegenheit hatte, ihn in seiner neuen Heimat zu besuchen.

Vor unserem Wohnblock, jenseits der mit Schlaglöchern übersäten Straße, auf der schon in aller Herrgottsfrühe Autos unterwegs sind, befindet sich ein rechteckiger Platz. Ich glaube nicht, daß er jemals einen Namen getragen hat. Auf zwei Seiten begrenzen ihn Wohnblocks, auf den beiden anderen sich kreuzende Straßen. Bis vor ein paar Jahren gab es auf dem Platz nur eine kleine Grünanlage, in deren Mitte auf einem Marmorsockel eine geschrumpfte Version des überdimensionalen Denkmals stand, das sich damals im Zentrum der Hauptstadt, gegenüber dem Historischen Museum, erhob. Es gab allerdings Leute, die behaupteten, die Statue sei gar keine Nachbildung des Denkmals auf dem Platz vor dem Museum, sondern Josef Wissarionowitsch Stalins stolzes Abbild. Wieder andere hielten Haxhi Qamili, einen bäuerlichen Rebellen des frühen zwanzigsten Jahrhunderts, für den Helden auf dem Sockel. Und eine ebenfalls nicht kleine Gruppe wollte hartnäckig Karl Marx in dem durch das Denkmal Geehrten erkennen. Unter diesen Umständen scheint es mir angebracht, auf Namen zu verzichten und einfach von »dem Standbild« zu sprechen.

Eines Tages wurde es von einer empörten Menge beseitigt, die sich über die eitle Pose des Dargestellten wohl schon lange geärgert hatte. Man stürzte die Statue und schleppte sie durch die Straßen des Viertels. Das geschah am gleichen Tag, zur gleichen Stunde und zur gleichen Minute, als eine andere wütende Menge das um ein Vielfaches größere Standbild auf dem Platz im Stadtzentrum stürzte und durch die Straßen der Hauptstadt schleifte. Aber daran erinnert sich niemand mehr. Für eine gewisse Zeit war unser Platz verwaist, es gab nur die Rabatten und den leeren Sockel. Dann stellte jemand nicht weit davon entfernt eine Bude auf und begann Hamburger, Bürek und Erfrischungsgetränke zu verkaufen. Als er mit seiner Verkaufstätigkeit (böse Zungen behaupteten allerdings, der Kiosk habe nur als Tarnung für zweifelhafte Geschäfte gedient, in die auch Repräsentanten der öffentlichen Ordnung verwickelt gewesen seien) genügend Geld verdient hatte, machte er sich über den großen Teich davon, nach Kanada. Zuvor verkaufte er die Bude noch, und der neue Besitzer vergrößerte sie, spannte Zeltplanen, baute aus Ketten und Ständern eine Art Zaun, stellte drinnen und draußen Stühle auf, und fertig war die Trinkhalle. Um Unglück und Mißgunst abzuwenden, gab er ihr den Namen »Zum leeren Sockel«. Da sich ein Stück weiter eine Bushaltestelle befand, der Ort also recht belebt war, entwickelte sich die Lokalität im Handumdrehen zum bevorzugten Treffpunkt der männlichen Müßiggänger des Viertels und war stets gut besucht.

Das Fenster meines Wohnzimmers im zweiten Stock wies auf den Platz hinaus. Ich hatte ihn vor mir wie auf dem Präsentierteller. Ehe sie an jenem fürchterlichen Morgen aus dem Bett aufstand, verbot mir Marga, ihren Körper anzusehen. Um sicherzugehen, befahl sie mir, mit dem Rücken zu ihr aus dem Fenster zu schauen, bis sie ihre Unterwäsche aus der Kommode geholt hatte, um sich dann im Badezimmer anzuziehen. Ich gehorchte und ging zum Fenster.

Es war gerade erst hell geworden und noch zu früh für die Müßiggänger des Viertels und die paar zufälligen Passanten, die für den Rest des Tages die Tische und Stühle der Trinkhalle »Zum leeren Sockel« besetzt halten würden. Dadurch fiel mir etwas äußerst Merkwürdiges auf. Die Trinkhalle war zwar leer, der Rest des Platzes jedoch stark belebt. Ein Haufen von Leuten hatte auf den Sitzgelegenheiten aus Beton unter den Platanen und Eukalyptusbäumen Platz genommen, die bei heißem Wetter Schatten gaben. Es handelte sich vorwiegend um Männer im Rentenalter mit Hüten oder Schirmmützen zum Schutz vor der Sonne auf dem Kopf. Sie saßen in Gruppen zusammen, und von meinem Platz aus konnte ich sehen, daß einige Spielkarten oder Dominosteine in den Händen hielten, während andere über Schach- oder Tavlabretter gebeugt waren. Ausnahmslos alle hatten Zeitungen zwischen ihren Hemdknöpfen oder in den Jackentaschen stecken. Doch keiner regte sich. Sie waren wie erstarrt und schienen bereits die ganze Nacht in ihrer jeweiligen Position verharrt zu haben. Ich verließ das Fenster und lief im Zimmer herum, wobei ich auf die Geräusche horchte, die Marga im Bad veranstaltete, doch bald konnte ich meine Neugier nicht mehr im Zaum halten und bezog wieder am Fenster Position. Der Haufen Männer war immer noch da, so starr wie vorher. Und dann entdeckte ich Hades.

Er stand in statuarischer Pose auf dem drei Stufen hohen Marmorunterbau des Denkmals, die eine Hand auf den Sockel gelegt, als sei er bestrebt, ihn nach dem schmählichen Sturz wieder zu besteigen, während der andere Arm in unbestimmte Richtung wies. Träge bewegte er den Kopf. Ich wandte mich erschrocken vom Fenster ab. Marga war inzwischen mit ihrer Toilette fertig. Wir begegneten uns auf dem Flur. Ich ging an ihr vorüber ins Bad, wobei ich sorgsam vermied, ihr in die Augen zu schauen, schloß die Tür hinter mir ab und preßte die Handflächen gegen meine Schläfen. Das tat mir wohl. Andernfalls hätte ich wahrscheinlich dem Drang nicht widerstehen können, zum Badezimmerfenster zu gehen, um nachzuprüfen, ob drüben auf dem Platz unter dem Blätterdach der Bäume vor der Trinkhalle »Zum leeren Sockel« immer noch die Schar zu Stein erstarrter Männer saß und ob er, Hades, großgewachsen und von würdiger Erscheinung, noch immer vor dem Sockel stand, als wolle er ihn gleich besteigen, den Arm weit ausgestreckt. Tatsächlich wies er nicht in unbestimmte Richtung, sondern eindeutig nach Osten, wo sich der Friedhof befand, aber das wurde mir erst später klar. Der schmerzhafte Druck auf die Schläfen brachte mich wieder einigermaßen zur Besinnung. Marga brauchte jetzt meine Hilfe. Ich mußte den Gedanken an ihren bevorstehenden Tod erst einmal aus meinem Kopf vertreiben. Hades kam mir dabei wahrhaftig nicht gelegen. Beim Rasieren mußte ich an meinen alten Freund Doktor N. T. denken.

Wenn das Wort stimmt, daß das Schicksal auch Unwürdige manchmal mit Gaben beglückt, so war Doktor N. T., der berühmte Mediziner, nach Marga das zweite unverdiente Geschenk an mich. Erfreut man sich der Gewogenheit einer solch wichtigen Persönlichkeit, so kann man gewissen nicht unerheblichen familiären Problemen, ich rede von Krankheiten, leichter begegnen als andere Erdenbürger. Natürlich bedeutete Doktor N. T. mir viel mehr. So klopfte ich trotz des rücksichtslosen Umgangs, den ich mit meiner Gesundheit pflegte, nur selten an der Tür seines Sprechzimmers in der Klinik für Allgemeinmedizin an, die im neunten Obergeschoß des Krankenhauses Nr. 1 der Hauptstadt untergebracht war. Es gab andere Gründe, die mich gelegentlich zu ihm führten: das war, wenn ich allen Mut verloren hatte und das Leben keinen Sinn mehr zu haben schien. Daß mich noch etwas anderes mit dem Doktor verbindet, möchte ich nur nebenbei erwähnen. Er ist nämlich mit meiner Cousine Sofika verheiratet, dem bei weitem intelligentesten weiblichen Sproß der Familie meiner seligen Mutter, weshalb ich ihn durchaus als Schwager bezeichnen darf, und zwar als einen überaus hilfsbereiten Schwager, der größte Hochachtung verdient.

An dieser Stelle halte ich es für angebracht, meinem geschätzten Schwager öffentlich Abbitte zu leisten. Sein Name wird im weiteren häufig in Zusammenhängen erwähnt werden, für die er nicht das geringste kann. Die Geschichte ist reichlich kompliziert, aber nun, nach dieser vorauseilenden Ehrenerklärung, nehme ich mir das Recht heraus, alles so zu schildern, wie ich es erlebt habe, ohne Bedenken bezüglich meiner Gemütsverfassung während dieser gefährlichen Reise, die mit einer Wanderung auf der scharfen Seite eines Rasiermessers vergleichbar ist.

Mein Vorschlag, Doktor N. T. zu konsultieren, wurde von Marga für vernünftig befunden. Sie stand an den Türrahmen gelehnt da, völlig ruhig, und um ihre Lippen spielte ein engelhaftes Lächeln, das meiner Hoffnung Nahrung gab. Sie war dagegen, Irma eine Nachricht zu hinterlassen. Ich schöpfte neuen Mut. Margas Engelslächeln hatte sogar derart erleichternd auf mich gewirkt, daß mein Gehirn es sich erlaubte, zu den erotischen Traumszenen mit Lori zurückzukehren. Mir kam der Gedanke, das ganze lasse sich durchaus zu einem ordentlichen Drehbuch verarbeiten und, soweit sich nur ein Produzent fände (das Regieproblem war leicht lösbar), zu einem noch besseren Film. Optimismus breitete sich in mir aus, als ich mit Marga am Arm die Treppe hinunterging. Der Duft ihres Parfüms ließ mir die ganze Welt in eine Parfümwolke gehüllt erscheinen, und als wir unten an der Treppe angekommen und dabei waren, das Haus zu verlassen, hatte ich nicht nur den Regisseur gefunden, sondern auch schon die beiden Hauptrollen besetzt. Es handelte sich dabei um einen Mann Mitte Fünfzig und die Filmlori. Jetzt mußte ich mich nur noch hinsetzen und das Drehbuch verfassen, von dem es dann nebst einer günstigen Konstellation der Sterne abhing, ob sich vielleicht mitten in der Nacht ein Produzent überrumpeln ließ, der, als er aus dem Schlaf gerissen wurde, gerade einen feuchten Traum gehabt hatte, wie er von mir zum Drehbuch gegossen worden war.

Draußen im grellen Licht der Sonne erfolgte die jähe Ernüchterung. Ich war nämlich seit Jahren ohne jede Verbindung zur Welt des Kinos. Mein Name hatte ganz oben auf der Liste der Cineasten gestanden, die bei der Reform des Filmwesens als erste auf Stütze gesetzt worden waren. Ein hoher Regierungsvertreter empfahl uns damals die gleiche Überlebensstrategie wie einer Schar von Schriftstellern, die Reformen in ähnlichen Institutionen zum Opfer gefallen und in die Arbeitslosigkeit getrieben worden waren. Wir sollten den neuen Bedingungen der Marktwirtschaft dadurch gerecht werden, daß wir auf den Gehsteigen der Hauptstadt Zigaretten oder Bananen verkauften. Da ich eine weit niedrigere Stellung innehatte als die Kollegen Schriftsteller (trotz vier veröffentlichter Bücher habe ich mich nie für einen solchen gehalten), ließ ich mich gar nicht erst aufs Lamentieren ein, sondern versuchte mich ohne großen Erfolg in verschiedenen Berufen: als Geldwechsler, Ramschhändler, Getränkelieferant und unlizenzierter Nachhilfelehrer in Französisch. So gesehen, ließ sich ein von mir verfaßtes Drehbuch wohl frühestens am Sankt-Nimmerleins-Tag zum Film machen. Allerdings hatte die erwähnte Ernüchterung damit so wenig zu tun wie mit der Tatsache, daß meine Drehbuchidee bei näherer Betrachtung reichlich idiotisch war. Sie erfolgte, als wir den Platz mit dem Sockel ohne Denkmal auf einem mit Betonplatten ausgelegten Weg durchschritten, um zur Bushaltestelle zu gelangen. Plötzlich erdröhnte in meinem Ohr ein längst vergessen geglaubter, mindestens aber seit Jahren nicht mehr vernommener Gruß: »Ach, der Herr Trapi! Guten Morgen, Herr Trapi!«

Ich schaute Marga an, die genervte Antwort bereits auf den Lippen: »Nicht Trapi, mein Herr, mein Familienname ist Tarapi! Hören Sie: Ta-ra-pi!« Doch dann sagte ich lieber doch nichts. Wahrscheinlich, weil Margas Gesicht so schrecklich blaß war, oder auch, weil sie offensichtlich nichts gehört hatte. Sonst wäre bei ihr nämlich eine Reaktion festzustellen gewesen, schließlich wußte sie, wie ich mich ärgerte, wenn jemand meinen Nachnamen verdrehte. Gewöhnlich versuchte sie mich zu beruhigen. Ich wußte ja selbst, wie albern es war, daß ich mich so aufregte. Diesmal kam von Marga keine Reaktion, also hatte ich mich verhört oder mir das ganze nur eingebildet. Ich schaute hinüber zu der Gruppe von Müßiggängern im Schatten der Bäume, die ich vorhin vom Zimmerfenster aus beobachtet hatte. Die Posen waren nun nicht mehr versteinert. Die Männer saßen auf ihren Bänken und widmeten sich still und konzentriert ihren Spielen. Nichts war zu hören als das Klappern der Domino- und Tavlasteine sowie die halblauten Kommentare der Schach- und Kartenspieler. Etwas höher, auf den marmornen Stufen des Unterbaus, saß er.

An jenem heißen Septembermorgen dachte ich bei seinem Anblick noch nicht an Hades. Als ich mit Marga über den Platz kam, fiel mir lediglich auf, daß er nun nicht am Sockel stand und mit dem Arm in Richtung Friedhof wies, sondern von seiner erhöhten Position auf den Stufen aus über die Schar der Männer wachte und mir beim Vorbeikommen zuzwinkerte. Dieses Zwinkern war von einem so eindeutigen Grinsen begleitet, daß kein Zweifel an ihm als dem Urheber des höhnischen Grußes blieb. Wahrscheinlich jemand, der mich noch von früher kennt, dachte ich. Ein ehemaliger Chef oder Kaderleiter. Einer meiner Kommandeure bei den obligatorischen Militärübungen. Der Direktor einer Fabrik oder Brigadeleiter einer Staatsfarm, in die man mich zur Verrichtung körperlicher Arbeit abkommandiert hatte. Ein inzwischen vergessener Rivale im Kampf um die Gunst einer Frau. Vielleicht auch ein Regisseur oder Schauspieler, dem das Schicksal die Mitwirkung an einem der Filme auferlegt hatte, die nach meinen Drehbüchern gedreht worden waren. Diese ganze Bagage hatte früher versehentlich oder in tückischer Absicht, nicht selten aber auch aus reiner Dummheit meinem Nachnamen einen lächerlichen Sinn gegeben, über den ich mich natürlich ärgerte.

Als wir ihn erreichten, wandte er sich ab. Weder an diesem Tag noch später hatte ich Gelegenheit, mir sein Gesicht aus der Nähe anzuschauen. Mit der Zeit fing ich an zu glauben, daß er überhaupt kein richtiges Gesicht besaß, sondern daß dort nur ein materieloses Wabern aus der Welt jenseits des Grabes war. Er saß auf den Marmorstufen zu Füßen des Sockels ohne Denkmal, zählte die Köpfe seiner Herde, hielt sie zusammen und entschied, wer nicht mehr dazugehören sollte. Dieser Platz war eine Art Bahnhof. Hier konnte man Fahrkarten, einfache Fahrt, ins Reich des Hades lösen. Ich mußte nur noch herausbekommen, ob es sich bei dem Bahnhofsvorsteher um Hades selbst beziehungsweise einen seiner Stellvertreter handelte oder ob das gestürzte und durch die Straßen geschleifte Denkmal noch einmal die Rolle des Vermittlers zwischen den dort versammelten Reisenden und dem Statthalter der Unterwelt übernommen hatte.

Dreißig Schritte weiter konnte ich der Versuchung nicht mehr widerstehen und schaute mich um. Das war ein Fehler. Ich tappte ihm in die Falle. Die Worte drangen an mein Ohr: »Laß es sein, Herr Trapi, es nützt dir sowieso nichts!«

Ich legte den Arm um Margas Schultern und drückte sie an mich.

3

Als wir am Krankenhaus ankamen, hoffte ich noch immer, daß sich Marga unnötig Sorgen gemacht hatte, daß es sich in Wirklichkeit nur um ein harmloses Geschwür handelte. Ziemlich genau das waren meine Worte, als wir mit dem Aufzug in den neunten Stock des Krankenhausgebäudes hinauffuhren, wo auf der Milchglasscheibe einer Tür am Ende des Korridors in großen Lettern KLINIK FÜR ALLGEMEINE PATHOLOGIE und darunter in kleineren Buchstaben »Prof. Dr. N. T.« geschrieben stand. Marga hatte entweder nicht zugehört oder wollte mir durch ihr Schweigen bedeuten, daß ich sie gefälligst in Ruhe lassen sollte. Im Wartezimmer meines Freundes waren etwa zwanzig Menschen versammelt, die alle Plätze auf den Bänken an den Wänden besetzt hielten. Marga blieb stehen, während ich zur Tür ging, die zum Behandlungsbereich führte, einmal und noch einmal anklopfte, ohne daß sich etwas rührte. Unter dem Eindruck von Margas außergewöhnlicher Blässe überließ einer der Wartenden ihr seinen Sitzplatz.

Es verging mehr als eine Stunde, bis Marga endlich vom Warten erlöst wurde. Das war, als N. T. eine Patientin, eine ziemlich hübsche junge Frau, persönlich hinausbegleitete, die sich vorher ständig bei der Krankenschwester darüber beschwert hatte, daß man sie nicht außer der Reihe vorließ und noch nicht einmal dem Doktor Bescheid sagte, daß sie da war. In ihrer Ungeduld war sie ständig nervös im Wartezimmer auf und ab gegangen, doch die Krankenschwester hatte sie völlig ignoriert, was mich von vergleichbaren Vorstößen abhielt. Ich verlangte also nicht, daß man den Doktor von unserer Anwesenheit unterrichtete. Erst als N. T. die junge Dame hinausbegleitete, nützte ich meine Chance. Ich stürzte vorwärts und hätte ihn fast am Kragen gepackt. Marga blieb auf der Bank sitzen. N. T. verabschiedete sich eilig von seiner hübschen Patientin, und niemand protestierte gegen unsere bevorzugte Behandlung, als der allmächtige Doktor den Rest der Wartenden ebenso ungerührt ignorierte wie seine Krankenschwester vorhin die junge Frau, auf Marga zuging, sie am Arm nahm und durch das verdatterte Schweigen hindurch in sein Vorzimmer führte. Ich folgte. Mit einem müden Blick bat mich Marga, im Vorzimmer zu warten, während N. T. sie untersuchte. Ich sank auf einen Stuhl. Marga hatte beschlossen, bei ihrem Abschied auf meine Begleitung zu verzichten, das wurde mir klar, als die beiden durch die Tür verschwanden. Aber wieso?

Das ist doch ganz einfach, sagte der Doktor. Du bist eine alte Hundehaut, das weiß doch jeder. Sie kann dich drüben nicht mehr brauchen. Ihr Platz ist im Paradies. Und du... Ach, unterbrach ich ihn rasch, ich weiß schon. Ich habe hier noch ein paar Dinge zu erledigen. Bevor ich in die jenseitige Hölle fahre, habe ich in der diesseitigen Hölle noch ein paar Sünden abzubüßen. Von einer Hölle in die andere... Bei diesen Worten zuckte ich zusammen. Es befand sich außer mir niemand im Vorzimmer. N. T. konnte gar nicht hier sein, er war drüben dabei, Marga zu untersuchen. Dabei hätte ich einen Eid darauf schwören können, daß er mit mir geredet hatte.

Als der Doktor schließlich in der Tür auftauchte, war ich völlig verdattert. Er legte mir fürsorglich den Arm um die Schulter und führte mich ins Behandlungszimmer. Ich gestand mir ein, daß ich mich mit den Wänden unterhalten hatte. Marga saß neben einem großen Tisch auf einem Stuhl. Ich muß Marga ein paar Tage hierbehalten, sagte der Doktor. Ich habe ein Doppelzimmer für sie allein. Es sind noch ein paar Analysen zu machen, bevor man die Therapie festlegen kann ... Am liebsten hätte ich ihn angebrüllt, so ärgerte mich seine vorgetäuschte Ruhe. Seine Augen hinter der Goldrandbrille blickten mich warnend an. Sei kein Idiot, befahlen sie.

Marga unterbreitete mir ihren Willen mit kühler Logik und Bestimmtheit, kaum daß N. T. uns im Krankenzimmer allein gelassen hatte. Vor allem sollten die Kinder nicht die Wahrheit über ihre Krankheit erfahren. Nach zwei Wochen im Krankenhaus war sie der Menschen überdrüssig und verlangte von mir, daß ich den Verwandten und Bekannten verbot, sie zu besuchen. Mir verbot sie, in dem leeren Bett in ihrem Zimmer zu übernachten. Erst einige Zeit später, als es ihr schon so schlecht ging, daß sie das Bewußtsein nicht mehr wiedererlangte, wagte ich es, mich über ihren Befehl hinwegzusetzen. Sie war wohl entschlossen, ihren Kampf mit dem Tod alleine auszutragen. Sie wollte ihm, wenn es soweit war, fest in die Augen blicken. Schweigend. So wie sie gelebt hatte. In einer schäbigen Welt, in der sie sich außer um die Kinder auch noch um ein schwaches Wesen hatte kümmern müssen: mich.

Jetzt, da mein letztes Abenteuer hinter mir liegt, bin ich fester denn je davon überzeugt, daß Marga einen Platz im Paradies gefunden hat. Wir werden uns wohl im Jenseits nicht wiedersehen. Ich bin des Paradieses nicht würdig. Das Himmelreich ist Wesen wie Marga vorbehalten. So verabschiede ich mich denn von den himmlischen Sphären und kehre auf die Erde zurück, wo ich sie verlassen habe. Es ist der Tag, als Marga ins Krankenhaus kam.

Doktor N. T. erklärte mir, Marga habe höchstens noch vier Monate zu leben. Diese Mitteilung traf mich wie ein Keulenschlag, und er mußte mich hinunterbegleiten zum Eingang des Krankenhauses. Dort umarmte er mich und bat, ich möge stark sein. Ich werde stark sein, erwiderte ich. Dann trennten wir uns. Mir war dabei seltsam zumute. Als ich durch den Park vor dem Krankenhaus zur Bushaltestelle ging, hatte ich das Gefühl, daß mir jemand folgte. Es war so stark, daß ich mich zweimal umschaute, ohne etwas zu entdecken. Niemand kam mir nach. Ich mußte an Irma denken. Margas Wunsch, daß ich den Kindern keinen reinen Wein einschenkte, war zu respektieren, doch das hieß auch, daß ich mir eine überzeugende Erklärung für Irma ausdenken mußte. Mit irgendeinem Märchen würde sie sich nicht abspeisen lassen, bestimmt läuteten bei ihr sofort die Alarmglocken. Ich mußte versuchen, ihr die Sorge auszureden, obwohl ich genau wußte, daß Marga nicht mehr lange zu leben hatte.

Mit weichen Knien stieg ich die Treppe zu unserer Wohnung hinauf. Dabei hatte ich wieder das seltsame Gefühl, daß mir jemand folgte, und wieder schaute ich mich rasch um. Es gab niemand, den ich ertappen konnte. Im Treppenhaus war es totenstill. Ich lauschte eine Weile lang, dann ging ich langsam weiter zur Wohnungstür. Ich holte den Schlüssel aus der Tasche, steckte ihn ins Schloß, drehte um, ging hinein, schloß die Tür hinter mir und stand im Flur. Nichts regte sich in der Wohnung. Die Tür zu Irmas Zimmer stand offen, ich sah ihr ungemachtes Bett und inmitten eines Wustes von Büchern und Heften den Computer auf ihrem Schreibtisch. Nur sie selbst war nicht da. Auch im Wohnzimmer und in der Küche fand ich sie nicht, doch auf dem Küchentisch lag ein Zettel: »Ich übernachte heute und morgen bei Lori. Irma.«

Ich nahm den Zettel, zerriß ihn und schaute mich um, wo ich die Fetzen entsorgen konnte. Der ganze Vorgang, das Zerreißen des Zettels und seine Beseitigung, war völlig überflüssig. Marga würde nicht nach Hause kommen. Irma wußte nicht, wo sich Marga befand. Sonst hätte sie gewiß keine solche Nachricht hinterlassen, über die sich ihre Mutter gewöhnlich schrecklich aufregte. In solchen Fällen litt sie geradezu körperlich. Sie konnte Lori nicht ausstehen. Ein Mädchen aus einer zweifelhaften Familie, das alleine ein ebenso zweifelhaftes Appartement bewohnte, war ihrer Meinung nach kein Umgang für unsere Tochter und konnte nur einen schlechten Einfluß auf sie ausüben. Außerdem war sie auch noch drei oder vier Jahre älter als Irma, die noch studierte, während Lori bereits arbeitete. Irma war naiv, noch ein richtiges Kind, sie mit allen Wassern gewaschen, Geschäftsführerin einer Stiftung, deren Präsident, ein verheirateter Mann, sie sich als Geliebte hielt, wie gemunkelt wurde. Die Geschichte stand sogar in den Zeitungen. Vor ihrer Bekanntschaft mit Lori hatte Irma nie Diskotheken oder Bars besucht und schrille Gesellschaft gemieden. Vor allem war es ihr damals nicht eingefallen, ihre Abwesenheit an einer Vielzahl von Wochenenden per Zettel mitzuteilen und dabei stets Lori als Tarnung anzugeben. Doch Marga war nicht da, so daß ich sie nicht beruhigen und davon überzeugen mußte, daß nichts Schlimmes an der Sache war. Es ging mir in diesen Fällen weniger darum, Irma in Schutz zu nehmen, als meine Frau zu beruhigen, die regelmäßig in Tränen ausbrach und mir alle Schuld gab. Mit meiner Nachsicht schadete ich ihrer Meinung nach unserer Tochter.

Ich hatte einen trockenen Hals, deshalb holte ich mir ein Bier aus dem Kühlschrank. Vielleicht hat sie ja recht, überlegte ich mir. Vielleicht sollte ich Irma gegenüber anders auftreten. Und Zorn stieg in mir auf. Er richtete sich nicht gegen Irma, denn sie wußte ja nicht, daß Marga im Krankenhaus lag. Sie tat, was sie immer tat, mit ihren ganz normalen Lügen, die Marga nicht zu schlucken bereit war, ich aber schon. Ich betrachtete Irma als eine Neuauflage meiner selbst in weiblicher Gestalt. Wenn Marga sie durch ihre ständigen Predigten zum

Weinen brachte, bekam ich Mitleid. Im Vergleich zu dem Wesen, das entstanden wäre, wenn ich im Mutterleib weibliche Gene mitbekommen hätte, war Irma ein Ausbund an Wohlanständigkeit. Für Marga wäre ich in weiblicher Form fraglos ein liederliches, männermordendes Frauenzimmer gewesen.

Das Herz preßte sich in mir zusammen. Ich trug die Schuld an Margas viel zu frühem Abgang von dieser Welt. Jedes Jahr, jeden Monat, jede Woche hatte ich ihr das Leben schwergemacht. Nun konnte sie es kaum erwarten, von mir wegzukommen. Sie wollte mich nicht in ihrer Nähe haben. Sie wollte nicht einmal, daß ich die Nacht in dem leeren Bett in ihrem Zimmer zubrachte. Schuldgefühle überfluteten mich. Ich geriet in Panik. Und der Verdacht keimte in mir, daß ich mich nicht allein im Zimmer befand. Womöglich hatte sich mein Verfolger auf dem Heimweg beim Öffnen der Tür listig Zugang verschafft und saß nun hinter der Wand, um mich zu belauschen. Er schaffte es sogar, in mich einzudringen, mit der Luft, die ich aufnahm, durch die Poren der Haut, in Form elektromagnetischer Wellen, die meine Gehirnzellen kontrollierten. Vor allem spürte ich seinen Atem.

Ich weiß, sprach ich nach langem Zaudern. Und erbebte. Und fiel auf die Knie. Meine Stimme klang fremd. Vielleicht hatte ich auch gar nichts gesagt. Vielleicht war es nur das dumpfe Echo meines Unterbewußtseins gewesen. So dachte ich, als ich mich auf den Knien liegend wiederfand. Welch lächerlicher Akt! Ein blöder Abklatsch dessen, was ich in Büchern gelesen hatte. Bestenfalls. Doch es fiel mir schwer, dies zu akzeptieren. Ich wollte an starke Dinge glauben. Zum Beispiel, daß hinter der Zimmerwand einer der ganz Großen saß und mich belauschte, Buddha, Jesus Christus, Mohammed. Oder sonst ein Prophet. Schließlich verwarf ich diese Möglichkeit, das war zu hoch gegriffen. Ebenso fraglich erschien mir, daß hinter meiner Wohnzimmerwand Mephisto lauerte. Der paßte nicht hierher, ich war nicht Doktor Faust. Ich zauderte eine Zeitlang, hatte Angst vor mir selbst, vor meiner Stimme, und war doch immer fester davon überzeugt, daß mich jemand belauschte, und wenn dieser Jemand kein großer Prophet oder der Teufel war, kein strahlendes königliches Gespenst, so handelte es sich doch auf jeden Fall um ein Gespenst, wenn auch ein mediokres, das zu einem mediokren Geschöpf wie mir paßte.

Ich weiß, faßte ich mir schließlich ein Herz, du kannst mich hören. Wer du bist, spielt keine Rolle. Ich will es gar nicht wissen. Bald folgt auf die Eins mit drei Neunen im Kalender eine Zwei mit drei Nullen. Welch gräßlicher Moment, in dem die Zahlen umschlagen. Oder welch wunderbarer. Auf mich warten vor der Zeitenwende auf jeden Fall keine Wunder, mich droht ein Abgrund zu verschlingen, das Loch, in dem der Fluß der Zeit verschwindet, in dem ich treibe, ohne zu wissen, was mich am Kreuzungspunkt der Jahrtausende erwartet. Werde ich zurückbleiben im Bett des alten, oder wird mich das neue mit sich fortreißen? Ohne Marga. Und voll großer Seelenpein...

In diesem Augenblick verwirrten sich meine Gedanken. Das Wort »Seele« blieb in meinem Schädel hängen und kratzte an der Hirnhaut. Ich geriet aus der Bahn. Wie ein entgleisender Zug.

Überhaupt, das Wort »Seele«, begann ich eine zornige Ansprache an den Verborgenen. Es erschreckt mich. Ich weiß nichts damit anzufangen. Oft hat man mich bezichtigt, ich sei ein seelenloser Mensch. In der kinematographischen Phase meines Lebens bekam ich diesen Vorwurf ständig zu hören. Er kam nicht von den Leuten. Auch nicht von meinen Kollegen. Schon gar nicht von der offiziellen Kritik. Diese lobte die

Filme, die nach meinen Drehbüchern entstanden waren, gewöhnlich in den höchsten Tönen. Dieses Lob verbuchten natürlich die Regisseure auf ihrem Konto. Ich kann mich in dieser Beziehung nicht beschweren, es waren stets die tüchtigsten Regisseure, die sich meine Drehbücher schnappten. Doch es machte mir nicht viel aus, daß ich von den Regisseuren und den Kinowächtern in den Schatten gestellt wurde. Das hatte wohl mit dem Wort »Seele« zu tun: Ich befand mich im ständigen Krieg mit meinen Protagonisten. Seit ich Drehbücher verfaßte, nagten sie an meiner Seele. Sie behaupteten, ich hätte keinen Funken Phantasie, schriebe nur abgedroschenes, gekünsteltes, seelenloses Zeug. Ich konnte ihnen noch nicht einmal widersprechen. Meine Drehbücher taugten nichts, trotz all des Lobs, das die Regisseure am Ende einstrichen, und ich wußte das. Aber ich wußte auch noch etwas anderes: Drehbücher dieser Art wurden am ehesten verfilmt, wodurch meine Existenz eine Rechtfertigung fand und ich zweimal im Monat auf dem Gehaltsstreifen das bescheidene Entgelt quittieren konnte, das man mir zugestand. Die Seele hatte bei alledem überhaupt nichts zu suchen. Man verlangte von mir, den Leuten etwas vorzugaukeln, das sie glücklich und zufrieden machte. Sie sollten glauben, diese filmische Fata Morgana eines fernen Glücks sei die Wirklichkeit und das Leben ein Film, in dem sie, die vermeintlichen Protagonisten, selbstzufrieden herumstolzieren konnten. Ich steckte bis zum Hals in dieser Scheinwelt. Meine Filmfiguren ließen mich nicht in Ruhe. Sie verfolgten mich bis in meine Träume und bezichtigten mich der Falschmünzerei. Ich litt unter diesen Vorwürfen. Sie waren elende, impotente Geschöpfe und taten mir leid. Ich begriff sehr wohl, welches Unrecht ich ihnen antat. Ich hatte die gleichen Gefühle für sie wie ein Vater für sein geistig oder körperlich behindertes Kind. Allerdings gibt es nirgends auf der Welt Eltern, die absichtlich ein solch armes Geschöpf in die Welt setzen, wohingegen ich meine Kinder vorsätzlich verstümmelte, damit sie mir nicht gefährlich werden konnten. Sie hätten sonst womöglich den Aufstand gegen den Schematismus meiner Drehbücher gewagt und schließlich die Rollen vertauscht: ich wäre nicht mehr ihr Herr gewesen, sondern ihr Knecht. Diese Vorstellung entsetzte mich. Je mehr sie nach Eigenleben strebten, desto despotischer legte ich ihnen Fesseln an. Ich mußte zwei Kinder ernähren, meine Filmfiguren hatten dies zu tolerieren. Wenn ich nächtens, mich im Bett wälzend, im Streit mit ihnen lag, beschwor ich sie, mir meinen Frieden zu lassen und nicht auf den leeren Schein der Namhaftigkeit und den noch leereren Schein des sogenannten schöpferischen Muts hereinzufallen. Nur naive Tölpel tappten in diese Falle. Du, wandte ich mich an das hinter der Wand verborgene Wesen, kannst das wahrscheinlich nicht verstehen, aber hätte ich mich auf dieses Spiel eingelassen, meine Filmfiguren wären mit mir Schlitten gefahren. Es war ein Kampf ums Überleben.

Unter uns gesagt: Ich bin nicht bekannt für übermäßige Schlauheit. Es war auch nicht meiner Schlauheit zuzuschreiben, daß ich nicht in die Falle ging. Ich kam davon, weil ich schon frühzeitig aus dem gnadenhaften Zustand der Naivität gefallen bin. Das war, als ich einen ersten Blick auf die Welt warf und sie mir gleich ihr häßliches Gesicht zeigte. Jeder darf sich glücklich schätzen, dem die Welt in seiner Jugend zulächelt. Das anmutige Antlitz der Welt übt einen äußerst positiven Einfluß aus: die Sinne verfeinern sich, die Gefühle werden harmonisiert, der Mensch gewinnt an Klasse. Da auch ich während meiner Kindheit eine Zeitlang von der Welt angelächelt worden bin, sind auch bei mir gewisse Spuren von Naivität zurückgeblieben. Manchmal fällt mir irgendein Märchen ein. Dann wünsche ich mir, ein anderes Drehbuch hätte mir die Konfrontation mit den häßlichen Seiten des Lebens schon im zarten Kindesalter erspart. Doch so sehr ich mich bemühe, ich werde das alte Drehbuch nicht los. Banalität drückt mir die Kehle zu. Hörst du?

Es kam keine Antwort. Ich lag immer noch auf den Knien, und von meiner Stirn rann Schweiß.

»Hast du gehört?« gab ich nicht nach. »Hörst du mich?«

Niemand hörte mich. Das hinter der Wand versteckte Wesen hatte sich davongemacht. Ich war wieder allein am Ausgangspunkt der Welt.

4

Zum ersten Mal entdeckte ich die Anmut der Welt in den Zügen meiner Mutter. Sie war eine wunderschöne Frau, die in einer Säuglingsschule arbeitete, wie man damals die Kinderkrippen nannte. Jeden Morgen nahm sie mich mit in ihre Gruppe, und auf dem Heimweg am Nachmittag beschwerte ich mich darüber, daß sie mit den anderen Kindern viel liebevoller umging als mit mir. Das galt vor allem für einen Jungen aus unserem Viertel, dem sie ständig beteuerte, wie sehr sie ihn mochte. Auf seine weiße Schürze waren die beiden einzigen Buchstaben aufgestickt, die ich schon kannte, als ich dann in die Schule kam: N. T. Ich war schrecklich neidisch auf den Jungen mit den Initialen N. T. Mutter lachte mich aus und meinte, ich sei der einzige, den sie liebe. Dabei strich sie mir über den Kopf. Diese brennende Mißgunst, die ich nie verbergen konnte, wenn wir auf der Straße oder bei einem Spaziergang einen Bekannten trafen, verdiente nur den Namen Eifersucht. Sie verschwand erst, als ich die andere Seite der Medaille zu sehen bekam, die häßliche Fratze der Welt.

Wir wohnten damals zur Miete im ersten Obergeschoß eines Ziegelhauses, das sich noch in Privatbesitz befand, nicht weit vom Zentrum Tiranas entfernt. Neben uns, in einem Abstand von etwa dreißig Metern, erhob sich ein hohes Gebäude, zu dem ein kleiner Park mit Pinien und Platanen gehörte. Mitten in der Anlage befand sich eine Tanzfläche mit einem Pavillon für das Orchester. Das Gebäude wurde »Haus der Offiziere« genannt.

Im Winter, vor allem an kalten Tagen oder bei schlechtem

Wetter, war der Park verwaist. Die Leute, meist Armeeangehörige, hielten sich dann in den Räumen im Innern des Gebäudes auf. Doch bei klarem Wetter und den ganzen Sommer über herrschte draußen reges Leben.

Ich habe noch heute die fröhlichen Szenen vor Augen, die sich an warmen Sommerabenden in dem Park abspielten. Mit meiner Mutter zusammen saß ich manchmal stundenlang am Wohnzimmerfenster. Mein Vater, er war Geiger, kam meistens erst spät nach Hause zurück, weil er abends Auftritte mit dem städtischen Philharmonierorchester hatte. Wir vertrieben uns solange die Zeit, indem wir von unserer Theaterloge aus die Vorstellung im benachbarten Park verfolgten. Dort waren Kellner mit schwarzen Fliegen unterwegs, Offiziere steckten an den Tischen die Köpfe zusammen, und wenn das Orchester zu spielen begann und die Stimme des Sängers am Mikrophon durch das ganze Viertel schallte, erhoben sich die Paare und strömten zum Tango oder Foxtrott auf die Tanzfläche. Irgendwann entdeckte ich im Licht einer elektrischen Straßenlampe meinen Vater, der sich mit seinem Geigenkasten unter dem Arm dem Haus näherte. Ich wandte mich von den Darbietungen im Park ab und ging die Holztreppe in die Diele im Erdgeschoß hinunter. Von dort aus führte eine kleine Tür, die wir nachts von innen verriegelten, hinaus in den Hof. In der Hofecke links hinten befanden sich ein versiegter Brunnen und gleich dahinter ein Aprikosenbaum. Auf der rechten Seite der Umfassungsmauer war das Hoftor, das wir nachts nicht nur mit einem schweren schwarzen Schlüssel abschlossen, sondern zusätzlich auch noch verriegelten. Ich rannte schnell durch den Hof, hob den mächtigen Riegel am Tor, und wenn ich es öffnete, stand ich vor meinem Papa.

Mein Vater ist früh gestorben. Ich ging damals in die fünfte Klasse, und meine Schwester muß vier oder fünf Jahre alt gewesen sein. Er starb in einem Tuberkulosesanatorium. Ich erinnere mich, daß meine Schwester und ich am Tag, nachdem er ins Sanatorium geschickt worden war, zu Hause eine Kur begannen. Von den vielen verschiedenen Tabletten mußte ich mich ständig übergeben. Jahre nach dem Tod meines Vaters begegnete ich alten Freunden von ihm, die meinten, eine zerstreute Gutmütigkeit sei seine hervorstechendste Eigenschaft gewesen. Ich widersprach damals nicht. Ich würde auch heute noch nicht widersprechen.

Abends, wenn er nach Hause kam, beugte er sich herab und nahm mich auf den Arm, mit dem er nicht seine Violine festhalten mußte. Wenn dies der Fall war, hatte er sich ein paar Gläser genehmigt. In den Geruch seines Körpers mischte sich der Geruch von Tabak und Alkohol. Es kam aber auch vor, daß er sich nicht herunterbeugte und mich auf den Arm nahm, woran ich merkte, daß er nichts getrunken hatte. Dann verriegelte er das Tor, drehte den schweren Schlüssel im Schloß, hängte ihn an einen Nagel, der zu diesem Zweck in die Mauer eingeschlagen worden war, und durchquerte dann zusammen mit mir vorsichtig, um ja keinen Lärm zu machen, den Hof. Wir betraten das Haus, legten von innen den Riegel vor und stiegen dann immer noch ganz vorsichtig die hölzerne Treppe hinauf, die uns in die Diele zwischen unseren beiden Zimmern im Obergeschoß führte.

In der Mitte der Diele stand der Eßtisch, an dem wir drei gewöhnlich das Abendessen einnahmen. Meine Eltern saßen sich an den beiden Längsseiten gegenüber, ich zwischen ihnen an einer der Stirnseiten. Sie aßen schweigend, nur selten wurde während der Mahlzeit ein Wort gewechselt. Ich beobachtete, wie meines Vaters Hände mit Messer und Gabel umgingen, hin und wieder auch die Hände von Mutter, die mich ständig anhielt, beim Essen nicht zu schmatzen. Wenn wir fertig ge-

gessen und Mutter den Tisch abgeräumt hatte, spielten meine Eltern Karten. Diese Gewohnheit behielten sie bei, bis ich eine kleine Schwester bekam. Meine Eltern gaben ihr den Namen Brunilda. Nach ihrer Geburt spielten meine Eltern nach dem Abendessen nur noch sehr selten Karten, denn sie waren ständig mit Brunilda beschäftigt, meine Mutter so sehr, daß sie nicht einmal mehr merkte, wenn ich absichtlich mit der Gabel oder dem Löffel klapperte oder beim Kauen laut schmatzte. Meine Kindheit teilt sich in zwei Phasen: vor und nach Brunildas Geburt.

Zunächst möchte ich auf die Phase vor Brunildas Geburt eingehen. Im Stockwerk unter uns, von dem uns nur eine dünne Holzdecke trennte, wohnte eine große Familie. Ich erinnere mich an einige Jungen, die älter waren als ich, eine respekteinflößende junge Frau mit Brille, die Mutter der Jungen, die oft auf einem Stuhl unter dem Aprikosenbaum saß und las, außerdem an eine alte Frau und den Umstand, daß mich die Frau mit Brille zu streicheln pflegte, wenn ich zufällig in ihre Nähe kam. Ferner erinnere ich mich, daß die junge, respekteinflößende Frau mit Brille, wie den Gesprächen meiner Eltern zu entnehmen war, vom Podest gefallen war, was auch erklärte, daß diese Leute jetzt bei uns in einem alten Backsteinhaus mit Ziegeldach lebten, auf dem eine Menge Elstern nisteten. Damals hatte ich noch keine Ahnung, was es hieß, eine Person zu sein, die vom Podest gefallen war. Unsere Beziehungen zu den Mitgliedern der Familie unter uns waren rein formaler Natur, wenn ich einmal außer acht lasse, daß einer der Söhne mir eine Ohrfeige verpaßte, als ich beim Spielen im Hof unabsichtlich mit meinem Gummiball ihre Fensterscheibe zerschoß, mit der Folge, daß die Frau mit der Brille den Jungen schalt, er solle sich schämen, ein kleines Kind zu schlagen, während meine Eltern mich mit einem einwöchigen Entzug des Gummiballs bestraften. Dann stand das Erdgeschoß eine Weile leer, wenn auch nicht lange. Die Bewohner zogen unter den gaffenden Augen einer großen Menschenmenge aus, alles Leute aus dem Viertel, die aus einiger Entfernung beobachteten, wie die Habseligkeiten unserer Mitbewohner auf einen Lastwagen verladen wurden. Kurze Zeit später tauchte das Abbild der Frau mit der Brille inmitten der großen Porträts auf, die zu Festtagen die Mauern und Dächer öffentlicher Gebäude zierten: sie war die Leiter wieder hinaufgefallen. Allerdings bewirkte ein ironisches Schicksal wenige Jahre später, daß ihr Abbild erneut aus der Reihe amtlicher Porträts verschwand. Im ganzen Viertel wurde davon geredet, daß die Blinde, also die Frau mit der Brille, zum zweiten Mal vom Podest gefallen war, und diesmal wohl endgültig, denn sie wurde zur Volksfeindin erklärt. Damals war ich schon alt genug, um zu begreifen, was dies bedeutete. Aber als sie zusammen mit ihrer Familie aus der Wohnung im Erdgeschoß unseres Hauses auszog, weil sie die Leiter wieder hinaufgefallen war, hatte ich noch keine konkrete Vorstellung davon, was es hieß, wenn man die Leiter hinauffiel oder das Gegenteil davon erlebte, das heißt, vom Podest stürzte und sich das Kreuz brach. Offensichtlich lag auf dem Erdgeschoß unseres Hauses ein Fluch. Alle, die dort wohnten, waren vom Pech verfolgt. Trotzdem stand es, wie ich schon sagte, nicht lange leer. Auf den Auszug der Frau mit der Brille folgte der Einzug einer besonderen Person. Ich möchte sie schlicht »der Professor« nennen, wie es auch mein Vater tat. Das war damals die Zeit, als ich merkte, daß der Bauch meiner Mutter anschwoll und sie mir eröffnete, ich dürfe mich auf ein Schwesterchen oder Brüderchen freuen. Daß auch die neu eingezogene Person der Kategorie der vom Podest Gefallenen angehörte, erfuhr ich erst später.

Die Ankunft des Professors fand an einem kalten, regnerischen Wintertag statt. Zuerst kam ein Jeep mit ihm selber und gleich danach ein geschlossener Lastwagen mit seinem Hab und Gut. Der Hausbesitzer wartete bereits am Hoftor. Vom Wohnzimmerfenster aus beobachtete ich, wie er in den Hof kam, während einige Lastträger trotz des Regens anfingen, den Lastwagen zu entladen und die Sachen in die Wohnung zu bringen. Schließlich öffnete sich die Tür des Jeeps. Zuerst entstieg ihm ein Mann mit einem Schirm in der Hand, gefolgt von einer alten Dame, die sogleich unter dem Schirm Zuflucht suchte. Der Mann war der Professor, die alte Dame seine Mutter. Sie war eine zierliche, etwas gebeugte Frau mit Pluderhosen und einem schwarzen Schal um den Kopf, die sich ohne Umschweife ins Haus begab. Der Mann bezog mit dem Schirm in der Hand mitten im Hof Position. Als die Lastträger das ganze Umzugsgut versorgt hatten, verabschiedete sich der Hausbesitzer von dem neuen Mieter und verschwand. Letzterer blieb noch einen Augenblick in der Mitte des Hofes stehen. Dann hob er den Kopf und schaute zu dem Fenster herauf, an dem ich stand. Unsere Blicke kreuzten sich. Anders als seine Mutter war er großgewachsen. Sein Blick wirkte hypnotisierend auf mich. Sein Gesicht war bleich. Unwillkürlich wollte ich meinen Kopf zurückziehen, weil ich mich schämte, daß ich ihn die ganze Zeit heimlich beobachtet hatte. Doch er lächelte und grüßte militärisch zu mir herauf. Trotzdem verließ ich das Fenster. Ich war damals höchstens fünf Jahre alt.

Der Professor wohnte bereits im Stockwerk unter uns, als Brunilda auf die Welt kam. Das war ein paar Monate später, im Mai. Ich stand wieder am Wohnzimmerfenster und hielt Ausschau. Schließlich entdeckte ich eine Kutsche, vor die ein Schimmel gespannt war. Die Kutsche hielt vor unserem Haus. Zuerst stieg Vater aus, danach langsam, ganz vorsichtig Mutter, die ein mit Tüchern umwickeltes Bündel in den Armen hielt. Das war Brunilda. Sie öffneten das Hoftor, durchquerten den Hof und kamen dann die Holztreppe heraufgestiegen. Ich stand reglos in der Diele und wartete auf Mutter. Sie kam auch zu mir, aber sie küßte und streichelte mich nicht. Als sie sich herabbeugte und das Tuch ein wenig zur Seite schlug, hatte ich das winzige Gesicht eines schläfrigen, fast haarlosen Wesens vor mir. Ich hätte fast gesagt, oh, was für ein häßlicher Mäusekopf, wahrscheinlich, um meine Enttäuschung darüber abzureagieren, daß Mutter mich weder geküßt noch gestreichelt hatte. Meine Eltern merkten nicht, wie es in mir aussah, und zogen sich mit dem gähnenden Wesen ins Schlafzimmer zurück. Ich blieb alleine. Eine zornige Lust befiel mich, irgendeine Dummheit anzustellen, etwas Verbotenes zu tun, zum Beispiel meinen Gummiball zu nehmen und in der Diele damit zu spielen. Oder auf den Hof zu gehen und in den Gipfel des Aprikosenbaums zu klettern. Das Bedürfnis, etwas Dummes anzustellen, wurde ich den ganzen Tag nicht mehr los. Auch nicht für den Rest der Woche und sogar den ganzen Sommer nicht. Es war zum Weinen, keiner beachtete mich mehr. Die Eltern, die Verwandten, die Nachbarn, bei allen hieß es nur noch Brunilda vorne, Brunilda hinten. Leider war der armen Brunilda kein langes Leben beschieden. Sie starb etwa zwei Jahre nach meinem Vater, während einer schweren Grippeepidemie. Sie sind nebeneinander begraben, und irgendwann fing Mutter an, mit mir jeden Sonntag auf den Friedhof zu gehen. Wir zündeten auf ihren Gräbern Kerzen an. Möge der Herr mir meine kleinmütige Eifersucht vergeben. Ich litt an ihr bis zum September, als ich in die erste Klasse kam. Damals lernte ich die letzte wichtige Person meiner Kindheit kennen. Sie hieß Lisa und war meine Lehrerin. Zum zweiten Mal zeigte mir die Welt ihr schönes Gesicht.

In der Zeit, als der Professor das Stockwerk unter uns bezog, kam mein Vater immer öfter betrunken nach Hause. Das ist ein schmerzliches Kapitel für mich, weshalb ich nicht ausführlicher darauf eingehen möchte. Wenn er betrunken nach Hause kam, schickte mich Mutter in mein Zimmer. Dort saß ich dann und brannte darauf zu erfahren, was sich draußen abspielte. Doch sie blieben nicht in der Diele, sondern zogen sich ins Schlafzimmer zurück, so daß ich nichts hören konnte. Allerdings vernahm ich, wenn ich aufmerksam hinhörte, Geräusche, die aus einer anderen Richtung kamen. In dem Zimmer unter mir schlief der Professor, uns trennte nur eine dünne Holzdecke. Das war der Grund dafür, daß bei uns zu Hause immer nur leise gesprochen und so vorsichtig aufgetreten wurde, als gingen wir auf Eiern. Beim Einzug des Professors erteilten mir meine Eltern die kategorische Anweisung, nicht den geringsten Lärm zu verursachen.

Die neuen Hausbewohner kamen ein paar Tage nach ihrem Einzug abends zu uns herauf. Vater war soeben nach Hause zurückgekehrt. Ich kann nicht sagen, ob er etwas getrunken hatte, sehr wohl aber, daß er sich an diesem Abend äußerst merkwürdig benahm. Er schien bester Laune zu sein und scherzte mit Mutter, obwohl dieser offensichtlich überhaupt nicht zum Lachen zumute war. Trotzdem schickte sie mich nicht gleich in mein Zimmer. Auf diese Idee kam sie erst später. Als die Treppenstufen zu knarren begannen, begriff ich, daß wir an diesem Abend Gäste erwarteten.

Zuerst erschien die zierliche alte Frau in den Pluderhosen oben auf der Treppe, gefolgt vom Professor, der sich so vorsichtig bewegte, als fürchte er, sich in dem engen Treppenhaus den Kopf anzuschlagen. Meine Eltern standen unsicher da. Vater forderte die Ankömmlinge schnell zum Nähertreten auf und schickte sich kurz sogar an, der alten Dame den Arm zu reichen. Diese schien indessen keine Hilfe nötig zu haben, sondern ging alleine zu dem Kanapee an der Stirnseite der Diele, wo ihr mein Vater einen Platz angeboten hatte. Mutter stand noch immer unsicher da, als die Gäste sich bereits auf dem Kanapee eingerichtet und Vater sich auf einen Stuhl daneben gesetzt hatte. Vermutlich aus reiner Gewohnheit fiel ihr nichts anderes ein, als mich in mein Zimmer zu schicken. Glücklicherweise kam mir der Professor zu Hilfe. Er äußerte den Wunsch, meiner weiteren Anwesenheit teilhaftig werden zu dürfen, und kaum hatte Vater sein Einverständnis bekundet, machte ich mich, ohne weitere Aufforderungen abzuwarten, auf den Weg zum Kanapee, wo ich mich zwischen dem Professor und der alten Dame in den Pumphosen niederließ.

Es wurde mir nur sehr selten erlaubt, den Gesprächen der Erwachsenen beizuwohnen. Und wenn ich es einmal durfte, hatte meine Mutter danach jedesmal Grund, mich für eine schlechte Angewohnheit zu tadeln. Ich mischte mich nämlich ständig in die Unterhaltung ein, machte mich wichtig und fiel den Leuten mit meiner Geschwätzigkeit auf die Nerven. Als ich meinen Platz zwischen dem Professor und der alten Frau eingenommen hatte, hielt ich deshalb erst einmal den Mund, um meiner Mutter zu beweisen, daß ich mich auch anständig benehmen konnte. Außerdem schaute ich sie ständig an, weil ich ein schlechtes Gewissen hatte, daß ich ihrem Befehl, in mein Zimmer zu gehen, nicht sofort nachgekommen war. Aber sie beachtete mich überhaupt nicht. Immer noch höchst unsicher, beteiligte sie sich überhaupt nicht an der Unterhaltung. Nur einmal, als alle lachten, lachte sie ebenfalls. Das war, als der Professor eine Kriegsanekdote über englische Militärberater erzählte, die mit dem Fallschirm abgesprungen waren. Den Professor hatte man zu ihrem Dolmetscher bestimmt, weshalb er nun zu berichten wußte, daß das erste Interesse der Engländer nach ihrer Landung dem Bau einer Feldtoilette gegolten habe. Die alte Frau mit den Pumphosen warf trocken ein, die treffende Bezeichnung sei wohl eher Donnerbalken, worauf alle lachen mußten, sogar meine Mutter.

Am nächsten Morgen richtete sie, kaum daß ich die Augen aufgeschlagen hatte, einen seltsamen Wunsch an mich: ich möge niemandem von dem Besuch des Professors erzählen. Sie saß in der Diele und schien die ganze Nacht nur ungeduldig darauf gewartet zu haben, bis ich erwachte. Weil mich immer noch das schlechte Gewissen wegen meines gestrigen Ungehorsams plagte, brauchte ich eine Weile, um hinter den Sinn ihrer Aufforderung zu kommen. Zwar hatte ich nicht allzuviel von der gestrigen Unterhaltung der Erwachsenen verstanden, eines aber wohl: der Professor war kein gewöhnlicher Mensch. Das bewies vor allem das Verhalten meiner Eltern. Mutter hatte die ganze Zeit wie auf glühenden Kohlen gesessen, während mein Vater übermäßig aufgekratzt wirkte. Das kulminierte darin, daß er etwas tat, zu dem er sich nur sehr selten bewegen ließ: er spielte auf seiner Violine. Ich hatte noch nie erlebt, daß mein Vater für einen Gast Geige spielte. Als Mutter, kaum daß ich aufgestanden war, diese seltsame Bitte an mich richtete, hatte ich die magischen Klänge von Vaters Violine noch im Ohr. Gesprächsfetzen fielen mir ein. Vater hatte von Turin erzählt, wo er zum Studium gewesen war, der Professor von einem mehrjährigen Aufenthalt in Moskau vor dem Krieg. Die alte Frau in den Pluderhosen hatte ab und zu eine Bemerkung eingeworfen und meine bleiche Mutter die ganze Zeit geschwiegen. Danach kamen ein sich weit und dunkelblau dehnender Raum mit weißen Wolken, ein Wasserfall mit lauter Regenbögen, eine sanfte Hand auf meinem Kopf und dann gar nichts mehr.

Ich weiß nicht, ob Mutter die seltsame Anweisung mit meinem Vater abgesprochen hatte. Eigentlich bin ich davon überzeugt, daß Vater nichts wußte. Auf jeden Fall befolgte ich ihren Befehl. Weder an jenem Tag noch am Tag darauf, noch überhaupt jemals erzählte ich meinen Freunden von dem Besuch. Anfangs, weil Mutter es von mir verlangt und ich aus ihrer Stimme und ihren ängstlichen Blicken geschlossen hatte, daß es besser war, wenn ich den Mund hielt. Später, weil ich von den Buben im Viertel erfuhr, daß es sich bei unserem Nachbarn im Erdgeschoß um eine ganz gefährliche Person handelte, einen Spion Titos. Ein Spion Titos, da fuhr selbst einem Kind der Schreck in die Glieder. Ich lebte daraufhin zwischen Angst und Neugier. Aber die Neugier war stärker.

Da nur ein dünner Holzboden das Zimmer, in dem ich schlief, vom Zimmer des Professors trennte, wußte ich stets genau, was bei ihm los war, wann er zu Hause arbeitete, wann er ausging, wann er danach wiederkam und wann er Besuch hatte. Durch ein Astloch in einer Bodendiele konnte ich praktisch den ganzen Raum überblicken. Das Loch befand sich über seinem stets mit Büchern, Papier und Stiften bedeckten Schreibpult. Ein Stück weiter stand auf einem Tischchen eine Schreibmaschine. Neben dem Schreibpult befand sich das Bett mit eisernem Gestell, in dem der Professor schlief, und dem Bett gegenüber, neben der Tür, sein Kleiderschrank. Ich begann den Professor in gewisser Weise auszuspionieren. Aus heutiger Sicht würde ich sagen, daß er ein einsames Leben führte. Zweifellos war es auch ein sehr trauriges Leben.

Den ganzen Tag saß er im Zimmer, über sein Schreibpult gebeugt. Außer mit der alten Frau mit den Pumphosen hatte er mit kaum jemand Kontakt. Immer zur gleichen Stunde kam sie mit einem Tablett, auf dem zwei Kaffeetäßchen standen, ins Zimmer und nahm auf dem einzigen Sessel Platz. In tiefstem Schweigen tranken sie ihren Kaffee. Jeder schien seinen Gedanken nachzuhängen. Wenn sie fertig waren, erhob sich die alte Dame, stellte die Kaffeetäßchen wieder auf das Tablett und verließ schweigend den Raum. Der Professor kehrte zu seiner Arbeit zurück. Er las viel, manchmal sah ich ihn auch schreiben. Am Nachmittag ging er aus. Ich habe noch ganz deutlich vor Augen, wie er mit einem Tennisschläger unter dem Arm, in kurzen Sporthosen, weißem Trikot und einer weißen Mütze mit langem Schirm zu seinem Fahrrad Marke »Bianchi« ging, das im Hof abgestellt war. Wie meine Freunde behaupteten, spielte er meistens auf der Anlage von Onkel Toni, gelegentlich aber auch an einem unbekannten Ort Tennis. Die Anlage von Onkel Toni befand sich in der Kavaja-Straße, dort, wo heute die Ballsporthalle ist.

Die interessantesten meiner Überwachungssitzungen fanden am Abend statt. Dann bekam ich nämlich den einzigen Menschen zu Gesicht, der außer der alten Frau mit den Pumphosen Umgang mit ihm pflegte. Es war ein kleiner, dürrer Mann, dem der Professor seinen Stuhl überließ. Er stellte ihn für seinen Besucher vor das Tischchen mit der Schreibmaschine und fing dann an, im Zimmer hin und her zu gehen, wobei er mit lauter Stimme diktierte, ein Buch oder ein Notizheft in der Hand. Mir gefiel es besonders, wenn der Professor einen Augenblick stehenblieb und nachdachte, und der andere wie ein verstörter Käfer dahockte. Dumpfes Schweigen herrschte, bis der Professor wieder zu diktieren und die Schreibmaschine wieder zu klappern begann. Wenn der Käfer sich mit sämtlichen zehn Fingern über die Tasten hermachte, drangen von unten richtige Salven herauf. Die Stimme des Professors erhob sich über das Klappern, und die dumpfen, monotonen Geräusche waren so betäubend, daß ich manchmal auf dem Fußboden einschlief.

Noch einmal besuchte uns der Professor an dem Abend, an

dem Mutter und Brunilda von Vater in der von einem Schimmel gezogenen Kutsche nach Hause gebracht wurden. Möglicherweise kam er auch noch bei anderen Gelegenheiten, aber dann war ich entweder nicht zu Hause, oder mein Gedächtnis läßt mich im Stich.

Mutter empfing ihn kühl. Sie hielt sich nur so lange in der Wohndiele auf, wie nötig war, um den Kaffee zu servieren, dann zog sie sich unter dem Vorwand, nach den Kindern schauen zu müssen, zurück. Auch Vater konnte seine Unsicherheit nicht verbergen, obwohl er sich bemühte, herzlich zu erscheinen. Diesmal spielte er nicht auf seiner Violine, und die Unterhaltung dauerte nicht lange. Sie erzählten weder von Turin noch von Moskau, noch von der Feldtoilette der englischen Offiziere, und der Professor wird wohl gespürt haben, daß seine Nachbarn Angst hatten und sein Besuch nicht willkommen war. Er muß es gespürt haben, denn ich spürte es ebenfalls. Meine Eltern hatten Angst. Er war eine gefährliche Person und ein Spion Titos.

Ich selbst hatte keine Angst vor dem Professor. Es war die Zeit nach Brunildas Geburt, als ich mich von allen im Stich gelassen fühlte, und wahrscheinlich konnte ich deshalb nachempfinden, wie es dem Professor ging. Ich wollte nichts mehr mit meinen Eltern zu tun haben. Noch vor meinem sechsten Geburtstag dachte ich an Flucht. Ich wollte um jeden Preis von zu Hause weg. Dazu schmiedete ich einen Plan. Ich würde mich einfach auf der Straße an einen Bauern heranmachen, dem ich vorlog, ich sei ein einsames Waisenkind. Wenn ich genug bettelte, würde er mich schon mitnehmen. Ich startete auch tatsächlich einen Versuch. Der Bauer hatte einen Esel dabei, und ich lief ihm eine Weile hinterher, hatte dann aber doch nicht den Mut, ihm meine Lüge aufzutischen. Was war, wenn er mich auf die Polizeiwache brachte? Nein, dieser

Fluchtplan war zu gefährlich. Aber ein besserer fiel mir nicht ein, deshalb saß ich den ganzen Tag in meinem Zimmer und vollzog die Flucht in Gedanken. Ich malte mir aus, wie ich den Bauern ansprach und die Lüge mit meinen toten Eltern an den Mann brachte, so daß er mich mit- und gewissermaßen an Sohnes Statt annahm, wie es nach meinen Informationen in solchen Fällen zu geschehen pflegte. Alles klappte wie am Schnürchen. Der Bauer war ein gutmütiger Mann, er faßte mich unter den Schultern, setzte mich auf seinen Esel, und gemeinsam entfernten wir uns in die Gegend jenseits des Flusses. Zwanzig Jahre sollte meine Flucht dauern. Dann wollte ich nach Hause zurückkehren, wo mich meine inzwischen im Greisenalter befindlichen Eltern, die ihren Fehler schon lange bereuten, unter Tränen empfingen. Das war das erste meiner kitschigen Drehbücher, wenn es auch nie aufs Papier gelangte, ich war ja des Schreibens noch nicht mächtig. Die Flucht, die es zum Thema hatte, fand natürlich nie statt. Dafür erlebte ich in diesem Sommer etwas anderes. Es gelang mir, heimlich das Zimmer des Professors zu inspizieren. Das war das größte Abenteuer, das ich erlebte, ehe ich im September in die Schule kam.

Ich muß an dieser Stelle anmerken, daß der Professor in meinen Augen fast schon ein alter Mann war. Viele Jahre später stieß ich in einem Buch auf sein Geburtsdatum und mußte erkennen, daß er damals nicht älter als fünfunddreißig gewesen sein kann. Bei dem Buch handelte es sich um einen Band mit Gedichten, eigenen und Übersetzungen. Beim Lesen ergriff mich ein starkes Bedürfnis zu weinen: ich begriff nämlich, daß er zur Kategorie der Zartbesaiteten gehört hatte, für die es alles andere als leicht ist, unter den wilden Tieren im Dschungel zu überleben. Und irgendwie war mir, als sei der Kloß im Hals, den ich in diesem Moment spürte, schon lange dagewesen, schon seit damals, als ich die Kühnheit aufbrachte, heimlich in sein Zimmer einzudringen.

Es geschah im Sommer. Ich befand mich ganz allein in dem zweistöckigen Gebäude, ohne daß ich noch wüßte, wieso dies so war, wohin meine Eltern sich begeben und weshalb sie mich nicht mitgenommen hatten, und schließlich, warum die alte Mutter des Professors, die so gut wie nie das Haus verließ, an diesem Tag ausgegangen war. Auf Zehenspitzen schlich ich die Treppe hinunter. In der Diele im Erdgeschoß stand ich eine Weile mit angehaltenem Atem da. Dann drückte ich vorsichtig die Türklinke am Zimmer des Professors hinunter. Als die Tür aufging, erstarrte ich vor Schreck, denn ich kam mir vor wie ein ertappter Räuber. Ich tat einen Schritt ins Zimmer hinein, dann noch einen. Als ich in der Mitte des Zimmers angelangt war, klopfte mein Herz bis zum Hals, obwohl ich merkte, daß ich nichts zu befürchten hatte. Dann setzte ich mich auf den Stuhl an des Professors Schreibtisch. Ein Kribbeln lief mir den Rücken hinunter. Was war, wenn mir jemand von oben, von meinem Zimmer aus, durch das Loch im Fußboden zuschaute? Nein, das war unmöglich. Dieser Jemand hätte nur ich sein können, und ich saß hier unten auf dem Schreibtischstuhl des Professors.

Ich kannte die Dinge im Zimmer. Die beiden Schreibtischschubladen zu erkunden erwies sich als unmöglich, weil sie abgeschlossen waren. Also ging ich zum Kleiderschrank, vielleicht fand sich ja in irgendeiner Jackentasche der Schlüssel. Statt dessen fand ich dort etwas ganz Unerwartetes: ein Brautkleid mit Schleier. Außerdem die Photographie einer jungen Frau.

Das lange, weiße Kleid hing zwischen den Anzügen des Professors. Um den Brautkranz erreichen zu können, brauchte ich einen Stuhl. Als ich ihn geholt und bestiegen hatte, befand sich mein Kopf in Höhe des Faches oben im Schrank, und es war ein leichtes für mich, den Kranz in die Hand zu nehmen. Der Professor ist also verheiratet, dachte ich. Dann setzte ich mir den Kranz auf, nahm ihn aber sofort wieder ab, als mir der Schleier vors Gesicht fiel. Schließlich war ich ein Junge, und wenn mich meine Freunde so gesehen hätten, wären sie in lautes Gelächter ausgebrochen. Ich legte den Brautkranz zurück in das Fach über dem Kleid, und mir fiel ein, daß ich eigentlich auf der Suche nach dem Schreibtischschlüssel war. Ich durchsuchte sämtliche Jackentaschen, bis ich dann in der Innentasche eines Mantels die Photographie der Frau fand.

Tatsächlich fand ich ein Medaillon. Es war an einer jener dünnen Goldketten befestigt, die man, wie ich bereits wußte, um den Hals trug. Womit ich zunächst nichts anfangen konnte, war der daran befestigte Gegenstand. Ich stellte fest, daß er zwei Hälften hatte, und versuchte, sie auseinanderzuklappen. Es gelang mir. In einer der Hälften befand sich die Photographie der Frau. Oder, genauer gesagt: ein runder Ausschnitt aus einer Photographie mit einem weiblichen Gesicht. Bestimmt ist das die Frau des Professors, dachte ich. Das war eine logische Schlußfolgerung. Anders ließ sich nicht erklären, daß sich die beschriebenen Gegenstände im Kleiderschrank des Professors befanden, ich meine das Brautkleid und die Frau in dem Medaillon. Ich schaute mir das Photo eine Weile lang an, dann klappte ich das Medaillon zu und steckte es zurück in die Innentasche des Mantels. Die Suche nach dem Schlüssel gab ich auf. Ich brachte den Stuhl zurück an seinen Platz und verließ das Zimmer, wobei ich die Tür vorsichtig hinter mir schloß. Auf Zehenspitzen kehrte ich in mein Zimmer zurück. Die Augen der Frau in dem Medaillon gingen mir nicht aus dem Sinn. Sie war jung und sehr schön. Es kam mir so vor, als habe sie mich tadelnd angeblickt. Glaub bloß nicht, daß ich dich nicht wiedererkenne, schienen ihre Augen gesagt zu haben.

Bis ich im September in die Schule kam, passierte nichts mehr von Bedeutung, sieht man einmal davon ab, daß meine Kenntnis der Welt um einen neuen Begriff erweitert wurde. Beim ersten Hören hielt ich ihn für nichts Besonderes, zumal ich ihn gar nicht verstand. Eines Abends sagte Mutter zu Vater, sie habe dieses Leben restlos satt, es sei nicht mehr auszuhalten, und sie wolle, daß wir in eine andere Wohnung zögen. Selbst die engsten Verwandten getrauten sich nicht mehr, uns zu besuchen, und Freunde ließen sich schon lange nicht mehr bei uns blicken. Bei dieser Gelegenheit gebrauchte sie den Begriff »Bespitzelung«. Wörtlich sagte sie, sie halte diese ständige Bespitzelung nicht mehr aus. Ich wollte fragen, was »Bespitzelung« bedeutete, aber Mutter war viel zu nervös, einerseits wegen Brunildas ständigem Geplärre, andererseits, weil Vater wieder einmal getrunken hatte. Aber vielleicht bedeutete ja gerade dies die »ständige Bespitzelung«, von der sie sprach. Wie üblich bei solchen Gelegenheiten, schickte mich Mutter in mein Zimmer, und wie üblich gehorchte ich ohne Widerrede. Doch diesmal arbeiteten meine Gedanken nach dem Rückzug weiter. Ich begann, die Fakten zusammenzusetzen. Mutter hatte es also satt, sie wollte, daß wir aus dieser Wohnung auszogen. Dann blieb ich an dem Begriff »Bespitzelung« hängen wie eine Fliege im Spinnennetz. In den Ecken unserer Hofmauer gab es eine Menge Spinnennetze, in denen Fliegen hängenblieben. Einmal hatte ich einen Brummer eingefangen und in ein Spinnennetz gesetzt, aber es waren keine Spinnen aufgetaucht, um ihn aufzufressen. Ich blieb also hängen. Immerhin schaffte ich es bis zu der Schlußfolgerung, daß bestimmt alles mit dem Professor zu tun hatte, ganz egal, was das Wort »Bespitzelung« nun eigentlich bedeutete. Niemand konnte den

Professor leiden. Alle hatten Angst vor ihm. Außer mir. Vielleicht, dachte ich, gibt es ja noch jemanden, der sich nicht vor ihm fürchtet: die Frau in dem Medaillon. Ich versuchte mir ihr Gesicht vorzustellen. Sie war sehr schön gewesen, daran erinnerte ich mich. Ihr tadelnder Blick hatte mich tagelang beschäftigt. Andererseits, überlegte ich, wenn sie keine Angst hat, warum besucht sie dann den Professor nicht?

Dies ist der Moment, die Frau wieder zum Leben zu erwecken. Beziehungsweise sie aus meinen Träumen hervorzuholen. Beides ist so, als ob ich nach abgestorbenen Teilen meiner selbst suchte, um sie mit der Hand zu greifen. Sie zu exhumieren und dann wieder zu begraben. Bei diesem Akt der Exhumierung und Neubestattung meiner Kindheit geht es auch um Würde. So gesehen, besteht die Gefahr, daß ich mich bereits am ersten Wort verschlucke: Ich hatte mich nämlich in diese Frau verliebt. Das ist zunächst einmal nichts Sensationelles, es war schließlich auch nicht das erste Mal. Ich hatte mich bereits vorher in meine Mutter verliebt. Aber diesmal war es anders. Ich kannte die Frau ja gar nicht, war ihr noch nie begegnet. Ich hatte mich in ein Photo in einem Medaillon verliebt. Doch eines Tages verließ sie das Medaillon, und als ich sie auf einmal leibhaftig vor mir sah, glaubte ich zu träumen. Ich wollte fragen, was sie hier zu suchen hatte, vor dreißig Augenpaaren, die sie schweigend anstarrten, denn es war die erste Unterrichtsstunde in der ersten Klasse der Grundschule, und das erste, was wir lernten, war ihr Name. Sie sagte, sie heiße Lisa.

Weil es im Schulgebäude nicht genug Klassenräume gab, hatten die Grundschüler erst am Nachmittag Unterricht. Damals mußte ich nach dem Essen noch einen Mittagsschlaf halten. Das war für mich eine Tortur, aber Mutter ließ sich nicht erweichen. Bei dem Lärm, den die spielenden Kinder auf der Straße machten, konnte ich nie einschlafen. Deshalb ist mir bis heute ein Rätsel, wieso ich ausgerechnet in meiner ersten Unterrichtsstunde einschlief.

Die Frau aus dem Medaillon erkannte ich sofort wieder. Wir mußten uns vor dem Schulhaus in Reihen aufstellen, und ich versteckte mich hinter dem Rücken eines Kameraden, so stark war das Gefühl, daß auch sie mich wiedererkannte. Es verließ mich auch im Klassenzimmer nicht. Die Frau stellte sich ans Pult, öffnete das Klassenbuch und las der Reihe nach unsere Namen vor. Aus lauter Angst hatte ich mich in der hintersten Bank verkrochen und hoffte, daß mein Name im Klassenbuch vergessen worden war. Vergeblich. Sie las ihn vor, und ich mußte aufstehen. Ich brachte kein Wort heraus und wartete nur darauf, daß sie mir wie im Medaillon einen strafenden Blick zuwarf. Etwas Ähnliches tat sie auch. Sie hob den Blick vom Klassenbuch und ließ ihn über die Klasse schweifen, bis er schließlich an mir hängenblieb. Als sie mich dann auch noch aufforderte, nach vorne zu kommen, befiel mich vollends die Panik. Mechanisch setzte ich mich in Bewegung und ging auf sie zu. Gleich wird sie allen erzählen, dachte ich, daß ich ein Spitzbube bin, daß ich im Zimmer des Professors heimlich in den Schubladen gewühlt und seine Taschen durchsucht habe. Am liebsten wäre ich aus der Klasse gerannt und hätte mich irgendwo versteckt. Ich tat es nicht. Sie streichelte mir über das Haar und meinte, weil ich offenbar schwerhörig und außerdem der Kleinste in der Klasse sei, solle ich mich lieber in die erste Bank setzen. Verwirrt nahm ich vorne Platz. Es dauerte eine Weile, bis ich mich beruhigt und begriffen hatte, daß meine Sorgen unnötig gewesen waren. Sie schaute mich überhaupt nicht tadelnd an. Ihr tadelnder Blick war zwischen den beiden Hälften des Medaillons in der Manteltasche des Professors zurückgeblieben. Ich vermute, daß der Schlaf mich überwältigte, als ich mir vorzustellen versuchte, was der Professor wohl mit mir anstellen würde, wenn ich noch einmal heimlich in sein Zimmer eindrang und das Medaillon mit dem Frauenporträt stahl. Ehrlich gesagt, manchmal frage ich mich, ob ich ihr nicht wirklich nur im Traum begegnet bin oder sie doch aus einem Traum hervorgetreten ist, um mich ein kurzes Stück meines Wegs zu begleiten.

Dabei gab es gar nichts Traumhaftes. Als ich eines Tages die Treppe herunterkam, um in die Schule zu gehen, erwartete mich der Professor mit einem Umschlag in der Hand an seiner Zimmertür. Er lächelte mich an und fragte leise, ob ich nicht meiner Lehrerin Lisa den Umschlag geben könne. Ich sagte sofort ja. Und hielt mich genau an seine Anweisungen: niemand sollte sehen, wie ich den Umschlag übergab. Von da ab redete ich mir ein, daß mich mit Lisa eine Art Komplizenschaft verband. Sie wußte, daß ich wie ein Dieb in das Zimmer des Professors eingedrungen war und meine Finger in seine Schubladen und Taschen gesteckt hatte. Ich wußte, daß sich ein Photo von ihr in einem Medaillon befand, und dieses Medaillon in einem Schrank, in dem ein weißes Brautkleid mit Schleier aufbewahrt wurde. Für Lisa wäre es eine Katastrophe gewesen, wenn ich jemand von meinen Beobachtungen im Zimmer des Professors erzählt hätte. Warum es eine Katastrophe gewesen wäre, verstand ich nicht, aber ich schwor, zu schweigen wie ein Grab. Möglicherweise habe ich nicht diese Worte benutzt. Aber wie ich mich auch immer ausgedrückt habe, das ist der Kern. Jedenfalls kam zwischen uns ein Abkommen zustande. Nach diesem Abkommen kam das Ende. Ich bin der einzige Mensch, der davon Zeugnis ablegen kann.

Alles begann mit einem närrischen Zwischenfall. Er hatte wirklich mit Verrückten zu tun. In jedem Viertel gab es ein paar Verrückte. An zwei von ihnen kann ich mich erinnern. Einer war Tutis Lymi. Eigentlich wohnte Tutis Lymi in einem anderen Viertel, in der Nähe der Frauenklinik, doch er kam fast täglich durch unser Sträßchen. Lymi war kurzgewachsen, trug zerlumpte Kleider, und aus seinem Mund floß ständig Speichel. Sobald er in der Straße auftauchte, stürzten sich die Kinder und die Hunde auf ihn. Lymi ging ungerührt weiter, wenn er überhaupt auf etwas reagierte, dann nur auf die Hunde. Er sammelte Alteisen, verrostete Kessel, Dosen und Blechstücke, und wie man sich erzählte, hatte er um seine Hütte herum einen hohen Zaun aus diesen Metallabfällen gebaut. Lymi war harmlos, deshalb verfolgten ihn die Kinder bis zum Ende der Straße mit ihren Spottgesängen. Ich hielt mich von ihm fern, weil mir beim Anblick der Speichelfäden an seinen Lippen übel wurde. Von seinen Ausdünstungen gar nicht zu reden. Er zog eine stinkende Wolke hinter sich her, was wahrscheinlich der Grund für die Hunde war, ihn zu verfolgen. Lymi hüpfte herum, machte drohende Gebärden, und die Hunde wichen zurück. Wahrscheinlich erschreckte sie das Klappern der Blechteile mehr als sein Geschrei. Lymi hat mit dem angesprochenen Zwischenfall nichts zu tun, dafür aber der andere Verrückte, der bei uns im Viertel wohnte. Er hieß bei den Leuten Tatas Gimi. Oder der blöde Gimi.

Gewöhnlich trieb sich der blöde Gimi vor dem Brotladen herum. Damals wurde Brot auf Bezugsmarken ausgegeben, und der blöde Gimi war dauernd hungrig. Er war ein grobschlächtiger Kerl mit einem Kürbiskopf und fleischigem Gesicht. Außerdem schielte er. Jeden, der aus dem Laden kam, bettelte er um Brot an, er war wirklich unersättlich, und alle erschraken, weil er aussah, als sei er einem Alptraum entsprungen. Anders als Tutis Lymi war der blöde Gimi nicht harmlos. Weder die Kinder noch die Hunde wagten sich an ihn heran. Wenn einer übermütig genug war, ihn zu reizen, wurde Gimi tobsüchtig, rannte hinterher und warf mit allem, was er in die Hände bekam. Einige glaubten, daß Tatas Gimi tatsächlich gar nicht so blöd war. Er kannte sich mit etwas sehr Wichtigem aus, nämlich mit Geld. Für ein paar Münzen, mit denen er sich im Süßwarenladen Schleckereien kaufen konnte, war er zu einer ziemlich abstoßenden Vorstellung bereit: er ließ die Hose herab und stellte seinen Penis aus. Meistens kam es dazu, wenn ihn die Spitzbuben des Viertels (in jedem Viertel gab es außer Verrückten auch Spitzbuben) aus bloßer Albernheit oder um ein Mädchen in Verlegenheit zu bringen mit dem Spruch aufstachelten: Gimi, zeig ihn vor für zehn Lek! Dann bekam, wer in der Nähe war, Gimis mächtigen Penis zu sehen.

Eines Tages tauchte er vor dem Schuleingang auf. Erst beachtete ihn niemand. Gimi wagte sich gewöhnlich nicht aus der Umgebung unserer Straße heraus, noch nie hatte man ihn vor der Schule zu Gesicht bekommen, und erst recht nicht um die Mittagsstunde. Schon das hätte uns verdächtig vorkommen müssen. Die Jungen, die herumstanden und warteten, bis es zum Unterricht klingelte, hatten nur eines im Kopf, nämlich ihren Schabernack mit Gimi zu treiben. Er bot sich ihnen auf dem Präsentierteller an, und wenn es gefährlich wurde, konnten sie sich vor seinen Steinwürfen ins Schulgebäude flüchten. Aber keiner getraute sich, den Anfang zu machen. Das lag nicht an Gimis Steinen. Aber er war in Begleitung zweier Erwachsener, die nicht aus dem Viertel stammten. An die beiden wagte sich keiner heran. Sie hatten Gimi mit Zigaretten eingedeckt, er stieß gewaltige Rauchwolken aus, und die beiden Männer machte Späße mit ihm. Dann ging alles blitzschnell. Lisa erschien am Eingang zum Schulhof. Der blöde Gimi trat vor sie hin, ließ die Hosen herunter, holte seinen Penis heraus und schwenkte ihn hin und her. Die beiden Begleiter des Verrückten waren plötzlich wie vom Erdboden verschluckt. Lisa blieb erschrocken stehen. Gimi, immer noch seinen Penis in der Hand, ließ sie nicht in den Schulhof hinein, bis es ihr schließlich gelang, sich an ihm vorbeizudrängen und zwischen den Kindern hindurch zum Schulgebäude zu rennen.

Der Unterricht begann mit Verspätung. Als Lisa ins Klassenzimmer kam, war sie leichenblaß. Sie setzte sich ans Pult und bat uns, still zu sein. Es geschah selten, daß sie sich ans Katheder setzte, und noch nie hatte sie uns aufgefordert, still zu sein. Eine Stunde lang schauten wir nur zu, wie Lisa am Katheder saß und schrieb. In der zweiten Stunde kam sie nach der Pause in die Klasse und wies uns an, unsere Schultaschen zu nehmen, leise auf den hinteren Schulhof hinauszugehen und dort auf sie zu warten. Mich bat sie, in der Klasse zu bleiben. Die Schultasche in der Hand und rot bis an die Ohrenspitzen, bewegte ich mich in Richtung Pult.

Als der letzte meiner Mitschüler das Klassenzimmer verlassen hatte, strich sie mir über den Kopf. Ich glühte. Mir wurde immer heiß, wenn sie mich streichelte. Sie wollte wissen, ob ich womöglich krank sei, und ich antwortete, nein, ich bin nicht krank. Dann bat sie mich mit leiser Stimme um einen Gefallen. Offensichtlich fürchtete sie, daß jemand draußen vor der Tür stand und uns belauschte. Das bewies mir, daß es um eine wichtige Angelegenheit ging. Nach kurzem Zögern holte sie einen Umschlag hervor, schaute zur Tür und fragte mich wiederum mit leiser Stimme, ob ich bereit sei, den Umschlag dem Professor zu übergeben. Ich war bereit. Aber eines ist sehr wichtig, fügte sie hinzu. Du mußt den Umschlag dem Professor persönlich in die Hand geben, niemand darf etwas mitbekommen, und du darfst deiner Mama und deinem Papa nichts erzählen. Sie übergab mir den Umschlag erst, als ich ihr hoch und heilig versprochen hatte, alles genauso zu erledigen, wie sie es mir aufgetragen hatte. So wie beim ersten Mal, als ich mit dem Brief des Professors zu ihr gekommen war.

Zu Hause ging ich geradewegs in mein Zimmer. Durch das Loch im Dielenboden schaute ich nach, ob der Professor in seinem Zimmer war. Er war es. Leider war mir meine Mutter an diesem Nachmittag dauernd im Weg. Sie wusch im Hof Wäsche, und ich konnte unmöglich zum Professor gehen, ohne daß sie es mitbekam. So brachte ich die Zeit damit herum, Brunilda in ihrer Wiege zu schaukeln, wenn sie schrie, und wegen der Hitze schrie sie ständig. Als es schon zu dämmern begann, war Mutter endlich mit dem Waschen fertig und hängte die nassen Sachen zum Trocknen auf. Dann kam sie in die Wohnung und kümmerte sich um den Säugling, so daß ich Gelegenheit hatte, wie ein Dieb die Treppe hinunterzuschleichen und, wieder wie ein Dieb, ohne anzuklopfen in das Zimmer des Professors einzudringen.

Überrascht schaute er auf. Dann legte er sein Buch auf das Schreibpult und winkte mich heran. Mit einem Blick zur Zimmerdecke legte ich den Zeigefinger vor den Mund. Er warf gleichfalls einen verwunderten Blick zur Decke, dann begriff er und zwinkerte mir zu, um mir zu zeigen, daß ich keine Angst haben mußte. Auf Zehenspitzen ging ich zu ihm hin und legte den Umschlag auf das Schreibpult. Er stellte keine Fragen. Ich verschwand, wie ich gekommen war, schon ein erfahrener Verschwörer. Zurück in meinem Zimmer, schlug mir das Herz bis zum Hals, was mich aber nicht daran hinderte, sofort an dem Loch im Fußboden Position zu beziehen. Der Professor hatte die Ellbogen auf das Schreibpult gelegt und stützte den Kopf in die Hände. Offensichtlich las er. Was er las, konnte ich nicht erkennen, doch ich vermutete, daß es sich um Lisas Brief handelte. Ganz sicher war ich mir, als sein Körper plötzlich zu beben begann. Der Professor schluchzte. Ich hätte am liebsten mitgeweint, ohne recht zu wissen, warum. Da war etwas ganz Verschwommenes, das mit seiner Einsamkeit zu tun hatte. Und mit der schamlosen Szene ein paar Stunden zuvor. Alles lief in einem Punkt zusammen: das verwaiste Brautkleid, das bekümmerte Porträt im Medaillon, die Angst von Mutter, die sogar aus unserer Wohnung ausziehen wollte, der blöde Gimi mit seinem mächtigen Penis in der Hand, die Spitzbuben, die nicht aus dem Viertel stammten und plötzlich wie vom Erdboden verschluckt gewesen waren, der schwierige Begriff »Bespitzelung« und das heftige Schluchzen des Professors.

Nach einer Weile stand er auf. Für einen kurzen Moment verschwand er aus meinem Blickfeld, dann war er wieder da. Er setzte sich auf den Stuhl und legte einen Gegenstand auf das Schreibpult, der unschwer als das Medaillon zu erkennen war. Lange betrachtete er das Photo. Die Ellbogen auf dem Schreibtisch, den Kopf in die Hände gestützt. Dann riß er sich los, nahm ein leeres Blatt Papier und begann zu schreiben. Er schreibt bestimmt an Lisa, dachte ich und irrte mich nicht. Als ich am nächsten Tag nach dem Mittagessen die Treppe herunterkam, um in die Schule zu gehen, wartete er bereits auf mich. Die Tür zu seinem Zimmer stand offen. Als ich hinüberschaute, trafen sich unsere Blicke. An seinem Schreibpult sitzend, hielt er den Finger vor den Mund und winkte mich mit der anderen Hand heran. Das reichte mir. Ich wußte, daß es um den Antwortbrief ging. Es war das letzte Mal, daß ich ihm so nahe kam. Wortlos übergab er mir einen Umschlag, der genauso aussah wie der Umschlag, den ich von Lisa bekommen hatte. Mit blassem Gesicht versuchte er ein Lächeln. Wahrscheinlich wollte er mir Mut machen. Oder er wollte mir zu verstehen geben, daß ich den Brief nur Lisa persönlich überreichen durfte.

In den folgenden Tagen wartete ich vergeblich auf einen Kurierauftrag. Offenbar wollten die beiden mich nicht noch tiefer in die Geschichte hineinziehen. Offenbar hielten sie dies für gefährlich. Gefährlich nicht für sie selbst, sondern für meine Eltern. Das halte ich heute, fünfzig Jahre später, für den Grund. Damals litt ich wie ein kleiner Hund. Weder Lisa noch der Professor vertrauten mir Briefe an, das kränkte mich sehr. Ich wußte ja nicht, was die beiden erwartete.

Der Professor wurde zwei Wochen nach dem Vorfall mit dem blöden Gimi vor der Schule abgeholt. Gimi war diesmal nicht in der Nähe, dafür aber der andere Verrückte, Tutis Lymi. Wenn ich mich nicht genau an dieses Detail, also die Anwesenheit von Tutis Lymi, erinnerte, könnte es sein, daß ich den Tag, an dem sie den Professor abholten, mit dem Tag seiner Ankunft verwechselte. Es regnete wieder, und wieder stand ich am Dielenfenster und schaute hinaus auf die Straße, gleichsam vom Schicksal dazu auserkoren, des Professors Ein- und Auszug im Regen vor der Ewigkeit zu bezeugen. Der Himmel war dunkel. Elsternschwärme flatterten in dem verödeten Park des Hauses der Offiziere umher. Und der einzige erwähnenswerte Zeuge außer mir war Tutis Lymi.

Zuerst fingen die Hunde zu bellen an. Ich reckte am Fenster den Hals, sah aber erst einmal nichts. Das Auto, das den Professor abholte, tauchte Sekundenbruchteile, nachdem ich den Hals gereckt hatte, in meinem Blickfeld auf. Auch einige Polizisten und ein Dickwanst aus dem Viertel waren plötzlich da. An Festtagen ging er von Haus zu Haus und forderte die Leute auf, zu den Kundgebungen zu kommen. Dann tauchte von der anderen Seite her Tutis Lymi auf. Die Hunde drehten fast durch, bellten wie verrückt, und er machte drohende Gebärden. Den Hunden folgte ein Schwarm Kinder. Lymi stieß dumpfe Rufe aus, dazu hörte man das Klappern der gesammelten Bleche. Im Hof unseres Hauses versammelten sich die Zivilisten und die uniformierten Polizisten, auf der anderen

Seite der Mauer die Leute. Es ließ sich nicht genau feststellen, ob sie neugierig waren, weshalb die Polizei sich eingefunden hatte, oder ob sie dem Verrückten bei seinem aufregenden Scharmützel mit den Hunden und Kindern zuschauen wollten. Mutter kam mit bleichem Gesicht aus dem Schlafzimmer und befahl mir in heftigem Ton, vom Fenster wegzugehen. Das war unnötig, ich hätte den Platz dort sowieso verlassen. Es war nämlich sonnenklar, daß die Menschenansammlung draußen dem Professor galt. Ich ging in mein Zimmer und legte mich vor das Loch im Fußboden, voller Angst, jemand dort unten könnte mich entdecken. Ein vierschrötiger Mann kramte in des Professors Schubladen herum, blätterte Bücher durch und warf alles, was er in den Fingern gehabt hatte, einfach auf den Boden. Ein anderer durchwühlte den Kleiderschrank. Der Professor stand ein wenig abseits, ich konnte gerade noch sein Profil sehen. Dann verließen alle den Raum, und ich ging in die Diele zurück. Mutter bemerkte mich entweder nicht, oder sie hielt es für überflüssig, mich wegzuschicken. Auch sie schaute aus dem Fenster.

Sie stießen den Professor in das Auto. Als es abgefahren war, leerte sich die Straße wieder. Polizisten, Zivilisten, Passanten, die stehengeblieben waren, Kinder, Hunde, alles lief auseinander und verschwand. Am Ende stand nur noch der zerlumpte Lymi da, dem Speichelfäden an den Mundwinkeln hingen. Offenbar wunderte er sich, daß ihn sowohl die Hunde als auch die Kinder in Ruhe ließen. Als ich hinunterkam, war auch Tutis Lymi verschwunden. Grabesstille herrschte um das Haus herum. Beim Hineingehen blieb ich in der Diele unten stehen und horchte. Das Zimmer des Professors war versiegelt, aus dem Zimmer der alten Frau war kein Geräusch zu hören.

Am Abend spielte Vater auf seiner Violine. Mutter deckte den Tisch für das Abendessen, wir nahmen Platz wie immer, aber er wollte nichts essen. Er bat Mutter, ihm etwas zu trinken zu bringen. Dann wollte er, daß wir ihn alleine ließen. Mutter ging ins Schlafzimmer, ich in mein Zimmer. Ich spürte einen Kloß im Hals, und Tränen liefen mir über die Wangen, als die Klänge von Vaters Geige sich im Haus ausbreiteten. Ich hatte das Bild der Frau aus dem Medaillon vor Augen. Zwischen der Frau aus dem Medaillon und Lisa gab es einen Unterschied. Die eine sah ich im Traum im weißen Brautkleid mit langem Schleier vor mir. Die zweite traf ich im Klassenzimmer, wo sie mir sanft über den Kopf streichelte. Nachts zog sie sich ins Medaillon zurück und gehörte dem Professor, am Tag kam sie in die Klasse und gehörte mir. Ich wußte nicht, was aus der Frau im Medaillon geworden war. Vielleicht hatte der Professor sie in seiner Manteltasche mitgenommen. Auch was aus Lisa wurde, erfuhr ich nicht. Am nächsten Tag erschien sie nicht zum Unterricht. Auch am übernächsten Tag nicht. An keinem Tag mehr. Das einzige, was ich noch hatte, waren die Klänge der Geige meines Vaters.

5

Marga starb in den letzten Minuten des Dezembers. Vielleicht waren es auch schon die ersten Minuten des Januars. Schon am Nachmittag versank sie in einer tiefen Ohnmacht und hatte nur noch ein paar kurze wache Phasen. Ich ergriff ihre Hand. Sie war schon zu schwach, um noch sprechen zu können, doch ihr Blick schien zu fragen, weshalb ich sie nicht in Ruhe ließ. Als die Jahrtausende wechselten, flog ihre Seele zum Himmel. Mit mir zusammen wachte Irma. Sie hatte mir gegenüber auf der anderen Seite des Betts auf einem Stuhl Platz genommen. Ich muß für einen Moment eingedöst sein. Daß es genau dieser Moment war, werde ich mir nie verzeihen. Ich hörte Irmas Aufschrei und fuhr hoch. Marga war gegangen. Du hast mich erschreckt, wollte ich sagen, fest davon überzeugt, daß sie mir antworten würde. Aber sie antwortete auch Irma nicht, die schluchzend ihre Hand hielt und sie bat, etwas zu sagen.

Ich stand auf, ging zu Irma, zog sie von Marga weg und bat sie, den diensthabenden Arzt zu suchen. Dieser kam gleich darauf mit einem Stethoskop in der Hand. Wortlos untersuchte er Marga und traf die amtliche Feststellung ihres Todes. Es ist zu Ende, sagte er zu mir. Es tut mir leid, daß ich es Ihnen ausgerechnet in einem Augenblick wie diesem mitteilen muß. Seine Worte gingen an mir vorbei, der Augenblick, den er erwähnte, hatte für mich keine Bedeutung. Ich folgte ihm durch den Flur der Station, in dem kein Laut zu hören war. An Irma dachte ich erst wieder, als mich der Arzt im Stationszimmer aufforderte, Platz zu nehmen und auf die Rückkehr meiner

Tochter zu warten. Mein Sohn fiel mir ein, und kalter Schweiß trat auf meine Stirn. Wir erwarteten ihn erst am 2. Januar. In einem Punkt hatten wir uns alle geirrt. Alle waren wir davon überzeugt gewesen, Marga werde auf jeden Fall bis zum 5. Januar durchhalten. Wir waren nicht darauf vorbereitet, daß sie es so eilig hatte, von uns wegzukommen.

Ich saß allein im Stationszimmer, als auf dem Flur Schritte zu hören waren, die näher kamen. Schließlich öffnete sich die Tür. Zuerst trat der diensthabende Arzt ein, immer noch sein Stethoskop in der Hand, gefolgt von Irma und zwei Personen, mit denen ich in diesem Augenblick überhaupt nicht gerechnet hatte: Lori und ein Mann um die dreißig. Er war groß, blond, trug einen dunklen Anzug, ein weißes Hemd mit Krawatte und über dem Arm eine dieser teuren Lederjacken, an denen man bei uns die Geschäftsleute erkennt. Als sie eintrafen, war ich mit meinen Nerven völlig am Ende. Mir war nicht klar, wie lange ich in diesem kalten Zimmer schon wartete und weshalb ich hier alleine warten mußte, während Marga ein Stockwerk über mir verlassen in ihrem Bett lag. Lori kam sofort zu mir. Ich stand da wie erstarrt. Ihr Gesicht war rot überhaucht. Der lange Mantel stand offen, darunter trug sie ein kurzes Kleid, um den Hals eine goldene Kette, und das Dunkelblond ihrer Mähne kam wohl ihrer natürlichen Haarfarbe recht nahe. Ich entdeckte auch eine Träne in ihrem Augenwinkel. Als sie mich umarmte, hüllte mich eine Wolke von Parfüm ein. Vermutlich kamen sie direkt aus einem Lokal.

Ich stand mit hängenden Armen da, ohne Loris Umarmung zu erwidern, und hatte ein ernsthaftes Bedürfnis zu weinen. Ich spürte den leichten Druck ihrer Brüste. Ich wagte nicht, mich zu rühren, die Arme zu heben. Ich murmelte ein paar Worte des Dankes, die Lori vielleicht gar nicht verstand, weil meine Stimme so erstickt klang. Das Piepsen eines Mobiltelefons riß mich aus meiner Erstarrung. Die fröhliche Melodie schien in eine andere Welt zu gehören. Es war offensichtlich das Telefon des großen Blonden. Er griff rasch in die Tasche seiner Lederjacke, holte es hervor, führte es ans Ohr, sprach leise hinein, dann wandte er sich an Lori und sagte, der Anruf sei für sie. Sie löste sich von mir, weigerte sich aber, das Gespräch anzunehmen. Der Mann schaltete das Mobiltelefon aus und steckte es wieder in seine Jackentasche.

Wie ich später erfuhr, hieß er Sergej, hatte einen albanischen Vater, der aus Vlora stammte, und eine russische Mutter aus St. Petersburg. Das wurde mir mitgeteilt, als wir in einem BMW neuester Bauart saßen, in dem er uns nach Hause brachte. Nachdem wir uns vor dem Wohnblock voneinander verabschiedet hatten und ich mich dem Eingang zu unserem Treppenhaus zuwandte, das schmerzvolle Geräusch des sich mit Lori entfernenden BMW im Rücken, empfand ich Mitleid mit dem Präsidenten der Stiftung, für die sie arbeitete. Genausogut könnte man sagen, daß ich mir selber leid tat. Der Präsident, dessen Gesicht ich aus den Zeitungen kannte, war etwa in meinem Alter.

Am nächsten Tag fand die Beisetzung statt. Am übernächsten Tag traf Tomi ein. Allein.

Ich fuhr nicht zum Flughafen, um ihn abzuholen. Die Leute kamen in die Wohnung, um zu kondolieren, jemand von uns mußte dableiben, um sie zu empfangen, und dieser jemand war ich. Irma warf mir vor, ich drücke mich vor der schwierigen Aufgabe, Tomi von Margas Tod zu informieren, falls dieser, wie anzunehmen war, noch nichts davon wußte. Sie hatte damit nicht ganz unrecht. Am Tag von Margas Beerdigung hatte Irma mehrfach versucht, ihn über das Internet oder per Telefon zu erreichen. Die E-Mail kam nicht durch, und am Telefon meldete sich ständig der automatische Anrufbeantworter, auf dem seine Frau in fließendem Englisch höflich darum bat, eine Nachricht zu hinterlassen. Aber das war nicht meine eigentliche Angst. Ich fürchtete mich überhaupt vor der Begegnung mit Tomi. Vor dem Vorwurf, ich sei schuld an Margas viel zu frühem Tod. Ich rechnete damit, daß Tomi mir nach vierjähriger Abwesenheit sofort an die Kehle fahren, mich mit Epitheta wie Rabenvater, Hurenbock, Säufer und Glücksjäger versehen würde, der unserer Mutter das Leben zur Hölle gemacht habe. Ich versuchte, mich selbst zu beschwichtigen, die Befürchtung war absurd, trotzdem konnte ich mich davon nicht freimachen.

Die Maschine der SWISSAIR, mit der Tomi kam, sollte kurz nach drei Uhr nachmittags landen. Um nichts falsch zu machen, machte sich Irma zeitig auf den Weg, und zwar mit dem BMW von Loris Freund, der sie abholte. Es dauerte nicht lange bis zum Flughafen, trotzdem fuhr Irma bereits um zwei Uhr los. Ich befand mich im Wohnzimmer. Gerade als sie weggehen wollte, traf eine Gruppe von etwa fünfzehn Personen ein, die ihr Beileid ausdrücken wollten. Irma kam zu dem Sessel, in dem ich zusammengesunken saß, um mir ins Ohr zu flüstern, Lori werde dableiben und sich um den Kaffee kümmern.

Ich darf sie nicht fortlassen, dachte ich. Wenn ich sie fortlasse, sehe ich sie nie wieder. Irma verschwand, und ich zitterte. Die alptraumartige Furcht, Tomi werde, sobald er da war, auf mich losgehen, und das böse Gefühl, Irma niemals wiederzusehen, waren unsinnig. Dies versuchte mir auch Doktor N. T. klarzumachen, der mir seit Margas Beerdigung am Vortag nicht von der Seite gewichen war. Auch jetzt befand er sich in dem Zimmer, in dem ich die Beileidsbekundungen entgegennahm. In einem schwarzen Anzug saß er feierlich in einer Ecke und schaute mich durch seine Goldrandbrille durchdringend an. Ich weiß genau, was du sagen willst, erwiderte ich seinen Blick. Ich würde ganz gerne mit dir über etwas reden, das mich quält, als Irma sich eben auf den Weg zum Flughafen machte.

Der Doktor lächelte rätselhaft. Er schien meine Gedanken lesen zu können. Die Leute, die mir mitleidsvoll die Hand gedrückt hatten, saßen inzwischen still da, und ihre feierlichen Mienen drückten respektvolle Trauer aus. Das war dem Anlaß angemessen, also gab es keinen Grund, sich zu wundern. Dennoch machte mich etwas unsicher. Es war vor allem das Verhalten des Doktors, das mir mehr als merkwürdig erschien. Gewöhnlich war er wortkarg und einsilbig. Nun allerdings war er in ein lebhaftes Gespräch mit einem Mann vertieft, den ich nicht kannte, dessen Kleidung mir aber auffiel, weil sein schwarzer Zweireiher völlig démodé war und aussah, als sei er aus einer Requisitenkammer hervorgekramt worden, in der die Kostüme eines vor langer Zeit abgedrehten Filmes verstaubten. Am meisten beunruhigte mich allerdings ihre Unterhaltung, obwohl ich überhaupt nichts davon verstand, weil sie viel zu weit weg saßen und sehr leise sprachen. Aber sie galt ganz offensichtlich mir, anders ließen sich die Blicke nicht erklären, die sie mir gelegentlich zuwarfen.

Außer des Doktors Verhalten fiel mir noch etwas anderes Merkwürdiges auf. Die Trauergäste im Raum teilten sich in drei Gruppen. Dies erkannte man daran, wie sie auf ihren Stühlen saßen. Man wollte augenscheinlich nicht in einen Topf geworfen werden. Als ich wieder einmal konsterniert zu dem Doktor in seiner Ecke hinüberschaute, begriff ich, was los war. Eine der Gruppen bestand aus den Müßiggängern des Viertels, ihre Gesichter waren mir vertraut. Es handelte sich also um die Männer, die sich im Schatten der Eukalyptusbäume neben der Trinkhalle »Zum leeren Sockel« zu versammeln pflegten. Die ganze Abordnung bestand ausschließlich aus Männern mit

Mützen und Hüten, die sie jedoch, wie es sich gehörte, abgenommen hatten und in der Hand hielten.

Die zweite Gruppe von Trauergästen hatte ihnen gegenüber an der anderen Zimmerwand Platz genommen. Auffällig war in diesem Falle vor allem die Kleidung. Wie der Gesprächspartner von Doktor N. T. trugen alle schwarze Zweireiher, saßen stocksteif da und ließen mich nicht aus den Augen. Ich kam nicht dahinter, an was sie mich erinnerten, und ich maß dem auch keine Bedeutung bei, denn sonst hätte mein Gehirn wahrscheinlich zu arbeiten begonnen und ich wäre auf die Lösung gekommen. Doch meine Aufmerksamkeit war von der dritten Gruppe in Anspruch genommen. Sie war zwischen den beiden anderen Gruppen plaziert, mir gegenüber, und gemischt, das heißt, beide Geschlechter waren vertreten, wobei die Frauen überwogen. Sie waren sämtlich bereits in den Wechseljahren. Das brachte mich dazu, nachzudenken.

Natürlich, sagte ich mir schließlich, die kenne ich. Das sind meine ehemaligen Kolleginnen und Kollegen. Ich kann nicht leugnen, daß ich nervös wurde. Einige von ihnen hatte ich einst im Verdacht gehabt, die Verfasser der anonymen Briefe zu sein, in denen ich bei vorgesetzten Stellen wie auch an der Basis, also bei Marga, angeschwärzt worden war. Den genauen Inhalt der Briefe, die nach oben abgingen, erfuhr ich nie. Marga jedoch zeigte mir die Schreiben, die sie erhielt. Sie wurden gewöhnlich mit der normalen Post in die Schule geschickt, in der sie unterrichtete. Niemals waren sie in der gleichen Handschrift abgefaßt. Dies bedeutete, daß es sich um mehrere Briefschreiber handelte oder daß, wenn wir es doch mit einer einzigen Person zu tun hatten, diese den Inhalt anderen in die Feder diktierte, um ihre Spuren zu verwischen. Der Inhalt war indessen stets der gleiche: Der anonyme Verfasser gleich welchen Geschlechts gab sich als Bewunderer von Marga zu erkennen und erklärte, die Sympathie, die er meiner Frau entgegenbringe, mache es zu seiner Pflicht, sie davon in Kenntnis zu setzen, daß ihr Ehemann ein gemeiner Mensch war, der jedem Weiberrock nachrannte und sie ständig betrog. Um den Vorwurf zu untermauern, vermerkte der Schreiber auch noch die Initialen der jeweiligen Geliebten. Und Marga hatte ja tatsächlich allen Grund, an mir zu zweifeln. Doktor N. T., der in übergeordneten Kreisen großen Kredit genoß, machte sich auf meinen Wunsch hin zweimal dafür stark, daß bestimmte Briefe einer kriminalistischen Begutachtung unterzogen wurden. Die Experten kamen immerhin zu dem Ergebnis, daß sie von einer weiblichen Hand stammten.

Marga gab mir die Briefe zu lesen. Sie verlangte von mir keine Entschuldigung, und es gab auch keine, was ich getan hatte, war unverzeihlich. Nach dem Erhalt solcher Briefe ging Marga auf Distanz. Sie verweigerte sich mir. Ich durfte noch nicht einmal im Ehebett bei ihr nächtigen, sondern mußte in der Küche auf dem Kanapee schlafen. Und dabei zufrieden sein, daß sie mir wenigstens keine Szene gemacht hatte. Sie lehnte es auch ab, mit mir zusammen Freunde oder Verwandte zu besuchen. Das galt selbst für gemeinsame Spaziergänge zum See, als die Kinder noch klein waren. In diesen Krisenphasen, die manchmal mehr als zehn Tage dauerten, machte ich das Fegefeuer durch. Ich hatte Angst, Margas Geduld sei bald aufgebraucht und sie werde sich scheiden lassen. Die Scheidung hing ständig über meinem Kopf wie ein Damoklesschwert. Ohne Marga wäre ich verloren gewesen. Ich stellte also meine Narreteien ein, kochte am Abend vor, weil wir sonst am nächsten Tag nichts zu essen gehabt hätten. Marga ignorierte nämlich nicht nur den Küchendienst, sondern ihre familiären Pflichten überhaupt. Das war ihre Form des Protestes. Ich erledigte also sämtliche Einkäufe, kümmerte mich um die Hausaufgaben der Kinder, nahm an den Elternabenden in die Schule teil, kurz, ich verwandelte mich vorübergehend in einen Mustervater. Mein reinigender Aufenthalt im Fegefeuer dauerte so lange, wie Margas Zorn anhielt. Irgendwann begann sie abends wieder selbst für den nächsten Tag vorauszukochen. Dies war das erste Zeichen, daß das Eis zu schmelzen begann. In solchen Augenblicken verspürte ich eine geradezu überirdische Erleichterung. Aber ich wußte, daß ich mich weiterhin vorsichtig zu verhalten hatte, keine voreiligen Schritte unternehmen durfte. Ich mußte die Geduld eines Försters aufbringen, der stundenlang auf ein Wild ansitzt, sonst wäre alles verdorben gewesen. Am folgenden Tag erkundigte ich mich beiläufig, ob sie Lust auf einen Spaziergang zum See mit mir und den Kindern habe. Am übernächsten Tag unternahm ich den entscheidenden Vorstoß: Ich lud sie zu einem Abendessen im Restaurant ein. Kam eine abschlägige Antwort, gab ich dennoch nicht auf. Das hieß nur, daß es noch zu früh war, das Küchenkanapee zu verlassen und abends das Ehebett aufzusuchen, mit allen Rechten, die sich daraus ergaben. Kam jedoch eine positive Antwort, ergriff mich ein wahrer Taumel. Es war wie vor dem ersten Mal, als ich mit Marga geschlafen hatte. Sie wird es, wenn ich das richtig sehe, wohl ähnlich empfunden haben. Ich entdeckte Zeichen des Begehrens auf ihrem Gesicht, und meine männliche Würde kehrte zurück. Ein wenig mußte ich mich allerdings noch beherrschen. Am Abend gingen wir mit den Kindern zum Essen in ein Restaurant und demonstrierten damit familiäre Harmonie. Danach brachten wir in aller Eile die Kinder zu Bett. Marga verließ das Kinderzimmer zuerst. Ihr Atem ging schneller als sonst. Verzückt schaute ich ihr nach, wenn sie ins Schlafzimmer ging und die Tür ein wenig hinter sich offenstehen ließ. Das bedeutete: Es ist jetzt genug, komm!

Mit einem Kloß im Hals schaute ich mich um und versuchte, einen Sinn in die Anwesenheit all dieser Besucher zu bringen. Doch Doktor N. T. war schneller. Er erhob sich, gewichtig, feierlich, und kam zu mir. Offen und ehrlich, das waren seine Worte, solle ich ihm sagen, was ich in diesem Augenblick dachte. Ich saß ganz schön in der Klemme. Sein Vorstoß kam für mich unerwartet, zum andern bot er einen reichlich unwirklichen Anblick, was mich aus der Fassung brachte. Nichts anderes als vorhin, antwortete ich, als Irma sich zum Flughafen davonmachte und mich hier sitzenließ: Ich komme mir vor, als gehörte ich in eine andere, längst vergangene Welt. Als sei ich aus reiner Trägheit im letzten Jahrhundert zurückgeblieben. Und wie du siehst, bestätigen mich die Menschen, die mir die Ehre ihres Beileidsbesuchs gewährt haben, obgleich ich sie zum Teil überhaupt nicht kenne, in dieser Ansicht. Ich spreche jetzt von den Herren in den Anzügen aus der Requisitenkammer. Es kann aber auch sein, daß ich mir mit dem Antritt des neuen Jahrtausends übersinnliche Fähigkeiten erworben habe und aus unerklärlichen Gründen imstande bin, mit einer jenseitigen Welt zu kommunizieren, in der jeder von uns beiden sein Pendant hat. Diese Leute hier behaupten nun, daß mein jenseitiges Pendant seinen ewigen Platz unter ihnen bereits gefunden hat, und auf eine bessere Lösung kann ich auch nicht hoffen, weder in dieser noch in einer anderen Welt. Es ist zum Verrücktwerden. Habe ich nicht recht?

Der Doktor stand nachdenklich da. Ich weiß nicht genau, was ich von deiner Theorie halten soll, sagte er dann. In diesem Moment erschien Lori in der Tür, ein großes Tablett mit Kaffeetassen und Rakigläsern vor sich hertragend. Diese deine Theorie ist recht weit hergeholt. Gewiß gibt es eine viel einfachere Erklärung. Nach diesen rätselhaften Worten trat er zur Seite, um Lori Platz zu machen.

Ich wollte ihn bitten, mich in deutlicheren Worten aufzuklären, doch da kam Lori auf mich zu. Sie hatte ein Tablett in der Hand, allerdings kein großes, sondern ein ganz kleines, auf dem nur eine Kaffeetasse und ein Rakiglas standen. Der Kaffee und der Raki waren für mich bestimmt. Lori forderte mich zum Trinken auf, ich sei nach achtundvierzig schlaflosen Stunden gewiß erschöpft, meinte sie. Ich gehorchte und nahm einen Schluck Raki. Dann schlürfte ich meinen Kaffee, und als ich von der Tasse aufschaute, waren weder Gruppen von Besuchern noch Doktor N. T. zu sehen. Die Wohnungstür auf der anderen Seite des Flurs stand offen, und ein eisiger Luftzug war zu spüren, als seien die Besucher erst gerade eben auf geheimnisvolle Weise verschwunden. Vermutlich zitterte ich, denn Lori schloß das Zimmerfenster, das wir wegen des Zigarettenqualms aufgemacht hatten. Ich war versucht, mich nach all den Leuten zu erkundigen, die eben noch das Zimmer gefüllt hatten. Und warum war Doktor N. T., mit dem ich mich noch vor wenigen Augenblicken über ein hochphilosophisches Thema unterhalten hatte, plötzlich nicht mehr hier? Ich unterließ die Frage, lehnte mich im Sessel zurück und konzentrierte mich auf meine Kaffeetasse, als sei bei ihr Auskunft über den Zustand meiner Sinne zu erhalten. Meine Sinne trogen mich keineswegs. Die Tasse war ein wirklicher Gegenstand, so wirklich wie Lori in ihrem kurzen dunklen Rock. Sie saß mir mit übereinandergeschlagenen Beinen auf einem der Stühle, die an der Wand aufgereiht waren, gegenüber und wartete darauf, daß ich meinen Kaffee austrank, damit sie die Tasse mitnehmen konnte. Und um den letzten Beweis anzutreten, daß sie mich nicht trogen, bildeten meine Sinne auf dem Bildschirm des Gehirns ihre Beine ab. Es handelte sich um ein verwirrend getreues Abbild. Ich bat Lori um ein weiteres Glas Raki. Sie stand auf, ging in die Küche und brachte von dort auf dem kleinen Tablett ein weiteres Glas Raki. Kein Traum also, dachte ich, als ich das Glas entgegennahm. Ich mußte mich zusammenreißen. Der Doktor mit seinen Spielchen durfte mich nicht aufs Glatteis führen. Warum sollte ich mir den Kopf zerbrechen über geheimnisvolle Besuchergruppen? Als Lori sich zu mir herunterbeugte, erwies sich noch einmal überdeutlich, daß meine Sinne völlig normal funktionierten: mein Blick blieb am Ansatz ihrer Brüste im Ausschnitt ihrer Bluse hängen. Ich nahm einen Schluck Raki. Und dachte: Wirklich, es stimmt schon, die Sache mit der Hundehaut...

Als Tomi kam, war ich noch immer tief versunken in das Gefühl, eine Hundehaut zu sein. Außerdem hatte ich Angst, er werde mich beim Betreten des Zimmers sofort mit Beschimpfungen überfallen. Dadurch, daß sie länger ausblieben, als zu erwarten gewesen war, wurden meine Unruhe und Angst nicht geringer. Als sie endlich eintrafen, wurde es schon dunkel, und Irma erklärte mir den nicht vorhersehbaren Grund ihrer Verspätung: Tomi habe auf dem Weg nach Hause darauf bestanden, beim Friedhof vorbeizufahren.

Er fiel nicht mit Beschimpfungen über mich her. Als ich ihn vom Sessel aus durch die Tür kommen sah, stand ich auf. Er näherte sich mir. Mein Herz schlug bis zum Hals, und ich empfand starke Schuldgefühle diesem schlanken, blassen und erschöpften jungen Herrn gegenüber, der mein Sohn war. Es passierte nichts Besonderes. Tomi umarmte mich. Das tat zur gleichen Zeit wie er auch Irma, und beide brachen in heftiges Schluchzen aus. Ich drückte sie an mich. Es gereicht mir wahrscheinlich nicht zur Ehre, aber ich muß hier anmerken, daß in dem Augenblick, als meine Kinder in Schluchzen ausbrachen, mir um ein Haar das gleiche widerfahren wäre, doch aus einem ganz anderen Grund, auf den die beiden nie gekommen wären. Es war die Erleichterung darüber, daß Tomi mich entgegen meiner Befürchtung nicht beschimpft hatte. Wenn ich es mir recht überlegte, lag der Anlaß zu dieser Befürchtung schon weit zurück. In gewisser Weise war mein Sohn Zeuge gewesen, als ich Marga zum ersten Mal betrogen hatte. Damals war er erst sechs Jahre alt gewesen.

Ich weiß, daß dieses keineswegs ehrenvolle Bekenntnis mir harte Urteile einbringen wird. Doch ich kann darauf nicht verzichten. Ich bin ein Sklave der Vergangenheit, komme von dieser alten Geschichte einfach nicht los. Ich möchte fliehen, doch sie lähmt mir die Beine. Während der ganzen Tage, bevor Tomi wieder abreiste, hatte ich den närrischen Wunsch, ihn zu fragen, ob er sich noch an unsere allsonntäglichen Besuche im Puppentheater erinnerte. Arglos staunte Marga über den ungewohnten väterlichen Eifer, der mich jeden Sonntagmorgen dazu trieb, mit Tomi meine Zeit im Puppentheater zu vergeuden. Seitensprünge lockten mich damals noch nicht. Im Grunde genommen betrog ich Marga bei dieser Gelegenheit zum ersten und einzigen Mal. Ein anonymer Brief blieb aus. Niemand außer Tomi hätte ihn schreiben können.

6

Damals wohnten wir im ersten Stock eines Wohnblocks in der Myslim‑Shyri‑Straße. Wir waren erst ein Jahr vor dem Tod meines Vaters von unserer alten Wohnung beim Haus der Offiziere nach dort umgezogen. Unsere Fenster gingen zur Straße hinaus, und direkt unter uns befand sich der Milchladen des Viertels, an den sich der Brotladen anschloß, auf den der Fleischladen und schließlich der Obst‑ und Gemüseladen folgten. Den Geschäften gegenüber befand sich ein Kino.

Ich haßte die Wohnung, weil dort kurz hintereinander Vater und Brunilda gestorben waren. Später, als Erwachsener, haßte ich sie zusätzlich, weil einen der Lärm dort fast in den Wahnsinn trieb. Vor allem in der Nacht war es laut. Das lag nicht so sehr am Straßenverkehr, der hielt sich in Grenzen. Nur Personenautos und Lieferwagen, meistens polnische Erzeugnisse der Marke »Zuk«, waren erlaubt. Pkws kamen nur gelegentlich durch und machten wenig Lärm. Auch die Lieferwagen ließen sich ertragen. Absolut nicht auszuhalten war für mich der Lärm der wartenden Schlangen.

Bereits um zwei Uhr nachts erwachte man an einem dumpfen Grummeln, das aus den Eingeweiden der Erde zu kommen schien. Das waren die Leute, die drunten vor dem Milchladen anstanden. Sie redeten, diskutierten, stritten sich, und zwar vor allem, wenn endlich die Milchverkäuferin und gleich darauf der Lieferwagen eintrafen und die dem Volk der Zigeuner angehörenden Arbeiter unter lautem Getöse die Kisten mit den Milchflaschen abluden. In diesem Moment erreichten die lautstarken Wortwechsel mit niederträchtigen Vordränglern ihren

Höhepunkt. Stimmen der Verbitterung erklangen, empörte Protestrufe. Der »Zuk« entfernte sich mit knatterndem Auspuff, dann herrschte eine gewisse Ruhe. Die Vorwitzigen waren in ihre Schranken verwiesen, die Menschen drängten nach vorne, jeder hatte Anspruch auf zwei Liter, und hielt er die Flaschen dann tatsächlich in seinen Händen, ging er zufrieden nach Hause. Bis zur nächsten Nacht.

Ich selbst nahm an den epischen Schlachten um zwei Liter Milch teil, nachdem Tom auf die Welt gekommen war. Anfangs galten in der Schlange noch liberale Postierungsregeln. Es genügte, einen Stein oder einen anderen markanten Gegenstand auf den Boden zu legen, und der Platz galt als besetzt. Doch eines Tages erklärte man Steine und anderes Zeug für unzureichend. Der lange schwelende Konflikt erreichte seinen dramatischen Höhepunkt, als ein Mensch um zwei Uhr morgens vor sich in der Männerschlange keinen einzigen Mann vorfand, sowenig wie sich Frauen in der Frauenschlange befanden. Es gab nur an die sechzig Steine in jeder der beiden Reihen. Das ist unerhört, dachte der Mensch, das ist eine Niedertracht. Und ohne lange zu zögern, beseitigte er sämtliche steinernen Platzhalter. Dieser Zwischenfall hatte zur Folge, daß man sich auf folgenden Grundsatz verständigte: ein Platz galt nur dann als reserviert, wenn man seinen Korb oder seine Tasche mit den Flaschen darauf hinterlassen hatte. Später reichte auch das nicht mehr, weil immer noch Raum für Tricks und Schliche blieb. Jetzt wurde eine eherne Regel eingeführt: ein belegter Platz wurde nur respektiert, wenn es außer dem Flaschenkorb auch eine dazugehörige Person gab, die ständigen Sichtkontakt zu ihrem Vordermann respektive Vorderfrau hielt, um dem Eindringen von Spitzbuben entgegenwirken zu können.

Ich betrog Marga zum ersten Mal zu einer Zeit, als die

Milch nur noch tröpfchenweise floß, die Schlangen besonders gedrängt standen, Marga mit Irma schwanger und Tom sechs Jahre alt war.

Um zwei Uhr morgens weckte mich das Scheppern des mechanischen Weckers chinesischer Herkunft, den ich auf dem Nachttisch stehen hatte. Mir ein wenig Wasser ins Gesicht zu spritzen, mich anzuziehen und die Treppe hinunterzugehen, kostete knappe fünfzehn Minuten. Damit schaffte ich es gewöhnlich unter das erste Dutzend der Wartenden in der Männerschlange. Ich befand mich also, die Frauenschlange mitgerechnet, unter den ersten zwei Dutzend Kunden und hatte folglich gute Chancen, schnell an meine Milch zu kommen. Da ab halb vier verkauft wurde, reichte es nach der Rückkehr in die Wohnung wohl noch zu zwei Stunden Schlaf, ehe ich zur Arbeit mußte.

Seit damals leide ich unter einer Unverträglichkeit, was Schellen und Klingeln aller Art angeht, mechanische oder elektrische. Wenn sie losgehen, ist mir, als bohre sich etwas in meinen Schädel, und meine Nerven beginnen zu glühen. Am liebsten würde ich vor Schmerzen brüllen, um mich herum wird es Nacht, und Nebel beginnt zu wabern. Durch den Nebel hindurch erkenne ich in der Ferne eine schattenhafte Gestalt, die sich entfernt. Ich kann sie nicht erreichen. Dann löst sich die Gestalt in der Dunkelheit auf und macht einer grotesken Schar von Männern und Frauen Platz.

Ich vermag nicht mehr genau zu sagen, wann mir Dolores' Anwesenheit zum ersten Mal auffiel. Es muß in einer kalten, nebeligen Winternacht gewesen sein. Gewöhnlich bezog ich, nachdem ich meinen Korb mit den Flaschen in der Reihe abgestellt hatte, in einem windgeschützten Winkel gegenüber dem Laden Position, um auf den »Zuk« zu warten. Ich kannte inzwischen jedes Gesicht in der Schlange, ob Männlein oder

Weiblein. Ich kannte auch die dazugehörigen Körbe und Taschen. So entging es mir natürlich auch nicht, als Dolores sich zum ersten Mal bei diesem Stelldichein der Stammkunden einfand. Das feste Gefühl, es sei in einer kalten, nebeligen Winternacht gewesen, habe ich wahrscheinlich, weil sie mir in einem langen braunen Mantel in Erinnerung geblieben ist, dessen Pelzkragen hochgestellt war, so daß er den Hals und einen Teil des Gesichts verdeckte. Ich war mir relativ sicher, daß sie unter diesem Mantel nur ein Nachthemd anhatte, denn wollte man einen guten Platz in der Schlange bekommen, hatte man keine Zeit, sich sorgfältig anzukleiden und zu frisieren oder auch nur auf die bescheidenste Art zurechtzumachen.

Von meiner strategischen Position in der Ecke aus sah ich sie unter den tuschelnden Frauen stehen, denn sie brachte sich nicht wie die anderen von zu Hause einen Holzschemel mit. Vielleicht hat sie überhaupt nur deshalb meine Aufmerksamkeit erregt. Das wallende schwarze Haar fiel ihr über die Schultern. Von Zeit zu Zeit warf sie es mit einer Kopfbewegung zurück oder strich es sich mit der Hand aus dem Gesicht. Dann sah man, wie schön sie war. Ich beobachtete sie aus der Ferne und sagte mir, ehrlich, der Mann dieser Frau muß ein echter Esel sein. Oder impotent. Oder sonst etwas. Sonst hätte er nicht einfach gemütlich weitergeschlafen, als seine Frau mitten in der Nacht aus dem Bett aufstand und sich bis zur Nasenspitze in dem braunen Mantel mit dem Pelzkragen verkroch, der sie vielleicht einigermaßen vor der Kälte schützen konnte, nicht aber vor den starrenden Blicken der Mannsbilder. Die meisten Männer in der Schlange waren Rentner. Sie waren von dem einzigen Wunsch beseelt, der »Zuk« mit der Milch möge so schnell wie irgend möglich eintrudeln, und ein hübsches Antlitz zwischen den verwelkten Gesichtern ihrer Pendants auf der weiblichen Seite war das letzte, was sie interessierte.

Aber es gab eben nicht nur Rentner. Von meiner strategischen Position in der Ecke aus verfolgte ich mit ruhiger Überlegenheit, wie diverse Kerle mit einem sichtbaren Überschuß an Sexualhormonen gespielt gleichgültig um den Frauenschwarm herumstolzierten. Ihre Absicht war eindeutig: Sie versuchten Blickkontakt mit der schönen Unbekannten zu erlangen, die seit neuestem am Warten in der Schlange teilnahm.

Anfangs fand ich das unterhaltsam. Die nächtliche Gockelparade um die versammelte Weiblichkeit herum versüßte mir gewissermaßen das Warten in der Dunkelheit. Dann verlor sich das Vergnügen und machte Neugier Platz. Das war, als besagte Frau, wie mir schien, den Zweck des Vorbeimarschs zu erahnen und darauf anzusprechen begann. Meinen Beobachtungen nach hatte ein Typ im Trainingsanzug die besten Erfolgsaussichten. Über dem Trainingsanzug trug er eine dicke grüne Feldjacke, wie sie zur Ausrüstung der Offiziere gehörte. Meine Neugier wich Bestürzung, als es ihm eines Nachts gelang, die Frau in ein kurzes Gespräch zu verwickeln. Damit hatte er fraglos Punkte gemacht. Bei seiner Hartnäckigkeit war damit eigentlich zu rechnen gewesen. Womit ich allerdings nicht gerechnet hatte, war das Gefühl, das mir die Kehle zusammenpreßte: Eifersucht.

Es war wirklich lächerlich. Ich kannte die Frau ja überhaupt nicht. Trotzdem ließ ich mich auf die Geschichte ein. In gewisser Weise begann ich schon damit, Marga zu betrügen. Wenn der mechanische Wecker auf meinem Nachttisch klingelte, stand ich vorsichtig auf, um Marga nicht aufzuwecken. Ich begab mich ins Bad, wo ich mich sorgfältig rasierte und sogar ein Rasierwasser benutzte, was sonst nie vorgekommen war. Dann legte ich die beiden leeren Milchflaschen in meine weiße Plastiktasche, ging auf Zehenspitzen durch den Flur, dann die Treppe hinunter und vor das Haus, wo ich meine Tasche in der Schlange abstellte und mich daraufhin in meinen strategischen Winkel im Halbdunkel zurückzog. Einige Minuten nach mir erschien der Typ mit der Militärjacke, der sich mehrere Positionen hinter mir in der Schlange einreihte. Das bedeutete für mich wenigstens einen einzigen, winzigen Vorteil ihm gegenüber. Nach der Frau im langen braunen Mantel hätte man die Uhr stellen können. Stets gehörte sie zum ersten Dutzend der Frauen. Mein Gehirn begann zu arbeiten und Spekulationen zu produzieren. Konzentriert suchte ich auf ihrem Gesicht nach Zeichen, an denen ich erkennen konnte, ob sie, ehe sie bei uns in der Schlange erschienen war, mit ihrem Mann geschlafen hatte. Aber der Abstand war zu groß, ich konnte in der Dunkelheit nichts erkennen. Erst kurz darauf, als der »Zuk« angeknattert kam, löste sich dieses Problem. Ich verließ die dunkle Ecke und nahm meinen Platz in der Schlange ein. Nicht weit von mir entfernt stand die hübsche Frau. Der Typ in der Militärjacke sah sich gezwungen, seine Annäherungsmanöver abzubrechen, und verschwand irgendwo hinter mir in der Reihe, so daß ich endlich Gelegenheit hatte, in aller Ruhe das Gesicht der Frau zu betrachten, ohne ständig seinen Schatten in der Nähe zu spüren. Ihr Gesicht kam mir plötzlich bekannt vor. Wenn ich sie dazu bringen konnte, mich anzusehen, würde sie mich wahrscheinlich ebenfalls wiedererkennen. Doch sie schaute nicht auf. Wenn sie nicht ständig auf der Hut war, ging sie am Ende doch den starrenden Männern in die Falle. So zog sie es vor, sich stets bis zur Nasenspitze im Pelzkragen ihres Mantels zu verkriechen, um den bohrenden Männerblicken zu entgehen. Ich selbst war schamlos genug, sie in Gedanken auszuziehen und aus imaginären Zeichen, zum Beispiel Bißspuren, Schlußfolgerungen auf Versuche ihres Mannes zu ziehen, sie zu befriedigen, ehe er sie hinausschickte, um nach Milch anzustehen.

Normal konnte man das nicht mehr nennen. Ich konnte mich einfach nicht von der Vorstellung befreien, daß zwischen mir und dieser mir in Wahrheit völlig unbekannten Frau ein unsichtbares Band bestehe. In irgendeiner Nacht war die Schwelle des Absurden überschritten. Wie gewöhnlich war ich in meinem dunklen Winkel mit Warten beschäftigt, als ich sah, wie der Mensch in der Militärjacke sich der Frau näherte. Sie wandte ihm ostentativ den Rücken zu, doch der Typ ließ sich nicht vertreiben. Ich ärgerte mich. Wenn nicht in diesem Moment der »Zuk« mit der Milch angekommen wäre, wer weiß, ob ich mich nicht zu einer Dummheit hätte hinreißen lassen. So war ich jedoch gezwungen, meinen Platz in der Schlange einzunehmen. Ich stand immer noch unter der Wirkung dieses ziemlich blödsinnigen Grolls, als mein Blick und der Blick der Frau sich kreuzten. Unter diesen Umständen erschien es mir angebracht, sie zu grüßen, und zwar mit einem vertraulichen Lächeln, als kennten wir uns schon seit Jahren.

Später konnte Dolores sich an dieses Detail nicht mehr erinnern. Der Typ in der Militärjacke strich jede Nacht um sie herum, also gab es keinen besonderen Anlaß, sich an etwas zu erinnern. Alle Frauen kannten ihn und seine Absichten. Sie konnte sich auch nicht an meinen Gruß erinnern. An meine Blicke aber sehr wohl. Du hast dich in deiner Ecke verkrochen und gemeint, du seiest unsichtbar, meinte sie. Aber ich habe deine Blicke gespürt. Ich wußte, daß du da warst, selbst wenn in Nebel und Dunkelheit kaum mehr etwas zu erkennen war. Das hat mir angst gemacht. Daß ich an dich dachte, war gefährlich. Solche Fehler durfte ich mir nicht erlauben. Mein Mann war seit drei Jahren im Gefängnis, und ich kam mir wie eine Hure vor. Aber wenn wir zufällig gleichzeitig an der Verkaufstheke ankamen, war mein Bedürfnis, mich bei dir anzulehnen, fast unwiderstehlich. Und ich dachte dabei: Du bist eine Hure, eine Hure...

Davon wußte ich damals natürlich nichts. Völlig klar war mir allerdings meine absurde Lage. Wenn ich mit meinen beiden Milchflaschen in die Wohnung zurückkam, empfand ich ein tiefes Schuldgefühl. Ich schlich ins Schlafzimmer, zog mich leise aus, kroch neben Margas schwer gewordenem Körper ins Bett, und dabei hatte ich das Gesicht der unbekannten Frau vor mir. Wenn mir etwas wärmer geworden war, streckte ich die Hand aus und streichelte sanft Margas Bauch, in der Hoffnung, die Lebenszeichen des kleinen Wesens, das dort drinnen zusammengekauert lag, seien imstande, mich von der Macht der Unbekannten zu befreien. Doch offensichtlich schlief es zu dieser Stunde der Nacht ebenfalls, und so lag ich neben Marga, ohne daß es mir gelang, mich von meinen Seelenqualen zu befreien, weil meine Gedanken ständig woandershin schweiften. Bis dann mein Sohn Tomi in die Geschichte hineingezogen wurde.

Bekanntlich spielt der Zufall gelegentlich eine seltsame Rolle. Tomi setzte sich in den Kopf, daß ich am Sonntag darauf unbedingt mit ihm ins Puppentheater gehen müsse. Ich hatte natürlich keine Ahnung, daß er mich auf diese Weise mit Dolores zusammenbringen würde.

Weil sich der »Zuk« verspätet hatte, kam ich erst gegen vier Uhr morgens nach Hause zurück und konnte, sosehr ich mich auch bemühte, nicht wieder einschlafen. Beim Aufstehen hatte ich Kopfschmerzen und ständig das Gesicht der Unbekannten vor mir. Ein paar Stunden vorher war ich, als die neblige Finsternis sie verschluckte, versucht gewesen, ihr zu folgen. Gereizt, wie ich war, gingen mir alle auf die Nerven, Marga ebenso wie meine Mutter und Tomi. Jedes Geräusch störte mich, ich konnte das morgendliche Treiben in der Wohnung nicht ertragen, und als meine Mutter mich vom Wunsch meines Sohnes unterrichtete, ins Puppentheater ausgeführt zu werden, rastete ich fast aus. Ich hätte wahrscheinlich gebrüllt, das Balg solle mich in Ruhe lassen, wenn ich mich getraut hätte, meiner Mutter gegenüber einen solchen Ton anzuschlagen.

In dem kleinen Foyer des Theaters entdeckte ich sie sofort, als wir einige Minuten vor Vorstellungsbeginn eintrafen. Sie hatte ein kleines Mädchen an der Hand, jünger als Tomi, etwa vier Jahre alt, und gleich von Beginn an gab es gewisse Kommunikationsschwierigkeiten, weil die Kinder sich dem jeweils nicht zu ihnen gehörenden Erwachsenen gegenüber feindselig verhielten. Um ins Gespräch zu kommen, fragte ich die Kleine nach ihrem Namen, doch sie würdigte mich keiner Antwort. Ebenso verhielt sich Tomi, als sich Dolores höflichkeitshalber gleichfalls nach seinem Namen erkundigte. Ich zwang mich zu einem jener miserablen Lächeln, die Fluchtgedanken begleiten. Wir sind uns ja nicht ganz unbekannt, wollte ich sagen, schließlich begegnen wir uns jede Nacht in der Schlange vor dem Milchgeschäft. Vielleicht bin ich Ihnen ja nicht aufgefallen, Sie aber gehören auf jeden Fall nicht zu der Kategorie Frau, die man leicht übersieht. Ich verzichtete auf den Spruch, und zwar weniger aus Angst, sie könne meine Worte für banale Anmache halten, als wegen des Blicks, den mir das kleine Mädchen zuwarf. Es hatte den Kopf in den Nacken geworfen und starrte mich unverwandt an, und wenn man mir den Vergleich verzeihen möchte, so kam es mir vor wie ein kleines wildes Tier, das mir gleich an die Kehle springen würde. Sie fürchtet sich wohl selbst vor dieser wütenden kleinen Wildkatze, dachte ich, während wir uns schweigend gegenüberstanden und ich nicht anders konnte, als sie immerfort anzuschauen, ohne auf die kleine Bestie oder Tomi zu achten, der mich ständig am Ärmel zupfte. Ich ließ meinen Blick über ihr

Gesicht gleiten wie ein Pilot, der aus großer Höhe ein unbekanntes Gelände erkundet, und dabei war mir, als sei mir dieses Gelände gar nicht so unbekannt. Das Relief war in mir. Ich hätte ihr das sagen können, um den Bann zu brechen, unterließ es aber, weil ich nicht wie ein süßholzraspelnder Berufscasanova dastehen wollte.

Später erzählte mir Dolores, sie habe in meinen Augen gelesen, daß ich sie küssen wollte. Es war ganz deutlich, meinte sie, und wenn ich vernünftig gewesen wäre, hätte ich mich umgedreht und wäre gegangen. Das wäre sicher kein Problem gewesen, meine Tochter hätte nichts dagegen gehabt. Alle Männer, die sich mir zu nähern wagen, seit ihr Vater im Gefängnis ist, sind ihre Feinde. Aber ich blieb. Jede Nacht, wenn sich vor dem Laden unsere Wege trennten, habe ich mir überlegt, wie ich mich verhalten würde, wenn wir uns plötzlich anderswo begegnen würden. Zum Beispiel im Puppentheater, obwohl mir diese Variante nicht in den Sinn kam, sie war zu unwirklich.

Mein Gehirn hatte Mühe, das Wort »unwirklich« zu verarbeiten. Dolores löste die Spannung, die durch die Widersetzlichkeit der Kinder entstanden war, auf die denkbar einfachste Weise. Als die Lichter langsam ausgingen, zog sie ihre Tochter an der Hand zu der Tür vom Foyer zum Theatersaal. Ich folgte ihrem Beispiel, packte Tomi bei der Hand und zerrte ihn ohne weitere Umstände hinter mir her. Im Saal setzte sie sich in die letzte Reihe, ihre Tochter neben sich. Auf der anderen Seite war noch ein Platz frei. Vorausgesetzt, Tomi war bereit, sich die Vorstellung von meinem Schoß aus anzusehen, konnte ich mich dort niederlassen. Ich ließ meinem Sohn keine Wahl. Es war inzwischen völlig dunkel, der Vorhang ging auf, Musik erklang, und zwei Puppen erschienen auf der Bühne. Das Geschnatter der Kinder im Saal kam schlagartig zum Verstummen. Ich war ihr nun so nahe, daß ich sie atmen hören konnte.

Um bei Dolores' Ausdruck zu bleiben: die ganze Zeit über hatte ich einen Eindruck von Unwirklichkeit. Ich kannte noch nicht einmal den Namen der Frau an meiner Seite, aber in meinem Kopf brodelte es. Anfangs bemühte ich mich, so zu tun, als sei ich von den Darbietungen ganz und gar in Anspruch genommen. Ich saß stocksteif da und wagte mich nicht zu rühren, weil die Sitze so eng beieinander waren, daß die kleinste Bewegung sich auf meine Nachbarin übertragen mußte. Sie saß in der gleichen Haltung wie ich da und schien völlig im Bann des Puppenspiels zu stehen. Ich ahnte, daß sie sich genauso verstellte wie ich, daß unser beider Gedanken aufeinander zuströmten. Doch ich kannte ja noch nicht einmal ihren Namen. Diese Erkenntnis brachte mich wieder zur Besinnung, und es gelang mir, der heftigen Versuchung zu widerstehen, in Kontakt mit ihrem Körper zu treten.

Wir brauchten einige Zeit, bis wir einsahen, daß uns die Schauspielerei nur unnötige Schmerzen bereitete. Eine kleine Bewegung genügte, um die Befreiung einzuleiten. Mein Ellbogen berührte etwas auf der Armlehne, wahrscheinlich ihren Ellbogen, auf jeden Fall aber einen Teil ihres Körpers. Ich mußte im Dunkeln nicht den Kopf wenden, um mich davon zu überzeugen. Die punktuelle Berührung setzte einen Austausch in Gang. Ich nahm wahr, wie etwas von ihr zu mir herüberfloß, das mich erbeben ließ. Ihr erging es wohl ebenso. Ich taumelte in einen Abgrund hinein und begann darin zu schweben. Die Botschaft war unmißverständlich. Sie wollte mich. Unsere Beine berührten sich. Der erste Vorstoß ging von mir aus, doch sie wich sofort zurück, und mir war, als hätte ich eine Ohrfeige erhalten. Dann aber schaffte sie es nicht mehr, dem aggressiven Ruf des Fleisches Widerstand entgegenzusetzen, und preßte ihr Bein heftig gegen meines. In gewissem Sinn gab sie sich mir im dunklen Saal des Puppentheaters hin.

Diese unwirkliche Szene wiederholte sich an mehreren Sonntagen hintereinander. Wenn die Vorstellung zu Ende war und die Lichter angingen, saßen wir noch eine Weile lang reglos da. Verwirrt und benommen. Ohne zu wagen, einander in die Augen zu schauen. Wäre es möglich gewesen, wir hätten gewartet, bis alle weg waren, um uns in dem leeren Saal von den Qualen der sexuellen Frustration zu befreien. Doch wir mußten mit allen anderen den Saal verlassen. Wortlos, grußlos gingen wir auseinander, als sei nichts gewesen. Was wir auf den engen Sitzen taten, war waghalsig, und es gab keine tauglichen Alibis mehr. Wenn wir uns nicht vorsahen, konnte die Sache leicht ins Auge gehen. Also trennten wir uns wie zwei Fremde, ohne große Sorge, denn alles, was geschehen war, blieb zurück im kleinen Saal des Puppenhauses, in dem, wie es hieß, einst das königliche Parlament getagt hatte. Am nächsten Tag begann wieder die lange Woche mit dem Anstehen um zwei Uhr nachts. Ich zog mich in meinen dunklen Winkel zurück, bald darauf kam sie. Der Typ in Trainingsanzug und grüner Kampfjacke begann seine Streifzüge.

Tomi sorgte schließlich für den Abbruch unseres Spiels. Eines Sonntags weigerte er sich, mit mir ins Puppentheater zu gehen, er habe keine Lust mehr. Ich denke bis heute, daß er etwas Unsauberes in meiner Beziehung zu der unbekannten Frau witterte. Es täte mir leid, wenn es wirklich so war. Für mich war nie etwas Unsauberes dabei. Ich hatte mich in diese Frau verliebt.

Am Sonntag nach der ersten Begegnung im Puppentheater gab es für mich keinen Anlaß zu der Hoffnung, daß ich die Frau, deren Namen ich nicht kannte, dort wiedersehen würde. Doch ich irrte mich. Kaum hatte ich mit Tomi an der Hand das Foyer betreten, sah ich sie an der gleichen Stelle wie eine Woche zuvor stehen. Es war, als habe sie sich die ganze Zeit nicht vom Fleck gerührt. Ich kann mich erinnern, daß es ein milder Wintertag war und daß sie nach Parfüm duftete. Sie trug ein helles Kostüm und darunter einen himmelblauen Rollkragenpullover aus Acryl. Ich kann mich außerdem daran erinnern, daß sich eine leichte Röte auf ihrem Gesicht zeigte, als sich unsere Blicke trafen, woraus ich schloß, daß sie ebenfalls auf mich gewartet hatte. Ich kann mich ferner daran erinnern, daß ich zwar ihren Namen erfuhr, es aber nicht schaffte, den Namen ihrer Tochter herauszubekommen, weder an diesem noch an einem späteren Tag. An diesem Tag nicht, weil das Mädchen mir gegenüber wieder die feindselige Haltung einer kleinen Wildkatze einnahm. Später nicht, weil ich sie angesichts der sich überschlagenden Ereignisse nicht mehr zu Gesicht bekam. Wenigstens ein anderes Detail prägte ich mir ein: Sie hatte blaue Augen. Alles andere war genau wie bei unserer ersten Begegnung, mit einer Ausnahme. Diesmal unternahm keiner von uns den Versuch, sich zu verstellen. Wir wußten, daß das Puppenspiel nicht lange dauern würde, die Zeit flog, es war uns unmöglich, unser sexuelles Begehren zu stillen. Natürlich war verrückt, was wir taten, ein pubertäres Spiel, das mich an meine Zeit als Oberschüler erinnerte, als ich mich im Unterricht auf der engen Schulbank an eine Klassenkameradin gepreßt und das ganze später zu Hause zum Abschluß gebracht hatte, indem ich onanierte. Unser Abschied blieb so im Unbestimmten wie die Begegnung. Wir gingen auseinander, ohne ein Wort gewechselt zu haben. Der Alltag des anderen war Sperrzone, was auch durch die Anwesenheit der Kinder bezeugt wurde. Bis wir einsahen, daß es so nicht weitergehen konnte.

Das hat mit jenem Sonntag zu tun, nach dem Tomi sich

weigerte, mit mir ins Puppentheater zu gehen. Diesmal wartete sie nicht im Foyer, sondern im Saal. Ich begriff sofort, weshalb. Das Theater war vollständig besetzt. Sie saß in ihrer Ecke in der letzten Reihe und gab mir ein Zeichen. Mit Tomi an der Hand brauchte ich eine ganze Weile, bis ich es zum Platz neben ihr geschafft hatte, den sie, wie sie mir flüsternd mitteilte, mit viel Mühe freigehalten hatte. Du bist spät dran heute, ich hatte schon Angst, du kommst gar nicht mehr, sagte sie. Die Lichter erloschen. Ich wäre um jeden Preis gekommen, flüsterte ich zurück, das kannst du mir glauben. Ja, ich wußte es, gab sie zurück. Es war nun völlig dunkel, der Vorhang ging auf, und die Puppenschauspieler erschienen auf der Bühne. Es war das erste Mal, daß wir miteinander sprachen, und sie war nun, da wir unsere schweigende Vereinbarung gebrochen hatten, offensichtlich genauso verwirrt wie ich. Wir hatten Worte miteinander gewechselt, und der Ton war überraschend vertraut gewesen. So erschien es mir nur natürlich, im Dunkeln nach ihrer Hand zu tasten. Ich fand sie irgendwo in der Nähe ihres Knies, wo sie in augenscheinlicher Erwartung meines Zugriffs bereitlag. Sie öffnete sich bei meiner Berührung. Unsere Hände verschränkten sich. Der letzte Abstand zwischen uns war beseitigt.

Ich hatte etwas Wesentliches vergessen. Das Mädchen, das auf der anderen Seite saß, bekam vermutlich nichts mit. Aber ich hatte Tomi auf den Knien. Ich weiß nicht, was ein Kind empfindet, dessen Vater die ganze Zeit die Hand einer fremden Frau hält und sich überhaupt ganz merkwürdig benimmt. Ich an Tomis Stelle hätte vermutlich laut gebrüllt und alles dazu getan, daß die Vorstellung unterbrochen wurde, die Lichter wieder angingen und mein Vater gezwungen war, sein seltsames Verhalten aufzugeben und die Hand dieser fremden Frau endlich loszulassen. Tomi jedoch brüllte nicht. Tomi tat nur eines: Er weigerte sich am darauffolgenden Sonntag, mit mir ins Puppentheater zu gehen. Vielleicht war das nur eine Laune, die gar nichts mit meinem Verhalten zu tun hatte. Aber es konnte auch ein Ausdruck des Protestes sein. Wie auch immer, an diesem Punkt steigt er aus dem Geschehen aus. Das Geheimnis, das er fortan in sich trug, bewirkte bei mir ein permanentes Schuldgefühl ihm gegenüber. Von da an gab es außer mir und Dolores keine Zeugen mehr.

An dem Tag, an dem ich mich allein im Puppentheater einfand, wurde mir klar, wie skandalös unser Verhalten war. Früher oder später würden wir Aufmerksamkeit erregen. Aber mir wurde auch noch etwas anderes, ebenso Wichtiges klar: Ich würde es ohne sie nicht aushalten. Diesen Widerspruch versuchte ich umgehend zu lösen, indem ich ihr vorschlug, uns anderswo zu treffen. Wir warteten im Foyer auf den Beginn der Vorstellung, und sie hielt ihre kleine Tochter an der Hand. Meine Stimme klang erstickt, und sie errötete, was mich noch unsicherer machte. Ich weiß selber nicht, sagte Dolores später, warum ich ablehnte. Es war dumm, mich zu zieren. Ich wollte mit dir schlafen.

Den restlichen Tag über verfolgte mich das Gefühl, mir selbst eine Blamage zugefügt zu haben. Es fiel mir schwer, mich damit abzufinden, daß sie offensichtlich einem anderen gehörte. Unsere Berührungen im Dunkeln waren bloß eine Laune gewesen. Ein Schein, wie das Puppenspiel. So stieg ich denn um zwei Uhr nachts mit dem befremdlichen Gefühl, eine Puppe zu sein, die Treppe unseres Wohnblocks hinunter. Es war bitter kalt, und ein schneidender Wind wehte. Ich stellte die Tasche mit den leeren Flaschen in der Schlange ab und zog mich in meinen Winkel zurück, um die eintreffenden Leute zu beobachten. Männer und Frauen, unterschiedlich bekleidet, verschlafene Vogelscheuchen in der Nacht. Marionetten beiderlei

Geschlechts. Ich betrachtete die bleichen Gesichter und vertrieb mir wie üblich die Zeit damit, daß ich herauszufinden versuchte, welche der Frauen vor dem Aufbruch in die Finsternis von ihrem Mann befriedigt worden waren. Daran dachte ich auch, als ich sie in ihrer Milchschlangenuniform entdeckte, dem langen braunen Mantel, dessen Pelzkragen bis zur Nasenspitze hochgeschlagen war. Wie oft hast du heute nacht mit deinem Mann verkehrt, murmelte ich vor mich hin, was ist das für ein Idiot, der dich aus dem Bett läßt und einfach weiterschläft? Ich atmete schwer. Ich machte mir etwas vor. Mein Sarkasmus war nicht echt. Er stand einem anderen zu, denn ich war die Vogelscheuche. Eine nächtliche, hundegeile Vogelscheuche.

Es gab in dieser Nacht wieder einmal Probleme mit der Stromspannung, so daß die schwach leuchtende einzige Glühbirne des Ladens den Gesichtern die fahle Blässe von Leichen gab. Die ganze Zeit starrte ich auf den erleuchteten Bereich vor der Frontscheibe des Ladens, wo sich die Frauen drängten. Sie wandte mir den Rücken zu, ich sah nur die Haare, die ihr über die Schultern fielen. Bei klarem Verstand hätte ich sofort begriffen, weshalb sie mit dem Rücken zu mir stand. Der Typ mit der Kampfjacke strich wieder einmal um sie herum, der Rücken galt ihm. Doch ich war nicht bei klarem Verstand, weshalb ich ihr Verhalten falsch interpretierte und auf mich bezog. Als sie sich anschickte, den blaßgelb erleuchteten Bereich zu verlassen, und kurz stehenblieb, wo er in die Schwärze der Nacht überging, kam mir nicht in den Sinn, daß sie sich mir womöglich nähern und damit meine Fehlinterpretation korrigieren würde. Ich hatte gewissermaßen eine kosmische Erscheinung. Der eisige Wind zerzauste ihr Haar und verwischte damit die Grenze zwischen Fahlhell und Finster, so daß sie mir wie das Fragment eines Nebelfeldes vorkam, so vage und unwirklich, daß jeden Augenblick damit gerechnet werden mußte, daß sie sich auflöste und verschwand. Die Wahrheit war wesentlich schlichter. Sie kam zu mir und bat mich, um sechs Uhr abends vor dem Kino zu sein, dem des Viertels, sie nannte auch den Namen, und gleich darauf kehrte sie zurück in den Bereich des bläßlich gelben Lichts, wo sie ihre alte Position mit dem Rücken zu mir wieder einnahm.

Die Worte »sechs Uhr« und der Name des Kinos verhakten sich in meinem Gehirn. Als endlich der »Zuk« mit der Milch auftauchte und die Arbeiter aus dem Zigeunervolk die Flaschenkisten auszuladen begannen, aber auch später, als ich meine tägliche Ration bereits abgeholt hatte, nach Hause zurückkehrte und mich neben Marga ins Bett legte, blieb mein Gehirn auf die Worte »sechs Uhr« und den Namen des Kinos fixiert. Ich brauchte einige Zeit, um die Tatsachen in das richtige Verhältnis zu ihrem Kontext zu bringen. Daß ich um sechs Uhr vor dem Kino des Viertels sein sollte, hieß wohl, daß sie sich zum betreffenden Zeitpunkt gleichfalls dort einfinden würde. Aber warum um sechs Uhr, und weshalb gerade an diesem Ort?

In unserem Vorstadtkino liefen gewöhnlich nur alte Filme. Es war selten ausverkauft. Hauptsächlich frequentierten es junge Paare, die in Ermangelung anderer Möglichkeiten zwei vertraute Stunden dort verbrachten. Sie saßen möglichst weit voneinander entfernt über den Saal verteilt, und der Film auf der Leinwand war das, was sie in diesen Augenblicken am wenigsten interessierte. Diese Aussicht reizte mich nicht besonders. Außerdem war es gefährlich, an ein Treffen dieser Art überhaupt zu denken. Ganz zu schweigen von dem schlechten Gewissen, das mich befiel, wenn ich Margas geschwollenen Bauch anschaute. Schließlich mußte ich mir auch noch eine glaubhafte Begründung für meinen Ausflug in sorgfältig gewählter Kleidung ausdenken.

Ich weiß nicht mehr, welche Lüge mir einfiel. Ich erinnere mich aber, daß ich mich beim Rasieren schnitt und die Blutung nur mit Mühe stoppen konnte und dieser Miniunfall ausreichte, um meine Anspannung auf die Spitze zu treiben. Ich verließ das Haus eine Stunde vor der Zeit, obwohl es bis zum Kino nur zehn Minuten waren, setzte mich in ein Lokal in der Nähe und begann das Warten auf die denkbar ungeeignetste Weise, nämlich bei einem doppelten Kognak. Wenig später bestellte ich den zweiten. Um fünf vor sechs lehnte ich, die Hände in den Taschen meines Regenmantels verborgen, an der Wand vor dem Kinoeingang. Auch ihre Hände steckten, als sie langsam näher kam, in den Taschen ihres Regenmantels. Sie blieb wie zufällig neben mir stehen, betrachtete zerstreut die Kinoreklame und wies mich dabei, ohne den Kopf zu wenden, flüsternd an, ihr zu folgen. Ich tat, wie mir geheißen wurde, und ging in einigem Abstand hinter ihr her. Zu meiner freudigen Überraschung würden wir den Abend wohl doch nicht in dem unfreundlichen Kinosaal verbringen. Allerdings kränkte mich, daß ich an diesem Tag bereits zum zweiten Mal vor vollendete Tatsachen gestellt wurde. Doch das Fünklein von Aufbegehren erlosch sofort wieder. Mein männlicher Stolz kapitulierte wie ein bissiger Hund, der zu bellen aufhört, wenn ihm der Geruch seines Lieblingsfutters in die Nase steigt. Ich war ganz erfüllt von ihrem Duft und dachte nur daran, sie nicht aus den Augen zu verlieren, während ich ihr möglichst unauffällig folgte. Diese Gefahr bestand besonders, als sie die große Straße verließ und in ein Sträßchen einbog, auf das weitere Sträßchen folgten, bis ich mich in einer Sackgasse wiederfand, ohne sie irgendwo zu sehen. Dabei stand sie ganz in meiner Nähe in einem schmalen Durchlaß zwischen zwei einstöckigen Häusern, in den ich ihr auf einen leisen Zuruf hin folgte. Mittlerer Eingang, erster Stock rechts, sagte sie hastig, trug mir auf, zehn Minuten zu warten, und verschwand.

Mittlerer Eingang, erster Stock rechts... Ich wiederholte diese Worte ständig, während ich in dem engen Durchgang wartete, und auch noch, als ich mich in Bewegung setzte und auf einen Platz trat, der nur vom Licht aus den Fenstern eines Wohnblocks ein Stück weiter schwach erleuchtet wurde. Die drei Eingänge gähnten vor mir wie Höhlen. Ich bewegte mich auf den Wohnblock zu. Mittlerer Eingang, erster Stock rechts... Im Treppenhaus herrschte totale Finsternis. Vorsichtig, um mir nicht den Hals zu brechen, tastete ich mich hinauf.

Sie schloß die Tür von innen ab und ging mir durch einen unbeleuchteten Flur voraus in ein Zimmer, wo wir einander gegenüberstanden. Von der abendlichen Kälte draußen oder der Hitze, die im Zimmer herrschte, war ihr Gesicht gerötet. Ein Zittern überlief mich. Ich zog sie an mich. Sie schloß die Augen. Ich küßte sie, und mit einem Stöhnen preßte sie ihren Körper an meinen. Dann begannen wir uns hastig zu entkleiden, wir hatten nur wenig Zeit, und der Abend sollte nicht enden wie unsere Treffen im Puppentheater, auf die jedesmal eine Woche ständiger Qual gefolgt war. Inmitten der auf dem Boden verstreuten Kleider standen wir uns immer noch gegenüber. Sie hatte ihr Hemd anbehalten. Ich entdeckte ein Sofa, auf dem eine Decke und ein Kissen lagen. Ich führte sie hin. Sie schlang mir die Arme um den Hals. Zwischen ihren Brüsten sah ich eine dünne Goldkette mit einem Medaillon. In diesem Moment dachte ich mir nichts dabei. Sie nahm es ab und legte es unter das Kissen. Hätte ich gewußt, was das Medaillon enthielt, wäre mir wohl der Gedanke gekommen, sie wolle Zeugen unseres schuldhaften Verhaltens vermeiden, auch wenn es nur die Abbilder toter Menschen waren.

Ahnend, daß die Geschichte kein gutes Ende nehmen

würde, beschloß ich, sie nicht wiederzusehen. Das war, als wir schließlich erschöpft nebeneinander auf dem Sofa lagen, ohne richtig glauben zu können, daß es wirklich passiert war, und sie zu schluchzen begann. Ich hatte nicht den Mut, etwas zu sagen. Wir hatten bis dahin ja noch kaum ein Wort gewechselt, gerade so viel gesprochen, wie nötig gewesen war, um schließlich in diesem Zimmer zu landen. Egal, was ich nun sagte, es war nicht das Richtige. Wir kannten uns kaum. Wir wußten überhaupt nichts voneinander. Ich betrachtete ihren auf dem Sofa ausgestreckten Körper und dachte: Ich muß etwas unternehmen. Und am vernünftigsten war, wenn ich ging.

Unsere Kleider lagen durcheinander auf dem Teppich, der die Fußbodenfliesen bedeckte. Während ich mich anzog, schaute ich mich im Zimmer um. Da waren ein mit Holz beheizter Ofen, zwei Sessel und ihnen gegenüber an der Wand ein Büfett mit einem Regalaufsatz für Bücher. Außerdem zeigte mir ein in die Ecke geschobener Ausziehtisch, daß der Raum gleichzeitig als Wohn- und Eßzimmer benutzt wurde. Als ich alle meine Kleider anhatte und mit dem Regenmantel in der Hand nach einer höflichen Abschiedsformel suchte, hob sie den Kopf. Ich hatte schon während des Anziehens den Eindruck gehabt, daß sie mitbekam, was ich tat. Offensichtlich wollte sie ebenfalls, daß ich die Wohnung verließ. Doch dann änderte sie ihre Meinung. Bitte, sagte sie, geh noch nicht weg!

Ich stand inmitten ihrer auf dem Fußboden verstreuten Sachen. Ich weiß nicht, was für einen Ausdruck ich auf dem Gesicht hatte, jedenfalls hielt sie es für nötig, mir mitzuteilen, daß wir uns in ihrer Wohnung befanden. Wahrscheinlich hatte sie den Eindruck, ich sei ängstlich, doch darin irrte sie sich. Vor einem in flagranti Ertappen, wie es damals gerade groß in Mode war, hatte ich überhaupt keine Angst. Trotzdem legte ich meinen Regenmantel über eine Stuhllehne und setzte mich in den Sessel neben dem Ofen. Sie lag immer noch bäuchlings auf dem Sofa, nackt. Ich schaute weg, merkte aber, wie sie aufstand und schweigend ihre Sachen zusammensuchte. Dieses Schweigen wog so schwer wie ihr leises Schluchzen. Dann verließ sie das Zimmer. Als sie zurückkam, hatte sie immer noch Tränenspuren im Gesicht. Sie nahm ein Kaffeetöpfchen sowie eine Dose mit Kaffee aus dem Büfett und fragte, wie stark ich ihn haben wollte. Mittel, antwortete ich.

Sie brachte mir zum Kaffee ein Glas Kognak, aber irgend etwas stimmte nicht. Sie rückte den anderen Sessel zurecht, so daß wir einander gegenübersaßen. Auch sie hatte ein Glas Kognak in der Hand. Diese Frau ist bestimmt nicht von der leichten Sorte, dachte ich. Meine Verwirrung nahm noch zu, als sie ihr Glas in einem Zug hinunterstürzte und mich dazu brachte, es ihr nachzutun. Entschuldige bitte, sagte sie, als sie die Gläser nachfüllte. Daß ich geweint habe, war ziemlich unpassend, aber glaube mir, es hatte nichts mit dir zu tun. Sie starrte eine Weile auf ihr Kognakglas und fuhr dann fort: Du mußt wissen, mein Mann ist im Gefängnis... schon seit drei Jahren. Ich habe seither mit niemand mehr geschlafen... Sie sind der erste, mit dem ich seither geschlafen habe...

Dieses Eingeständnis und der Umstand, daß sie mich plötzlich wieder siezte, brachten mich aus dem Gleichgewicht. Gedankenlos kippte ich das zweite Glas Kognak hinunter. Sie ebenfalls. Ich wollte ihr ins Gewissen reden, schließlich war es keineswegs empfehlenswert, den Kognak so und in diesen Mengen zu sich zu nehmen, ließ es dann aber sein. Es wäre ekelhaft, ihr gute Ratschläge zu geben. So trank ich weiter, und sie auch, bis sie den Rand der Trunkenheit erreicht hatte, jenen Zustand, in dem alles leicht und möglich erscheint. Ich saß wie auf Kohlen, hin- und hergerissen zwischen dem fast übermächtigen Wunsch, wegzugehen, der mich bereits seit einer Stunde umtrieb, und meinem Mitleid mit ihr.

Es war mir wohl anzusehen, was in meinem Kopf vor sich ging. Sie können ruhig gehen, sagte sie und zündete sich eine Zigarette an. Nein, sagen Sie nichts, es wären doch alles nur Lügen. Auch ich hätte Lust, Ihnen Lügen zu erzählen, wenn es mir nur helfen würde. Aber Lügen helfen mir nicht, deshalb ist es besser, wir trennen uns, jetzt, wo wir es hinter uns haben. Ich würde Sie gerne wiedersehen, wenn Sie den Mut dazu haben. Denn da muß ich Sie warnen, sich mit mir zu treffen, ist nicht ungefährlich. Mein Mann, er ist Architekt, hat acht Jahre wegen Agitation und Propaganda bekommen. Hinter vorgehaltener Hand erzählt man sich, daß ihn ein ehemaliger Freund und Kollege denunziert hat. Dieser Typ stellt mir schon die ganze Zeit nach. Vielleicht ist er Ihnen ja aufgefallen. Allen, die um Milch anstehen, ist er aufgefallen. Aber diese Geschichte ist so banal, daß es nicht lohnt, sich deswegen Gedanken zu machen. Aber Sie sollen mir glauben, daß ich meinem Mann drei Jahre lang treu geblieben bin und ihm auch die nächsten fünf Jahre geblieben wäre. Dann hätten sie ihn aus der Hölle mit Namen Spaç entlassen, wo er eingesperrt ist, wenn er nicht vor einem Monat im Gefängnis zu noch einmal zehn Jahren verurteilt worden wäre. Er sitzt also, wenn der liebe Gott kein Einsehen hat, noch fünfzehn Jahre dort.

Die Frau drückte die Zigarette, die sie eben erst angezündet hatte, im Aschenbecher aus. Ich saß da wie vor den Kopf geschlagen, rang um irgendeine Geste des Trostes, des Bedauerns. Aber mein Gehirn brachte nichts Gescheites zustande. So hielt ich es für besser, nach der Kognakflasche zu greifen und unsere Gläser wieder zu füllen. Sie bedankte sich. Sie werden verstehen, sagte sie mit einem Seufzer, daß ich mit dem Schlimmsten rechne. Gewöhnlich interniert man die Familien von gefährlichen Personen. Als mein Mann vor drei Jahren zum ersten Mal verurteilt wurde, arbeitete ich in einer Stadtteilbibliothek. Dort wurde ich entlassen, und nur mit Mühe habe ich dann eine Stelle bei der Stadtreinigung gefunden. Als er vor einem Monat zum zweiten Mal verurteilt wurde, hat man mich auch dort hinausgeworfen. Jetzt bin ich arbeitslos. Nun kennen Sie meine Lage. Ich habe meine Tochter mit meiner Schwiegermutter nach M. zu meinem Schwager geschickt und warte nun ab, was passiert.

Als sie die Stadt M. erwähnte, sprach in meinem Gehirn träge etwas an, das von weit her zu kommen schien. Etwas, das in Raum und Zeit steckengeblieben war und mit der Stadt M. zu tun hatte. Genauso träge verflüchtigte es sich wieder. Es gab nichts zu erzählen. In diesem Augenblick gab es nichts, das sie hätte interessieren können. Sie wollte nur eines von mir: daß ich nicht wegging. Sie habe Angst allein, sagte sie und bat mich, noch zu bleiben.

Die Geschichte dauerte eine Woche. Die ganzen Tage war ich wie benommen, ganz und gar unfähig, etwas Vernünftiges zu tun. Während dieser Woche erschien sie nicht zum Milchholen, sie brauchte nicht zu kommen, ihre Tochter war nicht zu Hause. So konnte sie nach unseren Treffen, bei denen reichlich Alkohol floß, ausschlafen, sich erholen. Mein ungeduldiges Warten begann dagegen in dem Augenblick, da ich beim Klingeln des mechanischen Weckers auf dem Nachttisch die Augen aufschlug, obwohl ich tatsächlich erst vor kurzem von ihr weggegangen war. Ich bezog Position in meinem finsteren Winkel und beobachtete, ohne etwas zu denken, das Häuflein der Frauen, die ihre Köpfe zusammensteckten. Vergeblich strich der Denunziant mit der Militärjacke herum. Sie lag in ihrem Bett, den Kopf noch schwer vom Alkohol, voller Furcht vor dem Alptraum der Internierung. Eine Frau, die noch fünfzehn Jahre auf ihren im Gefängnis sitzenden Mann warten mußte. Mir war nicht klar, was mich mehr zu ihr hinzog, Mitleid oder ein unwiderstehliches sexuelles Begehren.

Mein Zustand wurde besonders heikel, wenn es langsam Abend wurde und ich mir eine neue Lüge für Marga ausdenken mußte, um meine Abwesenheit zu rechtfertigen. Ich redete mir ein, wenn ich frühzeitig wegginge, werde Marga keinen Verdacht schöpfen. Ein oder zwei Stunden vor dem Rendezvous machte ich mich mit einer Ausrede davon und setzte mich in das Lokal gegenüber dem Kino des Viertels. Die Wartezeit vertrieb ich mir mit Kognaktrinken. Bis zehn Minuten vor sechs hatte ich zwei, manchmal auch schon drei Doppelte intus. Wenn ich das Lokal verließ, nahm ich noch eine Halbliterflasche mit, die ich unter dem Mantel in der Jackentasche verbarg, und pünktlich um sechs ging ich die finstere Treppe des Wohnblocks hinauf, jedesmal in der Furcht, mir den Hals zu brechen. Vorsichtig öffnete ich dann ihre Wohnungstür, schloß sie genauso vorsichtig wieder hinter mir, drehte den Schlüssel um und betrat das Zimmer.

Ich merkte jedesmal, daß auch sie bereits vor meinem Eintreffen getrunken hatte. Das machte es uns beiden leichter. Tatsächlich hatte ich einen Verdacht. Mir war, als ob sie, wenn sie sich mir hingab, stets auf dem Sofa und niemals im Schlafzimmer, weinen mußte. Wenn sie den Höhepunkt erreichte, stieß sie einen erstickten Schrei aus, aber ich konnte nicht sagen, ob es Lust war oder ein Schmerz. Danach hatte sie es stets eilig, von mir wegzukommen. Sie zog sich ins Badezimmer zurück, ich weiß nicht, was sie dort tat, vielleicht weinte sie, denn wenn sie zurückkam, waren ihre Augen gerötet und verschleiert, was von Tränen, aber auch vom Alkohol kommen konnte. Das Medaillon bekam ich noch einmal zu Gesicht, als sie mir bei unserer letzten Begegnung ihre bevorstehende Abreise nach M. mitteilte.

Wahrscheinlich ahnte sie schon in jener Nacht, daß wir uns nie wiedersehen würden. Ich wiederum hielt etwas vor ihr geheim, was mich noch lange bedrückte, als sie fort war. Anders als sonst, hatte sie an diesem Abend nichts getrunken. Das ließ sich erklären, zum Beispiel mit Geldmangel, vielleicht hatte sie nicht genug gehabt, um Kognak zu kaufen. Sie stand mitten im Zimmer, und ich hatte keinen anderen Gedanken, als so schnell wie möglich ihr Kleid aufzuknöpfen. Sie lehnte sich gegen mich. Meine Finger, die ihre Brüste liebkosten, verfingen sich dabei in der dünnen Kette des Medaillons. Ich wollte mich nach dem Medaillon erkundigen, das sie offensichtlich niemals ablegte, doch sie machte sich von mir los und informierte mich in knappen Worten über ihre Abreise. Morgen fahre ich für eine Woche nach M. Zum zweiten Mal erwähnte sie mir gegenüber die Stadt M. Ich kenne die Stadt, wollte ich sagen. Es gab dort ein elendes Hotel und ein paar noch elendere Lokale. Und doch war es für mich in gewisser Weise die Stadt meiner Bestimmung. Ich sagte nichts davon. In jenem Augenblick war dies ohne alle Bedeutung.

Wie immer liebten wir uns auf dem Sofa. Wie immer verschwand sie danach im Badezimmer, und dann in ihrem Zimmer, wo sie lange blieb, länger als jemals zuvor. Ich hatte die Kognakflasche schon zur Hälfte geleert, als sie in der Tür erschien, mit geröteten Augen und schrecklich schön. Ich weiß nicht, was mich in diesem Augenblick überkam. Du hast geweint, sagte ich, als sie im Sessel mir gegenüber Platz nahm. Du kannst nicht leugnen, daß du geweint hast. Jedesmal, wenn wir uns geliebt haben, schließt du dich in dein Zimmer ein und weinst. Dann komme ich mir vor wie ein Hund.

Dolores wurde noch bleicher, als sie schon gewesen war.

Schweigend saß sie da. Ich begriff, was für eine Dummheit ich begangen hatte. Ich wollte um Entschuldigung bitten, aber es war schon zu spät. Ich habe dir alles gegeben, sagte sie und verbarg das Gesicht in den Händen. Da sprach ich die einzigen Worte aus, die mir einfielen, um meinen Zustand auszudrücken. Es tut mir leid, sagte ich, ich glaube, ich habe mich verliebt.

Ihre Reaktion bewies, daß sie nicht überrascht war. Ruhig nahm sie die Kognakflasche und goß sich ein Glas voll. Inzwischen hatte sie sich umgezogen und trug einen Rollkragenpullover. Darüber hing das Medaillon. Was du von mir verlangst, sagte sie, ist unmöglich. Etwas blitzte in mir auf. Es war wohl der Reflex des Lichtes, das sich auf dem Medaillon brach. Schweigend sah ich zu, wie sie ihr Glas leerte. Es erschreckte mich, mit welcher Gier sie trank. Ich möchte dich nicht verletzen, fuhr sie fort. Wenn ich weine, hat das nichts mit dir zu tun... Bitte dring nicht in mich, du mußt nicht alles erfahren. Und dann fuhr sie fort: Ich bin in der Internierung geboren, und ich habe Angst, daß ich dort auch sterbe, wie meine Eltern. Der Name meines Vaters wird dir nicht unbekannt sein, selbst wenn du als Schüler und Student eine absolute Null warst. Er steht in allen Geschichtsbüchern. Ich bin die Tochter eines Volksfeinds, geboren in der Internierung. Über das andere möchte ich nicht sprechen, bitte.

Mit einem Schlag war ich nüchtern. Ich ließ die Finger vom Alkohol, den Rest des Kognaks in der Flasche trank sie allein. Nun begriff ich, weshalb mir ihr Gesicht bekannt vorgekommen war. Sie hatte die Augen von Lisa. Als sie, nachdem sie die Flasche leer getrunken hatte, das Medaillon abnahm, es öffnete und mir zeigte, fing ich an zu zittern. In der einen Hälfte befand sich das Bild des Professors. In der anderen Lisas Bild. Deine Mutter war eine sehr schöne Frau, sagte ich. Du siehst ihr ähnlich.

98

Ich überlege mir bis heute, weshalb ich Dolores damals nicht erzählte, daß ich ihre Eltern aus meiner Kindheit kannte. Wahrscheinlich, weil es unter den gegebenen Umständen nicht echt geklungen hätte. Vielleicht meinte ich aber auch, daß später noch Zeit dazu wäre, wenn sie dann aus M. zurückkam. Darauf wartete ich vergeblich. Sie kam nie aus M. zurück.

7

Tomi reiste ab, nachdem wir am neunten Tag nach Margas Tod Gäste empfangen hatten. Ich fragte ihn nicht, ob er sich noch daran erinnerte, wie wir jeden Sonntag ins Puppentheater gegangen waren. Es hätte keinen Sinn ergeben.

Als praktisch veranlagter junger Mann (eine Eigenschaft, die er von Marga geerbt hat) übergab mir Tomi eintausendfünfhundert Dollar. Mit diesem Geld konnten Irma und ich einige Monate lang bescheiden leben, unter der Voraussetzung freilich, daß Irma sich vernünftig verhielt. Sie hatte ein sehr großzügiges Verhältnis zum Geld (eine Eigenschaft, die sie von mir geerbt hat). Wenn wir zurechtkommen wollten, durfte sie nicht so oft zum Kaffeetrinken ins Hotel Rogner oder ins Foyer des Hotels Tirana gehen und mußte außerdem ihren Beinen befehlen, jedesmal, wenn sie an einer teuren Boutique vorbeikam, die Richtung zu wechseln. Über die Agentur »Western Union« ließ uns Tomi bereits seit geraumer Zeit monatlich einhundert Dollar zukommen, die hauptsächlich dazu bestimmt waren, Irmas Ausgaben wenigstens teilweise zu decken. Am Fünften eines jeden Monats fand sich Irma mit einem Codewort ausgerüstet bei der Post ein, um die einhundert Dollar in Empfang zu nehmen. Persönlich begab ich mich dann zu der Grünanlage vor der Staatsbank, wo sich nun ein Gewimmel von Buden befand. Dort waren meine nunmehr als Geldwechsler wirkenden Exkollegen versammelt. Später, als die Bank beschlossen hatte, die Buden niederreißen zu lassen, zogen sie weiter zum Platz vor der Hauptpost. Jedenfalls tauschte ich bei ihnen die grünen Banknoten in Lek ein.

Die eintausendfünfhundert Dollar übergab mir Tomi am Tag vor seiner Abreise, gleich nach dem Mittagessen zum Neunten, das wir im Hotel Kosmos gaben. Einer der Säle des Hotels stand speziell für solche Veranstaltungen zu Verfügung, also Leichenschmäuse nach Beisetzungen sowie Gedenkfeiern zum Neunten bei den Christen bzw. zum Siebten bei den Moslems. Zusammen mit zwei Cousinen von Marga, die ich, um ehrlich zu sein, wegen ein paar alten Geschichten nicht ausstehen konnte, fand ich mich rechtzeitig im Lokal ein. Die Gäste kamen in Gruppen, und als der Saal voll war und wir niemand mehr erwarteten, erhob ich mich, bedankte mich bei den Anwesenden für ihr Kommen und sicherte ihnen zu, mich dieser Ehre würdig zu erweisen. Am anderen Ende des Saales sah ich Doktor N. T.

Daß Doktor N. T. an der Zeremonie teilnahm, war gewiß das Selbstverständlichste von der Welt. Allerdings hatte ich ihn vor meiner Dankesrede im Saal nicht entdecken können, und nun war er plötzlich da, als sei er vom Himmel gefallen. Überdies fehlte Sofi, seine Gattin und meine Cousine, obwohl die beiden unzertrennlich waren. In seinem Feiertagsanzug bildete er den Mittelpunkt einer Gruppe von etwa zehn Personen, die nebeneinandersaßen wie eine Fußballmannschaft. Gleich dem Doktor trugen auch sie schwarze Zweireiher. Beharrlich starrten sie zu mir herüber. Ich kannte sie. Am Tag nach Margas Beerdigung hatten sich diese Personen zum Kondolieren in meiner Wohnung eingefunden. Ich fragte mich, weshalb sie mich so anstarrten, und vor allem, was der Doktor mit ihnen zu schaffen hatte.

Links und rechts von mir saßen Irma und Tomi, und vor mir stand ein großes Glas Raki. Ich nahm das Glas und leerte es in einem Zug. Diese Handlung war unbedacht, und die Kinder ermahnten mich umgehend zur Mäßigung. Die Feier fing gut an. Ich stellte das Glas ab und schaute wieder hinüber zu dem Tisch, an dem die erwähnten Personen Platz genommen hatten. Sie machten mich nervös. Wer seid ihr, fragte ich sie, und vor allem, was habt ihr hier zu suchen? Sie würdigten mich keiner Antwort. Nur der Doktor setzte ein enigmatisches Lächeln auf, hob sein Rakiglas, das genausogroß war wie das Glas, das ich eben geleert hatte, stieß den Arm in meine Richtung, als ob er mit mir anstoßen wolle, und trank es in einem Zug aus.

Mein alter Freund war ein überaus kontrollierter Mensch, und Alkohol rührte er praktisch nie an. Vielleicht nahm er bei Gelegenheit einen erlesenen Schluck, aber daß er imstande sein sollte, ein gut gefülltes Glas Raki in einem Zug zu leeren, das wollte ich nicht glauben, auch jetzt nicht, da ich es mit eigenen Augen gesehen hatte. Das war auf keinen Fall N.T. Aber wer war es dann? Und weshalb befand er sich hier?

Der andere grinste. Mein letzter Zweifel verflog. Hier handelte es sich um einen Betrüger, der mir in der Gestalt meines alten Freundes entgegentrat, seine Stimme benutzte, seine Gesten, der sich umgab mit einer Bande von Gespenstern. Ich schaute ihn mir genau an. Der altmodische Anzug sah aus, als gehöre er zu den Requisiten eines Films aus vergangenen Zeiten. Fast hätte ich einen lauten Schrei ausgestoßen. Diese Anzüge waren der Schlüssel. Das sind ja meine Geschöpfe, murmelte ich. Es handelte sich um Figuren aus Filmen, die nach meinen Drehbüchern gedreht worden waren.

Meine Knie wurden ganz weich. Ich hatte Spukwesen vor mir. In Vergessenheit geraten. Aufgewiegelt. Ich rang um Fassung. Meine Herren, wandte ich mich an sie, Sie verfolgen mich seit Tagen, seit der Beisetzung meiner armen Gattin. Ich bitte Sie, wenn Sie etwas mit mir zu klären haben, dann nicht heute und hier. Wir können uns bei Gelegenheit gerne zu einem ausführlichen Gespräch treffen, aber jetzt habe ich wirklich keine Zeit, ich muß mich um meine Gäste kümmern.

Sie kümmerten sich einen Dreck um meine Worte. Erst einmal verwahrten sie sich gegen die Bezeichnung »Herr«. Wir haben, verdammt noch mal, nichts von Herren an uns, erklärte einer von ihnen kategorisch, und sie machten sich noch breiter an ihren Plätzen, ein paar griffen nach Gläsern mit Raki, und ich bekam Angst, daß sie, wenn sie zu viel tranken, alles mögliche dumme Zeug reden würden. Doch diese Befürchtung war unbegründet. Nur der Doppelgänger des Doktor N. T. fiel über mich her, ohne mir Zeit zu geben, meine Verteidigung vorzubereiten. Du solltest endlich diesen Mist mit deiner angeblichen Fähigkeit zur Kommunikation mit außerirdischen Wesen aufgeben, spottete er. Darum geht es gar nicht, wie du siehst. Und wenn, dann ist es deine eigene Schuld. Es sind deine Geschöpfe, du hast es selbst zugegeben. Trotzdem solltest du keine vorschnellen Schlüsse ziehen. Fang an, dein Gehirn zu benützen, dann bleibst du vielleicht nicht für immer der Herr Trapi!

Ich unternahm tatsächlich einen Versuch, mein Gehirn zu benützen, und brachte immerhin die Frage zustande: Wer verbarg sich hinter der Maske meines alten Freundes? Da leerte sich der Teil des Saales, in welchem die Meute meiner Figuren samt demjenigen, der mir geraten hatte, mein Gehirn zu benützen, gesessen hatte. Im Nu waren alle verschwunden.

Einige Stunden später hörte ich aus dem Mund von Doktor N. T., wie es tatsächlich war: Zwei Tage vor Margas Tod war er, einer Einladung von Freunden aus Paris folgend, zusammen mit Sofi aus Albanien abgereist, um den Jahrtausendwechsel in Frankreich zu feiern. Er hatte vor, dort einige Wochen zu bleiben, konnte also weder an Margas Begräbnis noch an der Feier zum Neunten teilgenommen haben.

Als ich dies erfuhr, war ich bereits zu Hause. Vorher hatte ich allerdings noch ein Erlebnis.

Nach dem Mittagessen mußte ich bleiben, um die Gäste zu verabschieden. Doktor N. T. bekam ich dabei nicht zu Gesicht. Als letzte ging Lori mit ihrem großgewachsenen blonden Freund. Sie bestiegen ihren BMW, der auf der anderen Straßenseite geparkt war, und fuhren weg. Ich blieb am Hoteleingang stehen, bis die Kinder meinten, es habe keinen Sinn, noch länger zu warten, sämtliche Gäste seien bereits gegangen. Du siehst nicht gut aus, stellte Irma fest. Du bist ganz blaß, du mußt dich ausruhen.

Was ich mußte, das war, mich von einem Alptraum zu befreien. Jemand verfolgte uns auf dem Nachhauseweg. Mehrmals schaute ich mich um, weil ich wissen wollte, wer es war, konnte aber niemand entdecken. Trotzdem zwang ich die Kinder praktisch zum Laufschritt. Zu Hause schickte ich sie ins Wohnzimmer, während ich selbst an der Eingangstür stehenblieb. Nach einer Weile waren auf der Treppe leise Schritte zu hören, und schließlich tauchte auf dem dunklen Treppenabsatz Doktor N. T. auf. Ich erkannte sein rotes Gesicht unter dem dichten grauen Haar und die goldgeränderte Brille. Der Kragen seines langen Mantels war hochgeschlagen. Hau ab, war ich zu schreien versucht, du bist überhaupt nicht Doktor N. T. Dann klingelte drinnen das Telefon, ich hörte Irmas Stimme, und der Doktor wurde von der Dunkelheit verschluckt. Irma kam auf den Flur und schaute mich fragend an. Dann nahm sie meine Hand und teilte mir etwas mit, mit dem ich überhaupt nicht gerechnet hatte. Es ist Doktor N. T., sagte sie, er ruft aus Frankreich an.

Ich warf noch einen letzten Blick in das finstere Treppenhaus, in dem N. T. eben verschwunden war, dann tappte ich wie ein Roboter ins Zimmer, nahm den Telefonhörer und führte ihn zum Ohr. Hallo, sagte ich. Müde. Verdrossen. Auf mein Hallo antwortete die wohlbekannte Stimme des Doktors. Laß deine Spielchen, wollte ich sagen, sie können ins Auge gehen. Womöglich habe ich die Worte tatsächlich ausgesprochen. Ich wußte nicht mehr, was real war, die Szene kurz zuvor auf der Treppe oder die ferne Stimme am Telefon. Er sagte, es regne in Paris. Ich erwiderte, in Tirana herrsche feuchtes Wetter, aber es regne nicht. Er wünsche sich, fuhr er fort, jetzt bei mir in Tirana sein zu können, und ich erwiderte, ich wünschte mir, jetzt bei ihm in Paris sein zu können. Daraufhin meinte er, dies sei eine glänzende Idee, ich würde die Zeit in Paris bestimmt mehr zu genießen wissen als er. Mir war nicht klar, was er damit sagen wollte. Ich sprach zwar ein wenig Französisch, war aber noch nie in Paris gewesen und durfte auch nicht auf einen Besuch dort hoffen. Nichts verband mich mit der Stadt, ich zeichnete mich auf keinem Gebiet aus, hatte keine Werke geschaffen, keine Titel erworben und war völlig unbekannt, ganz anders als mein Freund, der sich dort vier Jahre lang zu postuniversitären Studien aufgehalten hatte und bedeutende Professoren zu seinem Bekanntenkreis zählte. Ich war eine Null. Was er damit meinte, ich würde die Zeit in Paris besser zu genießen wissen als er, hat mir N. T. kürzlich auf professorale Weise erklärt. Der Gedanke sei ihm eines Abends gekommen, als er zusammen mit Sofi von Freunden ins *Moulin Rouge* ausgeführt worden sei. Bei dieser Gelegenheit habe er, das dürfe ich ruhig glauben, geäußert, jetzt brauche er eigentlich statt Sofi den Casanova Krist Tarapi an seiner Seite, damit dieser etwas von seinem Casanovatum auf ihn übertrage, worauf geschehen möge, was geschehen solle. Aber, so erzählte der Doktor weiter, das konnte ich dir an jenem Abend nicht am Telefon sagen. Zum einen war der Moment denkbar ungeeignet. Außerdem spürte ich, in welch trüber Stimmung du dich befandest. Deine Antworten waren so merkwürdig, daß ich, entschuldige, wenn ich das sage, bereute, dich überhaupt angerufen zu haben. Du hast sogar unnatürlich geatmet, es war, als drückte dir jemand den Hals zu, und ich machte mir Sorgen um dich. Große Sorgen, das kannst du mir glauben.

Ich glaubte es ihm. Mein Leben lang habe ich ihm immer alles geglaubt. Doch an ein Detail erinnerte sich der Doktor nicht. An jenem Abend war aus irgendeinem Grund die Verbindung zusammengebrochen, das übliche Leitungsproblem vermutlich. Die Sache warf mich völlig aus der Bahn. Plötzlich war die Stimme meines guten Freundes weg, verschluckt wie er selbst kurz zuvor vom leeren Treppenhaus, und ich hatte keine Ahnung, was von beidem wirklich stattgefunden hatte. Mit dem Hörer in der Hand stand ich da und starrte die Kinder an. Nichts ist wirklich, dachte ich und legte den Hörer auf. Doch diese Erklärung war unbefriedigend. Beides ließe sich denken, widersprach ich mir daraufhin selbst, beide Phänomene könnten wirklich stattgefunden haben. Nein, auch damit ließ sich nichts anfangen.

Die eintausendfünfhundert Dollar überreichte mir Tomi, nachdem ich neben ihm auf dem Sofa Platz genommen hatte. Irma brachte aus der Küche Kaffee für uns drei, und ich, verloren in einem Labyrinth ohne Ausweg, spielte Abzählen mit mir selbst. Ich nahm die Dollars entgegen und steckte sie in die Tasche. Das rettete mich vor den Abzählversen und leitete das Rinnsal meiner Vernunft in ein anderes Bett um. Ich fing nämlich an, Berechnungen anzustellen, wie lange Irma und ich mit dem Geld auskommen würden. Irma störte mich beim Rechnen. Als wir unseren Kaffee tranken, brachte sie das Gespräch auf ein nicht gerade unerwartetes Thema. Diesmal, sagte sie zu ihrem Bruder, schaltest du dich bitte von New York aus ein. Alle sagen, daß die Chancen dann größer sind...

Seit Tomi bei der amerikanischen Lotterie das Glück zugelächelt hatte, gab es für Irma nur noch einen Traum: die *Green Card*. Sie redete von nichts anderem mehr und schwor, nach Abschluß ihres Studiums Himmel und Erde in Bewegung zu setzen, um aus Albanien wegzukommen, egal wohin, nur raus aus diesem Land voller Halunken, in dem ein Haufen von Mafiosi das Gesetz machte. Sie hatte noch andere Schimpfworte parat, und ich war betroffen, sah mich genötigt, zu widersprechen, aber in Wirklichkeit, so denke ich, war es nur die atavistische Sorge, sie vor möglichen Gefahren zu beschützen. Denn kaum hatte ich begonnen, meine Einwände vorzutragen, verriet mich meine Stimme, ich glaubte noch nicht einmal selbst an meine paternalistisch-patriotischen Moralpredigten, um Irmas Formulierung zu benutzen. Stets attakkierte mich eine erboste Irma dann an meinem schwächsten Punkt. Ihr seid eine nutzlose Generation, sagte sie. Eine Generation von Heuchlern, doppelt haftbar zu machen, für gestern wie für heute. Gestern widerliche Speichellecker, heute machtgeile Narren.

Irma sagte das aus Wut. Ich gehörte nicht zur Kategorie der machtgeilen Narren. Ich gehörte zur Abteilung derer, die in die Röhre schauten, nachdem sie alles mögliche ausprobiert hatten. Ich rede von Jobs, in denen man von morgens bis abends schuftet wie ein Hund, ohne auf einen grünen Zweig zu kommen, gerade genug verdient, um sich über Wasser zu halten, aber auf keinen Fall den Respekt der Gesellschaft gewinnt, und schon gar nicht den Respekt der eigenen Kinder. Wer mit einem solchen Vater geschlagen ist, fühlt sich minderwertig, machtlos in der Konkurrenz zu den Starken, die sich alles leisten können. Es war bloß schwachsinnig, wenn ich den Kindern mit Moral kam, ihnen paternalistisch-patriotische Moralpredigten vorsetzte, wie Irma es nannte, da ich doch keinerlei Beziehungen zu den Bereichen unterhielt, wo die Entscheidungen fielen, wo Ehrlichkeit ein Anachronismus und Unredlichkeit die höchste Tugend war. Ich weiß schon, sich damit zu rechtfertigen, ist scheinheilig. Man sollte die Gründe für sein Versagen besser bei sich selbst suchen. Das tat ich dann schließlich auch. Ich hörte mir Irmas Tiraden widerspruchslos an, ließ sie Dampf ablassen, nahm ihre Schuldzuweisungen an meine Generation schweigend auf mich, als sei ich der Prototyp jenes machtgeilen Narren. Von paternalistisch-patriotischen Belehrungen ließe ich schon lange die Finger. Ich wünschte mir nur noch eines. Wenn Irma in die Kirche ging, eine Kerze anzündete und den Schöpfer anflehte, er möge eines nicht allzu fernen Tages den Postboten mit der ersehnten Mitteilung des Sieges in der amerikanischen Lotterie vorbeischicken, war ich im Geiste bei ihr und flehte den Herrn gleichfalls an, ihr diesen Herzenswunsch zu erfüllen, selbst um den Preis, daß ich dafür – zum Beispiel – einen meiner Arme hergeben mußte.

Das war schließlich nicht nötig. Der Herr erhörte Irmas und meine Gebete auch so. Allerdings mit einer geringfügigen Abweichung. Anstatt des Postboten mit dem segenbringenden Umschlag der amerikanischen Lotterie pochte ein Italiener an unsere Tür. Er wollte nicht meinen Arm. Er wollte Irmas Hand.

Es gab schon seit geraumer Zeit Hinweise darauf, daß bei Irma etwas im Gange war. Vor allem zwei: Erstens überschritten ihre Ausgaben unsere finanziellen Möglichkeiten erheblich, und zweitens flog sie an den Wochenenden immer häufiger aus. Eines Abends, es war Mitte April, verlangte sie wieder einmal Geld von mir, und zwar mit der größten Selbstverständlichkeit, ohne jede Begründung, als sei ich Herr über unerschöpfliche Geldquellen. Ich gab ihr die geforderte Summe, ohne

Fragen zu stellen. Wenn ich Fragen stellte, regte sie sich auf, und das wollte ich auf keinen Fall, jetzt, da Marga nicht mehr bei uns war. Dabei wurde mir ein beunruhigendes Faktum bewußt: von Tomis eintausendfünfhundert Dollar waren nur noch dreihundert übrig, und bei Irmas Verschwendungssucht würden wir trotz einer stillen Reserve von fünfzigtausend neuen Lek auf der Sparkasse schon bald nicht mehr genug Geld für unser täglich Brot haben. Zwei Wochen später waren die dreihundert Dollar auf hundert geschrumpft, und als sie am Freitag kam und Geld von mir wollte, begleitet von der Mitteilung, das Wochenende bei Lori verbringen zu wollen, sah ich mich zu der Antwort genötigt: Du kannst das Wochenende natürlich bei Lori verbringen, aber ich habe leider keinen Groschen mehr für dich. Bald, fügte ich hinzu, reicht das Geld noch nicht einmal mehr für unser Essen.

Ich bereute meine Worte sofort. Irma machte keine großen Umstände. Sie ging in ihr Zimmer, kam gleich darauf mit einer Reisetasche zurück, knurrte ein »Auf Wiedersehen« und warf die Wohnungstür hinter sich zu. Ich blieb in tiefstem Kummer zurück. Fünfzigtausend neue Lek plus einhundert Dollar, die nach dem aktuellen Wechselkurs vierzehntausend neue Lek wert waren, das ergab vierundsechzigtausend neue Lek. Irma hatte mich gerade um zweitausend gebeten.

Bastard, schalt ich mich selbst und begann, im Zimmer hin und her zu laufen. Am Ende wird sich Irma der Realität beugen müssen, rechtfertigte ich mich vor mir selber. Mit vierundsechzigtausend neuen Lek kamen wir allerhöchstens noch drei Monate über die Runden, und dabei waren die Kosten für Strom, Wasser, Telefon und Internet noch gar nicht eingerechnet. Sie beschwerte sich immer nur, wenn wir wieder einmal keinen Strom hatten. Irma wußte offenbar nicht, daß die Stromabrechnung um so höher ausfiel, je größer der Energiemangel war. Denn der Staat, der von der einen Hälfte des uralten albanischen Heldenvolks beklaut wurde, die ihm ganz einfach die Begleichung seiner Rechnungen verweigerte, beklaute zum Ausgleich die andere Hälfte, also die ordentlichen Zahler. Also, einmal unterstellt, daß wir mit vierundsechzigtausend neuen Lek drei Monate über die Runden kamen, was kam dann danach? Ich mußte mir eine Arbeit besorgen. Oder mich in die Heerschar der Bettler einreihen, die an den Straßenecken den Passanten die Hand hinstreckte.

Ich sank in einen Sessel. Die Bettlervariante gefiel mir überhaupt nicht. Es gibt so viele von ihnen, dachte ich, und sie haben das Revier schon lange unter sich aufgeteilt. Das Stadtzentrum mit den Gehsteigen vor der Oper und dem Hotel Tirana gehörte den Krüppeln. Es wäre eine Schande gewesen, sich mit gesunden Gliedern zwischen sie zu setzen. Auf den strategisch wichtigen Trottoirs waren offensichtlich nur Kleinkinder unter zwei Jahren konkurrenzfähig, die noch nicht laufen konnten und von ihren Eltern, in Decken gewickelt, schlafend vorgewiesen wurden. Ich hätte mir also besser anderswo einen Platz gesucht: vor dem Eingang zu einer Moschee, in dem Gäßchen vor einer Kirche, auf einer der großen und kleinen Brücken über die Lana oder an einer Straßenkreuzung, obwohl es an diesen Orten gefährlich zuging, weil die Aggressivität der Bettler gegenüber Konkurrenten im Verhältnis zur Größe ihrer Scharen wuchs.

Nein, entschied ich, gebettelt wird nicht. Vielleicht war es doch besser, ich befolgte den klugen Ratschlag eines ehemaligen hohen Würdenträgers an alle zu kurz Gekommenen und verkaufte auf den Gehsteigen Bananen. Schließlich hieß es oft genug bei den aktuellen Vätern der Nation, unser liebes Vaterland sei zur Bananenrepublik verkommen. Wenn ich also zum Beispiel vor dem Eingang zum Domizil des Schriftsteller-

und Künstlerverbandes die betreffende Südfrucht verkaufte, leistete ich meinen Beitrag zur Festigung unseres Staatswesens. Da ich aus meiner kinematographischen Phase viele alte Bekannte hatte, würde ich erfolgreich sein, weil alle bei mir einkauften. Aber auch dort gab es ein Problem. Um das Domizil des Schriftstellerverbands herum stank es penetrant nach Urin. Deshalb war es empfehlenswerter, daß ich mir einen Platz auf dem Gehweg vor dem Kulturministerium gegenüber dem Amtssitz des Ministerpräsidenten suchte. Überhaupt, wieso waren die Bettler noch nicht auf die Idee gekommen, sich dieses Stützpunkts direkt beim Hotel Rogner zu bemächtigen? Ein Stück weiter befand sich der Kongreßpalast, diesem schräg gegenüber der Amtssitz des Präsidenten, und man hätte eigentlich annehmen müssen, im Bannkreis solch wichtiger Institutionen würden besonders fette Almosen verteilt. Schwer verständlich, daß die Bettler ausgerechnet diese Zone mieden.

Diese Frage und die Suche nach einer Erklärung für die bekannte Tatsache, daß es in der Umgebung des Domizils des Schriftsteller- und Künstlerverbandes bestialisch nach Urin stank, bereiteten mir viel Kopfzerbrechen. Das ganze Wochenende verbrachte ich zu Hause am Schreibtisch mit dem Versuch, die genannten Probleme in einem sozialphilosophischen Traktat abzuhandeln, das ich einträglich an den Mann zu bringen hoffte ... Ich hatte gehört, unsere Zeitungen bezahlten, wenn sie bloß wollten, recht gut. Aber leider brachte ich nichts zustande. Zwei Tage lang quetschte ich mir das Gehirn aus, füllte zahllose Blätter mit Blümchen und anderen Krakeleien, und am Ende stand bloß eine Art poetische Meditation mit mehr oder weniger folgender Aussage: Ihr kluger Erwerbssinn verbot es den Bettlern, ihre Zeit vor dem Amtssitz des Präsidenten zu vergeuden, während der Schriftstellerverband nach Urin stank, weil schon seine Fundamente mit reichlich Urin getränkt waren und die heutigen Passanten zudem einen unwiderstehlichen Drang hatten, an seinen Wänden ihr Wasser abzuschlagen, so daß sich beide Gerüche, der alte und der neue, häßlich mischten. Das poetische Werk zerriß ich am Sonntag abend. In der darauffolgenden Nacht träumte ich nach mehrmonatiger Unterbrechung wieder einmal von Lori. Sexuell befreit, hörte ich am Montag morgen das Telefon klingeln. Am anderen Ende der Leitung war Lori. Sie erklärte, mit mir etwas Dringendes, Irma Betreffendes besprechen zu wollen, um zehn Uhr erwarte sie mich in der Manhattan-Bar. Das ist im Block, ergänzte sie, als ich ihr meine Unkenntnis der Örtlichkeiten beichtete. Gegenüber von Hades' Villa.

Sie legte auf, und ich saß mit dem Hörer am Ohr da. Hallo, hallo, schrie ich verzweifelt, weil sie das Gespräch so schnell beendet hatte. Hallo... Umsonst, Lori war weg. Ich legte den Hörer zurück auf die Gabel und starrte das Telefon an. Du hast alles mitbekommen, was wir beredet haben, wandte ich mich an den Apparat, wenig genug war es ja. Vielleicht kannst du mir sagen, weshalb sie Hades erwähnt hat?

Der Apparat schwieg.

Um zehn Uhr stand ich auf den Marmorstufen vor der Manhattan-Bar. Ich fühlte mich wie ein Provinzler, der zum ersten Mal die Hauptstadt besucht. Es war ein trüber Tag, und bald würde es zu regnen beginnen. An den stark bevölkerten Gehsteigen beiderseits der Straße waren Autos geparkt. Die im grauen Dämmerlicht dösenden Hochhäuser ringsum verstärkten das provinzlerische Gefühl. Sie ragten so aggressiv in die Höhe, daß man sich wie ein Zwerg fühlte. Besonders schlimm aber wurde es drinnen im Lokal, wo gedämpfte Jazzmusik zu hören war. An den Tischen links und rechts des Eingangs saßen junge Männer und Frauen. Lori suchte ich vergebens. Berieselt von Jazzmusik, begab ich mich an der Theke vorbei ins

Innere des Lokals, das ausschließlich von jungen Leuten bevölkert war, vor allem Mädchen. Blühenden Geschöpfen. Sie präsentierten ihre hübschen Gesichter, ihre Kleider, die mit verächtlicher Sorglosigkeit große Teile des Busens den Blicken darboten, und wenn nicht der Busen, so war der Rücken entblößt, Fragmente des Körpers, weiße, bronzefarbene, dunkelbraun gebrannte Frauenhaut mit oder ohne Tätowierungen. Lori war auch drinnen im Lokal nicht zu finden.

Ich kehrte um. Teils, weil die weiblichen Fragmente zum Berühren verführten, teils, weil ich inzwischen den Verdacht hegte, daß gar kein Telefongespräch zwischen mir und Lori stattgefunden hatte. Dafür sprach die äußerst seltsame Verwendung des Namens Hades, schließlich hatte ich diesen unter ganz bestimmten Umständen, die ausschließlich mit mir zu tun hatten, der betreffenden Person assoziativ zugeordnet. Eine nicht gerade frische Assoziation. Als ich auf die Stufen vor dem Lokal hinauskam, hatte es zu regnen angefangen. Ich stand oben auf dem Treppenabsatz und sah hinunter auf das bunte Gewimmel der Schirme, die vorbeigleitenden Autos und das in Dämmerlicht gehüllte Haus gegenüber, das Lori als Hades' Villa bezeichnet hatte.

Die Rolläden vor den Fenstern und Glastüren waren heruntergelassen. Der Regen näßte die Blumenbeete hinter dem Staketenzaun, und die von viel höheren Gebäuden umzingelte Villa duckte sich unzufrieden ins Halbdunkel, nackt, mit einem Ausdruck nervöser Wut, ein abgehauenes Medusenhaupt. Beim Anblick der geschlossenen Rolläden fing ich an zu zittern. Wenn es möglich ist, daß Loris und mein Gehirn auf diese Weise miteinander kommunizieren, dachte ich, dann existiert auch Hades. Die Nacht verbringt er in der Villa, und wenn der Himmel morgens hell wird, schwebt er, die Wachen umgehend, in Form einer Wolke davon und nimmt seinen

Platz bei der Trinkhalle »Zum leeren Sockel« ein, gut verkleidet, damit niemand ihn erkennt. Was für ein Quatsch, dachte ich gleich darauf. Meine Armbanduhr zeigte an, daß es zehn Uhr zwanzig war. Lori war also beträchtlich zu spät dran, wenn ich einmal unterstellte, daß wir uns tatsächlich in der Manhattan-Bar verabredet hatten. Da sie weit und breit nicht zu sehen war, neigte ich inzwischen allerdings der Ansicht zu, daß es überhaupt keine Verabredung zwischen uns beiden gab.

Da entdeckte ich ein rotes Auto, klein und hübsch wie ein Kinderspielzeug. Im strömenden Regen schob es sich in eine Parklücke auf der gegenüberliegenden Straßenseite. Die linke Vordertür ging auf, eine junge Frau in einem leichten grünen Plastikregenmantel stieg aus und rannte über die Straße. Lächelnd kam sie die Stufen herauf. Es kostete mich einige Mühe, zu realisieren, daß das Lächeln mir galt, und erst, als sie die Kapuze zurückschlug und sich in beiläufigem Ton für die Verspätung entschuldigte, war ich mir sicher, daß ich Lori vor mir hatte. Seit ein paar Monaten, seit Margas Tod, telefonierten wir gelegentlich miteinander.

Sie trug die Haare nicht mehr so kurz wie früher. Als wir an einem Tisch drinnen im Lokal Platz nahmen, erwog ich, ihr zu sagen, daß ihr die Haare ein wenig länger besser standen. Ich verzichtete auf die Bemerkung. Ihre bloße Anwesenheit weckte die Bestie in mir. Ich hielt den Mund, um mir selbst zu beweisen, daß auch der größte Unfug seine Grenzen hat und es mir, was Lori anbelangte, allenfalls im Traum gestattet war, diese Grenze zu überschreiten. Der Kellner kam und brachte ihr einen Cappuccino und mir einen Whisky. Es tut mir leid, sagte Lori, aber wenn Irma sich einmal etwas in den Kopf gesetzt hat, ist es sinnlos, sich zu weigern.

Ich saß mit dem Whiskyglas in der Hand da. Loris Ernsthaftigkeit machte mir Sorgen, womöglich hatte Irma irgendeine Dummheit mit Folgen begangen und getraute sich nicht, mir gegenüberzutreten. Unter diesen Umständen schien es mir verzeihlich, das Whiskyglas in einem Zug zu leeren. Die Wirkung stellte sich sofort ein. Eine wohlige Wärme breitete sich in mir aus, und ich warf Lori einen kecken Blick zu, den sie erwiderte. Ich meinte auf ihrem Gesicht den Anflug eines Lächelns zu entdecken. Das machte mir Hoffnung, daß Irmas Dummheit sich in Grenzen hielt, und weckte den Wunsch nach einem zweiten Whisky. Vermutlich war das Lokal sehr teuer, mindestens für meine Verhältnisse. Darauf deuteten das von hinten erleuchtete Panorama des New Yorker Stadtteils Manhattan, die schick gekleideten Kellner, die ganze Innenarchitektur, vor allem aber die Klientel hin, all die jungen Mädchen, die in Gegenwart von wenigen jungen Männern ihre Zigaretten rauchten. Den Luxus eines zweiten Whiskys konnte ich mir hier nicht erlauben, obwohl ich danach geradezu lechzte. Offenbar las Lori meine Gedanken. Sie bestellte beim Kellner einen weiteren Whisky und teilte mir beiläufig mit, dieser gehe auf ihre Rechnung.

Ich verstehe selber nicht, wieso ich mir die Sache habe aufhalsen lassen, beschwerte sie sich. Dann fuhr sie fort: Um es kurz zu machen, ich habe das Vergnügen, dir mitzuteilen, daß Fräulein Irma sich zu verehelichen gedenkt. Es ist nun einmal ihre Art, die anderen vor vollendete Tatsachen zu stellen. Die Geschichte hat vor drei Monaten angefangen, als wir im Rogner einen Kaffee tranken. Das ist wohl mein einziger Beitrag zu der ganzen Sache. Der Präsident der Stiftung, für die ich arbeite, gab an diesem Nachmittag im Rogner eine Pressekonferenz, und ich fragte Irma, ob sie Lust habe mitzukommen. Sie mag Pressekonferenzen. Das Fräulein hat dann Bekanntschaft mit einem Italiener geschlossen, einem Offizier, der bei der KFOR eingesetzt war. Er heißt Adriano. Aber nicht

Celentano, keine Angst, obwohl der Nachname auch mit einem C beginnt, Cenerini. Die Dienstzeit des Herrn in Kosova ist zu Ende, er kehrt nächste Woche nach Italien zurück und will Irma mitnehmen. Mein Auftrag ist es, zu vermitteln. Sie bittet dich um deine Zustimmung.

Der Kellner servierte den zweiten Whisky. Ich stürzte ihn hinunter und wies den jungen Mann an, einen weiteren zu bringen, ohne zu vergessen, Lori zu fragen, was sie wollte. Es ist jetzt wohl an mir, einen auszugeben, erklärte ich, aber Lori erwiderte nein, vielen Dank. Du lieber Gott, fuhr sie vorwurfsvoll fort, wieso machst du bloß so ein Gesicht. Irma hat Glück gehabt.

Ich ersparte mir eine Antwort. Wenn sich Irma etwas in den Kopf gesetzt hatte, dann gab es keines Vaters Sohn auf dieser Welt, der sie umstimmen konnte. Schon gar nicht, wenn sie die Chance hatte, aus Albanien wegzukommen. Dafür wäre sie mit jedem Mann durchgebrannt, egal, ob Militär oder Zivilist, Italiener oder Eskimo. Ich hatte einen meiner depressiven Anfälle und stürzte hinab in einen Abgrund absurder Anwandlungen. Dieser Schweinehund, dachte ich, will meine Tochter als Prostituierte mißbrauchen. So machen sie es immer, diese Schufte, erst versprechen sie einem Mädchen die Ehe, dann schicken sie es auf die Straße. Wahrscheinlich ist es gar kein Offizier bei der KFOR, sondern irgendein Mistkerl, ein verkappter Drogenhändler, der zu jeder Schweinerei fähig ist.

Aus diesen düsteren Vermutungen riß mich der Kellner, der den dritten Whisky brachte. Ich riß ihm das Glas fast aus der Hand und leerte es erneut in einem Zug. Danach kamen mir Bedenken. Zwar schlief ich in meinen Träumen mit Lori, aber das gab mir noch lange nicht die Rechtfertigung, so mit ihr umzuspringen. Das war ungehörig. Also bat ich sie höflich, mich nach Hause zu bringen. Wenn wir im Lokal blieben, trank ich noch mehr Whisky. Um Würde zu demonstrieren, bestand ich darauf, die Rechnung zu übernehmen. Sei nicht so altmodisch, antwortete Lori, diese Zeiten sind schon lange vorbei.

Draußen regnete es immer noch. Beidhändig entfaltete sie den Regenmantel über unseren Köpfen, und wir rannten zu ihrem Auto. Im Innern roch es nach ihrem Parfüm. Das wohlbekannte, gütige Gesicht des Stiftungspräsidenten, für den sie arbeitete, und der kräftige blonde Sergej erschienen vor meinem inneren Auge, und zwanglos stellte mein Gehirn einen Zusammenhang zwischen dem Wagen und den beiden Männern her. Lori startete den Motor. In meinem Sitz zurückgelehnt, beobachtete ich die Scheibenwischer bei ihrer Arbeit. Tiefe Niedergeschlagenheit befiel mich, sobald das Fahrzeug sich in Bewegung setzte. Die Strecke bis zum Hintereingang des Wohnblocks legten wir schweigend zurück. Bevor ich ausstieg, erkundigte sich Lori nach der Antwort, die sie Irma überbringen sollte. Sag mir die Wahrheit, gab ich zurück, dieser Italiener ist doch nicht womöglich so ein alter Sack wie ich? Mein Gott, Krist, sagte sie lachend. Erstens bist du kein alter Sack. Und was den Italiener angeht, wirst du schon sehen.

Drei Tage später stellte mir Irma den KFOR-Offizier vor. Am Abend rief sie mich an, um mir mitzuteilen, sie befinde sich mit Adriano im Hotel Kalifornien. Sie benutzte seinen Vornamen so selbstverständlich, als sei mir ihr Zukünftiger nicht gänzlich unbekannt, sondern mindestens so vertraut wie sein Landsmann Celentano. In diesem Augenblick wurde mir klar, daß ich offensichtlich der letzte war, der von etwas erfuhr, das sich bereits seit drei Monaten entwickelte. Alle wußten von Irmas Affäre, sogar Tomi in Amerika.

Am folgenden Tag machten sich die beiden Cousinen von

Marga noch vor Sonnenaufgang an die Arbeit, unterstützt von drei jungen Dingern, ihren Enkelinnen. Ganz nach Irmas Direktiven, die selbst keine Zeit hatte, weil sie sich um einen Rattenschwanz von Formalitäten kümmern mußte, vertrieben sie mich aus meiner Wohnung, mit der Auflage, auf keinen Fall vor Einbruch der Dunkelheit wiederzukommen, damit sie in Ruhe alles erledigen konnten. Das ging insgesamt drei Tage so, in denen alle Wände der Wohnung samt den Türen gestrichen, an allen Fenstern neue Vorhänge aufgehängt und die unerläßlichen Reparaturen im Badezimmer durchgeführt wurden, unter Einsatz von Geldmitteln, deren Herkunft ich nicht kannte, mich jedenfalls ging niemand auch nur um einen einzigen Groschen an. Das einzige, was man von mir verlangte, war, daß ich morgens verschwand und mich vor dem Abend nicht mehr blicken ließ. Die ganzen drei Tage kam ich mir vor wie ein Straßenköter. Natürlich hätte ich die Anweisung in den Wind schlagen und mich in irgendeinen Winkel der Wohnung verkriechen können, aber dann hätte ich den ganzen Tag über die Gesichter von Margas Cousinen vor mir gehabt, die ich seit Jahren nur noch mit größter Mühe ertrug, seit der Zeit mit den anonymen Briefen. Mir war klar, daß sie mich zutiefst verachteten und Marga gegen mich aufhetzten. Ständig spionierten sie mir nach und trugen meiner Frau arglistig alle Gerüchte zu, die über mich im Umlauf waren. Wenn ich sie damals in meiner Wohnung angetroffen hätte, wären sie hochkant aus dem Fenster geflogen, das wußten sie. Als ich am Ende des dritten Tages meine Wohnung endlich wieder für mich hatte, stand ich am Rande eines Nervenzusammenbruchs. Und ich begann, an der Taktik meines Auftretens dem Italiener gegenüber zu arbeiten.

Wenn ich ehrlich bin, so hatte ich eine Karikatur vor Augen: einen hoch aufgeschossenen, dürren Kerl mit dünnem

Schnurr- und Kinnbart, dunkelhäutig, ältlich, autoritär, einen angeberischen Furzer, der sich seiner Überlegenheit mir gegenüber vollauf bewußt war. Darunter litt ich. Um das Ungleichgewicht der Kräfte auszugleichen, beschloß ich, sofort zum Angriff überzugehen und ihn in die Defensive zu drängen. Ich würde keinesfalls Italienisch mit ihm reden. Obwohl ich diese Sprache passiv und aktiv beherrschte, wollte ich den Offizier der KFOR, wenn es sich denn wirklich um einen solchen handelte, auf ein tückisches Feld locken, das einer Unterhaltung auf Französisch. Schließlich wußte ich, daß sich die Italiener mit Fremdsprachen schwertaten und stets, vor allem aber beim Französischen, eine schlechte Aussprache hatten. Diesbezüglich befanden sie sich auf dem Niveau der Kellner in den Chinarestaurants. Bevor ich die zweite Phase meines Angriffs einläutete, würde ich Irma bitten, uns alleine zu lassen. In dieser zweiten Phase sollten meine seligen Eltern die Hauptrolle spielen, um die Groteske eine Stufe höher fortsetzen zu können.

An zwei meiner Wohnzimmerwände hingen sich die Bilder meiner Mutter und meines Vaters gegenüber. Es handelte sich um vergrößerte Schwarzweißphotos meiner damals noch jugendlichen Eltern in schmalen Holzrahmen. Wer mein Wohnzimmer betrat, sah sich zwangsläufig dem großformatigen Porträt meiner mit ihrer Anmut prunkenden Mutter gegenüber. Ihr Antlitz strahlte, wie Doktor N. T. es auszudrücken pflegte, Charme und Klasse aus. Wenn sich der Besucher dann umwandte, um Platz zu nehmen, hatte er erst einmal das Abbild meines Vaters vor sich. Es trug den Vermerk »Torino 1935« (das ist das Jahr, in dem er sein Diplom ablegte). Vor dem Photographen demonstrierte mein mit einem Smoking bekleideter Papa männliche Lässigkeit, die Violine hielt er in der einen und den Geigenbogen in der anderen Hand, als stünde sein Auftritt auf der Bühne eines Konzerthauses mit vielen Zu-

schauern unmittelbar bevor. Erstes Ziel der zweiten Angriffs-
phase war es, die Neugier des KFOR-Offiziers zu wecken. Dem
Bann der Porträts würde er sich unmöglich entziehen können.
Es folgte die nächste Stufe meiner Groteske, und zwar mit der
Erklärung: Die Dame auf der Photographie ist meine Mutter.
Sie war eine reiche Frau, Monsieur. Ich meine, sie stammte aus
einer sehr vermögenden Familie. Um die Mitte des verflossenen
Jahrhunderts beraubte das ruhmreich sich nennende albanische
Agrarproletariat diese allerdings sämtlicher Vermögenswerte.
Dieser Diebstahl setzt sich in anderer Form bis heute fort, so
daß es mir zu meinem Leidwesen unmöglich ist, meine geliebte
Tochter mit einer angemessenen Mitgift auszustatten. Bei dem
Künstler mit der Violine hingegen... Ach, würde er mir voll
Ungeduld ins Wort fallen, das ist wohl ihr Vater! Ich weiß
alles über Sie!

Das also war die Phase des Charmes und der Klasse, die
man in Anlehnung an eine geläufige militärische Maßnahme
als vorbereitendes Trommelfeuer bezeichnen konnte. Im An-
schluß sollte der tatsächliche, von den Fußtruppen getragene
Angriff erfolgen. Die Fußtruppen bestanden aus einem einzigen Soldaten. Das war ich. Allein in der Konfrontation mit
dem gepanzerten Repräsentanten der KFOR. Dennoch war ein
erfolgreicher Sturmangriff möglich, wenn es mir gelang, ihn,
der mir infolge seiner unzureichenden Kenntnis des Französischen kaum Widerstand entgegensetzen konnte, von meiner
zweifelsfrei westlich-europäischen Provenienz zu überzeugen.
Das war enorm wichtig, diese Stellung mußte eingenommen
werden. Schließlich war ich in meiner Jugend, noch vor Tom
Jones, ein Verehrer von Adriano Celentano gewesen. Ein Fan
von Juventus. Ich kannte sämtliche italienischen Schlagersän-
ger und alle Fußballer dieser Epoche beim Namen. Und ich
nahm mir vor, auf diesem Feld den KFOR-Offizier vernichtend

zu schlagen, indem ich mein umfassendes Wissen über den englischen, deutschen, französischen und holländischen Fußball demonstrierte. Wenn er versuchte, mit dem Filmwesen und seinen Stars und Sternchen oder dem schwarzen Jazz Amerikas einen Gegenangriff zu starten, so war seine Niederlage perfekt. Ja, Monsieur, würde er am Ende sagen müssen, Sie sind von wahrhaft westlich‑europäischer Provenienz, da ist kein weiteres Wort mehr nötig.

Die Illusion dieses taktischen Sandkastenspiels hielt nicht lange vor. Unvermittelt begann mein Gehirn Berechnungen anzustellen: Wie lange würde ich alleine mit den fünfzig Dollar, die ich noch in der Tasche hatte, plus den fünfzigtausend neuen Lek auf der Sparkasse auskommen? Der Dollarkurs war eingebrochen. Das hieß dann allerdings, daß mein Spargutʼhaben an Wert gewonnen hatte. Was ergab sich daraus? Ich versuchte, diese abscheulichen Kalkulationen aus meinem Kopf zu verbannen, um zur Taktik meines Angriffs auf den Italiener zurückkehren zu können, doch es war vergebens. Die Zahlen gerieten mir mit den Namen von Fußballspielern, der Dollarsturz mit erotischen Filmszenen durcheinander. Dann erlosch der Bildschirm meines Gehirns ganz, und nur noch in der Mitte war so etwas wie ein heller Fleck zu sehen. Es handelte sich um den Satz »Sie sind wahrhaftig ein westlich‑europäischer Mensch, Monsieur«, mit spöttischem Unterton ausgesprochen von meinem Herausforderer.

Ich sank in einen Sessel. So, wie ich ihn mir ausgemalt hatte, saß der Italiener in der stramm sitzenden Uniform des KFOR‑Offiziers mit glänzenden Epauletten sowie allerlei Schnüren und Ordensbändern gegenüber, gewichtig, die Beine lässig übereinandergeschlagen, die Schirmmütze in der Hand, einen Zigarillo im Mundwinkel. Ich weiß, sagte ich, ihr Italiener könnt uns Albaner nicht leiden.

Er gab keine Antwort. Er saß nur weiter da wie ein Pfau, zog an seinem Zigarillo und blies mir Rauchwolken ins Gesicht. Das war eine Provokation. Ich stand auf und kehrte ihm den Rücken zu. Was haben Sie eigentlich mit meiner Tochter zu schaffen, Monsieur, stieß ich ergrimmt hervor. Warum rauben Sie mir das einzige, was mir noch geblieben ist? Gibt es in Italien keine Mädchen mehr? Meine Tochter, wissen Sie, wird sich in Italien nicht wohl fühlen, sowenig wie Sie hier bei uns. Sie wird nicht mehr einfach sagen können: Ich bin Albanerin. In Ihrem Land, nein, überall in Europa sind die Albaner inzwischen Paria. Außerdem, trotz Ihrer Uniform, Sie können kein KFOR-Offizier sein. Ein KFOR-Offizier würde meine Erlaubnis einholen, ehe er meine Wohnung mit einem Zigarillo verpestet. Nicht nur, daß Sie mich nicht gefragt haben, Sie besitzen sogar die Frechheit, mir Ihre Rauchwolken ins Gesicht zu pusten. Damit beweisen Sie mir Ihre Geringschätzung, trotz meiner westlich-europäischen und, wenn Sie so wollen, auch nordatlantischen Provenienz. Was immer Sie auch sein mögen, ein Offizier oder ein verkappter Drogenhändler, ich warne Sie ernsthaft: Wenn Sie es wagen, meine Tochter schlecht zu behandeln, sie auf die Straße zu schicken, über die Gehsteige zu jagen, so schaufeln Sie sich damit Ihr eigenes Grab! Haben Sie das verstanden?

Als ich mich umdrehte, um die Wirkung meiner Worte zu ergründen, war der Sessel leer. Monsieur, rief ich, verstecken Sie sich nicht vor mir. Ich wollte Sie doch nur ein wenig erschrecken.

Ein Klingeln an der Wohnungstür schreckte mich auf. Mühsam öffnete ich die Augen. Die Vorstellung, daß es wahrscheinlich Margas Cousinen waren, erboste mich. Sollen sie ruhig warten, sagte ich mir und drehte mich auf die andere Seite. Wie nicht anders zu erwarten gewesen war, malträtierten sie weiter den Klingelknopf. Wahrscheinlich bereitete es ihnen besonderes Vergnügen, mich noch vor Tagesanbruch aus dem Bett zu treiben. Ich stand also auf, ging auf den Flur und schrie, sie sollten warten, bis ich mich angezogen hatte. Das war meine Rache. Ich ließ sie vor der Türe stehen, bis ich meine sämtlichen morgendlichen Rituale abgeschlossen hatte. Dein Glück, schnaubte mich eine von ihnen zornbebend an, als ich schließlich die Tür öffnete. Gleich schlägt's dreizehn. Nicht dreizehn, gab ich kühl zurück, sie kommen um zehn.

Sie trafen tatsächlich gegen zehn ein. Die Kunde überbrachte zuerst der kleine Nachbarssohn. Ganz außer Atem kam er mit der Mitteilung angesprungen, ein rotes Auto mit Irma darin sei hinter dem Wohnblock aufgetaucht. Ich wartete im Wohnzimmer, in Anzug und Krawatte. Eine der Cousinen streckte den Kopf herein, um mich zu informieren, daß bereits Schritte auf der Treppe zu vernehmen seien. Es wäre gut, meinte sie, du würdest sie an der Wohnungstür empfangen.

Ich ging nicht hinaus. Ich blieb mitten im Zimmer stehen und schaute zwischen den Photos meiner Eltern hin und her. Mit dem peinlichen Gefühl, daß mich eine schallende Ohrfeige erwartete, und in der Furcht, Mutter und Vater würden mich dabei nicht beschützen, sondern sich auf die Seite des Aggressors schlagen. Vergeblich versuchte ich festzustellen, wer von den Eintretenden mein Henker war, das heißt, der KFOR-Offizier. Irgendwie war alles nicht so, wie ich es mir ausgemalt hatte. Es war überhaupt keine Uniform zu entdecken. Ich sah nur jemanden mit Brille, der an Irmas Seite auf mich zukam und den ich erst für einen von Margas Neffen hielt, der Irma manchmal in die Disco begleitet hatte. Ich starrte dauernd auf die Zimmertür, in der sicher gleich der KFOR-Offizier in seiner Galauniform auftauchen würde, als Irma mich erst umarmte, dann einen Schritt zurücktrat und mir den bebrillten jungen Mann vorstellte. Das ist Adriano, sagte sie. Adriano, er war um die dreißig, braunhäutig, trug Bluejeans und ein blaues Hemd, streckte mir die Hand hin und erklärte, er schätze sich glücklich, mich endlich kennenzulernen. Ich meinerseits brachte keinen gescheiten Satz zustande, sondern nur ein gequältes Lächeln. Und es dauerte eine Weile, bis ich mich von meinem Schlachtplan verabschiedet hatte.

8

Aus Anlaß von Irmas Abreise richteten wir eine kleine Feier aus. In mancherlei Hinsicht erinnerte es mich an das Mittagessen zu Margas Neuntem. Eingeladen wurden im wesentlichen die gleichen Leute aus unserem Verwandten- und Bekanntenkreis, mit dem Unterschied, daß wir diesmal nicht im »Kosmos« waren, sondern im Restaurant des Hotels El Dorado. Um jeden Vergleich zwischen den beiden Veranstaltungen von vorneherein unmöglich zu machen, faßte ich einen Beschluß, der von manchen für skandalös gehalten wurde. Ich erlaubte Musik, wer wollte, konnte tanzen. Daß Marga in den paradiesischen Gefilden, in denen sie nun weilte, nichts dagegen haben würde, stand für mich fest.

Ich eröffnete die Feier mit einer kleinen Ansprache, in der ich mich bei meinen Gästen für ihr Kommen bedankte, wobei ich unablässig auf den Tisch starrte, an dem Doktor N. T. Platz genommen hatte. Das war eine gezielte Aktion, ich wollte seiner Anwesenheit sicher sein. Oder seiner Abwesenheit. Wenn der eine sich im Saal befand, war der andere zwangsläufig abwesend. Ich war entschlossen, wachsam zu bleiben, er sollte auf keinen Fall unbeobachtet verschwinden können. Ob er nun der eine oder der andere war. Beim Abschied wollte ich ihn fragen, ob alles, was ich erlebte, tatsächlich stattfand oder virtuell, eine Inszenierung war und ob die Leute wirklich gekommen waren, um Irma zu verabschieden, oder ob Irma mit der Sache gar nichts zu tun hatte und ich derjenige war, dessen Abreise vorbereitet wurde, so daß sich alle meinetwegen versammelt hatten.

Ich erwartete heimlich, N.T. werde herüberschauen, sein geheimnisvolles Lächeln aufsetzen und erklären, er wisse, was in meinem Kopf vorgehe, er habe meine Gedanken gelesen. Er schaute nicht herüber, sondern unterhielt sich mit seiner Gattin, also meiner Cousine Sofi. Daraus folgerte ich, daß drüben am Tisch mein leiblicher Freund saß, meine Fragen also ohne Antwort bleiben würden. Das bekümmerte mich ein wenig. Ich war mir etwas unsicher, vielleicht hätte ich doch lieber den anderen im Saal gehabt. Dann begann plötzlich die Musik zu spielen, die meisten standen auf, um zu tanzen, auch Doktor N.T. Ich blieb zurück in der taubstummen Gesellschaft von Margas Cousinen – sie waren diejenigen, die es für absolut schamlos hielten, mit Musik zu feiern, während noch die Traueranzeigen an den Mauern klebten – und begann meinen Blick durch den Saal schweifen zu lassen wie eine Überwachungskamera. Als erste aus der Schar der Tanzenden erschienen Irma und Adriano im Quadrat des Suchers. Ich ließ die Kamera nach rechts und ein Stück höher wandern, nur um das Gesicht des KFOR-Offiziers einzufangen. Da die beiden eng umschlungen tanzten, sah ich nur Irmas Profil. Weg, murmelte ich, laß mich ihn anschauen. Sie schien mich zu hören, denn sie drehte sich ein wenig zur Seite. Im Sucherquadrat befand sich nun neben ihrem Hinterkopf das Gesicht des Italieners.

Meine Verehrung, sagte ich zu ihm. Ich sehe mich genötigt, Signore, dich darauf hinzuweisen, daß du mir nicht wie der passende Mann für Irma vorkommst. Dein Wuchs ist eher zart, dein Gesicht erscheint mir eher sanft, kurz, ich entdecke an dir nichts von einem Militär, obwohl ich bekennen muß, dich noch nie in Uniform gesehen zu haben. Und diese dünnen Finger, das sind doch eigentlich Pianistenfinger... Pioniersfinger, okay. Und nun erzähl mir, wie du Irma dazu gebracht hast, alles stehen- und liegenzulassen und ein paar

Monate vor dem Diplom ihr Studium abzubrechen? Weil, du mußt entschuldigen, mein Gehirn ist boshaft und hat sich alles mögliche ausgedacht. Ich stamme aus einem kleinen Land, Signore, und bei uns sagt man, ich muß mich noch einmal entschuldigen, bei uns sagt man also, lieber Scheiße als klein. Du wirst mich vielleicht nicht verstehen. Das ist oft so, wenn man diesen Spruch zum ersten Mal hört. Ich weiß ja selbst nicht, was mich dazu getrieben hat, dich auf skatologischem Weg ins Unterholz der Folklore meines Heimatlandes zu führen.

Adriano wandte mir den Rücken zu. Im Sucher der Kamera tauchte knapp über seiner Schulter Irmas gerötetes Gesicht auf. Ich sagte lieber nichts. Wahrscheinlich war es die Angst, sie könne Gedanken lesen und werde meine scheinheilige Generation mit bitteren Worten geißeln. So ließ ich den Sucher der Kamera wieder durch den Saal wandern, bis Loris Gesicht darin auftauchte.

Sie war alleine gekommen. Mit ein wenig mehr Sensibilität hätte ich vermutlich bemerkt, daß sie Kummer hatte, und diesen Kummer zwanglos in Zusammenhang mit der Tatsache gebracht, daß ihr ständiger Begleiter, der hochgewachsene blonde Sergej, aus irgendeinem Grund nicht an der Feier teilnehmen konnte. Aber ich bemerkte überhaupt nichts. Der Sucher meiner Kamera hielt Loris Profil fest, und zwar für lange Zeit, und ich begann sie zu betrachten, als sei es das erste Mal, daß ich sie vor mir sah, und mir war, als verberge sich hinter den Zügen, die ich aus meinen Träumen so gut kannte, ein Geheimnis.

Ich schwenkte die Kamera weiter. Hätte ich weiter Loris Gesicht betrachtet, wäre die Versuchung zu groß geworden, mich in ihrer Richtung in Bewegung zu setzen. Sie zum Tanzen aufzufordern. Ihren Duft in mich aufzunehmen. Ich lehnte mich auf dem Stuhl zurück, faltete die Hände und drückte so fest zu, daß sie zu schmerzen begannen. Hundehaut, schalt ich mich selbst. Und ich hob die Kamera erneut, um sie auf Lori zu richten. Liebes Fräulein, stammelte ich, im Traum habe ich oft mit dir geschlafen, aber ich bereue es nicht. Eine meiner Narreteien ist nun einmal, daß ich scharf auf dich bin. Ich könnte jetzt zu meinem alten Freund Doktor N. T. gehen, der dort drüben mit meiner Cousine Sofi tanzt, und mich bei ihm ausweinen, aber er würde mir nur ausweichen, sich hinter dem alten Spruch verschanzen, daß die Einfalt der Männer proportional zu ihrem Alter zunimmt und sie, wenn sie den Mond sich in einem Tümpel spiegeln sehen, auf der Stelle hineinspringen, um ihn herauszuholen.

Ich hatte das Bedürfnis, mir einen zu genehmigen und dabei das Spiegelbild des Mondes auf dem Tümpel zu betrachten. Dem Trinken verweigerte ich mich, das war das einzige, was ich für Irma tun konnte. Sie hatte mich gebeten, nicht zu trinken, und ich hielt Wort, wahrte meine Würde: ich trank keinen einzigen Schluck. Auch das Spiegelbild des Mondes auf dem Tümpel ließ ich in Ruhe. Ich studierte nur ihr Gesicht im Quadrat des Suchers. Dabei fiel mir etwas auf. Es war nur ein vages Gefühl, doch es verwirrte mich.

Irma entschwand am folgenden Tag gegen dreizehn Uhr in einem Linienflugzeug der Gesellschaft »Alitalia« in Richtung Rom. Lori fuhr, wie sie es versprochen hatte, um elf Uhr mit ihrem roten Auto vor. Gleich darauf traf ein telefonisch bestelltes Taxi ein. Ich und das Gepäck kamen im Taxi unter. Das junge Paar nahm in Loris Auto Platz. Zu unserer Verabschiedung hatten sich sämtliche Frauen und Kinder aus unserem Treppenhaus versammelt. Hinter dem Kreisverkehr am Stadtrand von Tirana, bei der Einfahrt nach Lapraka, gerieten wir in einen Stau. Eine lange Schlange von Autos stand in der Sonne, manche Fahrer hupten, andere stiegen aus und marschierten nach vorne, um nachzuschauen. Als zwanzig lange Minuten ohne Hinweis auf eine Verbesserung der Situation verstrichen waren, fing ich an, mir Sorgen zu machen. Nach weiteren zwanzig Minuten hatte sich die Sorge in Panik verwandelt. Was war, wenn sie das Flugzeug versäumten? Dazu kam es nicht, wir erreichten den Flughafen gerade noch rechtzeitig, aber alle waren mit den Nerven am Ende. Lori fuhr nicht auf den Parkplatz, sondern hielt mitten auf der Straße an, ohne auf das Geschrei und Gehupe hinter ihr zu achten. Der Taxifahrer fluchte vor sich hin und fragte, ob er auf mich warten solle, und ich antwortete, nein, das ist nicht nötig. Glücklicherweise tauchte ein junger Bursche auf, der gegen ein Entgelt bereit war, sich um die Koffer zu kümmern. Er lud sie auf einen Karren und rannte damit los, und wir hinter ihm her, bis wir an einem Kordon von Polizisten ankamen. Die Polizisten wollten unsere Pässe sehen und erklärten, ausschließlich Personen, die sich im Besitz eines gültigen Flugscheins befanden, sei es gestattet, das Gebäude zu betreten. Bleich warf sich mir Irma an den Hals. Dann ließ sie von mir ab und umarmte Lori. In der gleichen Reihenfolge verabschiedete sich Adriano. Ich wünsche mir wirklich, daß ihr zu unserer Hochzeit kommt, sagte er. Ich hingegen hatte nur einen einzigen Wunsch, nämlich daß sie ihr Flugzeug noch bekämen, also endlich die Abfertigungshalle beträten. Das taten sie dann auch, sie stürzten sich in das Gedränge, der eine Haufen wollte hinein, der andere heraus, und schließlich verlor ich sie aus den Augen. Ich blieb bei den Polizisten in der Sonne stehen. Hier zu warten ist sinnlos, meinte Lori, wenn du bleiben willst, bis das Flugzeug startet, setzen wir uns in das Lokal drüben, dann sind wir wenigstens aus der Sonne.

Ich war wie erstarrt. Hätte Lori gesagt, komm, wir fahren zurück, ich wäre genauso mitgegangen. Doch Lori entschied anders. Sie bat mich, einen Augenblick zu warten, bis sie das Auto geparkt hatte, dann setzten wir uns in ein Lokal an der Zufahrtsstraße. Eine halbe Stunde später konnte ich vom Eingang der Gaststätte aus beobachten, wie sich das Flugzeug in die Lüfte erhob. Es verschwand recht schnell in dem Zwischenraum zwischen Bergrücken und Wolken. Ich stand da, den Blick zum Himmel gerichtet, und konnte nicht glauben, was geschehen war. Bestimmt wollte mich Irma nur veralbern, hatte sich irgendwo versteckt und würde gleich wieder auftauchen, hereingelegt, alles nur Spaß. Loris Gegenwart zerstörte diese Fata Morgana. Daß sie nun neben mir stand, war der unwiderlegbare Beweis dafür, daß die vom Himmel verschluckte Irma sich auf dem Weg in eine andere Welt befand.

Ich bat Lori, mich nach Hause zu bringen, und marschierte hinter ihr her zum Parkplatz, wo sich der Innenraum ihres Autos unter der sengenden Sonne aufgeheizt hatte, und schweigend fuhren wir nach Tirana zurück. Ich wurde immer wieder von der trügerischen Hoffnung heimgesucht, hinter einer Kurve oder sonst irgendwo am Straßenrand werde mit ausgestrecktem Arm Irma stehen. Doch sie durchreiste auf dem Weg zu ihrem erträumten Paradies den Himmel, und ich reiste ebenfalls, aber nicht am Himmel, sondern unten auf der Erde, neben einem Mädchen sitzend, das Lori hieß, Irmas beste Freundin war und mit dem ich seit geraumer Zeit in meinen Träumen schlief.

Es war mir nicht recht, daß mir solche Ideen im Kopf herumgingen, doch ich war machtlos dagegen. Das einzige, was ich tun konnte, war, nicht den Kopf zu wenden und Loris Gesicht zu betrachten, während sie das Auto lenkte. Mir war zum Weinen zumute, und hätte ich Lori angeschaut, wäre mir wahrscheinlich etwas furchtbar Lächerliches über die Lippen gekommen, nämlich, daß ich nun auf dieser Welt niemand anderen mehr hatte als sie. Um der Trübsal nicht zu erliegen, schaute ich starr geradeaus. Lori fuhr schnell und überholte ständig. Als sie das Auto vor dem Haus zum Stehen brachte, machte ich noch eine weitere Entdeckung: Ich kannte Lori überhaupt nicht. Ich wußte nur, daß sie dem Vernehmen nach gleichzeitig mit zwei Männern ging, aber das wußten alle. Vor dem Aussteigen wagte ich es, den Kopf zu wenden. Lori beugte sich zu mir herüber und hielt mir ihre Wange hin. Ich küßte sie auf beide Wangen. Und rechnete damit, daß ich sie nie wiedersehen würde.

9

Ich sah sie sehr bald wieder. Unerwartet bald. Überhaupt unerwartet. Seit Irma fort war, gab es für Lori keinen Grund mehr, in meine Wohnung zu kommen oder anzurufen. Meine einzige Hoffnung, sie wiederzusehen, war rein virtueller Natur und abhängig davon, ob es ihr gefiel, sich in meinen Schlaf einzumischen. Lori fiel es ein, mir einen Besuch abzustatten, schon ehe sie mir wieder im Traum erschien. Eines Abends klingelte es an meiner Wohnungstür, und als ich verdrossen und unlustig aufstand, um die Tür zu öffnen, rechnete ich mit allem, nur nicht mit ihr.

Ich hockte wie üblich im Sessel vor dem Fernseher. So verbrachte ich meine Abende, ohne Sinn, gelangweilt. Bei keiner Sendung hielt ich bis zum Ende durch, die ganze Zeit spielte ich mit der Fernbedienung, zappte durch die Kanäle, wo überall die gleichen Nachrichten kamen, wo jeden Abend die gleichen abgenutzten Politikergesichter zu sehen waren und die gleichen Filme wiederholt wurden. Gelegentlich erwischte ich zu später Stunde einen erotischen Film, ohne ihn mir allerdings anzuschauen, ich zappte weiter, denn wäre ich bei dem Film geblieben, hätte ich unweigerlich masturbiert, und wenn ich masturbiere, möchte ich danach am liebsten Selbstmord begehen.

Als Lori auf den Klingelknopf drückte, hatte ich mir keinen erotischen Film angeschaut, also auch nicht masturbiert, aber in einem miserablen Zustand befand ich mich trotzdem. Wollte ich meinen Bekannten glauben, war meine Lage allerdings glänzend. Mein Sohn war inzwischen mehr als fünf

Jahre in den USA und würde bald die amerikanische Staatsbürgerschaft erhalten. Damit standen auch mir selbst Amerikas Tore offen. Als erster konfrontierte mich Tomi mit dieser Idee, gleich nach Irmas Übersiedelung nach Italien. Eines Nachts rief er mich an und teilte mir mit, er habe mir vermittels »Western Union« hundert Dollar zukommen lassen, die ich jederzeit bei der Post abholen könne. Er kündigte mir an, zukünftig jeden Monat die gleiche Summe zu schicken, auch Irma werde Überweisungen tätigen, doch sei dies auf Dauer keine Lösung. Irma und ich, wir denken an etwas anderes, sagte Tomi. Lieber Papa, wir sind der Meinung, daß du bei mir leben solltest. Auch Irma kam bei jedem ihrer Anrufe darauf zu sprechen: Am besten für mich sei, wenn ich zu Tomi nach Amerika ginge. Angesichts solch glänzender Perspektiven gab es eigentlichen keinen Grund für meinen miserablen Seelenzustand. Ich hatte genug Geld und mußte mir nicht den Kopf wegen einer Arbeit zerbrechen. Auch wenn der ultimative Lösungsvorschlag meiner Kinder das letzte war, das ich in Erwägung gezogen hätte, Tomis monatliche einhundert Dollar samt dem Geld, das ich voraussichtlich von Irma erhalten würde, plus der Reserve auf der Sparkasse, all das hätte ausgereicht, um optimistisch in die Zukunft zu schauen.

Als die Klingel an der Wohnungstür ging, zog ich gerade gar keine Lösung in Erwägung. Ich hockte einfach vor dem Fernseher und schaute mir einen albanischen Film an, einen von denen, auf die man, wie mir zu Ohren gekommen war, inzwischen das Prädikat »aus der Zwiebelzeit« verwendet. Vielleicht begreift man mich besser, wenn ich gestehe, daß das Drehbuch zu diesem Film von mir stammte.

Gewöhnlich vermied ich es, mir solche Filme anzuschauen, besonders, wenn ich im Vorspann als Drehbuchautor genannt war. Sie erinnerten mich nämlich an die vergeudetste Zeit meines Lebens. Wenn ich sie mir dennoch einmal antat, kam ich mir so dämlich vor wie jedermann, der nach x Jahren mit Narreteien konfrontiert wird, die er selbst schon längst vergessen und begraben gewähnt hat und die nun plötzlich scherz- und schmerzhaft wieder ans Licht gebracht werden, um einem zu beweisen, was für ein Idiot man gewesen ist. Das wurde besonders schlimm, als eine Fernsehjournalistin anfing, Sprüche damaliger Filmfiguren, darunter auch solchen, die ich ersonnen hatte, Persönlichkeiten des politischen Lebens in den Mund zu legen. Das war manchmal zum Brüllen komisch, und anfangs freute ich mich mit, zumal ich das Gefühl hatte, meinen Anteil zu haben. Aber irgendwann konnte ich nicht mehr lachen. Alles hat seine Grenzen, auch die Naivität und Begriffsstutzigkeit eines Menschen. Selbst mir entging nicht, daß ich auf dem Bildschirm jedesmal ein paar schallende Ohrfeigen bezog. Und zwar von meinen Figuren. Der Journalistin, das begriff ich, kam es gar nicht darauf an, irgendwelche Politiker zu verspotten, die dadurch keinen Schaden erlitten, sondern nur noch bekannter wurden. Der auf gehobene Weise Gelackmeierte war ich, denn die Sprüche der Kunstwesen aus dem Fundus meines Filmschaffens gingen zu Lasten ihres Schöpfers. Ich dachte sogar daran, beim Boß des entsprechenden Fernsehsenders vorstellig zu werden und zu verlangen, daß diese Filme nicht mehr gezeigt wurden. Und die Journalistin wollte ich anflehen, keine Sätze meiner Figuren mehr zu verwenden. Doch mit einer solchen Intervention wäre ich gehörig auf den Bauch gefallen. Ich war schon zu lange weg von der Welt der Kinematographie, bei den neuen Fernsehsendern kannte mich kein Mensch mehr. Wahrscheinlich hätte man mich noch nicht einmal hereingelassen, von einem Zusammentreffen mit dem jeweiligen Boß gar nicht zu reden. Außerdem waren die von mir zum Projekt beigesteuerten Drehbücher durch zahlreiche Hände gegangen und vielfach verstümmelt worden. Dutzende hatten damit zu tun gehabt, der Regisseur, die Schauspieler, die Kameramänner, die Statisten und die ganze Equipe, also das Produktionsteam. Um es kurz zu machen, je mehr mich dieses dämliche Gefühl beherrschte, desto häufiger wurden Filme nach meinen Drehbüchern gezeigt, als wolle man mir beweisen, daß es kein Entrinnen gab, daß mein Name bis auf alle Ewigkeit mit diesen Machwerken verbunden bleiben würde.

Kehren wir zurück zu dem Abend, an dem Lori an meiner Tür klingelte. Im Fernsehen hatte gerade einer der betreffenden Filme begonnen. Er trug den Titel »Der Nebel« und gehörte zu den am seltensten gezeigten Produktionen. Das steigerte noch meine Unbill. Es war zwar der schwächste Film von allen, zugleich aber auch der einzige, den ich Lust hatte, mir anzuschauen. Ohne den Fernsehapparat abzuschalten, schleppte ich mich zur Wohnungstür. Ich wollte wissen, wer der Störenfried war, um ihn daraufhin kurz abzufertigen: nichts war mir in diesem Augenblick wichtiger, als den Film »Der Nebel« zu sehen.

In dem erleuchteten Rechteck stand Lori und wollte mich vom Gegenteil überzeugen. Zuerst war ich sehr verwirrt. Was um aller Welt trieb sie zu dieser späten Stunde an meine Wohnungstür? Unschlüssig stand ich da, bis Lori, ohne sich von meiner Schwelle wegzubewegen, »Guten Abend!« sagte. Ich rang mir ein Lächeln ab, beugte mich vor, um sie wie gewöhnlich auf beide Wangen zu küssen, und bat sie herein. Sie ging voraus ins Wohnzimmer.

Im Fernsehapparat lief »Der Nebel«. Loris Blick wanderte zum Bildschirm, und mir war, als hätte mich jemand auf frischer Tat ertappt. Eilig wollte ich nach der Fernbedienung greifen, um den Kanal zu wechseln oder den Fernseher ganz auszuschalten, aber es war, wie wenn man im Nebel etwas sucht: man hat es direkt vor der Nase, kann es aber nicht finden. Ich hoffte, daß Lori den Film nicht kannte, mindestens aber nicht wußte, wer das Drehbuch zu diesem vor gut fünfzehn Jahren entstandenen Film geschrieben hatte. Um die Wahrheit zu sagen, sie achtete überhaupt nicht auf den Film, sondern starrte nur den Bildschirm an. Trotzdem konnte ich mich von dem Gefühl, auf frischer Tat ertappt worden zu sein, erst befreien, als ich die Fernbedienung endlich gefunden und den Fernseher abgeschaltet hatte. Das letzte Bild zeigte das Gesicht einer Frau in Großaufnahme. Im Film hieß sie Delina. Delina wurde ersetzt durch Lori und verschwand in meinem Innern, so wie ihr Gesicht vom Bildschirm verschwunden war. Lori stand mit ihrer Sporttasche über der Schulter schweigend da, und mir wurde klar, daß sie ohne ein Problem nicht um diese späte Stunde bei mir aufgetaucht wäre. Was sie auf dem Herzen hatte, erfuhr ich gleich darauf. Sie fragte mich, ob sie bei mir übernachten dürfe. Wenn es dir nicht recht ist, meinte sie, mußt du es nur sagen, ich finde dann auch eine andere Lösung.

Meine Antwort ließ keine Sekunde auf sich warten. Natürlich kannst du, es macht mir überhaupt nichts aus, fühl dich wie zu Hause. Dann fragte sie mich etwas, das mit ihrem Auto zu tun hatte. Es war unten vor dem Wohnblock abgestellt, und sie wollte wissen, ob man es über die Nacht dort lassen konnte. Ich antwortete, nein, nachts ist es dort zu unsicher, aber in der Nähe gibt es einen bewachten Parkplatz, dorthin können wir es bringen. Den Gegenstand, der diesem Abend eine unerwartete Wendung geben sollte, entdeckte ich, als wir das Zimmer verließen, um das Auto wegzubringen. Es war eine dünne Goldkette, die im Ausschnitt von Loris blauem T-Shirt verschwand. Zunächst kümmerte ich mich nicht weiter darum, weil ich damit beschäftigt war, die in mir erwachte Bestie niederzuhalten. Sie hockte in einer Ecke und nahm alles wahr: die Formen des Mädchens, ihr Atmen, ihren Duft. Ich wich Loris Blick aus, weil zu befürchten war, daß die Bestie aus meinen Augen schaute. Vorderhand war die Goldkette um ihren Hals nichts, das mich beschäftigt hätte.

Wir gingen hinunter auf die Straße. Als sie im Auto saß, sank sie nach vorne auf das Lenkrad, ihre Schultern begannen zu beben, und erschrocken begriff ich, daß sie weinte. Darauf war ich nun gar nicht vorbereitet. Sofort meldete sich mein schlechtes Gewissen. Wahrscheinlich, dachte ich, ahnt sie, was in mir vorgeht. Dazu kam noch eine andere Befürchtung. Das Autoinnere war erleuchtet, und von den Fenstern des Wohnblocks aus konnte man mich in einer nicht sehr vorteilhaften Lage sehen. Bestimmt würde wieder das Gerede anfangen. Diese Befürchtung schob ich entschlossen weg. Sollen sie sich ruhig das Maul zerreißen, viel wichtiger ist, daß mir Lori erklärt, was sie hat.

Es gab nicht viel zu erklären. Sie hatte an diesem Tag mit ihren beiden Männern Schluß gemacht, mit dem medienpräsenten Stiftungspräsidenten, ihrem Arbeitgeber, und dem hochgewachsenen, blonden Sergej. Die beiden machten Lori mit ihrer ständigen Eifersucht das Leben zur Hölle, sie konnte sie einfach nicht mehr ertragen. Mit dem Präsidenten war es wohl endgültig aus. Und Sergej, beklagte sich Lori, läßt mich einfach nicht in Ruhe. Er hat einen Schlüssel zu meiner Wohnung, und als ich heute abend heimkam, saß er da. Er ist so stur wie ein Maultier, ich bekam ihn einfach nicht los, noch nicht einmal, als ich mit der Polizei drohte. Ich wäre aus Wut am liebsten aus dem achten Stock gesprungen. Aber dann zog ich es vor, einfach zu gehen und ihn dort sitzen zu lassen. Soll er doch mit den Wänden schlafen, wenn er will.

Sie langte herüber zum Handschuhfach auf meiner Seite und kramte darin herum, bis sie endlich eine halbvolle Pak-kung Zigaretten gefunden hatte. Als sie mit der Hand in einem komplizierten Manöver die Zigaretten ergriff, beugte sie sich kurz herunter, und ich konnte sehen, daß die Kette zwischen ihren Brüsten in einem Medaillon endete. Dieses Medaillon kam mir bekannt vor. Lori zündete sich eine Zigarette an, nahm zwei tiefe Züge, warf sie aus dem Fenster und wollte von mir wissen, wie man zu dem Parkplatz kam.

Wir brachten das Auto also zum Parkplatz. Ich war zwei-fach durcheinander. Einerseits machte mich die Bestie in mir nervös, andererseits quälte mich der Wunsch, zu erfahren, was es mit dem Medaillon auf sich hatte. Als wir zurück in der Wohnung waren, wirkte sie auf mich so schutzlos wie eine Ga-zelle im Angesicht eines Tigers. Um meine Unsicherheit zu überspielen, schlug ich ihr mit geheuchelter Munterkeit vor, die Nacht in Irmas Zimmer zu verbringen. Ich hatte dort nichts verändert, alles stand noch an seinem alten Platz, sie konnte, wenn sie wollte, sogar ins Internet. Überdies bot ich ihr an, sich bei Bedarf zu duschen. Die Pumpe ist um diese Zeit zwar nicht mehr in Betrieb, erklärte ich, man kann sich den kollek-tiven Zwängen eines Wohnblocks nun einmal nicht entziehen, es gab bestimmte Regeln, aber wenn sie eine Dusche nehmen wollte, konnte ich ohne weiteres hinuntergehen und die Pumpe einschalten, der Schlüssel befand sich im Erdgeschoß, und ich glaubte nicht, daß sich die Nachbarn über die späte Ruhestö-rung beschweren würden, schließlich war es noch nie vorge-kommen, und ihretwegen würden sie mir das eine Mal gewiß verzeihen. Nach der Dusche konnten wir dann ein einfaches, von einem in Küchendingen nicht sehr erfahrenen Mann zu-bereitetes Abendbrot einnehmen.

Offenbar war für Lori die Aussicht auf eine Dusche von

allen meinen Angeboten am verlockendsten. Mach dir nicht die Mühe, etwas zu kochen, sagte sie, ich will eigentlich nur schlafen. So blieb mir nichts weiter zu tun, als hinunterzugehen, die Pumpe anzustellen und einen Zettel mit der Bitte daran zu befestigen, dreißig Minuten lang Nachsicht zu zeigen. Als ich wieder hochkam, war Lori bereits im Badezimmer verschwunden. Ich mußte an das Medaillon denken. Sie geht bestimmt nicht mit dem Medaillon unter die Dusche, sagte ich mir. Auf Zehenspitzen schlich ich in Irmas Zimmer. Loris Sporttasche stand geöffnet auf dem Bett. Die Träger eines Nachthemds hingen heraus, und über die Stuhllehne ein Stück entfernt hatte sie das T-Shirt und ihre Jeans geworfen. Das Medaillon lag auf dem Nachttisch. Ich nahm es, klappte es auf und sofort wieder zu. Ich legte es zurück. Dann nahm ich es wieder und betrachtete es lange, als wollte ich mich versichern, daß meine Augen mir keinen Streich spielten.

Sie spielten mir keinen Streich. Ich verließ das Zimmer. Im Flur blieb ich stehen und horchte auf das Rauschen der Dusche. Dabei ertappte ich mich bei der närrischen Vorstellung, Dolores vorzufinden, wenn ich jetzt die Badezimmertür öffnen und hineingehen würde. Wäre ich länger stehengeblieben, hätte ich vermutlich dieser Versuchung nachgegeben. Also ging ich in die Küche. Im Buffet fand ich ein Flasche Kognak und goß mir ein. Als Lori aus dem Bad kam, hatte ich bereits den zweiten Kognak getrunken und saß am Wohnzimmertisch, die Flasche vor mir. So hatte ich auch auf Dolores gewartet, wenn sie sich nach der Liebe erst lange im Bad und dann im Schlafzimmer aufgehalten hatte, bevor sie mit geröteten Augen zu mir zurückgekommen war. Jedesmal, wenn wir miteinander geschlafen hatten, war es so gewesen, und mir war es überhaupt nicht recht gewesen, daß sie weinte.

Auch Lori blieb lange weg, aber sie hatte nicht geweint. Als sie aus Irmas Zimmer kam und mich vor der Kognakflasche sitzen sah, war ihr Blick gelassen. Du hast im Auto geweint, obwohl ich mit der Sache nichts zu tun hatte, wollte ich sagen. Wir beide haben zwar nur in meinen Träumen miteinander geschlafen, und da hast du nicht geweint. Dolores weinte jedesmal. Ich wußte, weshalb, und litt darunter wie ein Hund.

Lori stand immer noch da. Ich bat sie, Platz zu nehmen, aber sie zögerte. Sie sei sehr müde, meinte sie, und müsse morgen früh aufstehen. Offensichtlich hatte sie Bedenken, was die Wirkung des Kognaks an einem schwülen Abend wie diesem anbelangte. Ich bin froh, daß du gekommen bist, sagte ich, ich wäre fast gestorben vor lauter Überdruß. Ich bin auch froh, erwiderte sie, ich bin nämlich auch fast gestorben vor lauter Überdruß. Und ehrlich gesagt, fuhr ich fort, mich freut am meisten, daß du genug Vertrauen hattest, zu mir zu kommen. Du mußt wirklich keine Angst haben, wenn ich mir noch ein paar Gläser Kognak genehmige und dich einlade, mir Gesellschaft zu leisten. Natürlich nur, wenn dir Kognak bekommt. Und bitte, hab keine Angst. Angst ist das Allerschlimmste, wo sie ist, weht der Hauch des Todes. Aber du bist nicht ängstlich, sonst wärest du heute abend nicht zu mir gekommen.

Lori lachte laut. Daß sie meine Ansprache lächerlich finden würde, damit hatte ich nicht gerechnet. Und noch weniger mit dem, was folgte. Sie ging nämlich in die Küche und kam mit einem Glas zurück. Ich habe bloß vor einem Angst, sagte sie, als sie mir gegenüber am Tisch Platz nahm. Wahrscheinlich willst du mit mir ins Bett gehen, wenn du mit der Flasche fertig bist.

Mir war, als hätte mich der Blitz getroffen. Sie hielt mir das Glas hin, und ich zwang mir ein Lächeln ab, das ziemlich kläglich ausgesehen haben muß. Ich war so k.o., daß ich ihr fast gestanden hätte, weshalb ich trank. Nämlich wegen des

Medaillons. Ich habe diese Frau gekannt, ich weiß, wie sie heißt. Ihr Name ist Dolores. Mir war, als hätte ich Dolores selbst vor mir, und es machte mir Spaß, mit Dolores einen Kognak zu trinken. Aber mein Gehirn funktionierte nicht richtig, und ich hätte es unter den gegebenen Umständen wohl nicht geschafft, die Sache mit Dolores zu erklären.

Mit zitternder Hand füllte ich ihr Glas. Ich sagte zu ihr, sie sei ein kluges Mädchen, und nicht nur das, sondern auch ziemlich attraktiv. Das sei durchaus positiv, ich könne nichts Schlechtes daran finden, wenn eine Frau auf Männer anziehend wirke. Aber darüber müsse ich ihr bestimmt nichts erzählen. Der Preis dafür, daß man auf Männer anziehend wirke, sei natürlich, daß man begehrt werde. Das war Geschwätz, ich wußte selber, daß ich dummes und außerdem zweideutiges Zeug redete. Zweideutigkeit war das letzte, was ich wollte. Lori reagierte auf ihre Weise. Sie nahm einen Schluck und holte tief Luft, dann nahm sie noch einen Schluck und holte wieder tief Luft. Den Rest trank sie in einem Zug. Diese Worte kenne ich von meiner seligen Großmutter, meinte sie. Sie sagte, paß gut auf dich auf, du machst die Männer verrückt, und sie werden dein Lebtag hinter dir her sein... Krist, du brauchst mir nicht Dinge beizubringen, die ich schon seit Urväterzeiten weiß. Du bist nicht meine Großmutter... Und jetzt schenk mir bitte noch mal ein!

Ihr Gesicht war gerötet. Die Veränderung in ihrem Verhalten erschreckte mich. Ich fühlte mich schuldig, so wie damals Dolores gegenüber. Wenn Dolores einen Kognak nach dem anderen hinuntergestürzt hatte, war es ihr nur um eines gegangen: Sie wollte möglichst schnell betrunken werden, um es leichter zu ertragen, wenn sie mit mir schlief. Daher wurde ich, als Lori sich bereits das dritte Glas einschenkte und in einem Zug austrank, wieder stocknüchtern. Der Alkohol tat ihr wohl. Sie wirkte befreit und mit ihren schimmernden Wangen und leicht geöffneten Lippen sehr anmutig. Sie trug ein leichtes Kleid, das den ganzen Körper bedeckte und dennoch den umgekehrten Effekt hatte: alles wurde nur noch wahrnehmbarer. Ich konnte nicht wegschauen. Mein Blick ruhte irgendwo zwischen Hals und Brustansatz, und ich wußte nicht genau, ob das, was mich verlockte, ihre Brüste waren oder etwas anderes, jenseits davon.

Du solltest zu trinken aufhören, sagte ich unvermittelt. Und staunte selber über meine Worte. Wem galten sie, mir selbst oder Lori? Ich nahm die Gläser, nahm auch die Flasche, ging in die Küche und stellte alles auf dem Buffet ab. Als ich ins Zimmer zurückkam, saß Lori mit aufgestützten Ellenbogen am Tisch, das Gesicht in den Händen verborgen. Ich dachte zuerst, sie hätte zu weinen angefangen. Und schalt mich einen Idioten. Es geht mir heute nicht so gut, sagte ich schließlich, es geht uns wohl beiden nicht so gut. Danach kam ich mir noch idiotischer vor. In einem Anfall von schlechtem Gewissen wollte ich sofort ein Geständnis ablegen. So erging es mir auch jedesmal, wenn ich Irma zu Unrecht Vorwürfe gemacht hatte. Ich kam nicht dazu. Lori stand auf und lehnte sich an meine Brust. Das Wort Idiot blieb mir in der Kehle stecken. Ich streichelte ihr übers Haar. Alles in mir wurde sanft. Nun war es nicht mehr Lori, die ihr Gesicht an meine Brust drückte, sondern Dolores. Lisa. Es war ihre letzte Metamorphose. In Loris Gestalt vereinigten sie sich zu einem einzigen Wesen. Ich schaute in das schöne Gesicht der weinenden Welt.

Das wilde Tier in mir stieß ein Heulen aus. Mir fiel etwas ein, das ich irgendwo gelesen oder gehört hatte. Ein Dompteur in der Zirkusmanege mußte vor allem darauf achten, niemals unter den Leib des Tigers, zwischen seine Krallen zu geraten, denn wenn dies geschah, wurden die mörderischen Instinkte der Bestie übermächtig, sie erkannte ihren Herrn nicht mehr, das warme Wesen zwischen ihren Krallen war nur noch Beute und wurde zerfetzt. Lori lag noch immer in meinen Armen, ich spürte die verwirrende Wärme ihres Körpers, und die Angst befiel mich, zur Beute meiner Instinkte zu werden. Doch was ich ihr ins Ohr flüsterte, war etwas ganz anderes. Laß mich dein Priester sein, sagte ich. Ich möchte, daß meine Wohnung deine Kirche ist. Du kannst zu mir kommen, wann immer du es möchtest.

Ich fragte sie erst nach dem Medaillon, als ich meine Ruhe wiedergefunden hatte und die Bestie in mir eingeschlafen war. Wir saßen uns am Tisch gegenüber. Sie hatte sich eine Zigarette angezündet, und ich erkundigte mich nach dem Medaillon. Sie nahm es ab und klappte es auf. Das sind meine Eltern, sagte sie und sie hielt es mir hin. Ich warf einen Blick auf die Photos in den beiden Hälften. Dolores schaute mich an. Deine Mutter war eine sehr schöne Frau, sagte ich. Eine Szene, die in meinem Gedächtnis verschüttet gewesen war, fiel mir wieder ein. Wie viele Jahre war es her, daß ich an Dolores die gleichen Worte gerichtet hatte, ohne den Mut zu dem Geständnis aufzubringen, was mich mit ihren Eltern verband? Genauso erging es mir nun mit Lori. Aus der anderen Hälfte des Medaillons lachte mich ein sportlicher junger Mann in einem leichten Sommermantel mit hochgeschlagenem Kragen an. Beide sind tot, sagte Lori, während ich, um meine Betroffenheit zu verbergen, das Medaillon zwischen den Fingern drehte.

Mir entschlüpfte ein »Ach!«. Vor mir sah ich plötzlich das Bild eines zornigen kleinen Mädchens mit blauen Augen. Lori nahm mir das Medaillon aus der Hand und hängte es sich um den Hals. Ich wollte von ihr wissen, wie ihre Eltern geheißen hatten. Das ist geheim, antwortete sie, das sage ich keinem.

Dann war mir, als erzählte ein kleines Mädchen die Fortsetzung einer alten Geschichte. Es erschien mir im Traum, und seine Stimme klingt mir immer noch im Ohr.

10

Du wolltest mein Priester sein? Also bitte! Ich beichte hier in deiner Wohnung, sie ist meine Kirche.

Aber, ehrlich gesagt, was ich zu beichten habe, ist eher eine von den Geschichten, die keiner hören will, weil sie einem die Laune verderben. Sie hat mit dem Medaillon zu tun, nach dem du dich erkundigt hast. Aber glaube mir, ich will dir nicht die Laune verderben.

Das Medaillon gehörte meiner Mutter, die es von ihrer Mutter geerbt hatte. Beide leben nicht mehr. Das ist vielleicht nicht besonders interessant. Wahrscheinlich ist auch nicht so interessant, wie der Vater meiner Mutter und mein eigener Vater gestorben sind. Über solche Dinge zerbricht sich heute kein Mensch mehr den Kopf. Alle hetzen durch die Gegend, obwohl keiner richtig weiß, weshalb und wohin. Hauptsache, man ist dabei, denn wenn einer zurückbleibt, hat er verloren, dann schert sich niemand mehr um ihn, selbst wenn er am helllichten Tag auf offener Straße in Stücke gerissen wird. Du kennst ja den alten Spruch: »Wenn das Lamm seine Herde verliert, wird es vom Wolf gefressen.«

Ich bin mein ganzes Leben lang ein Lamm ohne Herde gewesen. Überhaupt ist die Geschichte dieses Medaillons eine Geschichte von Lämmern ohne Herde. Ich weiß nicht mehr, wann und bei welcher Gelegenheit Mutter es mir zum ersten Mal gezeigt hat. Ich weiß nur noch, daß wir damals schon in der Hexenvilla wohnten.

Das war nun wirklich keine Villa, sondern ein heruntergekommenes dreistöckiges Gebäude aus unverputztem rotem

Backstein mit einem Ziegeldach. Und seine Bewohner waren auch keine Hexen oder Zauberer, sondern schlichte Menschenwesen, aber allen, die von außen auf sie schauten, jagten sie eine Todesangst ein. Daher der Name »Hexenvilla«. Es ließ sich nicht mehr genau sagen, wer diesen Namen erfunden hatte, die von draußen, die von weitem herüberschauten und sich nicht hergetrauten, als hätten sie es mit einer Leprakolonie zu tun, oder die aussätzigen Bewohner selbst. Eine dritte Variante sagt, der von beiden Parteien am Ende akzeptierte Name stamme daher, daß einst jemand einen Brief erhalten habe, auf dem unter der Adresse mit Großbuchstaben geschrieben stand: HEXENVILLA.

[margin note: Vorhölle]

Wenn wir schon von Briefen reden: Solange ich zu den Ausgeschlossenen gehörte, habe ich keinen einzigen Brief erhalten. Am Anfang, weil ich noch nicht schreiben gelernt hatte, und wer selbst keine Briefe schickt, bekommt auch keine. Und später, als ich dann schreiben konnte, gab es niemand mehr, an den ich hätte schreiben können. Mutter saß ständig da und schrieb Briefe. Eine Menge Briefe. Nicht an Freunde oder Verwandte, die wollten nichts mehr mit uns zu tun haben. Die Briefe waren an meinen Vater gerichtet, der im Gefängnis saß. Ich kann mich an meinen Vater nicht richtig erinnern. Als er ins Gefängnis kam, war ich noch sehr klein. Sein Gesicht kenne ich nur von Photos. Eine Antwort bekam Mutter nur ganz selten. Dann setzte sie sich wieder an den Tisch und schrieb.

Den ersten Brief aus der Hexenvilla schrieb Mutter an meinen Vater gleich nach unserer Ankunft. Das war an einem Nachmittag, es fing schon an zu dämmern. Man hatte uns auf der Ladefläche eines Lastwagens hergebracht, auf der auch unsere Sachen waren. Mutter hatte behauptet, wir würden nun für eine gewisse Zeit in einer anderen Stadt wohnen, aber als wir ganz erschöpft ankamen, war weit und breit keine Stadt zu sehen, noch nicht einmal etwas Stadtähnliches. Das Auto hielt vor einem heruntergekommenen Gebäude am Fuße eines kahlen Hügels, und ringsum gab es weder Häuser noch Läden. Erst in großer Entfernung waren in der Dämmerung ein paar Wohnblocks zu erkennen. Ein Teil war so gut wie fertig, aber mit leeren Fensterhöhlen, andere halbfertig, und einige hatte man offenbar schon aufgegeben, nachdem die Fundamente gelegt worden waren. Jedenfalls sahen sie allesamt aus wie die Skelette krepierter Tiere. Später erfuhr ich, daß dort eine Stadt geplant gewesen war, daß man aber am Ende außer dem düsteren Gebäude, in dem wir hausten, nichts zustande gebracht hatte.

Als unsere Sachen abgeladen waren, fuhr das Lastauto davon. Eine Weile lang standen Mutter und ich da und wußten nicht, was wir tun sollten. Im Obergeschoß des Gebäudes ging ein Fenster auf, jemand streckte den Kopf heraus, und fast gleichzeitig tauchte vor uns wie aus dem Boden gewachsen ein hünenhafter Mann auf. Ich wartete darauf, daß er mich nach meinem Namen fragte. Das taten alle Männer, die mit Mutter ins Gespräch kommen wollten. Gewöhnlich war ich dann boshaft genug, nicht zu antworten, und Mutter schimpfte mich aus: Wenn ein Erwachsener einen etwas frage, müsse man brav antworten. Der hünenhafte Mann stellte mir keine Frage. Er beachtete mich überhaupt nicht. Einige Zeit darauf erfuhr ich von Sergej, daß die Bewohner der Villa ihn Zerberus nannten. Sergej erklärte mir auch, Zerberus sei der Name eines gräßlichen Hundes. Wer dieses Wesen wirklich war, lernte ich erst viele Jahre später. An unserem ersten Abend kannte ich Sergej noch nicht, und auch das Wort Zerberus hatte ich noch nie gehört. Aber als der hünenhafte Mann plötzlich vor uns auftauchte, erstarrte ich. Heute würde ich sagen, ich war hypnoti-

siert. Wie das berühmte Kaninchen vor der Schlange. Er fragte
überhaupt nichts. Offensichtlich wußte er über uns Bescheid.
Er zog einen Schlüssel aus der Tasche, und die beiden Männer,
die unsere Habseligkeiten vom Lastwagen abgeladen hatten,
kamen heran. Sie werden euch helfen, die Sachen hochzubringen, sagte Zerberus und hielt Mutter den Schlüssel hin. Es ist
im zweiten Stock. Die Formalitäten erledigen wir morgen.
Wie Sergej mir später erzählte, staunten alle, wie freundlich er
sich uns gegenüber benahm. So privilegiert war noch kein Bewohner der Hexenvilla behandelt worden.

Zerberus blieb da, bis die beiden den letzten Stuhl hochgeschafft hatten. Abgesehen von dem einen, der den Kopf aus
dem Fenster gestreckt hatte, war von den anderen Bewohnern
des Gebäudes nichts zu hören und nichts zu sehen gewesen.
Als wir alles oben hatten, war es bereits dunkel. Zerberus erinnerte Mutter noch einmal daran, daß am nächsten Tag die
Formalitäten erledigt werden mußten, und ging. Sie nahm
meine Hand, und ich spürte, daß die ihre zitterte. Im Zimmer herrschte ein einziges Durcheinander. Ich mußte weinen.
Warum, weiß ich bis heute nicht genau. Vielleicht, weil Mutters Hand zitterte, weil Zerberus die Formalitäten erwähnt
hatte, wegen des Gestanks, der im Zimmer herrschte, wegen
der schmutzigen Wände, der Kakerlaken, die über den Boden
liefen, ohne sich von uns stören zu lassen, der trüben Glühbirne an der Decke oder wegen allem zusammen. Ich ahnte
dunkel, daß das, was Mutter und mir widerfuhr, mit meinem
Vater zu tun hatte. Er saß im Gefängnis, dort sperrte man
schlechte Menschen ein, aber mein Vater war bestimmt kein
schlechter Mensch. Als mir schließlich die Augen zufielen, saß
Mutter immer noch unter der trüben Glühbirne am Tisch und
schrieb. Ich dachte, sie schreibt Vater einen Brief.

Meine Mutter schrieb meinem Vater mehrere Briefe hintereinander, aber er beantwortete keinen einzigen. Sein erster Brief kam nach sechs Monaten. Ich habe mir angewöhnt, die Zeit, die wir in der Hexenvilla verbrachten, nach der Länge der Pausen zwischen den Antworten meines Vaters auf die Flut der Briefe meiner Mutter zu berechnen. Ich denke, daß er durchschnittlich zweimal im Jahr antwortete. Daß Mutter alle seine Briefe aufhob, erfuhr ich erst später, nach ihrem Tod. Ich fand sie, verschnürt mit einem Band, in einer Schachtel, alles in allem sieben Stück. Inzwischen konnte ich natürlich lesen und fing gleich damit an. Es sind kurze Briefe, immer in der gleichen Sorte von Umschlag, mit Kopierstift geschrieben, und die violetten Flecken zeigen, daß Mutter beim Lesen weinte.

Ich habe die Briefe immer wieder hervorgeholt. Inzwischen kenne ich sie fast auswendig. Eigentlich ist es immer der gleiche Brief. In den immer gleichen Worten wird über Jahre hinweg der gleiche Gedanke vorgetragen, und am Ende fragt man sich, was er damit bezweckte, weshalb er sie auf diese Art schrieb, so jämmerlich doppeldeutig nach so langen Phasen eines genauso jämmerlichen Schweigens. Was man erkennt, ist, daß mein Vater meine Mutter wohl wahnsinnig geliebt hat. Obwohl er alles tat, um es zu kaschieren. Und nie berichtet er von sich selbst. Man erfährt nichts über sein Leben im Gefängnis, mich erwähnt er an keiner Stelle, als existierte ich überhaupt nicht, und nie erkundigt er sich nach unserem Alltag in der Hexenvilla. Aber immer präsent ist dieser bittere Unterton. Sein einziges Ziel scheint gewesen zu sein, Mutter leiden zu lassen. Und das hat er erreicht.

Ich sah, wie Mutter litt, und machte mir meinen eigenen Vers darauf. Für mich waren die Männer die Ursache. Als Mutter die erste Antwort meines Vaters erhielt, war für mich bereits ein Jahrhundert vergangen, und entsprechend war meine Erfahrung als ständiger Gast in der Hexenvilla. Theoretisch betrachtet, gab es für mich kein Geheimnis mehr, was die Absichten anbelangt, mit denen sich Männer einer Frau nähern. Das galt selbstverständlich auch für die Absichten und Begierden, mit denen sich Männer meiner Mutter näherten. Alle Männer dieser Welt waren damals für mich Zerberusse, mit zwei Ausnahmen. Mutter empfing sie gelegentlich als Gäste bei uns zu Hause, wenn man unser Zimmer in der Hexenvilla ein Zuhause nennen möchte.

Einer von ihnen war der verkalkte Sokrates, ein dürrer, ein wenig gebeugter Greis, der mit leiser Stimme sprach, ältester Bewohner der Villa, der einzige, der sich schon seit ihrer Einrichtung dort befand. Man rief ihn bereits so lange beim Namen des alten Philosophen, daß keiner sich mehr an seinen richtigen Namen erinnerte. Einige spotteten, sogar er selbst habe ihn vergessen, und nannten ihn deshalb den verkalkten Sokrates. Zusammen mit den anderen ging Sokrates, den meine Mutter für alles andere als verkalkt hielt, jeden Morgen fünf Kilometer zu einer Farm, deren Felder an einen Sumpf grenzten. Die meisten der erwachsenen Bewohner des Hauses arbeiteten auf den Feldern am Sumpf. Mutter dagegen war im Kuhstall beschäftigt, ein gutes Stück vom Sumpf entfernt. Die Schule für die Kinder der Farmarbeiter, auf die auch ich ging, war noch weiter weg. Sie befand sich neben ein paar ebenerdigen Büros und einem einstöckigen Haus, vor dem alle Angst hatten: Zerberus' Bau. Schon bald wurde herumerzählt, meine Mutter gehe dort ein und aus. Gleichzeitig erhielt sie einen anderen Arbeitsplatz, aus dem Kuhstall wurde sie als Putzfrau in die Büros der Farmverwaltung versetzt. Als meine Mutter den ersten Brief meines Vaters bekam, war sie noch im Kuhstall beschäftigt, und das Gerücht, daß man sie in Zerberus' Bau aus und ein gehen sehe, war noch nicht an mein Ohr gedrungen. Wie ich bereits sagte, empfing sie nur zwei männliche Gäste in unserer Wohnung. Das war außer dem verkalkten Sokrates noch Sergej.

Sergej lernte ich am Tag nach unserer Ankunft in der Hexenvilla kennen. Als ich am Morgen die Augen aufschlug, saß Mutter am Tisch, war wohl die ganze Nacht nicht davon aufgestanden, und schrieb einen Brief an Vater. Ihr bleiches Gesicht sagte mir alles, auch ohne Worte. Sie wollte, daß ich aufstand, und ich stand auf. Sie wollte, daß ich mit ihr kam, und ich kam mit in ein enges Loch neben dem Zimmer. Sie befahl mir, mich zu waschen, und wartete draußen, denn für zwei Personen war drinnen kein Platz. Mir drehte sich fast der Magen um von dem Gestank, der aus dem Stehklo kam, aber ich wollte nicht, daß Mutter mich schalt, ich sei zimperlich. Also seifte ich mir die Hände ein, das Gesicht, spülte die Seife ab und ließ wortlos zu, daß sie mich mit einem Handtuch abtrocknete. Dann setzte ich mich an den Tisch, Mutter stellte einen Teller mit zwei Marmeladebroten vor mich hin, und obwohl ich gar keinen Appetit hatte, würgte ich die beiden Brote hinunter. Dann sagte sie zu mir, ich solle nicht traurig sein. Sie müsse mich heute alleine lassen, sie hätte etwas zu erledigen, wenn ich wolle, könne ich draußen ruhig ein bißchen frische Luft schnappen, aber auf keinen Fall vom Haus weggehen. Wenn sie zurückkäme, würden wir beide das Zimmer aufräumen, unsere Sachen waren ja immer noch ganz durcheinander, vor allem aber versprach sie mir, irgendein Mittel gegen die widerlichen schwarzen Kakerlaken aufzutreiben.

Eine Stunde, nachdem Mutter auf dem Feldweg durch die Talsenke verschwunden war, bekam ich Sergej zum ersten Mal zu Gesicht. Er spielte mit zwei Schildkröten. Bis dahin hatte ich noch nie eine lebendige Schildkröte gesehen. Sergej erklärte mir, er habe sie gerade eben in einem Strauch bei der Liebe ertappt. Er wollte von mir wissen, ob ich schon einmal gesehen hatte, wie Schildkröten Liebe machen, und ich sagte, nein, habe ich nicht, aber darf ich die Schildkröten einmal anfassen? Er erlaubte es, sagte aber, Vorsicht, wenn man eine Schildkröte in die Hand nimmt, bekommt sie Angst und fängt an zu pis‽ sen, und die Pisse einer Schildkröte ist ganz weiß und stinkt, wenn man sich damit bekleckert. Dann stellte er mir eine über‽ raschende Frage. Er wollte nämlich wissen, weshalb man uns hergebracht hatte. Ich war ganz verwirrt. Das weiß ich nicht, antwortete ich, aber vielleicht ist es wegen Vater, der sitzt im Gefängnis, und ich glaube, das ist ganz schlimm. Ich, sagte Sergej, bin wegen meiner Mutter hier, meine Mutter ist Russin, und uns, also mich, meinen Vater und meinen großen Bruder Romeo, haben sie hergebracht, als sie ins Gefängnis kam, da‽ mals war ich noch ganz klein, ich ging noch nicht einmal in die Schule. Jetzt komme ich bald in die vierte Klasse, aber mein Name macht mir alles kaputt. Ich heiße nämlich Sergej. Die Jungen wollen nichts von mir wissen, und jeden Tag be‽ knie ich meinen Vater, daß er mir einen anderen Namen gibt, weil mich alle den Sohn der sowjetischen Spionin nennen. Ich heiße Lori, erwiderte ich, dieses Jahr komme ich in die erste Klasse. Ob mein Name albanisch oder sowjetisch ist, weiß ich aber nicht.

Daß er nicht sowjetisch war, erfuhr ich am Abend von Mut‽ ter. Ich lernte, daß mein Name die Abkürzung des Namens meiner Mutter war. Mein Vater hatte es sich gewünscht. Das alles wollte ich am nächsten Tag Sergej erzählen. Morgens brachte ich die gleichen Verrichtungen hinter mich wie am Vortag, aß zwei Marmeladebrote, stand am Fenster, bis Mut‽ ter auf dem Feldweg durch die Talsenke verschwunden war, und wartete, bis Sergej mit seinen Schildkröten auftauchte. Er tauchte auch tatsächlich auf, aber ohne Schildkröten. Statt des‽

sen hatte er eine kleine Pappschachtel mit zwei Zikaden dabei. Als ich zu ihm kam, war er gerade dabei, am Bein der einen Zikade einen Faden zu befestigen. Ich wollte eigentlich fragen, woher er die Zikaden hatte, aber aus Angst, er werde antworten, ich habe sie bei der Liebe überrascht, ließ ich es sein. Ich wollte nicht, daß er sich bei mir erkundigte, ob ich schon einmal Zikaden bei der Liebe beobachtet hatte. Um nicht naiv zu erscheinen, hätte ich bestimmt gelogen, ja, obwohl das gar nicht stimmte, denn ich hatte bis zu diesem Tag überhaupt noch keine Zikaden gesehen, weder bei der Liebe noch sonst. Statt dessen bat ich ihn wieder, sie anfassen zu dürfen. Als Sergej mir erlaubte, die gefesselte Zikade zu berühren, und sie die Flügel öffnete und wegfliegen wollte, und tatsächlich auch wegflog, aber nicht weit, weil Sergej das andere Ende des Fadens festhielt, tauchte plötzlich der verkalkte Sokrates neben uns auf und maß ihn mit einem zornigen Blick. Er nahm ihm den Faden aus der Hand und versuchte eine Weile lang, den Knoten am Bein der Zikade zu lösen. Weil er es nicht schaffte, befahl er mir: Mach du ihn auf! Sein Ton ließ Widerspruch nicht zu, also tat ich, wie mir geheißen war, ich befreite die Zikade, sie flog davon und verschwand, so wie auch die andere, nachdem der alte Mann sie auf seine Handfläche gesetzt und angehaucht hatte. Dann drohte er mit dem Finger, wandte uns den Rücken zu und ging weg. Ich stand da wie erstarrt. Vor allem verstand ich nicht, weshalb er gerade mir mit dem Finger gedroht hatte.

Ich kann mich bis heute an seinen Blick erinnern. Er ist für mich eine Mahnung aus dem Reich der Toten. Gewöhnlich besuchte er uns am Abend. Wir erkannten an seinem Klopfen, drei leichten Schlägen, wer vor der Tür stand. Ich rannte hin, machte auf und hatte sein mit grauen Stoppeln bedecktes Gesicht vor mir. Mutter servierte ihm in einem Kristallglas Raki.

Er trank langsam, mehr als ein Glas wurde es nie. Ich glaube, es ging ihm mehr um das Kristallglas als um den Raki; er drehte es zwischen den Fingern wie eine Reliquie aus einer verlorenen Welt. Er stellte seine Besuche auch nicht ein, als alle Mutter zu meiden begannen, vor allem die Frauen aus dem Haus, mit denen sie manchmal zusammengesessen hatte. Mutter konnte aber das Getratsche nicht leiden, sie saß lieber in unserem Zimmer. Und trank. Dann öffneten wir keinem die Tür, egal, wer anklopfte. Ich nehme an, die Frauen aus dem Haus hatten irgendwie mitbekommen, daß sie trank, trotzdem besuchten sie uns noch manchmal, so wie Mutter gelegentlich bei ihnen vorbeischaute. Der Boykott begann, als das Gerücht umlief, sie gehe in Zerberus' Bau ein und aus, aber das war erst später, als ich bereits die Schule besuchte. An dieser Stelle muß ich die schlimmste Sünde meines Lebens beichten: damals haßte ich meine Mutter. Jetzt habe ich manchmal Alpträume und bekomme keine Luft mehr, weil mich die Vorstellung quält, daß ich zu denen gehöre, die sie in den Tod trieben.

Ich suche oft nach einer Erklärung für meinen damaligen Haß. Aber jedesmal lande ich in der Sackgasse. Ich glaube, alles hat angefangen, als ich merkte, daß mir die Dinge dieser Welt nichts mehr bedeuteten. Das war an einem schwülen Abend. Mutter schaffte es nie, ein Mittel gegen die Kakerlaken aufzutreiben, sie liefen weiter nach Belieben in unserem Zimmer umher. Mutter stand im trüben Licht der Glühbirne mit einer Fliegenklatsche in der Hand da und lauerte auf Kakerlaken. Wenn eine sich blicken ließ, schlug sie zu, aber manchmal traf sie nicht richtig. Doch selbst wenn es ihr gelang, eine Kakerlake zu töten, so ließen sich die anderen dadurch nicht aus der Ruhe bringen und drangen weiter aus den Ritzen wie schwarze Ritter. Mutter wurde wütend, besonders auf mich.

Ich half ihr schon lange nicht mehr in ihrem Krieg gegen die Schaben. Sie störten mich nicht, ich gestand ihnen das gleiche Wohnrecht in unserem Zimmer zu wie uns selbst. Überhaupt unterschieden wir uns ja nicht sehr von den Kakerlaken. An diesem schwülen Abend, als Mutter wütend auf die Kakerlaken und vielleicht noch mehr auf mich war, hörte man an der Tür das Klopfen des verkalkten Sokrates. Ich rannte hin, um aufzumachen. Mutter stellte den Kampf gegen die Kakerlaken ein, forderte den Gast auf, Platz zu nehmen, und servierte ihm in einem Kristallglas Raki.

Ich bin mir nicht sicher, aber ich glaube, es war an diesem Abend, als der verkalkte Sokrates Mutter vom Ende ihres Vaters berichtete. Möglicherweise ist es aber auch an einem anderen Abend gewesen, früher oder später. Auf jeden Fall, daran erinnere ich mich genau, war es an einem schwülen Abend, und Mutter mußte weinen, während mich das ganze gleichgültig ließ, obwohl es um meinen Großvater ging. Wer mein Großvater mütterlicherseits gewesen ist, das begriff ich erst später richtig. Sein Schatten verfolgt mich seit meiner Kindheit, seit diesem schwülen Abend in der Hexenvilla, als uns der verkalkte Sokrates erzählte, wie er starb. Von Mutter hatte ich nie etwas über ihn erfahren. Ich hatte bis dahin nur meine Großmutter väterlicherseits gekannt, aber die wohnte weit weg in der Stadt M. Wir konnten nicht zu ihr fahren, und auch sie durfte uns nicht besuchen. Von meinen Großeltern mütterlicherseits wußte ich nur, daß sie nicht mehr am Leben waren. Deshalb war ich sehr bestürzt, als ich aus dem Mund des verkalkten Sokrates erfuhr, daß mein Großvater keinen normalen Tod gestorben war.

Ich lag auf dem Sofa und hörte nur gelegentlich in die Unterhaltung der beiden hinein, der Abend war zu schwül, ich konnte mich nicht konzentrieren, deshalb beschäftigte ich mich lieber mit den Kakerlaken. Sie tauchten in den dunkelsten Ecken auf, erst zögernd und wachsam. Dann verloren sie ihre Angst, es drohte ihnen erkennbar keine Gefahr, und so fingen sie an, vergnügt durchs Zimmer zu laufen, von einer Ecke in die andere, und ich war gespannt, ob sich welche von ihnen paaren würden, ich hatte schon einmal Kakerlaken gesehen, die sich paarten, also Liebe machten, wie es Sergej ausgedrückt hätte. Schließlich entdeckte ich zwei, die regungslos nebeneinander dasaßen, man konnte meinen, sie seien verendet, und in diesem Augenblick machte der verkalkte Sokrates eine Bemerkung, die meine Aufmerksamkeit erregte. Er sagte, mein Großvater sei auf Hades' Befehl ermordet worden. Ich weiß nicht, was mich mehr bestürzte, daß mein Großvater umgebracht worden war oder der Name Hades, den unser Gast ganz leise, fast flüsternd aussprach. Ohne die Kakerlaken aus den Augen zu lassen, begann ich zuzuhören. Ich wurde Zeuge des Verbrechens, sagte der verkalkte Sokrates, ich lag damals zusammen mit ihm im Gefängniskrankenhaus. Er hatte es an den Nieren, aber ich schwöre, daß sein Zustand nicht ernst war. Sie gaben ihm eine Spritze, die ihn tötete. Er wand sich in seinem Bett vor Schmerzen, ohne daß ihm jemand zu Hilfe kam, kein Arzt ließ sich während seines Todeskampfes blicken, bis er schließlich sein Leben aushauchte. Später behauptete man, er sei an einer Urämie gestorben. Das sind alles Lügen! Hades konnte nicht ruhig schlafen, solange dein Vater am Leben war. Dieser Lump hat der Reihe nach alle beseitigt, die ihm gefährlich werden konnten, und mich läßt er in diesem gottverlassenen Winkel verrotten. Ich habe hier sogar meinen Namen verloren. Dein Vater durfte wenigstens seinen Namen behalten.

Offensichtlich war es für Mutter kein großer Trost, daß ihr Vater seinen Namen hatte behalten dürfen. Sie weinte. Sie habe die Geschichte schon gehört, sagte sie, aber noch nie von einem Augenzeugen. Damals, fuhr sie fort, war ich noch klein. Sie schaute zu mir herüber. So alt wie Lori jetzt, und wir lebten ebenfalls in einem Loch zwischen zwei Bergen.

Als meine Mutter mich anschaute, wäre ich am liebsten aufgestanden und zu ihr hingegangen, um ihr zu sagen, wie leid mir alles tat. Daß Großvater im Gefängnis umgebracht worden war. Daß sie, als sie so alt gewesen war wie ich heute, in einem Loch zwischen zwei Bergen hatte leben müssen. Ich wollte sie fragen, ob sie ihren Vater, bevor er ermordet worden war, wenigstens gekannt hatte. Ich kannte den meinen nur von Photos. Und ich wollte ihr sagen, daß sie besser nicht weinen solle, so wie ich auch nicht weinte, obwohl Grund genug dafür dagewesen wäre, schließlich saß mein Vater im Gefängnis. All dies hätte ich gerne getan, aber ich rührte mich nicht. Ich schaute den Kakerlaken zu, die sich inzwischen paarten, und meine Gedanken schweiften ab. Die Kakerlaken paarten sich nicht anders als die Schildkröten. Oder die Büffel. Einmal war ich mit Sergej im Sumpf gewesen, um nach Wildentennestern mit Eiern zu suchen, und plötzlich hatten wir vor zwei Büffeln gestanden, die sich paarten. Der Bulle war groß und schwer, die Kuh viel kleiner. Der Anblick erschreckte mich. Der Büffel stand auf den Hinterbeinen, mit den Vorderbeinen auf dem Rücken des Weibchens, machte widerliche Bewegungen und konnte den Kopf nicht geradehalten. Die Büffelkuh wurde fast von ihm zerquetscht. In den Sumpf hineingedrückt. Aber sie wehrte sich überhaupt nicht, sondern stand nur da und ließ den Bullen gewähren. Sergej war ganz aufgeregt und johlte beim Zuschauen. Ich hatte Angst, daß er mit mir das gleiche machen würde wie das Büffelmännchen mit dem Büffelweibchen. Erschreckt rannte ich davon, und während ich atemlos durch die Talsenke nach Hause lief, hatte ich dauernd die Büffel vor

Augen. Und die Angst vor Sergejs komischem Verhalten ließ mich lange nicht los.

Dann hätte ich mich doch fast in die Unterhaltung der Erwachsenen eingemischt, weil ich wissen wollte, was es mit diesem Hades auf sich hatte. Aber ich ließ es wieder sein. Die Antwort konnte ich mir denken. Bestimmt war es ein Wesen wie Zerberus. Immer, wenn ich ihm vor oder nach der Schule auf dem schlammigen, mit Mist bedeckten Platz vor dem Verwaltungsgebäude der Farm begegnete, mußte ich daran denken, wie Mutters Hand am Abend unserer Ankunft in der Hexenvilla gezittert hatte, und es lief mir kalt über den Rücken. Ich ahnte damals noch nicht, daß auch Zerberus keine Ruhe geben würde, bevor meine Mutter nicht tot war, so wie damals Hades bei meinem Großvater. Manchmal kommt es mir so vor, als ob Hades und Zerberus ein und dieselbe Person gewesen seien, zu unterschiedlichen Zeiten an unterschiedlichen Orten in unterschiedlicher Gestalt.

Wenig später begann es mit Mutter abwärtszugehen. Das war, als der vierte oder fünfte Brief meines Vaters eintraf. Ihr Verhalten begann sich auffällig zu verändern.

Den Weg zur Schule legte ich jeden Tag zusammen mit Mutter zurück. Wir waren eine Stunde lang auf dem Feldweg unterwegs, dann bog sie zu den Ställen ab, und ich ging weiter bis zur Schule. Eines Morgens beim Aufwachen fühlte ich mich krank, mir war schwindelig und übel. An solchen Tagen ließ mich Mutter nicht in die Schule gehen. Ich saß dann stundenlang am Fenster. Das war sehr interessant. Manchmal tauchten Bewohner der Hexenvilla in meinem Blickfeld auf. Ich wußte von jedem seine Geschichte. Nehmen wir zum Beispiel Sergejs Vater. Er war ein ehemaliger Offizier, hochgewachsen und mit einem markanten Gesicht. Nun arbeitete er als Helfer auf dem Feld und hatte, wie es hieß, ein Verhältnis mit einer Witwe aus dem Dorf. Sie war ziemlich häßlich. Ich kannte auch noch viele andere Geschichten, die meistens von den Frauen stammten, die Mutter besuchen kamen. Doch ein Rätsel bleiben mir die Leute, die uns gegenüber wohnten. Es handelte sich um eine ältere Frau, die nie zur Arbeit ging, und ihre beiden erwachsenen Kinder, eine Tochter und einen Sohn. Obwohl wir direkte Nachbarn waren, bekam ich sie so gut wie nie zu Gesicht. Die Frauen aus der Villa behaupteten, es handele sich um die Angehörigen einer einflußreichen Person, die aus irgendeinem Grund im Gefängnis gelandet war, die Mutter halte sich für etwas Besseres, und sich mit den anderen abzugeben, halte sie für unter ihrem Niveau. Außerdem wurde behauptet, der Sohn und die Tochter seien ein Liebespaar. Ich hielt das für bösartigen Klatsch. Der Sohn und die Tochter waren beide wunderschön und genauso von oben herab wie ihre Mutter. Sie hatten mit niemand sonst Umgang.

An dem Tag, an dem ich mich morgens krank gefühlt hatte, sah ich durch das Fenster, wie die Leute von der Arbeit zurückkamen, zuerst die schönen Geschwister, über die man sich den Mund zerriß, und ganz zum Schluß der verkalkte Sokrates. Alle hatten sonnenverbrannte Gesichter und waren mit Staub bedeckt. Ich saß auch noch am Fenster, als der verkalkte Sokrates bereits im Haus verschwunden war. Meine Mutter fehlte noch aus der Schar der Hausbewohner. Eine Stunde später war sie immer noch nicht da. Die Wolken hingen tief, und drüben über dem Sumpf blitzte es. Ich entdeckte meine Mutter, als ein Blitz die Talsenke jäh erleuchtete, gefolgt von einem knallenden Donner. Mit Mutter zusammen näherte sich die Regenwand, und gemeinsam kamen sie an: als Mutter das Zimmer betrat, begannen Regentropfen an die Fensterscheiben zu prasseln.

Mir fiel sofort auf, daß sie etwas unter dem Arm hielt, das

in eine alte Zeitung eingewickelt war. Und ebenso merkte ich, daß sie getrunken hatte. Als sie sich zu mir herunterbeugte, um mich zu küssen, roch ich die Alkoholfahne. Mutter trank sonst immer nur zu Hause, es war noch nie vorgekommen, daß sie nach Alkohol roch, wenn sie vom Kuhstall heimkam. Bei der Arbeit trug sie einen Overall und Gummistiefel. Zwar wechselte sie danach die Kleider, aber trotzdem brachte sie Stallgeruch mit nach Hause, und obwohl sie sich dort noch einmal umzog, roch es in unserem Zimmer immer irgendwie nach Kuhstall. Wahrscheinlich haftete der Geruch inzwischen an ihrem Körper. Deshalb hatte sie bestimmt ein Interesse daran, möglichst schnell aus dem stinkenden Stall wegzukommen. An dem Tag, von dem wir gerade reden, hegte ich noch keinen Verdacht und zerbrach mir deshalb nicht den Kopf über Mutters Alkoholfahne. Auch bei dem eingewickelten Gegenstand unter ihrem Arm dachte ich mir nichts. Es handelte sich um ein Transistorradio der Marke »Illyrien«. Wir besaßen kein Radio, und überhaupt gab es in der ganzen Hexenvilla niemand, der ein Transistorradio der Marke »Illyrien« besaß. Das Radio war ein Geschenk für mich. Nun konnte ich unabhängig davon, ob es gerade Strom gab oder nicht, hören, was mir gefiel, vor allem meine Lieblingssendung »Theater am Mikrophon«. Ich war verrückt nach der Sendung »Theater am Mikrophon«. Eine Zeitlang ging ich einmal in der Woche, nämlich jeden Freitag nachmittag, zum verkalkten Sokrates, der ein Radio hatte. Er war zusammen mit einem Ehepaar mit drei erwachsenen Söhnen in einer Wohnung untergebracht. Ich hatte nicht lange gebraucht, um seine Mitbewohner der Kategorie der Zerberusse zuzuordnen. Alle Zerberusse taugten nichts, ob in der Hexenvilla oder außerhalb. Sie machten Mutter das Leben schwer, stellten ihr ständig nach, belästigten sie auf der Straße und klopften sogar an unsere Zimmertür. Das war eine sehr unangenehme Zeit für mich und meine Mutter. Ich weiß nicht, wie es ihr schließlich gelang, sie sich vom Hals zu schaffen.

Als Mutter mit dem Transistorradio heimkam, wollte ich von ihr wissen, wo sie es gekauft hatte, und erhielt eine ausweichende Antwort. Ich habe es nicht gekauft, sagte sie, ich habe es dir mitgebracht. Das genügte mir. Ob sie das Transistorradio gekauft hatte oder nicht, war mir egal, Hauptsache, ich besaß nun eines. Ich schaltete es ein, wählte einen Sender, in dem Musik lief, während Mutter, nachdem sie sich umgezogen hatte, in ihrem Hauskleid einen Brief las. Es dürfte der vierte oder fünfte Brief meines Vaters gewesen sein. An diesem Tag weinte sie nicht, als sie mit Lesen fertig war, und sie setzte sich auch nicht, wie sonst, sofort an den Tisch, um zu antworten. Vielmehr faltete sie den Brief zusammen und steckte ihn in den Umschlag zurück, den sie irgendwo ablegte. Ich erinnere mich, daß es dreimal leicht an die Tür klopfte. Ich machte das Radio aus, rannte aber nicht zur Tür, um zu öffnen. Mutter bedeutete mir durch ein Zeichen, es seinzulassen.

Ein paar Tage später bekam sie einen neuen Arbeitsplatz zugewiesen, vom Kuhstall wechselte sie als Putzfrau in die Verwaltung der Farm. Ich war damals noch zu klein, um daraus Schlüsse ziehen zu können. Und ich fragte auch nicht nach. Aber ich stellte eines fest: Mutter achtete wieder mehr auf ihr Äußeres. Zuerst maß ich dem keine große Bedeutung bei. Eine Tortur für mich wurde es erst, als ich mitbekam, was die Leute redeten: daß sie in Zerberus' Bau aus und ein gehe. Außerdem kannten die Bewohner der Hexenvilla mein Transistorradio Marke »Illyrien«. Sie hatten es in Zerberus' Büro stehen sehen, wenn dort etwas zu erledigen gewesen war. Manchmal bestellte sie Zerberus ein, und sie mußten kommen. Oder sie sprachen dort vor, weil sie Verwandte in den Städten besuchen wollten, aus denen man sie verbannt hatte, und eine Erlaubnis dafür brauchten. Das erfuhr ich eines Tages von Sergej, als wir am Rand des Sumpfes wieder nach Wildenteneiern suchten und Büffel sahen. Ich rannte weg, zum Teil wegen dem, was mir Sergej über die Herkunft des Transistorradios und meine Mutter erzählt hatte, zum Teil, weil ich Angst hatte, die Büffel würden sich wieder paaren und Sergej komische Schreie ausstoßen.

Von da ab wurde ich jedesmal, wenn Mutter sich vor dem Spiegel zurechtmachte, ganz krank. Ich sah die Büffel im Sumpf vor mir, den auf den Hinterbeinen stehenden Bullen, der die Vorderbeine auf dem Rücken der Kuh hatte, widerliche Bewegungen machte und den Kopf kaum gerade halten konnte. Ich sah den kleinen, niedergedrückten Leib der Kuh vor mir, und mir war, als sei dies meine Mutter und der Bulle über ihr sei Zerberus, unter dem sie begraben war und der sie mit seinem Gewicht fast zerquetschte. Am liebsten hätte ich laut geschrien, Mutter den Kamm aus der Hand gerissen, den Spiegel in tausend Stücke geschlagen, ihr gesagt, sie sei eine Hure, denn dieses Wort hatte ich inzwischen gelernt, und zwar nicht eine gewöhnliche Hure, sondern die Hure des Ungeheuers, das die Bewohner der Hexenvilla quälte, und daß die Leute mit dem Finger auf sie zeigten und sie haßten und daß ich sie ebenfalls haßte.

Ich riß meiner Mutter nie den Kamm aus der Hand und zerschlug auch nicht den Spiegel. Zuerst litt ich schrecklich. Es war zermürbend. Dann, eines Tages, ging ich nach der Schule nicht zurück zur Hexenvilla, sondern versteckte mich hinter einer Hecke, von wo aus man das ziegelgedeckte Verwaltungsgebäude der Farm und gegenüber Zerberus' Bau sehen konnte. Als alle Angestellten weg waren und nur noch der Friseurladen offen hatte, sah ich Mutter. Sie kam aus dem Bürogebäude, überquerte den Platz und verschwand in Zerberus' Bau. Ich sah die Szene im Sumpf vor mir, doch nun mit Zerberus und Mutter anstatt mit den beiden Büffeln. Am liebsten wäre ich laut schreiend hinüber und ins Haus gerannt, einfach so, ohne Ziel, doch ich tat es nicht, sondern lief zurück zur Villa. Ich fühlte mich von allen verlassen, ganz allein in einer Welt von lauter Zerberussen und schwachen Wesen wie meiner Mutter. Sie waren einander ähnlich, Zerberus und Mutter. Man konnte sie mit den Büffeln im Sumpf vergleichen. Mit den Schildkröten. Den Zikaden. Wären sie Zikaden gewesen, ich hätte sie ohne Gnade zerquetscht. So wie Mutter die Kakerlaken in unserem Zimmer. Zu Hause nahm ich das Transistorradio und setzte mich ans Fenster. Mein Kopf war leer, und ich fühlte nichts, konnte nicht einmal weinen. Ein schwarzer Punkt erschien in der Ferne, und ich dachte, da ist die Zikade. Der Punkt kam näher, wurde größer und nahm schließlich Mutters Gestalt an. Als sie unten vor dem Haus ankam, nahm ich das Transistorradio und warf es aus dem Fenster. Es krachte direkt vor ihre Füße. Mutter schaute herauf, und ich sah in ihr entsetztes Gesicht.

Das ist mir von meiner Mutter geblieben, die Erinnerung an ihr entsetztes Gesicht. Unsere Blicke trafen sich, und ich schaute nicht weg. Sie war es, die meinem Blick auswich: Sie beugte sich hinunter und hob das kaputte Transistorradio auf. Als sich ihr Schlüssel im Schloß der Zimmertür drehte, saß ich immer noch am Fenster. Mutter kam wortlos herein. Zu meiner Überraschung schimpfte sie nicht mit mir. Sie stellte das Radio in einer Ecke ab und fragte mich mit ganz normaler Stimme, was ich zu essen haben wollte. Kalt stieß ich hervor: Gar nichts! Sie ließ nicht locker und bot mir an, zum Abendessen süße Klöße zu machen, die ich besonders gerne mochte, die es aber bei uns nur selten gab. Wieder gab ich kalt zurück:

Nein! Mutter wurde blaß. Ihre Autorität war weg. Sie versuchte auch nicht, sie wiederzuerlangen. Sie wollte nur noch eines, nämlich von mir in Ruhe gelassen werden. Aber ich war fest entschlossen, sie zur Verzweiflung zu treiben.

Als ich später Vaters Briefe in die Finger bekam, plagten mich schreckliche Gewissensbisse, gegen die nichts helfen wollte, weil ich merkte, daß ich und mein Vater uns damals genau gleich verhalten hatten. In unserer Eifersucht war es uns beiden darum gegangen, Mutter nach Kräften weh zu tun. Ich kenne den Inhalt von Mutters Briefen nicht, aber ich bin mir sicher, daß ihm andere Leute schrieben und Mutter anschwärzten. Schließlich stellte er den Briefwechsel ganz ein. Nachdem sie schon von allen andern verlassen worden war, verließ er sie nun ebenfalls. Das war ihr Ende.

In der Schule riefen sie mich damals »Hurenmädchen«. Ich war die Beste in der Klasse, aber man gab mir ständig zu verstehen, daß ich mich umsonst anstrengte. Wer die Tochter eines politischen Häftlings und einer Hure und die Enkelin eines bekannten politischen Häftlings war, gehörte in die Hexenvilla. Einen Ort jenseits der Felder am Sumpf gab es für ihn nicht. Damit quälte man mich jeden Tag. Irgendwann einmal erschrak ich während des Unterrichts ganz schrecklich, weil mir klar wurde, daß mich das gleiche Schicksal erwartete wie meine Mutter. Ich würde einen Mann heiraten wie meinen Vater, der kam ins Gefängnis, und auf mich wartete dann eine Hexenvilla, ganz gleich, wo. Das war ein ewiges Gesetz, so ewig wie die Zerberusse dieser Welt.

Ohne den Lehrer um Erlaubnis zu fragen, rannte ich aus dem Klassenzimmer. Ich verstand nicht genau, was in mir vorging. Ich spürte Reue und Entsetzen. Vor allem wollte ich so schnell wie möglich zu meiner Mutter. Ihr die Hände küssen. Sie um Entschuldigung bitten. Ihr sagen, daß ich niemanden lieber hatte als sie. Ich rannte also zum Verwaltungsgebäude der Farm, aber Mutter war nicht da. Ein Mann teilte mir mit, sie sei vor einer Stunde gegangen.

Ich lief durch die Talsenke, so schnell mich meine Beine trugen. Mein Gesicht war schweißüberströmt. Ich wollte so schnell wie möglich bei Mutter sein, ihr um den Hals fallen, beteuern, in Zukunft nie mehr ungehorsam zu sein. Sie nie mehr alleine zu lassen. Was machte es schon, daß die Frauen aus der Hexenvilla nicht mehr zu Besuch kamen. Sie hatte ja nun mich, ich würde sie nie mehr verlassen, wie ein treuer Hund vor jeder Gefahr beschützen, mein Blut für sie vergießen, für sie sterben, wenn es sein mußte. Als ich schließlich ankam und ins Zimmer stürzte, brachte ich kein Wort heraus. Der verkalkte Sokrates war bei ihr. Sie saß mit bleichem Gesicht auf einem Stuhl am Tisch. Noch nie hatte ich sie so bleich gesehen. Sie warf mir einen Blick zu, er schweifte ab und verlor sich irgendwo im Leeren. Mir lief es eiskalt über den Rücken, sie ist krank, dachte ich, lief hin, fragte, was hast du, Mama, aber sie saß einfach da, ohne mir zu antworten, kreidebleich, und blickte ins Leere, bis der verkalkte Sokrates mir über den Kopf strich, mich von ihr wegführte, sich zu mir herunterbeugte, mich auf beide Wangen küßte und mir mit erstickter Stimme zuflüsterte, ich dürfe meine Mutter jetzt nicht bedrängen, es sei etwas sehr Schlimmes geschehen.

Genaueres erfuhr ich erst später. Der verkalkte Sokrates teilte mir nur mit, daß mein Vater gestorben war. Er setzte sich neben mich auf das Sofa, strich mir wieder über den Kopf und erfüllte seine Pflicht, indem er mit brüchiger Stimme sagte, ich müsse jetzt stark und gefaßt sein, mein Vater sei nämlich gestorben. Die ganze Wahrheit sah komplizierter aus. Vater war nicht an irgendeiner Krankheit gestorben. Er war zusammen mit einem anderen Häftling bei einem Fluchtversuch aus dem

Gefängnis getötet worden. Einzelheiten erfuhr man in der Hexenvilla etwa eine Woche nach dem Ereignis. Da hatten sie ihn bereits irgendwo verscharrt, wo, war nie zu erfahren. Möglicherweise wußte Mutter von Anfang an Bescheid, doch von ihr erfuhr ich nichts. Sie sprach mit mir nie über den Tod meines Vaters, und schon gar nicht über irgendwelche Details. Mutter kapselte sich von diesem Tag an völlig ab, und ich durchlief die schrecklichste Phase meines Lebens.

Am folgenden Tag ging sie wie gewöhnlich zur Arbeit und nahm mich mit. Gemeinsam marschierten wir den endlosen Feldweg entlang, sie vornan, ich hintendrein. Schweigend. Diese Wanderung durch die weite, ausgestorbene Talsenke war für mich eine Qual. Ich ging hinter ihr her und wußte, daß ich sie erst gar nichts zu fragen brauchte, weil ich sowieso keine Antwort bekommen würde. Sie ertrug keinen mehr, nicht einmal mich. Auch der verkalkte Sokrates war jetzt bei uns nicht mehr willkommen. Besuchte er uns trotzdem, wechselte Mutter kaum ein paar Worte mit ihm, und wenn er schließlich wieder ging, legte sie hinter ihm schnell den Riegel vor. Dann trank sie, während die Kakerlaken furchtlos kreuz und quer durch das Zimmer liefen und sich sogar auf den Tisch getrauten. Manchmal weinte sie. Mit schwerem Herzen schaute ich zu. Ich wagte nicht zu reden, Fragen zu stellen, und am wenigsten traute ich mich, sie zu bitten, mit dem Trinken aufzuhören. Beim einzigen Mal, als ich es versuchte, schrie sie mich an, und ich hatte Angst, sie würde mich schlagen, aber das tat sie nicht. Ich weiß nicht mehr genau, aber ich glaube, sie zeigte mir das Medaillon, als sie wieder einmal so betrunken war, daß sie morgens kaum aus dem Bett fand. Wenn ich sie nicht geweckt hätte, wäre sie wahrscheinlich überhaupt nicht aufgestanden. Dann marschierten wir wieder durch die ausgestorbene Talsenke, sie voran und ich hintendrein, und auf dem wie immer schlammigen Platz vor dem Verwaltungsgebäude der Farm trennten wir uns, sie ging in die Büros, ich weiter bis zur Schule, und so geschah es jeden Tag, und ich war bekümmert und hatte Angst, und beides wollte kein Ende nehmen.

Eines Tages, als ich aus der Schule kam, wartete Sergej vor dem Haus auf mich. Sergej ging damals in die achte Klasse, ich in die vierte. Er sah ganz verstört aus und sagte, er müsse mir etwas Wichtiges erzählen. An der Tür des Verwaltungsgebäudes hatte man einen »Blitzbrief« angeschlagen. Die Verfasser stellten die Frage, wie lange die Direktion noch ein sittenloses Weib als Putzfrau beschäftigen wolle, die Tochter und Ehefrau von Volksfeinden, während ihre eigenen ehrenwerten Töchter auf Äckern schuften mußten, auf denen die Frösche herumhüpften. Indirekt wurde auch Zerberus angegriffen, obwohl sein Name nicht fiel. Dieser »Blitzbrief« machte mir keinen großen Eindruck. Schlimmer, als es für uns schon war, konnte es nicht mehr kommen. Das hat wohl auch Mutter so gesehen. Sie war schon vor mir nach Hause gekommen und schien ganz ruhig. Den »Blitzbrief« erwähnte sie sowenig wie ich, also war er auch ihr egal.

An diesem Abend trank Mutter wieder, wenn auch nicht so viel, daß sie betrunken gewirkt hätte, dafür war nicht mehr genug Raki in der Flasche. Am nächsten Morgen sagte sie zu mir, sie fühle sich nicht wohl, ich solle alleine zur Schule gehen. Sie war tatsächlich blaß. Aber das war sie jeden Morgen, deshalb hatte ich keinen besonderen Grund, mir Sorgen zu machen. Zufällig traf ich auf der Treppe Sergej. Er schlug mir vor, an diesem Tag gar nicht in die Schule zu gehen, sondern statt dessen wieder einmal im Sumpf nach Wildenteneiern zu suchen. Wir hatten nie auch nur ein einziges Nest gefunden. In dieser Gegend gab es überhaupt keine Wildenten. Aber wir stießen auf Büffel, und diese Tiere konnte ich nicht ausstehen, sie kamen mir schrecklich häßlich und schmutzig vor. Und widerwärtig. Trotzdem ging ich auf Sergejs Vorschlag ein, schließlich hatte die Schule für mich keine große Bedeutung, egal, ob meine Noten gut oder schlecht ausfielen.

Mutter setzte ihrem Leben ein Ende, als ich mit Sergej dabei war, Wildenteneier zu suchen. Wie üblich vergebens. Wir sahen nur eine Schlange, die einen Frosch verschlang, und schauten von unserem Versteck im Schilf so lange zu, bis das Opfer völlig hinuntergewürgt war. Darunter leide ich bis heute. Ich glaube, daß Mutter von dieser Welt gegangen ist, während ich zusah, wie die Schlange einen Frosch verschlang. Ich war mir sicher, daß der Frosch in seinem Leid laut geschrien hätte, wenn es ihm möglich gewesen wäre, da es ihm aber nicht möglich war, wurde er von der Schlange lautlos verschlungen. Auch Mutter ist von einer Schlange verschlungen worden. Lautlos. Ihr Todeskampf muß qualvoll gewesen sein, aber niemand hat etwas gehört, nicht das kleinste Stöhnen.

Gegen Abend kam ich nach Hause zurück. Mutter hatten sie schon weggebracht. Im Zimmer wartete der verkalkte Sokrates. Er blieb in dieser Nacht bei mir. Und auch noch in weiteren Nächten.

Mutter hatte Rattengift genommen. Ich wußte damals noch gar nicht, was das bedeutet. Heute läuft es mir eiskalt über den Rücken, wenn ich an ihre Qualen denke. Wenigstens weiß ich, wo sie begraben ist. Eines Tages werde ich sie dort besuchen. Ich weiß, daß inzwischen nur noch Knochen von ihr übrig sind, aber daß ich den Ort kenne, ist ein kleiner Trost. Eines Tages hole ich sie von dort weg und setze sie bei, wo ich ihr Blumen bringen kann. Sie soll nicht bei der Hexenvilla bleiben. Für meinen Vater kann ich leider nichts mehr tun. Keiner weiß, wo sie ihn vergraben haben.

Ein paar Tage nach Mutters Beerdigung wurde ich in Zerberus' Bau bestellt, wo mich ein Mann in Empfang nahm. Meine Großmutter väterlicherseits hatte ihn geschickt, und Zerberus teilte mir mit, ich müsse noch am selben Tag mit diesem Mann weggehen. Ich wehrte mich nicht dagegen. Wieso hätte ich mich wehren sollen? So verließ ich die Hexenvilla und lebte von da ab bei meiner Großmutter in M. Der Rest ist nichts Besonderes, da gibt es kaum etwas zu berichten.

11

Am nächsten Tag kam ich mir vor wie eine leere Auster. Ich hatte bis in die frühen Morgenstunden hinein kein Auge zugetan. Dann übermannte mich doch noch für ein, zwei Stunden der Schlaf. Offenbar war Lori gerade während dieser Zeit gegangen. Auf dem Tisch lag ein Zettel: »Du bist ein Schatz.«

An diesem Tag entschloß ich mich, mir einen Arbeitsplatz zu suchen. Möglicherweise haben die Worte »Du bist ein Schatz« dabei eine Rolle gespielt. Ich trug sie in mir als einzige Bindung an die Welt um mich herum. Mein Trugschluß bestand darin, daß ich meinte, durch die Knüpfung weiterer Verbindungen an diese Welt auch meine Bindungen an Lori festigen zu können. Der beste Faden, den ich, wie mir schien, ergreifen konnte, war ein Fernsehsender. Zum Beispiel der private Fernsehsender »Sirius«. Dort wurden die meisten der nach meinen Drehbüchern gedrehten Filme gezeigt.

Die ganze schlaflose Nacht über war mir die Stadt M. nicht aus dem Kopf gegangen. Und das Gespenst des Hades. In der Stadt M. überschnitt sich mein Lebenskreis mit bestimmten anderen Lebenskreisen, das war ganz sicher Vorsehung. Der König der Totenwelt indessen hatte sich mir in einer schwarzen Pelerine gezeigt. Vergebens hatte ich in ihn gedrungen, mir zu sagen, wer er war: jene Person, die vom verkalkten Sokrates in Loris Bericht diesen Beinamen erhalten hatte, das Individuum aus unserer Gattung vergänglicher Wesen, das bei der Trinkhalle »Zum leeren Sockel« auf mich lauerte, oder eine Spukgestalt aus meinem tiefsten Unterbewußtsein. Wie auch immer, selbst wenn dies verschiedene Erscheinungsformen des gleichen Hades zu verschiedenen Zeiten an verschiedenen Orten waren, so blieb mir doch kein anderer Weg, als mich entweder auf die Suche nach Lori zu machen oder mich dem Haufen aus der Trinkhalle »Zum leeren Sockel« anzuschließen.

An einem dieser Tage kehrte ich an meinen Schreibtisch zurück. Es war, als begegne man einem alten Freund. Treu bis in den Tod, ohne die geringste Neigung zum Verrat. Sorgsam alles bewahrend, meine Marotten und meine Sünden.

Er ist von der alten Sorte, schwer, mit geräumigen Schubladen. Einst war er im Besitz meines Vaters. In Ermangelung eines richtigen Arbeitszimmers habe ich ihn stets im Schlafzimmer stehen gehabt, in der Ecke am Fenster. Über der Arbeitsplatte erhebt sich in ganzer Länge ein Regalaufsatz, an dessen Vorderseite eine Lampe angebracht ist. In dem Regalaufsatz brachte ich neue, noch ungelesene Bücher unter, die ich nach der Lektüre durch andere ersetzte. Die alten landeten in Pappkartons. Aus Platzmangel verkaufte ich die meisten von ihnen zum Kilopreis als Altpapier. Schon lange stehen im Regalaufsatz nur noch alte Bücher. Seit Jahren schaffe ich mir nämlich keine neuen Bücher mehr an, seit ich auf Arbeitslosenhilfe gesetzt wurde und mich als Geldwechsler versuchte. Erst trennte ich mich also von der Kinematographie, dann auch von den Büchern, zuerst, weil sie so teuer waren, dann aber zunehmend auch, weil mir die Zeit fehlte, andere Dinge nahmen mich in Anspruch, und das Lesen schien mir ein Luxus zu sein, den ich mir einfach nicht leisten konnte. An diesen Zustand gewöhnte ich mich, im Laufe der Zeit kam mir die Geduld abhanden, die man braucht, um ein Buch zu Ende zu lesen, das zu tun, ermüdete mich, ging mir furchtbar auf die Nerven.

Nachdem ich mich an jenem Tag meiner häuslichen Pflichten entledigt hatte, las ich ein Buch, bis ich schläfrig wurde und mir die Buchstaben vor den Augen zu verschwimmen begannen. Ich stellte das Buch in den Regalaufsatz zurück. Danach beschäftigte ich mich mit der Zukunft des angesammelten Lesestoffs. Am besten war, ich packte alles in einen Sack und trug es zur Papiersammelstelle, um es dort zum Kilopreis zu verkaufen. Da nicht allzu viele Bücher übrig waren, empfahl es sich wohl, das Gewicht durch die Manuskripte meiner Drehbücher zu erhöhen. Die Schubladen des Schreibtischs waren voller Ablagemappen mit verfilmten und unverfilmten Drehbüchern. Ich bewahrte alles auf.

Der Verkauf zum Kilopreis blieb den Drehbuchmanuskripten ebenso erspart wie den restlichen Romanen, allerdings nicht aus nostalgischen Gründen. Ich nahm davon Abstand, weil ich nicht wußte, ob die alte Papiersammelstelle überhaupt noch existierte.

Von allen Schreibtischschubladen war nur eine abgeschlossen. Sie enthielt eine Vielzahl von Sammelmappen, von denen die meisten eine Nummer trugen. Wenn ich mich eines Tages doch noch auf die Suche nach der Papiersammelstelle machte, taugten sie gleichfalls zur Erhöhung des Papiergewichts. Es hatte seinen Grund, daß die Schublade, in der sie aufbewahrt wurden, abgeschlossen war. Die Mappen enthielten meine frühen literarischen Versuche. Oder, anders ausgedrückt, in der Schublade hielt ich Bestandteile meines Lebens versteckt.

Der Chronologie folgend, beginne ich mit einem Aktendeckel, der die Nummer 1 trägt. Er hat einen besonderen Inhalt, nämlich mein erstes Gedicht. Dieses wäre keiner Erwähnung wert, bezöge es sich nicht auf einen bestimmten Menschen. Die Verse schrieb ich in der vierten Klasse der Grundschule, aus Verehrung für einen Poeten, der mit meinem Vater befreundet war. Es handelte sich um einen stattlichen Mann mit außergewöhnlichem Namen, Lavdim Lavdoshaj. Für den ausländischen Leser, der unserer Sprache nicht mächtig ist, sei erklärt, daß das Nomen »lavdi«, von dem Vor- und Nachnamen abgeleitet sind, bei uns »Ruhm« bedeutet. Mutter konnte ihn nicht ausstehen, sie sah in ihm denjenigen, der Vater zum Trinken verführt hatte. Daran war sicher etwas Wahres, denn jedesmal, wenn die beiden zusammen bei uns auftauchten, stank Lavdim Lavdoshaj nach Alkohol, und Vater ebenfalls, so daß Mutter die ganze Zeit mit mürrischem Gesicht herumlief. Lavdoshaj machte das aber nichts aus. Gelegentlich war er nüchtern, wenn er uns besuchte, und bei einer solchen Gelegenheit zeigte ich ihm mein Gedicht. Er lobte mich und meinte, aus mir würde bestimmt ein großer Dichter. Dann griff er zu einem Bleistift und begann zu verbessern. Man könnte auch sagen, er schrieb die drei Strophen neu. Ich besitze das Werk noch immer. Meines Vaters Freund hat nicht recht behalten, was meine Karriere als Poet anbetraf, aber das spielte in meinem Leben weiter keine Rolle. Ganz im Gegensatz zu ihm selbst, ein paar Jahre später.

Zusammen mit meinem ersten Gedicht bewahre ich auch noch mehrere andere Gedichte in der Sammelmappe Nr. 1. Ich verfaßte sie zu verschiedenen Zeitpunkten im Dialekt der nördlichen Landesteile. Mir gefiel das Idiom der Stadt Shkodra, also imitierte ich Dichter, die sich seiner bedienten. Ihre Werke weckten in mir männliche Gefühle. Überhaupt war dies die männlichste Periode meines Lebens. Die pathetischen Verse, die ich in diesem Geiste verfaßte, bewirkten, daß ich mich wie einer der epischen Recken fühlte, und die ganze Zeit ging mir der Refrain *Ein Albanese, der sein Wort gegeben | Tut damit ganz Türkenland bewegen* nicht aus dem Kopf. Als ich im dritten Jahr auf das Gymnasium ging, nahm ich Abstand von der nördlichen Mundart, weil ich mich in ein Mädchen aus dem zweiten Jahr verliebte und im Zuge dessen mein Mannestum einbüßte. Seltsamerweise erschien mir die Redeweise meiner Landsleute im Norden für Liebesbeteuerungen nicht sehr geeignet. Jede Woche goß ich meinen Liebesschmerz in Verse, die ich allerdings weder ihr noch sonst jemandem zu zeigen wagte. Kurz vor dem Abitur fand mein Ausflug in die Poesie ein Ende. Das lag daran, daß ich mich entschloß, gleichzeitig zwei heldenmütige Aktionen zu unternehmen. Ich wollte einen Zyklus Gedichte an die Literaturbeilage der Zeitung »Stimme der Jugend« schicken und mir am Tag der Veröffentlichung Teuta, so hieß das Mädchen, schnappen, um ihr die Gedichte persönlich zu überreichen. Sie würde sofort begreifen, daß sie ihr gewidmet waren, und damit auch, daß ich keiner von den üblichen Langeweilern an der Schule war, sondern ein echter Poet, ihrer Liebe also um ein Vielfaches würdiger.

Leider gelang es mir nicht, den Gedichtzyklus zu veröffentlichen. Noch nicht einmal ein einziges Gedicht. Das Urteil des für die Literaturbeilage verantwortlichen Redakteurs: Deine Verse riechen verschimmelt, Jüngelchen, sagte er zu mir. Niedergeschlagen und mit dem Gefühl, selbst nach Schimmel zu riechen, verließ ich sein Büro, und in diesem Zustand war ich natürlich unfähig, mir Teuta zu schnappen. Nichts war es gewesen mit meiner Überlegenheit den anderen Jungen gegenüber, und während der Vorbereitungen auf das Abitur litt ich unter dem doppelten Mißerfolg als Dichter und als Liebhaber. Notgedrungen riß ich mich zusammen, denn sonst hätte mir eine dritte, absolut katastrophale Niederlage geblüht, ich wäre im Abitur durchgefallen. Und eine solche Memme, daß ich die beiden Mißerfolge nicht verkraften konnte, war ich natürlich nicht. Ich redete mir ein, der Redakteur der Literaturbeilage der Zeitung »Stimme der Jugend« sei ein totaler Ignorant, was die Dichtkunst anbelangte. Teuta allerdings konnte ich keine Schuld geben, ich durfte nicht von ihr erwarten, daß sie vor mir auf die Knie fiel, schließlich wußte sie von meinen Gefühls-aufwallungen überhaupt nichts. Dieses Urteil war fraglos ver-nünftig, aber es nützte leider nichts. Als ich mich unmittelbar nach dem Abitur entschloß, sie mir zu schnappen, ohne Ge-dichte, nur um ihr zu sagen, daß sie mir unheimlich gefiel, mußte ich erfahren, daß sie bereits gebunden war. Ein anderer hatte nicht so lange gezögert wie ich.

Ein zweiter, dickerer und damit, was das Papiergewicht an-betrifft, auch einträglicherer Aktendeckel, falls ich mich eines Tages doch noch entschließen sollte, die Suche nach der ein-stigen Papiersammelstelle aufzunehmen, enthält die Ergüsse meiner Studentenzeit, die ich an der Fakultät für Sprache und Literatur herumbrachte. Mittlerweile hatte ich in beiden Hauptdialekten unserer Muttersprache von der Poesie Abstand genommen. Die meisten der wenigen Jungen in meinem zah-lenmäßig von Mädchen beherrschten Jahrgang hielten sich für begnadete Dichter. Einige hatte man bereits irgendwo ge-druckt, manchmal sogar mit einem ganzen Bändchen. Sie machten sich wichtig, taten nichts für ihr Studium, bestanden die Prüfungen nur mit Müh und Not, und ich hielt sie allesamt für großmäulige Arschlöcher, wobei ein gewisser Minderwer-tigkeitskomplex mitgespielt haben mag. Es ist vielleicht eine Ironie des Schicksals, daß man gerade zu jener Zeit anfing, meinen Nachnamen zu verschandeln. Erstmals geschah es, so-weit ich mich erinnern kann, bei einer der obligatorischen Wehrübungen für Studenten in den Sommerferien. Unser Offizier las die Namen vor und sagte bei mir Trapi statt Tarapi. Alle brachen in brüllendes Gelächter aus. Dieser Lapsus hat mich mein Leben lang verfolgt, zum entsprechenden Zeit-punkt am entsprechenden Ort gab es immer jemand, der die anderen, die selbst nicht auf bessere, geistreichere Möglichkeiten kamen, mich zu veralbern, auf meinen Schwachpunkt hinwies.

Die meisten der Ergüsse im zweiten Hefter haben mit Soni zu tun. Sie hieß eigentlich Sonila, war im gleichen Jahrgang wie ich, blond, eine hervorragende Studentin, die beste von uns allen, aber, wie böse Zungen behaupteten, leicht übergeschnappt. Bei schönem Wetter, wenn wir eine Freistunde hatten, setzte sich Soni auf die Treppe vor dem Fakultätsgebäude. Damals kamen gerade Miniröcke in Mode. Natürlich hätte keines der Mädchen wirklich einen Minirock zu tragen gewagt. Soni besaß sehr hübsche Beine, und weil sie dies wußte, trug sie ihre Röcke so kurz wie möglich, es waren sozusagen fast Miniröcke. Den Effekt verstärkte sie, indem sie in kalkuliert nachlässiger Pose auf der Treppe Platz nahm. Am meisten litten zwei junge Pädagogen, die während der Seminare regelmäßig den Faden verloren, wenn es Soni einfiel, sich in der ersten Reihe niederzulassen, was allerdings selten vorkam. Gewöhnlich setzte sie sich in die letzte Reihe. Dort war auch ich.

Glückliche Umstände hatten uns einander schon früh nähergebracht. Sonis Vater, ein namhafter Intellektueller, der unter anderem in Paris studiert hatte, erwähnte eines Abends bei einem Gespräch mit engen Freunden bei sich zu Hause den Namen meines Vaters, den er während seines Studiums in Italien kennengelernt hatte. Soni erzählte mir am folgenden Tag davon, und erstaunlicherweise schien sie beeindruckt. Ich wußte gar nicht, daß dein Vater Geiger war, ein richtiger Künstler, sagte sie. Zumindest hat mein Vater gemeint, er sei ein richtiger Künstler gewesen, und der lobt so schnell niemand, selbst wenn der Betreffende wie dein seliger Vater schon dahingegangen ist.

Nach Abschluß des zweiten Studienjahrs stellten wir fest,

daß wir, was unsere Ansichten anbelangte, in vielerlei Hinsicht Berührungspunkte besaßen. Damals schickten sie uns zu einem einmonatigen Arbeitseinsatz nach Jonufra bei Vlora, wo wir Terrassen anlegen mußten. An dieser Stelle sei erwähnt, daß Soni zwei ausgeprägte Schwächen hatte. Erstens ärgerte sie sich mindestens genauso über das »Ia« in ihrem Vornamen wie ich über die Verballhornung meines Familiennamens. Sie schwor, ihren Eltern nie zu verzeihen, daß sie diese lesbische Endsilbe ans Ende von »Soni« geklebt hatten, sie werde per Gerichtsbeschluß eine Namensänderung bewirken. Solange wir zusammen waren, das heißt, bis sie am Ende des dritten Jahres von der Fakultät geworfen wurde, brachte sie die Sache allerdings nicht vor Gericht. Außerdem konnte Soni die Poeten in unserem Kurs nicht riechen, die sie als aufgeplusterte Bauerngockel bezeichnete, während diese sie im Gegenzug verächtlich »das Brett« nannten. Denn außer unter der Endung ihres Vornamens litt Soni auch noch unter ihrem zu kleinen Busen. In Wirklichkeit war ihr Busen gar nicht zu klein, das versicherte ich ihr ständig, aber wenn jemand einen Tick hat wie Soni, dann ist man dagegen völlig machtlos. Ich mußte mir die ganze Zeit ihre Vorträge anhören. Sie behauptete, irgendwo auf dieser Welt sei eine Arznei gegen dieses Gebrechen erfunden worden, die sie sich unbedingt besorgen müsse, vor allem aber redete sie dauernd von Operationen, die man plastisch nenne und durch die man sich genau die Brüste zulegen könne, die man haben wolle, große oder kleine, sogar sein Gesicht könne man nach Belieben verändern. Dann, in Jonufra, entdeckten wir endgültig, daß nicht nur unsere Ansichten weitgehend übereinstimmten. Das war an einem Nachmittag in einer felsigen Bucht ein gutes Stück vom Aktionistenlager entfernt. Wir beide, nur sie und ich, gingen dorthin, um zu baden, doch das war, wie wir beide wußten, nur ein Vorwand.

Beide hatten wir uns einen solchen Nachmittag erträumt. Weit weg von allen Schwachköpfen dieser Welt.

Eine Wette mit Soni nach dem einmonatigen Arbeitseinsatz in Jonufra veranlaßte mich zu meinen ersten Gehversuchen in Prosa. Ich hatte mich in sie verliebt, doch es war eine Form der Liebe, die anders als bei Teuta nicht nach sehnsüchtigen Versen strebte. Ich hielt es nicht aus ohne Soni, ich begehrte sie täglich, stündlich unbezähmbar auf die körperlichste Art. Zurück in Tirana, wurde die Sache schwieriger, weil ich nicht wußte, wohin ich mit ihr gehen sollte, denn selbst wenn mir irgend jemand seine Wohnung zur Verfügung gestellt hätte, wäre Soni nicht mitgekommen, aus krankhafter Angst, in flagranti ertappt zu werden. Außerdem hatte sie nachmittags nie Zeit, weil sie Privatunterricht in Englisch nahm. Kurz, meine Möglichkeiten, mit ihr zusammenzusein, standen in keinem Verhältnis zum Ausmaß meines Begehrens. Es gelang mir überhaupt nur, wenn sie ihre Eltern anlog und wir uns bei Einbruch der Dunkelheit am Damm des künstlichen Sees trafen, um uns daraufhin ins Gebüsch zu schlagen und die Sache in aller Eile zu erledigen. Jede Minute war wertvoll, weil Soni gleich wieder nach Hause mußte, wollte sie peinliche Befragungen über ihr langes Ausbleiben vermeiden.

Die erwähnte Wette schlossen wir an einem schwülen Abend Ende August nach einem unserer üblichen Stelldicheins ab, wobei der Anlaß eher unüblich war. Jemand hatte uns aus ein paar Metern Abstand beim Liebesakt beobachtet, was uns teils wegen der Dunkelheit, teils aus inbrünstiger Erregung gar nicht aufgefallen wäre, hätte der Spanner nicht zu stöhnen angefangen. An jenem Abend war Soni besonders ungestüm, und es bedurfte großer Anstrengungen, ihre Leidenschaft zu stillen. Auch sie keuchte heftig, weshalb ich erst überhaupt nichts merkte. Wir machten es stets im Stehen. Soni war nicht bereit, sich ins Gras oder auf eine Bank zu legen. In der Felsenbucht von Jonufra war es wesentlich einfacher gewesen. Wir taten es im Meer, wodurch Soni gewissermaßen gewichtslos wurde, was meine Standhaftigkeit erhöhte und es mir erleichterte, sie zum Höhepunkt zu bringen. Dann lösten wir uns voneinander und trieben unter den schrägen Strahlen der Sonne mit ausgebreiteten Armen auf der Wasseroberfläche. Leider war die Felsenbucht an diesem Abend fern. Soni lehnte an einem Baumstamm, und ich war intensiv damit beschäftigt, sie zu befriedigen, sie begann zu keuchen, und das täuschte mich. Doch Soni packte meine Schultern, schüttelte mich, merkst du denn nichts, da sieht uns einer zu, schrie sie. Ich brauchte ein paar Augenblicke, bis ich wieder zu mir kam. Rasche Schritte entfernten sich in der Finsternis. Bloß ein paar Meter von uns entfernt hatte sich der Kerl einen heruntergeholt.

Ich wäre am liebsten hinterhergerannt, um ihm eine Abreibung zu verpassen, doch Soni hielt mich zurück. Sie fing an, ihre Kleider in Ordnung zu bringen. Als sie im Dunkeln ihren Schlüpfer nicht fand, kam ihr wohl die Idee zu der Wette. Sie fürchtete, der blöde Spanner habe ihn unter Ausnutzung unserer leidenschaftsbedingten Unachtsamkeit gestohlen und sich damit davongemacht. Diese Angst erwies sich glücklicherweise als unbegründet. Ich hatte die Unterhosen nach dem Ausziehen in Ermangelung eines geeigneteren Ortes in meine Hosentasche gesteckt. Soni mußte lachen. Ich wäre tot umgefallen, sagte sie, wenn dieser Idiot mir wirklich den Schlüpfer geklaut hätte. Dann schlug sie mir die Wette vor: Jeder sollte das Ereignis in einem kurzen Prosatext zusammenfassen, und gewonnen hatte, wer bei unserem nächsten Rendezvous das eindringlichere und anschaulichere Ergebnis präsentieren konnte.

Ich nahm die Sache ernst und setzte mich noch in der gleichen Nacht an meinen Schreibtisch. In der ersten Version stellte ich die Episode mit dem Schlüpfer in den Mittelpunkt. Ich wollte Soni zum Lachen bringen. Schon in Jonufra in der Felsenbucht wäre ihr Badeanzug einmal fast abhanden gekommen, weil die Wellen ihn ins Meer hinausgetragen hatten. Ich verwarf diese Variante wieder. Der masturbierende Unbekannte schien mir ein reizvolleres Thema darzustellen, doch leider scheiterte ich mit dem Versuch, einen humoristischen Unterton in die Schilderung zu bringen. Was ich nach mühsamen Stunden auf fünf Schulheftseiten niedergelegt hatte, war allenfalls der Ansatz zu einer Erzählung. Ich gab dem ganzen den Titel »Der Sexhungrige«. Die Geschichte spielte teils am Jonischen Meer, teils auf dem bewaldeten Hügel am künstlichen See in Tirana.

Soni hielt sich nicht an unsere Vereinbarung. Sie unternahm noch nicht einmal den Versuch, etwas zu Papier zu bringen, was sie mit dem unvermeidlich unsittlichen Charakter des möglichen Machwerks begründete. Sobald ich mich an den Schreibtisch setze und zum Stift greife, sagte sie, machen sich meine Gedanken selbständig. Mir ist, als hätte ich deinen Penis in der Hand, und ich werde schrecklich scharf. Aber es wäre viel zu gefährlich, so etwas aufzuschreiben. Stell dir vor, irgendein Teufel spielt es einem der aufgeblasenen Gockel in unserem Jahrgang in die Hände. Ich setzte zu der Beteuerung an, auf keinen Fall dieser Teufel zu sein, aber dann fiel mir etwas auf. Zum ersten Mal sprach Soni in einem anderen Ton von denen, die sie aufgeblasene Bauerngockel nannte. Als ich mein Geschichtchen geschrieben hatte, waren mir Gockel und Teufel egal gewesen. Ich wollte nur Soni zum Lachen bringen, was mir allerdings nicht gelang. Das hieß, daß ich gescheitert war. Was ihr immerhin gefiel, war der Titel. Einverstanden war sie auch mit der Darstellung der Meeresbucht, des Wassers, das so klar war, daß man den weißen Sand auf dem Grund sehen konnte, der Felsen und der nackten Leiber. Alles andere paßte ihr überhaupt nicht, am wenigsten die Beschreibung des Mädchens. Soll ich das sein? fragte sie vorwurfsvoll, und ich konnte nicht genau unterscheiden, ob sie es ernst meinte oder bloß Spaß machte. Du weißt genau, daß mein Busen viel kleiner ist. Gut, ich stöhne, mein Gott, aber du übertreibst das schon ganz gewaltig. Und was du über meine Zunge und meine Schenkel schreibst! Am meisten ärgert mich dein Mitgefühl für diesen idiotischen Wichser. Der leidet doch nicht, der ist doch bloß pervers.

Ihre Beanstandungen schlug mir Soni kurz vor Antritt unseres dritten Studienjahrs um die Ohren, beim letzten Rendezvous in den Sommerferien. Sie gab mir die Erzählung zurück, und ich steckte die Blätter in die hintere Hosentasche. Es war die übliche Situation, sie lehnte im Dunkeln an einem Baum, ich stand verdattert da. Soni bekam Mitleid und versuchte mich aufzumuntern. Die Geschichte hat mir schon gefallen, sagte sie, kein Scherz. Aber wenn sie einer von den Gockeln in die Finger bekommt, gibt es Schwierigkeiten. Dann wechselte sie das Kapitel und fing an, mir die Hosen aufzuknöpfen. Finsternis kehrte in meinem Gehirn ein, als hätte jemand das Licht ausgeknipst. Alles ging in der Dunkelheit unter, die Gockel, der Wichser, die Erzählung. Als das Licht wieder anging, waren nur noch die Gockel da. Für mich waren sie konkrete Personen, faul und angeberisch. Soni ging es dagegen nicht um konkrete, faule und angeberische Personen. Das begriff ich, als sie von der Fakultät flog und ich meine elementare Logik in Gebrauch nahm.

Es passierte am Ende des dritten Jahres. Soni war schon ein paar Tage nicht mehr zu den Vorlesungen erschienen, und natürlich war ich der erste, der sich Sorgen machte. Daß Soni fehlte, war nichts Neues, aber das dauerte nie länger als ein oder zwei Tage. Daß sie für ein Jahr von der Fakultät ausgeschlossen worden war, erfuhren wir nach einer Woche. Es wurde kein großes Aufsehen darum gemacht, ja, es gab noch nicht einmal die übliche Bekanntmachung des Dekanats. Verschiedene Gerüchte gingen um, von denen jenes das glaubhafteste war, das von einem Tagebuch als Ursache für den Verweis von der Fakultät ausging. Angeblich hatte dies einen so skandalösen Inhalt, daß die getroffene Maßnahme eher als Versuch zu werten war, die Angelegenheit klein zu halten, um den Ruf ihres Vaters zu retten, der in höchsten Kreisen verkehrte.

Diese Entwicklung erschien mir Grund genug, meinen Freund aus Kindertagen, Doktor N.T., erstmals um Rat anzugehen. Natürlich war er damals noch nicht der große Doktor N.T., sondern ein einfacher Student der Medizin im vierten Studienjahr. Ich ging zu ihm, als ich hörte, daß Studenten aus unserer Fakultät vorgeladen und über ihre Beziehungen zu Soni befragt würden. Voller Angst wartete ich darauf, daß ich an die Reihe kam. N.T., die einzige Person, die über mein Abenteuer mit Soni Bescheid wußte, richtete eine Frage an mich, die mir seltsam erschien. Er wollte nämlich wissen, ob wir uns über Politik unterhalten hatten und womöglich gar über einen Parteiführer oder ein Regierungsmitglied hergezogen waren. Ich antwortete, nein, wir hätten wahrhaftig etwas Besseres zu tun gehabt, als über Politik zu reden. Außerdem schere mich dieses ganze Zeug sowieso nicht. N.T. lächelte. Er meinte, gleichermaßen entschieden müsse ich vor der Untersuchungsbehörde antworten, wenn die Sache denn dort lande und ich vernommen würde. Du mußt einfach alles abstreiten, riet er mir. Ich war beleidigt und beteuerte, daß ich keinesfalls bereit war, die Unwahrheit zu sagen, ich und Soni, wir liebten uns schließlich, und... Ihr habt also über die Bauerngockel gespottet, nahm mir N.T. den Wind aus den Segeln. Und ihr habt es für nötig gehalten, Kommentare über deine sexuellen Dauerleistungen abzugeben. Nimm mir die Frage nicht übel, aber hast du Lust, Dantes »Göttliche Komödie« zu übersetzen?

Ich kam ins Schwanken. Die Entstehungsgeschichte der albanischen Fassung von Dantes »Göttlicher Komödie« war hinreichend bekannt. Ein inhaftierter Professor hatte das Werk im Gefängnis übersetzt. Der Satz, den mein Freund zitiert hatte, wurde gewöhnlich auf Leute angewendet, die aus purem Leichtsinn riskierten, ins Gefängnis zu kommen. Außer der Erzählung »Der Sexhungrige« hatte ich Soni auch noch andere Schriften ähnlichen Inhalts gewidmet. Damals kratzte ich mit dem Eifer einer Grammophonnadel auf jungfräulichem Papier herum, bloß um mich bei ihr wichtig zu machen. Womöglich hatte sie in ihrem Tagebuch meinen Namen und meine Narreteien erwähnt. Unentschlossen saß ich zu Hause am Schreibtisch, auf dem meine Manuskripte lagen, hin- und hergerissen zwischen der Versuchung, sie zu vernichten, und dem Bedürfnis, sie für die Nachwelt zu erhalten. Das Bedürfnis, sie für die Nachwelt zu erhalten, behielt die Oberhand. Ich versteckte die Papiere nur.

Die Dinge entwickelten sich glücklicherweise anders, als zu befürchten gewesen war. Niemand lud mich vor. Daraus schloß ich nicht ohne eine gewisse Bitterkeit, daß ich für Soni nicht wichtig genug gewesen war, um in ihr Tagebuch aufgenommen zu werden. Man zog sie also aus dem Verkehr, und es dauerte ein Jahr, bis ich ihr zufällig auf der Straße wiederbegegnete. Sie hatte keine zwei Minuten für mich übrig. Ich erinnere mich nur noch, daß sie von mir verlangte, sie in Ruhe zu lassen. Dann verschwand sie in der Menge. Aber sie blieb

in mir. Nicht in Form eines weiblichen Wesens, das zu stöh,
nen begann, sobald ich es berührte. Was ich bewahrte, waren
unsere intimen Geheimnisse. Daß ich sie heimlich bewahrte,
weggeschlossen in einer Schublade, zeigt, daß ich mich schul,
dig fühlte.

Das Ausmaß dieser Schuldgefühle nimmt zu mit den lite,
rarischen Nichtigkeiten, die in der Sammelmappe Nummer 2
enthalten sind. Sie trägt die Aufschrift »Faika«. Darunter, ge,
wissermaßen als Untertitel, steht in Klammern »Begegnung
mit Hades«.

Der Inhalt ist chronologisch geordnet und ähnelt einem Ta,
gebuch, als hätte ich die Trennung von Soni dadurch zu kom,
pensieren versucht, daß ich ihren Stil kopierte. Die betreffen,
den Aufzeichnungen entstanden nach dem Abschluß meines
Studiums, als man mir eine Arbeitsstelle auf dem Land zu,
wies, und sind nicht mehr als erste Gehversuche auf dem Feld
der Schriftstellerei. Der Titel »Faika« und der Untertitel »Be,
gegnung mit Hades« stammen aus einer späteren Periode, als
ich sie als Material für Erzählungen und das eine oder andere
Drehbuch zu verwenden beschloß. Heute habe ich deshalb ein
schlechtes Gewissen. Mir ist, als hätte ich an diesen unschul,
digen Textlein ein Verbrechen begangen, das der Vergewalti,
gung vergleichbar ist.

Als man mich aufs Dorf versetzte, sah ich ein, daß meine
Aufregung über den Spitznamen »Trapi« unberechtigt gewe,
sen war. Ich hatte ihn offensichtlich verdient. Die Bauern,
gockel aus meinem Jahrgang bekamen samt und sonders Ar,
beitsplätze in der Hauptstadt zugewiesen, als Journalisten oder
sonst irgendwo. Ich, der Platzhirsch aus der Hauptstadt, der
keine pathetischen Verse schrieb, sondern Dummheiten über
sexuelle Unersättlichkeit zu Papier brachte, landete auf dem
Dorf, und zwar nicht auf irgendeinem Dorf. Es verschlug

mich in den hintersten Winkel des Gebirges, an einen Ort, wo sich Fuchs und Hase gute Nacht sagten und ich ständig von Läusen befallen wurde.

Es ist nicht gerade angenehm, wenn man von Läusen befallen wird. Man muß sich immerzu kratzen, egal, wo man sich eben aufhält. Das Jucken wandert ständig von einem Körperteil zum andern, von einer Stelle des Kopfes zur andern, denn die Laus wird des Aufenthalts im Verborgenen schnell überdrüssig. So krabbelt jene auf dem Rumpf hinauf zum Hals, die andere auf dem Kopf steigt herab auf das Gesicht. Sooft ich Lausbefall an mir feststellte, quälte mich die geradezu pathologische Angst, eine Laus werde sich an öffentlichen Orten auf meinem Hals oder Gesicht zeigen, ich glaube, in einem solchen Falle hätte ich meinem Dasein ein Ende gesetzt. Befand ich mich in einer Phase der Verlausung, so reiste ich nicht, machte noch nicht einmal Besuche zu Hause. Und wenn ich in der zweifelhaften Gewißheit, einmal keine Läuse zu haben, nach Hause fuhr, zwang mich meine Mutter, bereits an der Wohnungstür sämtliche Kleidungsstücke abzulegen. Auf dem Flur wartete ein alter Kupferkessel mit kochendem Wasser auf mich. Ich entkleidete mich also und warf meine Sachen in den Kessel. Dann begab ich mich ins Bad und wurde erst ins Zimmer gelassen, wenn ich mich von Kopf bis Fuß gereinigt und mir die Haare mit einem feinen Kamm gekämmt hatte. Ich habe diesen Kamm noch bis vor ein paar Jahren besessen. Er war aus Horn und ein Geschenk von Faika. Der wirklichen, in der Schublade eingeschlossenen, nicht der Faika aus dem Film »Der Nebel«. Dies ist mein schwächster. An ihm leide ich am meisten. Er beweist mir, daß auf dieser Welt jede Rechnung eines Tages bezahlt werden muß.

Faika muß ein sehr anziehendes Mädchen gewesen sein. Doch in ihrer Jugend schlugen sie die Männer der Provinzstadt

M. der Kategorie jener weiblichen Wesen zu, die man sich als Geliebte hält, auf keinen Fall aber heiratet. Sie war sehr auffällig. Wenn sie auf der Straße unterwegs war, schauten ihr sämtliche Mannsbilder hinterher. Alle waren scharf auf sie, aber keiner hätte je daran gedacht, sie zu seiner Ehefrau zu machen. Weil Faika aus einer einfachen Familie stammte, wurde sie nach Abschluß des Lehrerseminars an die Grundschule des Dorfes B. geschickt, fünfzehn Jahre vor meinem Arbeitsantritt dort. Als ich kam, war sie nicht mehr da. Man hatte sie inzwischen an die Schule einer Kleinstadt rund eine Stunde von B. entfernt versetzt. Sie war nun sechsunddreißig Jahre alt und hatte alle Hoffnung aufgegeben, durch Heirat in eine größere Stadt zu kommen. Fünfzehn Jahre als Dorfschullehrerin und ständiges Objekt männlicher Begierden reichten aus, um jeden abzuschrecken, der sich von ihren Reizen kurzzeitig hatte verwirren lassen. Faika war vom Schicksal bestraft worden. Man hatte sie gern zur Geliebten, aber als Ehefrau war sie nicht gut genug.

Das alles erfuhr ich von Sabri, meinem einzigen Kollegen in B., einem jungen Einheimischen, der es auf das Lehrerseminar geschafft hatte. Zum ersten Mal begegneten wir uns an einem Märzmontag noch vor Tagesanbruch auf dem Autohof der Stadt M. Damals ahnte ich noch nicht, daß dieser Stadt von der Vorsehung eine besondere Rolle in meinem Leben zugewiesen worden war. Für mich sah die Sache recht einfach aus. Ich hatte mich die ganze Nacht schlaflos in meinem Hotelbett gewälzt, weil ich mich nicht an die neuen Realitäten gewöhnen konnte. Ich war in einem trostlosen Nest weit von Tirana entfernt gelandet, und die örtliche Verwaltung hatte mich weitergeschickt in die abgelegenste Ecke des ganzen Kreises. Dorthin war ich zwei Stunden auf Bergstraßen unterwegs, gewöhnlich auf der Ladefläche eines Lastwagens, und dann erwartete mich noch ein einstündiger Fußmarsch von der Forststation, an der mich der Lastwagen absetzte, bis zum sogenannten Dorfzentrum. Ich war nicht gerade geneigt, dies für Vorsehung zu halten.

Ehrlich, in B. hatte man nur einen Wunsch, nämlich sich am nächsten Baum aufzuhängen. Aber das interessiert keinen, deshalb will ich mich nicht länger dabei aufhalten. Erwähnenswert ist allerdings, daß die trostlose Gleichförmigkeit meiner Existenz (immerhin hatte ich genug Zeit, mich Tschechow zu widmen) einen Monat nach meiner Ankunft ein Ende fand. Der Grund war reichlich banal. Eines Morgens beim Rasieren schaute ich in den Spiegel, und dabei fiel mir ein Lebewesen auf, das aus einer Haarlocke kroch und sich über meine Stirn bewegte. Es war eine Laus, eine unglaubliche Laus. Ich rannte hinaus, steckte den Kopf in einen Bottich mit Wasser, seifte ihn ein, spülte den Schaum heraus, seifte ihn noch einmal ein, spülte die Haare noch einmal aus, ohne meine Fassung wiederzufinden. Am gleichen Tag noch sorgte die Laus dafür, daß ich mit Faika in Berührung kam. Und durch Faika kam ich mit Hades in Berührung.

In B. litten die Einheimischen an einer Manie. Sie füllten alle Neuankömmlinge mit Alkohol ab. Die meisten wurden so betrunken, daß sie sich die Seele aus dem Leib kotzten. Ich wurde ebenfalls betrunken, aber die Seele kotzte ich mir nicht aus dem Leib. Dadurch stieg ich bei ihnen gewaltig im Ansehen. So hoch, daß sie, als ich mir ein Zimmer oben auf dem Hügel, wo sich die Büros befanden, als Unterkunft erbat, bereit waren, mir entgegenzukommen. Vorher hatten ein paar Freiwillige in dem Raum gewohnt, Vertreter der städtischen Arbeiterklasse, die man abgeordnet hatte, um den Bauern den Fortschritt zu bringen. Die Einheimischen wußten von ein paar Dummschwätzern zu berichten, die ständig nur faul herumhingen und ihre Nase in fremde Angelegenheiten steckten.

Deshalb waren alle froh, als sie schließlich zur Einsicht kamen und das Weite suchten. Es war den Dörflern recht, daß ich das Zimmer haben wollte. So war ich ihnen aus dem Weg. Sie wußten sowieso nichts mit mir anzufangen.

An dem Morgen, an dem ich mir den Kopf im Bottich mit kaltem Wasser wusch, fiel mir als letzte Rettung der Krankenpfleger ein, ein Junggeselle um die Vierzig. Er war groß und mager, sehr mager, und murmelte ständig nervös vor sich hin. Wenigstens hatte ich diesen Eindruck. Aber kaum jemand bequemte sich den Hügel herauf. Der einzige, der sich mit Sicherheit oben befand, war der Verkäufer. Der schlief sogar in seinem Laden. Doch wenn er überhaupt schon aufgestanden war, so hatte er jedenfalls keine Lust, die Tür zu öffnen. Mir juckte inzwischen außer dem Kopf auch schon der Bart. Seit einer Woche hatte ich mich nicht mehr rasiert. An diesem Tag war eine Lehrerversammlung in der Schule im Hauptort angesetzt, und ich konnte dort unmöglich mit einem Einwochenbart erscheinen. So bedeckte ich mein Gesicht mit einer dicken Schaumschicht, weil ich ahnte, daß neben meinem Haupthaar auch mein Bart zum Läusenest geworden war. Und noch schlimmer, ich begann mich schon selber als Laus zu fühlen. Wirklich, sagte ich zu mir, du bist eine Laus.

Bekümmert schaute ich in den Spiegel. Es ist ja kein großes Unglück, daß du dir ein paar Läuse eingefangen hast, versuchte ich mich zu beruhigen. Es ist ja nichts Besonderes, wenn man sich hier Läuse einfängt. Warum soll es dir besser ergehen als den anderen. Alle leben hier in wunderbarer Harmonie mit ihren Läusen zusammen, es gibt keinerlei Grund, eine Ausnahme machen zu wollen. Dieser Monolog versetzte mich in einen Zustand relativer Ruhe, und ich spürte kein Jucken mehr. Bei einem Blick aus dem Fenster sah ich den Verkäufer, einen kleingewachsenen Mann mit den schmalen Schultern eines Kindes. Er trat vor die Ladentür, hob die Arme und streckte sich. Das Jucken fing wieder an, als ich mein Zimmer verließ, um bei ihm Rat zu suchen. Er kam mir selbst wie eine Laus vor. Er sah der Laus ähnlich, die aus meiner Haartolle gekrochen war und nun an mir herumnagte, sich in meine Haut bohrte und dieses gräßliche Jucken verursachte. Ich hätte freiwillig meinen Skalp hergegeben, wenn ich dadurch dieses Jucken losgeworden wäre.

Der Krankenpfleger tauchte im Laden auf, als ich mir die Idee, ihn oder den Verkäufer um Hilfe zu bitten, bereits aus dem Kopf geschlagen hatte. Er ging zur Theke, verlangte eine Packung Zigaretten der Marke »Partizani«, der Verkäufer bot an, ihm ein Glas einzuschenken, denn der Krankenpfleger gehörte zu den ganz wenigen Einheimischen, die sich selber den Luxus genehmigten, Geld für geistige Getränke im Klub zu lassen. An diesem Tag genehmigte er sich diesen Luxus nicht, sondern nahm seine Zigaretten und verließ den Laden. Ich empfand eine gewisse Erleichterung, daß ihm an diesem Tag nicht zum Trinken zumute war, denn sonst hätte er sich womöglich bei mir am Tisch niedergelassen, und die Sache wäre problematisch geworden. Jeder, den ich vor mir hatte, nahm inzwischen die Gestalt einer Laus an. Der Krankenpfleger erinnerte mich an eine Filzlaus. Eine geschwänzte Laus mit Krawatte. Er gehörte zu den wenigen, die sich täglich rasierten, und war der einzige, der Hemd und Krawatte trug und sich um eine gepflegte Sprache bemühte, also die grobe Mundart der Gegend vermied. Trotzdem oder gerade deshalb mußte ich ständig gegen die blödsinnige Versuchung ankämpfen, ihm zu sagen, daß er auch nur eine Laus war, nicht anders als wir alle hier. Das gleiche zwanghafte Gefühl hatte ich auch wenige Stunden später auf der regionalen Lehrerversammlung, bei der ich Faika kennenlernte.

Der erste anonyme Brief, in dem ich angeschwärzt wurde, kam ein Jahr, nachdem ich Faika kennengelernt hatte. Der Verfasser hatte einen Bleistift benutzt. Ich muß immer noch lachen, wenn ich an diesen Brief denke. Jemand fühlte sich bemüßigt, meine arme Mutter davon in Kenntnis zu setzen, daß ihr Sohn einer Hure verfallen sei. Seine Errettung erfordere ihren ganzen Einsatz, insbesondere müsse sie dafür sorgen, daß er ärztlicher Aufsicht unterstellt und auf seinen Geisteszustand hin untersucht werde. Alle Anzeichen deuteten darauf hin, daß er diesbezüglich eine kritische Phase durchlaufe. Es fehlte in dem betreffenden Brief nicht der Hinweis, die erwähnte Hure sei gute zehn Jahre älter als meiner Mutter Sohn.

Mit diesem Brief entstand ein Bruch in meinem Leben. Der anonyme Briefschreiber hatte so einschneidende Folgen bestimmt genausowenig vorausgesehen wie ich. Meine Mutter ging zur Attacke über und setzte alle Hebel in Bewegung, um meine Versetzung zu bewerkstelligen. Sie lief von Pontius zu Pilatus und landete auf diese Weise auch beim bereits erwähnten Poeten Lavdim Lavdoshaj. Dieser war damals schon der mächtige Chefredakteur der Wochenschrift »Oktober«. Die Bauerngockel aus meinem Jahrgang kriegten sich gewöhnlich mindestens einen Monat lang nicht wieder ein, wenn es ihnen gelungen war, ein Gedichtlein bei dieser Zeitschrift unterzubringen. Ich klopfte dort an, als Faika mich verlassen hatte. Ich weiß bis heute nicht genau, ob es ein Segen war, daß ich aus B. wegging, um mich vor der Langeweile und den Läusen zu retten, oder ein Fehler, weil ich damit auf den Weg des schleichenden Todes geriet. Es ist wahrscheinlich besser, ich versuche gar keine Antwort auf diese Frage zu finden. Kehren wir zu Faika zurück.

Es war so. Ich bat während der Versammlung, wegen eines

dringenden Bedürfnisses einen Augenblick den Raum verlassen zu dürfen... Das dringende Bedürfnis bestand darin, daß ich mich kratzen wollte. Faika kam während einer Versammlungspause zu mir, als ich unter einem Nußbaum beim Schulhof saß, und erklärte, sie könne sich denken, was mein Problem sei. Sie hatte bei dem jungen Mann aus der Hauptstadt ein paar seltsame nervöse Handbewegungen festgestellt und sich daraufhin vorgenommen, ihren Verdacht zu überprüfen.

Als Faika zu mir kam, rauchte ich gerade eine Zigarette. Sie bat mich ebenfalls um eine. Sie war groß und stattlich und trug ihre schwarzen Haare kurz geschnitten. Bekleidet war sie mit Hosen und einem Rollkragenpullover. Als ich ihr Feuer gab, überkam mich ein Gefühl der Frustration. Tante, wollte ich sagen, bleib mir fern, sonst holst du dir auch noch Läuse. Aber die Tante setzte sich zu mir, als seien wir schon seit Jahren miteinander bekannt. Ich überlegte, wie ich sie vertreiben konnte. Siehst du die Schafherde drüben am Waldrand? fragte ich. Ja, antwortete sie. Das sind keine Schafe, flüsterte ich ihr vertraulich zu, das sind Läuse, und der Berg, auf dem sie herumkrabbeln, würde am liebsten schreien, so sehr juckt es ihn.

Die Tante erschrak jedoch keineswegs, sondern fing an zu lachen. Ich wette, du hast dir Läuse eingefangen, sagte sie. Ich warf meine Zigarette weg. Die klaren Augen und das freundliche Gesicht der Tante strahlten Frieden aus. Ich entschuldigte mich höflich bei ihr und gestand. Ja, ich hatte mir Läuse eingefangen, und mein Name war Krist. Ich heiße Faika, gab sie zurück. Was die Läuse angeht, nimm es nicht so schwer. Und wie selbstverständlich nahm sie meinen Kopf zwischen die Hände und zog ihn herunter. Der Druck ihrer Finger war sehr angenehm. Ich geriet neuerlich aus dem Gleichgewicht, so wie beim Auftauchen der Laus am Morgen. Als sie meinen Kopf inspizierte, berührte meine Nase versehentlich ihre Brüste. Die Berührung war nur ganz kurz, reichte aber aus, um einen Stromstoß durch meinen Körper zu jagen. Ihre Brüste waren groß und verwirrend. Als sie ihre Inspektion abgeschlossen hatte, teilte sie mir mit, meine Haare seien voller Nissen. Meinen fragenden Blick beantwortete sie mit einer Einladung: Falls du am Samstag nicht nach Tirana fährst, komm hierher. Dann schauen wir, was sich machen läßt.

Die erste der verbalen Belanglosigkeiten, die ich in ihrer Summe später als Tagebuch bezeichnete, brachte ich an diesem Abend zu Papier. Es handelte sich um einen Versuch über die Laus. Über das Schicksal von jemand, der sich selbst als Laus fühlte, in einer Welt von Läusen.

Am Samstag kämpfte ich lange mit mir. Die Lehrer begaben sich am Wochenende gewöhnlich in die Stadt hinunter, so daß ich Faika womöglich alleine in der Schule antraf, und das machte mich unsicher. Seit der Affäre mit Soni hatte ich kein Liebesabenteuer mehr gehabt. Jetzt plagte mich seit Tagen die Erinnerung an die Berührung ihrer Brüste und ihrer Hände. Wenn ich zu ihr ging, so war es wohl mehr, um noch einmal dieser doppelten Berührung teilhaftig zu werden, als um mich von meinen Läusen zu befreien. Ich rang so lange mit mir, bis es zu spät war, um die Forststation noch rechtzeitig zu erreichen. Selbst wenn ich gewollt hätte.

Faika traf ich im vorderen Schulhof an. Kinderstimmen waren zu hören, und drüben vom Hang her, wo sich eine aufgelassene Mühle befand, das Plätschern von Wasser. Faika brachte einen Stuhl, verlangte, daß ich darauf Platz nahm, und begann mit der ersten Phase der Entlausung: Sie benetzte meinen Kopf mit Petroleum. Mein ganzer Schopf war schließlich durchtränkt davon. Hätte sie geahnt, was in diesem Moment in mir vorging, sie hätte mir die Ohren langgezogen. Schweinigel wäre vielleicht noch die freundlichste der Bezeichnungen gewesen, die ich verdient hatte. Zuerst zeigte die Berührung ihrer Hände bei mir Wirkung. Ein Schauder überlief mich. Ich schloß die Augen und stellte mir vor, wie Soni damals ihre Hand in meine unteren Regionen hatte gleiten lassen, um meine Hose aufzuknöpfen und... Immer noch mit geschlossenen Augen gab ich mich der Hoffnung hin, Faika werde ebenfalls meine Hosen aufknöpfen, damit ich mich ihrer entledigen konnte.

Faika merkte nichts, so daß mir die Standpauke erspart blieb. Sie ging ins Schulhaus und kam mit einem Handtuch und einem Eimer heißen Wassers zurück. Die zweite Phase der Entlausung begann. Wir gingen zu einer Quelle hinter der Schule, wo sich ein kleines Wasserbecken gebildet hatte. Faika erklärte mir, daß dies die einzige Quelle weit und breit war, die selbst bei der größten Trockenheit nicht versiegte. Ich stellte währenddessen Vergleiche zwischen ihrem und Sonis Gesicht an. Faikas Haut war ohne alle Unreinheiten. Soni dagegen hatte gelegentlich Pickel gehabt. Ich dachte, daß sie bestimmt neidisch auf Faikas Haut gewesen wäre. Meine Phantasie begann frei zu schweifen. Was hätte Soni, wäre sie bei dieser Entlausungszeremonie dabeigewesen, wohl gesagt? Ich mußte eine Regung unterdrücken, Faikas Brüste zu berühren. Mein Schädel dröhnte. Karthago ist ganz schön auf den Hund gekommen, spottete Soni. Du bist also scharf auf eine Gewichtheberin im Rentenalter! Besser, du verkriechst dich in deinem Zimmer auf dem Berggipfel und holst dir einen runter. Dabei kannst du dann wenigstens an ein gescheites Objekt deiner Begierden denken, zum Beispiel an mich. Danke vielmals, erwiderte ich, heute will ich mit Faika ins Bett.

Dazu kam es nicht. Nach der zweiten Phase der Entlausung, bei der Faika meine Haare mehrfach mit einem feinen

Kamm aus Horn durchgekämmt und ich mir mehrfach den Kopf gewaschen hatte, begann die dritte Phase: die überlebenden Läuse wurden mit den Nägeln zerquetscht. Dies geschah in einem Klassenzimmer. Als wir die Tür öffneten, traf mich fast der Schlag. Drinnen saßen nämlich zwei Lehrer und spielten Schach. Offenbar waren sie eben erst aus dem Mittagsschlaf erwacht, denn ihre Augen waren noch etwas gerötet und verschwollen. Faika beschäftigte sich noch eine gewisse Zeit mit meinem Kopf und bot mir dann an, in der Schule zu übernachten, weil ich sonst auf dem Heimweg womöglich von der Dunkelheit überrascht würde. In einem jähen Anfall von Verblendung lehnte ich ab, obwohl mich ein Problem erwartete. Nachts liefen die Dorfhunde frei herum, und vor denen hatte ich eine Riesenangst.

Ich gelangte auf den Gipfel meines Hügels, ohne einem Hund begegnet zu sein. Gebell war zu hören, und die Sterne glitzerten am Himmel. Mir fiel ein, daß ich mich bei Faika mit keinem Wort bedankt hatte. Außerdem war ich durstig. Doch der Typ aus dem Laden lag schon längst in den Federn, und ich hatte es mir leider nicht zur Gewohnheit gemacht, in meinem Zimmer eine Reserveflasche bereitzuhalten. Finsterer Gram befiel mich.

Die Gelegenheit, das schlechte Bild, das ich hinterlassen hatte, zurechtzurücken, ergab sich drei Wochen später. Tatsächlich war ich schon am nächsten Tag beim Aufstehen zu dem Entschluß gekommen, Faika aufzusuchen. Undankbarkeit gehört zu den übelsten Charaktereigenschaften eines Menschen, und ich wollte diesen Makel nicht auf mir sitzen lassen. Ich schloß die Tür des Ladens, begab mich auf direktem Weg an den Tisch in der Klub-Hälfte und fing an, Kognak zu trinken. Bald darauf erschien auch der Krankenpfleger, frisch rasiert, in Hemd und Krawatte. Er verlangte die übliche Pak-kung »Partizani« und bekam sie vom Verkäufer ausgehändigt, der ihm zudem anbot, ein Glas einzuschenken. Diesmal erhielt er eine positive Antwort.

Später, als mein Verhältnis mit Faika für niemand mehr ein Geheimnis war, erfuhr ich von Sabri, daß der Krankenpfleger sich vor Jahren einmal in Faika verliebt hatte. Mein Kollege sprach dieses Thema an, als bei meiner Mutter gerade der berühmte anonyme Brief eingegangen war. Den Verdacht, der Krankenpfleger sei womöglich der Schreiber, ließ ich sofort wieder fallen. Außerdem hatte mich Faika gerade verlassen, und ich war überhaupt nicht in Stimmung, mir den Kopf über den Brief und seinen anonymen Verfasser zu zerbrechen. An dem Morgen, von dem hier die Rede ist, wußte ich auf jeden Fall noch nichts von den Liebesregungen des Krankenpflegers, aber selbst wenn, hätte mich das nicht daran gehindert, mit ihm an einem Tisch Platz zu nehmen und dem Alkohol zuzusprechen. Als dieser seine Wirkung tat, erschien es mir plötzlich gänzlich überflüssig, zu Faika zu gehen und sie um Entschuldigung zu bitten. Der beschriebene Vorgang wiederholte sich drei Wochen lang täglich. Während dieser Zeit hatte ich ständig ein Quantum Alkohol im Magen, das ausreichend war, um mir den Gang zu Faika und die Bitte um Entschuldigung unnötig erscheinen zu lassen. Schlimm wurde es in der Nacht, wenn der Alkohol vom Körper aufgenommen worden war und im Blut zirkulierte. Dann verließ mich der Schlaf, die Einsamkeit nagte an mir, und ich mußte an Faika denken.

Drei Wochen nach meiner Entlausung, ich hatte den Unterricht eben hinter mir und befand mich auf dem Weg zum Klub, hielt mich auf der Straße ein kleiner Junge an. Er überreichte mir ein zusammengefaltetes Blatt Papier und entfernte sich. »Am Donnerstag abend haben wir eine Feier. Wenn du nichts Besseres vorhast, komm. Faika.« Ich ging in den Klub und ließ mir vom Verkäufer einen Kognak einschenken. Bis Donnerstag blieben mir noch zwei Tage, um mich zu entscheiden, ob ich Faikas neuerliche Einladung ausschlagen sollte oder nicht.

Ich schlug sie nicht aus. Wie beim ersten Mal trafen wir uns auf dem Schulhof. Ich fragte nicht, was sie in der Abenddämmerung alleine dort zu suchen hatte. Ich entschuldigte mich auch nicht dafür, daß ich beim letzten Mal vergessen hatte, mich zu bedanken. Dafür machte ich ihr ein Kompliment: Du siehst heute abend aber sehr hübsch aus, sagte ich. Diese Worte rutschten mir so heraus, wahrscheinlich unter dem Einfluß der Abenddämmerung. Sofort erschien Soni vor mir. Heuchler, fuhr sie mich an, erzähl ihr wenigstens keine Lügen. Sie ist nicht hübsch, sie ist ein Fleischberg.

Faika half mir. Deine Komplimente kannst du dir für Tirana aufsparen, rügte sie mich. Du hast doch bestimmt eine Freundin dort. Ich beichtete. Das Gegenteil war der Fall. Ungläubig drohte mir Faika mit dem Finger. Du mußt dir aus Sonis Geschwätz nichts machen, sie ist nur eifersüchtig, hätte ich fast gesagt. Die Befürchtung, Soni werde mich drinnen auf Schritt und Tritt begleiten, erwies sich als unbegründet. Sie blieb draußen in der Dämmerung zurück. Ich folgte Faika. Im dunklen Korridor wiederholte ich mein Kompliment, du bist sehr hübsch heute abend, sagte ich. Faika ging schneller, und schließlich betraten wir einen Raum. Es war, wie ich erfuhr, das Arbeitszimmer des Schuldirektors, das man für eine Feier vorbereitet hatte. In der Mitte waren einige Tische zusammengeschoben worden, an denen die fünfzehn Lehrer, darunter drei weiblichen Geschlechts, Platz genommen hatten. Faika dazugenommen, waren es vier Frauen. Der Schuldirektor saß am Ende der Tafel. Dieses Privileg genoß er an diesem Abend nicht nur als Direktor, er feierte auch seinen vierzigsten Geburtstag, und ich stand erst einmal betreten da, weil ich kein Geschenk mitgebracht hatte.

Meine Stimmung sank schnell auf den Nullpunkt. Ich machte den Raki dafür verantwortlich, ein milder Selbstgebrannter vom Dorf, und milde Dorfrakis schmeckten mir nicht. An der Wand hingen an Haken zwei Petroleumlampen. Ein schwaches Licht ging auch von einem grotesken Radio weiter unten aus, einem gewaltigen Kasten russischen Fabrikats, der mit Petroleum betrieben wurde. Der Direktor drehte am Knopf, und als er einen Sender mit leichter Musik fand, forderte er eines der Mädchen zum Tanzen auf. Die anderen folgten seinem Beispiel, und Faika wiegte sich ständig in den Armen eines der Männer. Da im Zimmer nicht genug Platz zum Tanzen war, wichen die Paare in den finsteren Korridor aus. Dann gab es einen Zwischenfall, der die leidlich fröhliche Atmosphäre verdarb. Eines der Mädchen begann aus irgendeinem Grund zu weinen, vielleicht, weil es zuviel Alkohol intus hatte. Der Direktor stellte einen Sender mit schwachsinniger Musik ein, und alle saßen mit belemmerten Mienen da. Ich nutzte den Moment, um Faika zum Tanzen aufzufordern.

Sie trug an diesem Abend wie immer Hosen, oben herum aber nur eine leichte Bluse. Wir gingen hinaus in den dunklen Korridor. Das heißt, so dunkel war es gar nicht. Man hatte an der Stirnseite eine Lampe angebracht, die ein trübes Licht verbreitete, dessen Wirkung immer schwächer wurde, je näher man dem anderen Flurende kam. Aus der offenen Zimmertür drangen menschliche Laute, vermischt mit Musik. Faikas Gesicht war gerötet. Ich genügte meiner Pflicht und zog sie an mich. Durch mein Hemd spürte ich ihre Brüste. Sie paßte sich meinen langsamen Bewegungen an. In einer Art stiller Vereinbarung verließen wir den beleuchteten Bereich. Bei einer Körperdrehung geriet mein Bein zwischen Faikas Beine. Ich fand ihre Lippen, ohne mich hinunterbeugen zu müssen. Ich kann nicht sagen, wie lange unsere Umarmung im Dunkeln dauerte, jedenfalls war sie es, die zuerst wieder zu sich kam. Bitte, sagte sie leise, nicht so... Sie löste sich von mir und brachte ihre Frisur in Ordnung. Eine Weile lang standen wir im hellen Bereich des Korridors, ohne uns anzuschauen. Aus dem Zimmer drangen immer noch mit Musik vermischte Gesprächsfetzen. Niemand hatte nach dem Tränenausbruch des Mädchens noch Lust zu tanzen. Wir kehrten ins Zimmer zurück und nahmen unsere Plätze wieder ein. Die Feier lief vollends aus dem Ruder, als der Alkohol beim Direktor seine Wirkung tat. Unvermittelt griff er nach einem Rakiglas und schleuderte es gegen die Wand. Dazu stieß er einen Fluch aus, dessen Bedeutung wohl kaum einer der Anwesenden verstand. Ich besorg es deiner Mutter, Hades, schrie er, ficken werde ich sie!

Fünf Jahre später, ich arbeitete bereits bei der Drehbuchredaktion von »Studiofilm«, erfuhr ich zufällig, daß der Direktor damals von einem Gericht in M. in nichtöffentlicher Sitzung zu acht Jahren Haft verurteilt worden war. Dicht neben der Stelle an der Wand, an der das Rakiglas zerschellt war, hatte das amtliche Porträt eines bekannten Individuums gehangen, woraus der Richter die Schlußfolgerung zog, der Name Hades sei auf die entsprechende Person bezogen gewesen. Natürlich hatte man einige Experten für die antike Mythologie zu Rate ziehen müssen, um zu klären, ob die Verwendung des Begriffes Hades auf die hohe Person als strafbare Handlung zu werten war oder nicht.

Doch, wie ich bereits sagte, an dem Abend, von dem wir sprechen, wird dieses Detail den Anwesenden nicht aufgefallen sein, von denen die meisten den Namen Hades vermutlich zum ersten Mal hörten. Götter, egal, ob im Himmel oder in der Unterwelt, waren per Gesetz verboten. So mußte die erdrückende Mehrheit der Feiernden diesbezüglich arglos bleiben. Allerdings war das Glas unübersehbar direkt neben dem Porträt zerschellt. So erstarrten wir alle. Tiefes Schweigen herrschte. Da nahm jemand sein Glas, stürzte es hinunter und fing an zu lachen. Die anderen taten es ihm nach, ohne die geringste Ahnung zu haben, weshalb sie lachten. Selbst das Mädchen, das geweint hatte, kicherte.

Am nächsten Morgen fand ich mich in meinen Kleidern auf einem Feldbett wieder. Allmählich begriff ich, daß ich mich in einem Klassenzimmer befand. Neben mir lagen zwei der Lehrer in einem totenähnlichen Schlaf. Meine Schläfen dröhnten, mein Kopf wollte zerspringen. Ich stand auf und taumelte hinaus. Es war noch nicht hell geworden. Ich stolperte den Abhang hinunter, schöpfte bei der aufgelassenen Mühle mit den Händen Wasser aus dem Bach und wusch mir das Gesicht. An zwei Dinge konnte ich mich erinnern, an die hysterische Begeisterung der Lehrer nach einem Zwischenfall, der mit dem Namen einer mythologischen Gottheit der Unterwelt verbunden gewesen war, und an ein paar geflüsterte Worte Faikas. Nachdem der Abend außer Kontrolle geraten war, hatte sie in der Dunkelheit des Korridors kurz zu mir gesagt: »Am Samstag fahre ich nicht hinunter.« Mehr nicht.

Mein Gehirn biß ständig auf dieser Botschaft herum wie eine wiederkäuende Kuh. Am Samstag machte ich mich in der Gewißheit auf den Weg zu Faika, sie alleine vorzufinden. Ihre Einladung war völlig unzweideutig gewesen. Auf meinem Haupt waren keine Läuse oder Nissenkolonien festzustellen, also handelte Faika nicht aus Hilfsbereitschaft. Sie wollte Liebe. Nach der soundsovielten Analyse kam mein Gehirn zum Schluß, daß natürliche, gewissermaßen existentielle Umstände den Vorgang beschleunigt hatten, nämlich der hysterische Ausbruch der Lehrer nach dem Zwischenfall, bei dem der Name des Gottes der Unterwelt gefallen war. Unterwegs war mir, als befände ich mich auf dem unentwegten Abstieg dorthin. Als ich bei der Schule anlangte und auf dem Schulhof nicht Faika vorfand, sondern nur Stille, dachte ich erst erbebend, ich würde von niemandem erwartet, und wenn ich die Schwelle überschritte und hineinginge, würde ich der Person begegnen, deren offizielles Porträt an der Wand des Büros des Schuldirektors aufgehängt war, und letzterer brülle immer noch: »Ich besorg es deiner Mutter, Hades!«

Im Korridor war kein Geräusch zu hören, sieht man von meinen Schritten und dem Quietschen einer Tür ab. Aber es kam mir nicht Hades entgegen, sondern Faika. Ich dachte schon, du kommst überhaupt nicht mehr, sagte sie vorwurfsvoll. Und dann: Allein ist es hier schrecklich, man hat das Gefühl, die Wände wollten einen auffressen. Höchstens Hades frißt dich auf, wollte ich sagen. Und im gleichen Augenblick wuchs wie zur Bestätigung meiner Angst Hades zwischen mir und Faika aus dem Boden. Nicht in Anzug und Krawatte wie auf dem offiziellen Porträt, vielmehr trug er einen langen schwarzen Mantel. Dann verschwand Hades so schnell, wie er aufgetaucht war, und ich war wieder allein mit Faika auf dem leeren Flur, heftig versucht, sie zu fragen, ob sie ebenfalls eine Erscheinung in einem langen schwarzen Mantel gesehen hatte. Faika hatte etwas anderes, nämlich mein Erbeben, wahrgenommen und verschloß die Schultür von innen, legte den Riegel vor, nahm mich an der Hand und zog mich hinter sich her. Ich folgte gehorsam, immer noch etwas benommen, und sie führte mich in ein Zimmer, in dem drei Betten mit jeweils einem Nachttisch daneben standen. Faikas Bemühungen, meinen Seelenfrieden wiederherzustellen, fruchteten nicht sofort. Du mußt keine Angst haben, sagte sie, alle sind in die Stadt gefahren, außer uns ist niemand in diesem Gebäude. Und wenn man bedenkt, daß sich das nächste Haus eine halbe Stunde entfernt befindet, kann man sagen, dies ist, als sei man am Ende der Welt.

Der Welt des Hades, dachte ich. Und ergab mich Faika. Ich war gekommen, weil sie mit mir schlafen wollte. Ich hatte das gleiche Ziel, selbst wenn es mir schwerfiel, mich von meiner Benommenheit zu befreien. Daß es um Liebe in der Welt des Hades ging, wußten wir beide. Faika deutete meinen Zustand richtig. Sie mußte mich aus meiner Erstarrung holen.

Nachdem sie eine Lampe angezündet hatte, begann sie sich auszuziehen. Ich lehnte neben einem der Nachtschränkchen an der Wand. Faika zog ihren Büstenhalter aus und hob den Kopf. Ich lehnte immer noch an der Wand. Unsere Blicke trafen sich. Lange schauten wir uns an, dann kam sie zu mir und nahm mich in die Arme. Ich versuchte ihre Liebkosungen zu erwidern, indem ich meine Hände ungeschickt über ihren Körper gleiten ließ. Ich bemühte mich, sie auf den Hals zu küssen, auf die Wangen, und Faika spürte, wie armselig diese Versuche waren, ich konnte mich von meiner Lähmung nicht befreien. So beschloß sie, sich speziell mit dem gelähmten Teil meines Körpers zu befassen, und kniete vor mir nieder. Ich schloß die Augen. Angst befiel mich, meine Knie würden nachgeben und ich auf Faika stürzen. Ich ergriff ihren Kopf und wollte sie wegschieben, sie sollte aufhören, es war vergeblich, man konnte einen Toten nicht zum Leben erwecken, in mir war alles kalt. Faika bewies mir das Gegenteil. Die Wärme ihrer Lippen übertrug sich auf meinen Körper, und alle Zellen füllten sich mit Energie. Beinahe hätte ich aufgeschrien. Gleich würden sich die Quellen dieser Energie zu einem einzigen Strom vereinigen. Ich versuchte es zu verhindern, doch es war unmöglich. Faikas Zunge und Lippen waren so hartnäckig, daß ich schließlich kapitulierte und mich auf ihre Brüste ergoß. Wir verharrten eine Weile in unserer Position, sie auf den Knien vor mir, ich an die Wand gelehnt. Dann stand sie auf und verließ das Zimmer. Das war für mich der Beginn einer doppelten Geiselhaft. Ich war Faikas wie Hades' Gefangener. Faikas Gefangenschaft endete, als sie mich verließ, um zu heiraten. Hades' Geisel bin ich bis heute geblieben.

Ihren Entschluß, sich zu verheiraten, teilte mir Faika ein Jahr nach unserem ersten und letzten Stelldichein im Schulgebäude mit. Es war ein einziger Liebesmarathon, der von Samstagabend bis Montagfrüh dauerte. Ich war Faikas Schüler. Am Sonntagabend wollte sie, daß wir uns bei der aufgelassenen Mühle unter dem kalten Licht des Mondes liebten. Ihr Wunsch kam mir ganz natürlich vor. Es gefiel Faika offensichtlich so wenig wie mir, in der Schule mit mir zu schlafen, wo der Geist des Hades waltete. Sie hatte wohl den hysterischen Ausbruch ihrer Kollegen vor Augen, als der Direktor sein Rakiglas auf das Porträt an der Wand geschleudert und dabei den Gott der Unterwelt verflucht hatte. Doch dann, um Mitternacht am Sonntag, suchte sie einen Ort aus, mit dem ich überhaupt nicht gerechnet hatte. Sie brachte mich an die Tür des Schuldirektors, gegen die rückwärts gelehnt ich dastand. Durch das Holz hindurch stach mich der Blick des Hades.

Danach liebten wir uns nie mehr in der Schule. Eine besondere Vereinbarung dazu war zwischen uns nicht nötig. Auch die hysterische Szene erwähnten wir niemals wieder. Unsere Treffen fanden mehr als ein Jahr lang an einem Ort statt, den man Don Pjetërs Moschee nannte. Es gab dort weder eine Moschee noch ein anderes Kultobjekt, sondern nur ein paar Ruinen am Waldrand und eine von Hirten errichtete Schutzhütte. Weit vom Dorf entfernt. Toponomisch gesehen, war der Ort gut für uns geeignet. Der Schatten des Hades reichte nicht bis dorthin.

Dort, in der Schutzhütte bei der Ruine von Don Pjetërs Moschee, teilte mir Faika mit, daß sie sich entschieden habe zu heiraten. Wir hatten miteinander geschlafen, und sie sagte, dies sei das letzte Mal gewesen. Ich dachte zuerst an einen Scherz. Doch Faika nannte mir die persönlichen Daten ihres künftigen Gatten: Direktor der Kommunalbetriebe. Verwitwet. Fünfundfünfzig Jahre alt. Eine verheiratete Tochter und ein Sohn, der studierte.

Mutter wird sich freuen, dachte ich. Sie gibt bestimmt ein Bankett, wenn sie diese Neuigkeit erfährt. Wenn sie überhaupt von der Errettung ihres Sohn aus den Klauen dieser Hure erfuhr. Positive Tatsachen taugten nicht zum Thema anonymer Briefe. Der Schmierfink würde sich ein anderes Opfer aussuchen, nämlich den fünfundfünfzigjährigen Leiter der Kommunalbetriebe. Die Nachricht, daß seine künftige Gattin eine Hure war, die Tote wieder zum Leben erwecken konnte, würde den Empfänger allerdings kaum grämen, schließlich holte er sich aus keinem anderen Grund eine junge Frau ins Haus.

Als ich meine erste Bestürzung überwunden hatte, wünschte ich Faika viel Glück. Was ich sagte, klang künstlich. Ich wurde rot. Sie wünschte mir eine baldige Versetzung in die Stadt. Auch sie wurde rot. Dann ging Faika davon, den Berghang hinunter. Ich nahm den Weg durch den Wald, nach oben. Ich konnte mir nicht vorstellen, wie sie im Bett eines fünfundfünfzigjährigen Mannes glücklich werden sollte. Damals glaubte ich, mit fünfundfünfzig sei man so gut wie tot.

12

Ein Blasorchester schreckte mich auf, das einen Trauermarsch spielte. In dem Randbezirk der Stadt, in dem ich wohne, waren noch nie Trauermärsche gespielt worden. Deshalb trat ich ans Fenster. Der Platz rund um den Sockel ohne Denkmal war verlassen, die Trinkhalle leer. Ich konnte erst auch kein Blasorchester entdecken, bis dann ein Leichenwagen der Marke Mercedes-Benz um die Ecke gebogen kam. Darin befand sich ein mit schwarzem Tüll bedeckter Sarg. Dem Leichenwagen wurden Kränze nachgetragen, hinter den Kränzen marschierten Menschen, und ganz zum Ende fuhr ein Lautsprecherwagen, der für die Trauermusik verantwortlich war. Im Trauerzug fand ich die müßigen Männer des Viertels, aber ich sah auch diverse andere, fast schon vergessene Gesichter. Sie gehörten ehemaligen hohen Partei- und Staatsfunktionären, pensionierten Militärs, Akademiemitgliedern und Kunstkritikern, Professoren und Schriftstellern und einstigen Vertretern des diplomatischen Diensts. Außerdem gab es einen ganzen Block von Leuten in schwarzen Doppelreihern.

Ihre Anwesenheit kam mir verdächtig vor. Der Trauerzug bog in das Sträßchen hinter dem Wohnblock ein, was bedeutete, daß ein Mitbewohner gestorben war. Wieso hatte ich davon nichts mitbekommen? Und wieso diese aufwendige Zeremonie, mit Kränzen und Marschordnung und Teilnehmern aus der ehemaligen Elite? Die Bewohner meines Wohnblocks standen in ihrem gesellschaftlichen Rang eher weiter unten, Ehrungen dieses Ausmaßes standen ihnen nicht zu. Bestimmt lag eine Verwechslung vor.

Aufklärung erhielt ich schließlich von meinem alten Freund Doktor N. T. Die ganze Verwirrung war nur in meinem Kopf. Ich habe die traurige Pflicht, dir mitzuteilen, daß du verstorben bist. Alle diese Menschen sind erschienen, um an deiner Beisetzung teilzunehmen.

Ich schaute mich um. Tatsächlich, die ganze Verwirrung war nur in meinem Kopf. Der Unbekannte, der sich hinter Doktor N. T. versteckte, versorgte mich auch noch mit weiteren Einsichten. Du solltest dir nichts daraus machen, daß du gestorben bist, sagte er. Vielleicht ist das die Gelegenheit, dir ein Geheimnis zu verraten. Ich glaube wie du an eine Welt jenseits des Grabes. Eines Tages werde ich zu dir kommen, egal, wo du dich befindest, in der Hölle oder im Paradies.

Du bist gar nicht Doktor N. T., knurrte ich ihn an. Plötzlich war alles verschwunden, der Leichenwagen, der Trauerzug und die feierliche Musik. Ich hörte nur noch eine Stimme. Drüben, zu Füßen des Sockels ohne Denkmal, entdeckte ich Hades. Hallo, Herr Trapi, sagte er und versuchte dabei, den Sockel zu besteigen, ich habe deinen Leichenzug gesehen, er ist gerade vorbeigekommen. Aber offenbar bist du aus dem Sarg gehüpft, und diese Trottel begleiten eine leere Kiste. Bravo, Herr Trapi, bravo!

Ich verließ meinen Platz am Fenster. Es wurde Zeit, daß ich mich auf den Weg zum Fernsehsender »Sirius« machte.

Das alles ereignete sich genau zwei Wochen, nachdem Lori sich unter Hinterlassung eines Zettels mit der Aufschrift »Du bist ein Schatz!« aus meiner Wohnung gestohlen hatte.

Schon vor dem Aufbruch sah ich mich mit einem Problem konfrontiert, das man als technisch bezeichnen könnte: Ich mußte auf den Boß Eindruck machen. Unangemessene Bekleidung konnte alles verderben. Leider kannte ich den Boß von »Sirius« nicht. Ich kannte überhaupt keinen Fernsehboß, es war mir unmöglich, ihre Geschmäcker einzuschätzen. Für mich als Mann war dies allerdings nicht so schlimm, die Geschmäcker der Bosse spielten in meinem Fall keine so große Rolle. Es geht darum, sagte ich mir, daß du einen möglichst kompetenten Eindruck hinterläßt. Du mußt als entschlußkräftiger Mann auftreten, der den Herausforderungen der Zeit gewachsen ist. Meine Klasse mußte für das geübte Auge bereits an meiner Kleidung ablesbar sein. Im vergangenen Herbst hatten mir Irma und Lori ein Kompliment gemacht, als ich ihnen in Bluejeans, dunkelblauem T-Shirt und weißen Turnschuhen entgegengetreten war. Diese Kleidungsstücke hatte mir Marga von ihrem Besuch bei Tomi in Amerika mitgebracht. Eigentlich handelte es sich gar nicht um echt amerikanische Sachen, die Jeans und die Turnschuhe trugen Etiketten mit der Aufschrift »Made in China«, das T-Shirt war »Made in Bangladesh«, aber immerhin waren sie in den Vereinigten Staaten von Amerika erstanden worden. Daher beschloß ich, sie anzulegen. Ich schritt die Treppe hinab, und als ich hinaus auf die Straße trat, blitzte in mir, wie es oft geschieht, wenn ich ins helle Sonnenlicht und damit zur Besinnung komme, eine Erkenntnis auf. Ich wußte überhaupt nicht, wo sich der Sender »Sirius« befand.

Durch Fragen findet man nach Stambul, pflegten unsere Altvordern zu sagen. Nun suchte ich weder Stambul noch ein anderes ehemaliges Reichszentrum, sondern nur eine in unserer Hauptstadt befindliche private Fernsehanstalt, eine von mittlerweile fünfzehn, man sprach scherzhaft von Fernsehkiosken, was mir in diesem Augenblick egal war, wenn es Arbeit für mich gab, war mir auch ein Fernsehkiosk recht... Also, ich wollte nicht nach Stambul, aber der Rat der Altvordern war mir trotzdem nützlich. Ich setzte meine Sonnenbrille auf, und binnen einer Stunde stand ich mit einem gewissen Stolz vor den Toren von »Sirius«.

Am Durchlaß in der hohen Umfassungsmauer befand sich ein Wärterhäuschen aus Wellblech. Ich blieb davor stehen, weil ich damit rechnete, daß jemand heraustreten würde, dem ich mich vorstellen und meinen Personalausweis vorweisen konnte, damit er mich einließ. Ich wartete vergeblich. Kein Wächter weit und breit. Durch das Eisentor, dessen beide Flügel weit offen standen, fuhren in beiden Richtungen Autos, die so viel Staub aufwirbelten, daß ich bald über und über damit bepudert war. Endlich dämmerte mir, daß ich mich wie ein beschränkter Provinzler verhielt. Es war blödsinnig zu warten. Immer noch mit dem Gefühl, mich wie ein Provinzler aufzuführen, näherte ich mich auf der asphaltierten Zufahrt einem Ensemble erst jüngst errichteter Gebäude. Zwischen sie war ein Platz gequetscht, auf dem Kraftfahrzeuge parkten, die zum Teil das Emblem von »Sirius« trugen. Den ersten moralischen Faustschlag bekam ich bereits auf diesem Platz versetzt. Ein Toyota fuhr so dicht an mir vorbei, daß er mich fast umgerissen hätte. Der Fahrer, ein junger Bursche, bremste kurz, beugte sich aus dem Fenster und schrie: Beweg dich, Mister Trapi, steh nicht dumm auf der Straße herum. Und weg war er. Die Wirkung des Wortes »Trapi« auf mich war vernichtend. Ich hatte das Gefühl, alle geparkten Autos kämen gleichzeitig auf mich zu und brüllten, anstatt zu hupen: »Trapi, Trapi, Trapi.« Um ihnen zu entgehen, bemühte ich mich, so schnell wie möglich von dem Platz herunterzukommen. Ich lenkte meine Schritte zu einem Bauwerk, dessen Front aus dunklem Glas von jener Sorte bestand, die es erlaubt, von drinnen hinauszuschauen, ohne daß man von draußen gesehen wird. Es handelte sich, wie eine Tafel bewies, um das gesuchte Gebäude. Hier befand sich das Büro des Bosses der Fernsehanstalt »Sirius«.

Der Boß war nicht da. Dies teilte mir ein großer, muskulöser Kerl mit breiten Schultern, Typ Bodyguard, mit. Vorher ließ er mich allerdings noch eine Weile dumm herumstehen, wenn auch aus einem einsichtigen Grund: er war gerade dabei, sich mit zwei Mädchen zu unterhalten. Sie waren hübsch und elegant, so daß ich verstand, wie schwer es dem Bodyguard fallen mußte, seine Aufmerksamkeit von ihnen loszureißen. Nach einer Weile sah ich es für geboten an, mich bemerkbar zu machen, ich nannte ihm auch den Grund dafür, und der Bodyguard musterte mich von Kopf bis Fuß. Ich verlangte die Nummer Eins zu sprechen, und dies schien ihn zu verwirren. Er wollte wissen, weshalb ich die Nummer Eins zu sprechen wünsche, und ich gab an, von persönlichen Motiven geleitet zu sein. Die Nummer Eins sei nicht da, meinte er daraufhin, und er wisse auch nicht, wo die Eins sei, weil keiner jemals wisse, wo die Eins sich gerade aufhalte und wann sie wiederkäme, doch wenn ich darauf bestünde, ihn aus persönlichen Motiven heraus zu sprechen, sei es vielleicht gut, wenn ich zwischenzeitlich draußen einen Spaziergang machte oder in dem Lokal auf der anderen Seite des Platzes wartete, vielleicht hätte ich ja Glück und die Nummer Eins käme irgendwann ins Büro. Das war der zweite moralische Faustschlag. Ich kam mir vor wie ein Stück Dreck, einerseits, weil man mich aus dem Haus wies, andererseits wegen des Übereifers, mit dem mich der Bursche loszuwerden versuchte. Ich ging also hinaus und stand eine Weile unentschlossen da. Sollte ich den Rat des Bodyguards befolgen und einen trinken gehen oder mich lieber gleich auf den Weg nach Hause machen?

Die erste Alternative gefiel mir besser, und ich ging einen trinken. Ich setzte mich an einen Tisch, von dem aus ich den Publikumsverkehr vor dem Gebäude der Fernsehanstalt »Sirius« überwachen konnte. Mein Stolz war schwer beschädigt.

Alle hier führten sich auf wie Bosse, selbst der Kellner, der sich vor mir aufbaute und mich anknurrte, was ich zu bestellen gedächte, worauf ich ihn erst einmal verwirrt anschaute. Ich hatte Lust auf ein großes Glas Kognak, getraute mich aber keines zu bestellen, und das brachte mich aus dem Gleichgewicht. Der Kellner verlor schließlich die Geduld mit mir. Also, wenn Sie sich nicht entscheiden können, Herr, sagte er und war schon dabei, sich abzuwenden, als es mir einfiel, einen Tee zu bestellen. Ich war mir nicht sicher, ob er mich überhaupt gehört hatte. An den Tischen ringsum war ich auf jeden Fall gehört worden. Offenbar hatte ich recht laut gesprochen, denn einige schauten irritiert herüber. Ich wollte sie um Entschuldigung bitten und ihnen den Grund erklären, es hatte mit meiner Unentschiedenheit zu tun, sollte ich mir einen Kognak bestellen oder nicht? Dann verzichtete ich doch lieber auf Erklärungen, sie waren jung und hätten kaum die Geduld aufgebracht, sich alles anzuhören, außerdem kam der Kellner zurück, er hatte mich doch verstanden und brachte mir eine Tasse Tee. Ich begann ihn zu schlürfen, ohne den Eingang der Fernsehanstalt »Sirius« aus den Augen zu lassen. Hoffentlich kam bald der Boß.

Warten auf Godot, dachte ich und mußte lachen. Der aberwitzige Wunsch stieg in mir auf, die jungen Gäste des Lokals doch noch über die Gründe aufzuklären, die mich vor ein paar Augenblicken bewegt hatten, keinen Kognak zu bestellen: Ich befand mich im Wartezustand, es ging um eine Person namens Godot. Ob sie wußten, wer dieser Godot war, spielte keine Rolle, Hauptsache, sie glaubten mir, daß ich bereits mein ganzes Leben lang auf ihn wartete und er einfach nicht kam, ohne daß ich deswegen die Hoffnung aufgegeben hätte, weshalb ich mich nun in diesem Lokal am Tisch neben ihnen befand, vielleicht zur falschen Zeit, aber wenn er kam, wollte ich auf alle Fälle nüchtern sein, keinen einzigen Milliliter Alkohol im Bauch haben, keine kompromittierende Fahne vor dem Mund, sonst bestand nämlich die Gefahr, daß ich mein Ziel nicht erreichte. In Wahrheit war ich der betreffenden Person bereits begegnet. Allerdings hatte sie weder auf den Namen Godot gehört noch an einer Allergie gegen Alkohol gelitten. Die Rede ist von einem rein stofflichen Wesen namens Lavdim Lavdoshaj, weiland Chefredakteur der Wochenzeitung »Oktober«, aus der ich übrigens auch zum ersten Mal von diesem Godot erfahren habe. Damals, beim Aufbruch zum Vorstellungsgespräch bei der Redaktion des »Oktober«, war ich ebenfalls das Gefühl nicht losgeworden, mich unterwegs zu Godot zu befinden. Die ganze Sache war etwas kompliziert. Selbst wenn die Gäste des Lokals, junge Burschen und Mädchen, bereit gewesen wären, sich meine Erklärungen anzuhören, so hätten sie mich nicht verstanden, sondern allenfalls meinen Geisteszustand in Frage gestellt und damit vermutlich nicht völlig falsch gelegen.

Ich stand auf und ging zur Theke, um beim Kellner einen doppelten Kognak zu bestellen. Dann setzte ich mich wieder an meinen Platz. Mein Blick blieb auf den Eingang der Fernsehanstalt »Sirius« gerichtet. Ich wartete auf den Boß.

13

Ich wartete seit fast zwei Stunden. Erst auf dem Trottoir neben dem Eingang zum Redaktionsgebäude, dann im Klub auf der anderen Straßenseite, von wo aus ich alles im Blick hatte. Ich machte mir keine Illusionen. Lavdim Lavdoshaj, davon war ich überzeugt, würde mich zwar empfangen, um sich nichts nachsagen zu lassen, nachdem meine Mutter bei ihm interveniert hatte, aber ohne irgendein konkretes Ergebnis. Auch ich unternahm den Besuch nur wegen meiner Mutter, ich wollte sie nicht verletzen, nachdem sie sich so für mich eingesetzt hatte. Schließlich war bis zu diesem Tag in keinem Organ unserer staatlichen Presse auch nur ein einziger Buchstabe von mir erschienen, schon gar nicht in der erlauchten Wochenzeitung »Oktober«. Meine Chancen tendierten gegen null.

Er kam, als ich die Hoffnung bereits aufgegeben hatte und nur noch aus anderen Gründen im Klub saß. Entgegen dem Ratschlag meiner Mutter trank ich. Es war ein Tag im Januar, der Himmel grau verhangen, und ein feiner Regen fiel. Alles war trübe, nicht nur das Licht draußen, und man konnte sich einem Gefühl tiefer Sinnlosigkeit nicht entziehen, auch wenn die Person, auf die ich wartete, nicht Godot hieß. Außerdem, paradox genug, wünschte ich mir selber, sie möge nicht kommen. Ich wollte nicht in die Rolle eines debilen Bittstellers schlüpfen, sondern viel lieber in Ruhe dasitzen und Kognak trinken. Später konnte ich mich immer noch, genauso in aller Ruhe, mit Mutter aussprechen und sie bitten, die Finger von weiteren Interventionen zu lassen. Doch dann landete ich eben doch in seinem Büro.

Der Chef bot mir einen Sessel an, als er erfahren hatte, wer ich war. Ich ließ mich auf der Sitzgelegenheit nieder, die am weitesten von seinem Schreibtisch entfernt war, in der Hoffnung, meine Alkoholfahne werde nicht bis zu ihm hinüberwehen, ein absolut sinnloses Unterfangen, man kann die Sonne nicht mit einem Sieb verdecken, wie es bei uns heißt. Er redete in trägem Ton und mit dumpfer Stimme über meinen Vater, er habe ihn sehr gemocht, das seien schöne Zeiten gewesen damals. Ebenso träge und dumpf entschuldigte er sich für sein verspätetes Eintreffen, manchmal würden sich eben unvorhersehbare Verpflichtungen ergeben, denen man sich nicht entziehen könne. Dabei wühlte er in einer Schublade, holte einen Schnellhefter hervor, begann darin zu blättern, und ich bekam den Eindruck, daß er mich völlig vergessen hatte.

Während er in seine Lektüre versunken dasaß, wanderte mein Blick über seine Schulter hinweg auf die Wand, wo in einem Rahmen die große Version des allseits bekannten offiziellen Porträts hing. Ich versuchte mir vorzustellen, wie der grobschlächtige grauhaarige Mann wohl reagieren würde, wenn ich den Aschenbecher ergriff, der auf einem Tischchen neben mir stand, und ihn auf das offizielle Porträt schleuderte. Auch heute, da er nicht mehr unter uns ist, stelle ich mir diese Frage noch manchmal: Hätte er mich mit Fußtritten aus seinem Büro gejagt oder gleichfalls nach einem Aschenbecher gegriffen und ihn im Wettbewerb mit mir auf das gerahmte Bild geschleudert, begleitet von seinem Lieblingsschimpfwort für Leute, die er nicht ausstehen konnte, nämlich »Schweinsesel«. Lavdim Lavdoshaj war vielleicht der rätselhafteste Mensch, der mir in meinem Leben begegnet ist.

Meine Erinnerungen an ihn wären wahrscheinlich weniger widersprüchlich, hätte er nicht einige Bücher hinterlassen. Es handelt sich um vier Gedichtbände, einen Roman und einen

Band mit Rezensionen, von denen ich aus Neugier einige las, bevor ich mich damals während der Winterferien bei ihm vorstellte. Ich kann nicht sagen, daß ich besonders beeindruckt gewesen wäre. Soni hätte den Chef der Kategorie der Bauerngockel zugeordnet. Man konnte damals ganz sicher nicht in den Verdacht verfallen, der Autor werde einmal, wie es dann tatsächlich geschah, eine ganz andere Position verfechten als jene, die er in den erwähnten Büchern einnahm. Lavdim Lavdoshaj wurde gewöhnlich zum konservativen Flügel gezählt. Und auf einmal erklärte man ihn zum »liberalen Modernisten« und zeigte mit dem Finger auf ihn.

Drei Jahre nach unserer ersten Begegnung wurde ich in die Hauptstadt versetzt. In der Zwischenzeit waren tiefgreifende Veränderungen in meinem Leben eingetreten: ich hatte geheiratet, Tomi war auf die Welt gekommen, und Lavdim Lavdoshaj war nicht mehr Chefredakteur der Zeitschrift »Oktober«, dafür hatte man ihn mit dem Posten des Direktors von »Studiofilm« betraut. Ich faßte dort gerade Fuß, in einer Zeit der Säuberungen, die von schlimmen Versammlungen begleitet waren. In der Redaktion ging das Gerücht um, der Chef werde eher heute als morgen abgesetzt, und ironischerweise ritt die Zeitschrift »Oktober« die härtesten Attacken gegen ihn als angeblichen »liberalen Modernisten«. Kurz bevor er gelyncht wurde, zeigte es Lavdim Lavdoshaj noch einmal allen: er starb unter spektakulären Umständen. Ihn ereilte nämlich in einem Touristenhotel in Saranda, wo er weilte, um Filmaufnahmen persönlich zu überwachen, ein Herzinfarkt. Die Wahrheit über seinen Abgang kam bald ans Licht, er hatte beim Vollzug des Geschlechtsaktes mit einer Nebendarstellerin stattgefunden. Angeblich war der Skandal von der Aktrice selbst in einem Zustand seelischer Zerrüttung eingeräumt worden. Der Chef hatte seinen Geist genau bei Erreichung des Höhepunkts ausgehaucht und das arme Mädchen damit in einen Nervenzusammenbruch getrieben.

Meine Versetzung in die Redaktion von »Studiofilm« veranlaßte er zwei oder drei Monate vor seinem Tod. Ich weiß nicht, welche Richtung mein Schicksal genommen hätte, wäre die Angelegenheit nicht schon geregelt gewesen, bevor Lavdim Lavdoshaj seligen Angedenkens seinen Abschied von dieser Welt nahm. Dank einer gütigen Vorsehung hatte er sich mit der Sache beeilt. Er lebte also noch, als ich bei »Studiofilm« anfing, und es war in diesem Tempel der Kinematographie keinerlei Geheimnis, daß ich mich nur dank seines Beistands dort befand. Im Laufe der Zeit geriet diese unleugbare Tatsache allerdings in Vergessenheit. Und ebenfalls im Laufe der Zeit kam der Spitzname »Trapi« wieder auf. Schuld daran ist wahrscheinlich ein Studienkollege von mir, einer der Bauerngockel. Möglicherweise hat aber auch einer der Offiziere, die uns bei den obligatorischen Wehrübungen antrieben, meinen Familiennamen erneut verballhornt.

Bei meiner ersten Begegnung mit dem früheren Freund meines seligen Vaters ahnte ich von alledem noch nichts. Ich saß mit einem nicht empfehlenswerten Quantum Alkohol im Blut in seinem Büro und wartete auf das Unvermeidliche, also meinen schnellen Abgang. Unter dem bösen Einfluß des Alkohols, vor allem aber, weil er sich so aufplusterte, hätte ich ihm nach erfolgreich überstandener Versuchung, den Aschenbecher auf das offizielle Porträt an der Wand zu schleudern, immerhin fast erklärt, was ich von seinen Büchern hielt, die ich alle gelesen hatte: Keines davon taugte einen Pfifferling, bei den Gedichten handelte es sich um amateurhaft zusammengebastelte Konstrukte, und der Roman war überspannt und unglaubwürdig. Wenig später durfte ich mich glücklich schätzen, daß man einem Menschen nicht von der Stirn ablesen kann, was in seinem Kopf vorgeht. Während mein alkoholbeduseltes Gehirn dummes Zeug ausheckte, dachte der Chef schon an etwas ganz anderes.

Ich hatte den Eindruck, daß er mir eine Rückzugsmöglichkeit anbieten wollte, als er von den ehernen Grundsätzen der Pressearbeit zu reden anfing. Ich habe es nie geschafft, auch nur einen einzigen Tag bei der Presse zu arbeiten. Trotzdem ist mir seine Lektion in Erinnerung geblieben. Ich leitete daraus Verhaltensmuster ab, die mir halfen, Gefahren aus dem Weg zu gehen. Um was es ging, legte er mir mit verblüffender Deutlichkeit dar. Noch mehr Überzeugungskraft gewannen seine Worte dadurch, daß er, als er seinen Schnellhefter schließlich beiseite gelegt hatte, plötzlich freundlich wurde. Er wollte wissen, ob ich immer noch Verse schriebe, und, verwirrt durch den plötzlichen Wechsel in seinem Verhalten, mehr aber noch durch die Frage selbst, antwortete ich, nein. Damit bewies er, daß er über ein ungewöhnliches Gedächtnis verfügte, immerhin erinnerte er sich an ein Detail, das ich selbst fast schon vergessen hatte. Sogleich änderte ich innerlich mein hartes Urteil über seine Bücher. Nach meiner verneinenden Antwort auf seine Frage fing er an, mir kurzgefaßt seine Theorie der Gefahrvermeidung darzulegen, wobei er mich ständig anstarrte, als wolle er die Wirkung seiner Worte überprüfen.

Du magst ja einiges auf dem Kasten haben, mein Junge, meinte er, wobei er sich vom Tisch erhob, aber, glaube mir, wenn du nicht weißt, wie man Gefahren aus dem Weg geht, ist es schnell mit dir vorbei. Als alter Freund deines seligen Vaters fühle ich mich gehalten, Klartext mit dir zu reden. Was ich sage, bleibt natürlich unter uns. Die Presse, mußt du wissen, ist ein einziges Minenfeld. Die Minen können überall verborgen sein, auch dort, wo du zuletzt damit gerechnet hättest, kann sein, in einem einzigen Buchstaben. Vielleicht glaubst du mir nicht, aber es ist schon passiert, daß jemand wegen eines einzigen Buchstabens in die Bredouille geraten ist. Der, den es erwischt hat, war ein Freund von mir, damals, als ich mit deinem Vater Raki trank. Es ging um eine lächerliche Unaufmerksamkeit mit fatalen Folgen. Er vergaß in dem Wort »Schweiß« das W, und am nächsten Morgen stand über dem Leitartikel seiner Zeitung in großen Lettern: »Der Fortschritt der Sowjetunion gründet auf dem Scheiß der Arbeiterklasse!« Wie will man da jemand klarmachen, daß es sich bloß um einen Lapsus handelt und nicht um absichtliche Sabotage. Als Sabotageakt hat man solche Fehler damals nämlich normalerweise betrachtet. Wenn man dann nur seinen Arbeitsplatz verlor, durfte man sich glücklich schätzen, denn es konnte auch viel schlimmer kommen. Das also ist das klassische Beispiel, wie man über einen einzigen Buchstaben stolpern kann, und so etwas kann sich ständig wiederholen. Vor allem, wenn man bedenkt, daß die Drucktechnik bei uns sich nicht sehr von den Zeiten Gutenbergs unterscheidet. Einem Journalisten oder Redakteur unserer Presseorgane drohen heute zahllose Fallen, das können die banalsten Dinge sein, aber auch komplizierte ideologische Fehler. Kurz, bei unserem Handwerk haben wir es mit lauter Teufelszeug zu tun. Nach jeder neuen Nummer unserer Zeitschrift sitze ich den ganzen Vormittag über mit einem klammen Gefühl in der Brust in meinem Büro und warte auf einen Anruf von oben. Du weißt ja, wenn man von oben angerufen wird, sieht es schlecht aus...

Ich verließ sein Büro mit dem gleichen Gefühl, mit dem ich es betreten hatte, nämlich daß meine Chancen, eine Anstellung zu finden, gegen null tendierten. Nach Abschluß seiner Einführung in die Gefahrentheorie erinnerte er mich noch einmal daran, daß der »Oktober« eine elitäre Zeitschrift war, in der nicht Krethi und Plethi veröffentlichen konnte, seine Redakteure galten als Koryphäen auf ihrem Gebiet, hatten Bücher veröffentlicht, und außerdem beherrschten sie Fremdsprachen. Ein Anonymus konnte neben ihnen kaum bestehen. Diese letzte Bemerkung traf mich sehr. Ich bezog den Hinweis auf mich und war beleidigt. Mit einem Bündel Zeitschriften unter dem Arm, die ich nicht hatte ablehnen können, trat ich auf den Flur. Er hatte darauf bestanden, daß ich sie gründlich studierte. Danach könne ich wiederkommen, wann ich wolle. Wenn ich zwischenzeitlich beschlösse, etwas zu verfassen, solle ich nicht zögern, es ihm zu bringen, damit er es sich anschaue, es werde ihm ein Vergnügen sein, mir zu helfen. Mir wollte jedoch nicht aus dem Kopf, wie er mich desavouiert hatte. Nein, auf keinen Fall würde ich in dieses Büro zurückkehren, wo man mich für einen Anonymus hielt. Auf dem Heimweg versuchte ich, mich der Zeitschriften zu entledigen, fand aber keinen Abfalleimer, so daß ich sie notgedrungen mit nach Hause nehmen mußte. Obwohl ich fest überzeugt war, daß sie noch nicht einmal fürs WC taugten.

Diese Meinung teilte im wesentlichen auch meine Cousine Sofika. Mutter hingegen wurde wütend, als ich ihr gegenüber äußerte, diese Zeitschriften taugten noch nicht einmal fürs WC. Sie merkte, daß ich getrunken hatte, und war der Meinung, daß ich mich schämen mußte, in einem solchen Zustand einen alten Freund meines Vaters aufgesucht zu haben. Hier mischte sich Sofika ein. Sie interpretierte meine Worte im wörtlichsten aller Sinne. Die Zeitschriften seien tatsächlich nicht für den Gebrauch auf der Toilette geeignet, da die Qualität des einheimisch hergestellten Papiers doch sehr zu wünschen übriglasse. Es sei viel zu rauh. Außerdem spräche die Tatsache, daß Druckfarben einem so empfindlichen Körperteil betrüblichen Schaden zufügen könnten, gegen eine entsprechende Anwendung.

Sofi, wie ich sie kurz rief, wurde allgemein für die klügste Vertreterin des weiblichen Teils unserer Sippe gehalten, und zwar nicht zu Unrecht, immerhin studierte sie Mathematik. Sie war kein besonders hübsches Mädchen, aber auch nicht gerade häßlich, und ich wußte (und äußerte diese Überzeugung auch ihr gegenüber), daß früher oder später jemand, der genauso klug und feinsinnig wie sie war, Qualitäten bei ihr entdecken würde, die bisher noch hinter ihrer schläfrigen äußeren Erscheinung verborgen lagen. Nur eines sah ich nicht voraus: daß dieser jemand ausgerechnet mein Jugendfreund, der Doktor N. T., sein würde.

Sie war nach meiner Versetzung aufs Dorf bei uns eingezogen. Ihre Familie lebte in Korça, und auf Bitten meiner Mutter verließ Sofi das Studentenheim, um ihr Gesellschaft zu leisten. Immer, wenn ich nach Tirana kam, ging ich mit Sofi auf dem großen Boulevard spazieren. Am liebsten schlenderte sie zwischen der Fakultät für Ingenieurwissenschaften und dem Skanderbeg-Platz hin und her. Gelegentlich aßen wir im »Taiwan« zu Mittag. Seltener, wenn ich gerade mein Gehalt bekommen hatte, führte ich sie ins Kulturpalast-Restaurant aus. Meine Meinung über die Zeitschrift »Oktober« kam ins Wanken, als Sofi mich einlud, sie als Kavalier zu einem Studentenfest zu begleiten, zwei Wochen, ehe die Winterferien zu Ende gingen und ich nach B. zurückmußte.

Das Fest fand in einem Raum der naturwissenschaftlichen Fakultät statt und war vom dritten Jahrgang Mathematik zusammen mit dem dritten Jahrgang Biochemie organisiert worden. Zum dritten Jahrgang Mathematik gehörten fünfunddreißig Jungen und sechs Mädchen. Zum dritten Jahrgang Biochemie gehörten sieben Jungen und vierzig Mädchen. Es waren also, wie Sofi es scharfsinnig formulierte, zwei sexuell komplementäre Jahrgänge. Sie saß lange vor dem Spiegel,

Mutter machte ihr danach das Kompliment, sie sehe heute besonders hübsch aus, und ich stimmte zu. An diesem Abend stellte sie mich einem guten Dutzend Mädchen vor. Keine hinterließ bei mir irgendwelchen Eindruck, und ich tanzte mit keiner. Sofi ihrerseits hatte nicht viel Zeit, um sich mit mir zu beschäftigen. Es ging an diesem Abend recht stürmisch zu, und meine Anwesenheit fiel Sofi erst wieder ein, als sie nach Hause wollte. Ich dagegen hatte Lust, noch etwas zu bleiben. Gerade hatte ich zum ersten Mal getanzt, nicht mit einer von Sofis Freundinnen, sondern mit einem anderen Mädchen, das grüne Augen hatte. Leider versäumte ich es, sie nach ihrem Namen zu fragen. Aber Sofi kannte sie bestimmt, wenn ich mir auch sagte, daß meine Neugier nicht besonders viel Sinn hatte. In ein paar Tagen würde ich mich wieder an meinem Arbeitsplatz einzufinden haben, und da galt es, seine ganze Wachsamkeit darauf zu verwenden, keine Läuse abzubekommen. Im Vergleich dazu war der Name des Mädchens unwichtig.

Am folgenden Tag spielten mir meine Nerven einen Streich. Dauernd sah ich das Gesicht des Mädchens vor mir. Und schlimmer noch, mich quälte ein Minderwertigkeitsgefühl. Ich hatte etwa fünfzehn Minuten lang mit ihr getanzt, das Orchester spielte ein paar Tangos hintereinander, und betört von ihrem Duft wünschte ich mir einen Augenblick lang, die Musik werde nie aufhören. Doch das Orchester meinte es nicht gut mit mir. Es beschloß, Pause zu machen. Das Mädchen lächelte mich an und sagte »Vielen Dank«. Mir wollte nicht in den Kopf, weshalb sie sich bedankte. Das Minderwertigkeitsgefühl befiel mich, kaum daß sie mich allein gelassen hatte. Eine innere Stimme spottete: Was erhoffst du dir, das war doch jetzt schon zuviel. Die Stimme peinigte mich auch noch zwei Tage später, als ich den Zug nach M. bestieg. In meinem Rucksack befand sich außer meinen Sachen auch das Zeitschriftenbündel. Auf der Zugfahrt von Tirana nach M. las ich konzentriert alle Artikel der letzten Nummer. Vage ahnte ich, daß meine plötzliche Meinungsänderung, was den Wert einer Zeitschrift anbelangte, von der ich noch vor kurzem gemeint hatte, sie tauge noch nicht einmal für den Gebrauch auf dem WC, mit dem unbekannten Mädchen zu tun hatte. Ich hatte mich offensichtlich verliebt. Es war lächerlich, aber wahr. Ein *coup de foudre*. Am Abend in meinem Zimmer oben auf dem Hügel war das Gesicht des Mädchens wie weggewischt. Übrig waren nur ihre grünen Augen.

In jener Nacht hatte ich nach vielen Jahren zum ersten Mal wieder das Bedürfnis, ein Gedicht zu verfassen, setzte mich auch hin, brachte aber außer der Überschrift: »Grüne Augen« nichts zustande. Es war ein echtes Déjà-vu-Erlebnis. Ich fühlte mich wie damals, als ein Mädchen namens Teuta meine Leidenschaft geweckt hatte und ich bestrebt gewesen war, in der Zeitschrift »Stimme der Jugend« Gedichte zu veröffentlichen, um bei ihr Eindruck zu machen. Nun wollte ich mich in der Zeitschrift »Oktober« gedruckt sehen. Was veröffentlicht wurde, war egal, Hauptsache, mein Name stand darunter. Damit ich kein Anonymus mehr war. Damit ich mein Minderwertigkeitsgefühl in den Griff bekam. Für Grüne Augen interessant wurde. Lavdim Lavdoshaj hatte mir eine Brücke gebaut. Auf ihr wollte ich angreifen, um sie zu erobern.

In diesem Zustand gesteigerter Gemütsbewegung begann ich mich zu verändern. Das erste Anzeichen dafür war, daß ich es beinahe als Glück empfand, mich in B. aufhalten zu dürfen, in einer Welt, die für Grüne Augen völlig fremd war, die sie sich noch nicht einmal vorstellen konnte. Das verlieh mir eine gewisse Überlegenheit. Meine magischen Stunden begannen abends, wenn ich mich an dem Tisch mit der Petroleumlampe niederlassen konnte. Der kleine Kanonenofen glühte, doch das Zimmer wurde bei den eisigen Temperaturen, die nun, Anfang März, herrschten, nicht warm. Es hatte keinen Dachboden, über mir befand sich das mit Steinplatten gedeckte Dach, unter mir ein blanker Lehmboden, und die Wände waren zu dünn, um die Kälte draußenzuhalten. Wenn das Feuer heruntergebrannt war, fingen meine Zähne zu klappern an. Am vernünftigsten wäre es gewesen, ich hätte mich ins Bett gelegt und gut zugedeckt, dies war die einzige Möglichkeit, der beißenden Kälte zu entgehen. Statt dessen schlug ich den Kragen meiner Jacke hoch, hauchte mir in die Hände und las in meinen Zeitschriften, zwischen deren Spalten ich immer wieder grüne Augen entdeckte, die mich anschauten. Die Kälte verhinderte, daß ich am Tisch einschlief. Ich beklagte geradezu, nicht am Tisch einzuschlafen, während meine matten Augen beim blassen Licht der Lampe über die Zeilen wanderten, hätte dies doch beigetragen zur Veredelung der Rolle, in die zu schlüpfen ich mich entschlossen hatte.

Nach einer Woche hatte ich alle Zeitschriften mehrmals gelesen. Ich konnte mich an die Namen einer ganzen Reihe von Mitarbeitern erinnern und an sämtliche Namen, die unter Beiträgen im Literaturteil standen. Für mich selbst schloß ich rasch die Möglichkeit aus, mit Poesie zu reüssieren. In einer durchwachten Nacht hatte ich nicht mehr als den Titel eines Gedichts zustandegebracht. Was sich also anbot, war eine Erzählung. Ich hatte mich bereits in Prosa versucht, allerdings ohne den Drang, das Ergebnis zu veröffentlichen. Jetzt hatte ich zu veröffentlichen, unbedingt. Aber keiner meiner Texte taugte dafür. Ich hatte sie zu Hause gelassen, weggeschlossen in der Schublade, einschließlich des Tagebuchs, das ich im letzten Jahr geführt hatte. Erzählungen wie »Der Sexhungrige« oder Elaborate wie mein »Versuch über die Laus« hatten keine Zukunft. Ich träumte nicht davon, Dantes »Göttliche Komödie« zu übersetzen. Aber irgend etwas mußte ich machen. Etwas Akzeptables von der Art der Erzählungen, wie sie im »Oktober« veröffentlicht wurden. Etwas, das Lavdim Lavdoshaj nicht erschreckte. Etwas, das ihn am Tag der Veröffentlichung nicht angstvoll auf einen Anruf von oben warten ließ.

Ich dachte gründlich nach und gelangte zu einer wichtigen Erkenntnis. Die mir bekannten und unbekannten Autoren, die in »Oktober« Erzählungen veröffentlichten, beherrschten alle perfekt die Technik des Mittelmaßes. Sie waren Meister des Mittelmaßes. Diese Entdeckung erleichterte manches. Des Chefs Theorie der Gefahrenvermeidung im Hinterkopf, erkannte ich das Mittelmaß als Obergrenze dessen, was keine Anrufe von oben provozierte. Keine Anrufe von oben zu provozieren war das Maß aller Dinge. Ich mußte stets das beschreiten, was man gemeinhin den »goldenen Mittelweg« nennt, wobei es bei mir egal war, ob etwas golden oder kupfern war, Hauptsache, es erregte keinen Anstoß, weder bei Lavdim Lavdoshaj noch bei jemand, der über ihm stand.

Die Idee zu meinem ersten Beitrag für die Zeitschrift »Oktober«, der allerdings nie zur Veröffentlichung kam, entstand im Klub, während ich wartete, bis meine Stunden anfingen. Ich muß zum besseren Verständnis hier einfügen, daß die Unterrichtsphase der Grundschule in B. von März bis Dezember dauerte. Bei diesem Tempel der Gelehrsamkeit handelte es sich um einen einzigen Raum in einem kleinen Gebäude oben auf dem Hügel, das aus Steinen errichtet worden war, die von der vor zwei Jahren bei einem Erdbeben eingestürzten alten Schule übriggeblieben waren. Mein Kollege Sabri begann um acht mit dem Unterricht im Zweiklassen-System, das hieß, mit der ersten und der dritten Klasse. Danach kam ich mit der zweiten und der vierten Klasse an die Reihe.

Es war ein trüber Nachmittag, mit einem Himmel, der nach

Schnee aussah, gerade gut genug, um seine mörderische Trübsal in Alkohol zu ertränken. Dann begann es tatsächlich zu schneien. Große, dichte Flocken taumelten auf die Erde herunter. Am Tisch im Klubteil des Ladens, wo ich saß, nahm der Krankenpfleger Platz. Ich glaube, er war es, der von dem Ereignis berichtete, das meiner Erzählung zugrunde liegt. An diesem Tag trank er mehr als gewöhnlich, ich ebenfalls, und zwar so viel, daß ich schließlich Sabri bitten mußte, auch noch meine Stunden zu übernehmen. Es wäre in meinem Zustand unschicklich gewesen, vor die Kinder zu treten.

Die Geschichte, die ich wahrscheinlich schon damals nicht glaubte, hörte sich ziemlich schwachsinnig an: Ein Holzfäller macht sich an einem Winterabend auf den Heimweg, der ihn mitten durch den Wald führt. Der einsame Wanderer stapft durch den Schnee, und plötzlich hört er Wolfsgeheul, das immer näher kommt. Der Arme zittert vor Angst. Jeden Augenblick muß er damit rechnen, von den Wölfen angefallen zu werden. Er rettet sich auf einen Baum. Die Meute der Bestien trifft ein, als er gerade auf einem dicken Ast Platz genommen hat. Schrecklich leuchten die Wolfsaugen in der Finsternis, die mittlerweile eingetreten ist. Je lauter die wilden Tiere heulen, desto größer wird das Entsetzen des Holzhackers. Aber richtig zu Berge stehen ihm die Haare erst, als er merkt, daß ein Stück weiter auf seinem Ast ein dicker Bär sitzt. Vor lauter Angst krümmt er sich zusammen und drückt dabei seinen Werkzeugkasten, in dem sich auch eine Säge befindet, fest an sich. Die Meute macht es sich unter der Eiche gemütlich. Der Mann weiß, daß die hungrigen Wölfe geduldig auf ihre Beute warten werden. Er wirft seinen Werkzeugkasten hinunter, nachdem er zuvor die Säge herausgenommen hat. Das aufgeregte Rudel heult laut, und währenddessen beginnt der Mann vorsichtig und möglichst leise den Ast zwischen sich und dem Bären durchzusägen. Es dauert nicht lange, und der Ast bricht unter dem Gewicht des Bären. Das Tier stürzt brummend hinab in den Schnee. Der Bär nützt die Verwirrung der Meute und bricht durchs Unterholz davon, die Wölfe auf den Fersen. Der Mann bleibt auf seinem Ast sitzen, bis das Getöse der Bestien in der Ferne verklingt. Dann steigt er herab und geht schnell nach Hause...

Unter den Einheimischen am Tisch entbrannte eine wilde Debatte. Einige meinten, der Holzfäller habe sich angesichts der doppelten Gefahr richtig verhalten. Der Rest war anderer Ansicht. Er hielt den Holzfäller für niederträchtig und gemein, schließlich habe der Bär das gleiche Recht gehabt, auf dem Ast der Eiche Schutz vor den Wölfen zu suchen, denen ihn der Mensch, seiner Natur entsprechend, heimtückisch zum Fraß vorgeworfen habe. Ich sagte bereits, daß ich die Geschichte nicht wirklich glaubte. Die Einheimischen erzählten ständig solches Zeug, das war ihr Beitrag zur mündlichen Folklore. Ich überließ sie ihrer feurigen Debatte, die durch den Rakigenuß weiter angeheizt wurde. Sie sprachen einem milden Raki aus weißen Trauben zu, den sie selbst in den Klub mitgebracht hatten. Der Verkäufer erlaubte es ihnen, weil er auf diese Weise die eine oder andere Dose Ölsardinen an den Mann brachte. Also befanden sich in den Bauernmägen außer dem Raki auch noch Sardinenreste in Olivenöl. In meinem Magen hingegen befand sich nur Kognak, vermischt mit drei türkischen Mok‚ kas, die ich zu mir genommen hatte, bevor mir die Lust auf die folkloristischen Erörterungen vergangen und ich aus dem La‚ den geflohen war. Draußen schneite es immer noch. Dichte Flocken sanken herab. Ich schaute hinüber zum Ufer des Wildbachs, der im Dämmerlicht kaum zu erkennen war, und mußte an Faika denken. Ich wäre bereit gewesen, mich ohne Rücksicht auf alle Wolfsrudel durch Wald und Schnee zu kämpfen, um zu Faika zu kommen. Aber Faika war schon lange nicht mehr da. So ging ich in mein Zimmer zurück und legte mich ins Bett. Ich träumte. Nicht von Faika. Sondern von grünen Augen.

Noch am selben Abend begann ich die Erzählung »Zwischen Wolf und Bär« niederzuschreiben. Den ganzen Nachmittag hatte ich in einem vom Alkohol beeinträchtigten Schlaf darniedergelegen, und als ich mit schwerem Kopf erwachte, spürte ich jenseits des Lichtkreises der Lampe die Gegenwart von grünen Augen. Sie hielten mich gefangen, irgend etwas verlangten sie von mir in der frostigen Finsternis, und es erschien mir vernünftig, vermittels eines Märchens mit ihnen zu kommunizieren. Eines Märchens, das ich im Laden-Klub vom Krankenpfleger oder sonst von einem der Männer gehört hatte. Tatsächlich hatte ich bereits im Traum mit der Aufzeichnung begonnen, allerdings ohne zu einem Abschluß zu kommen, wie meistens in Träumen. Ich erinnerte mich, daß der Faden riß, als der Holzhacker auf den Baum stieg, den Bären entdeckte, und Grüne Augen schrie... Was im Traum begonnen hatte, setzte ich nun fort. Als ich mitten in der Nacht mit Schreiben fertig war, ging ich hinaus und wanderte in diesem gottverlassenen Winkel des Universums unter einem klaren Sternenhimmel über den gefrorenen Schnee, beherrscht von dem beglückenden Vorgefühl, Grüne Augen bald wiederzusehen. Es war ja genug, das Märchen bei der Redaktion einzureichen, um eines der so selten wie seltsam zustande kommenden Wunder dieser Welt zu bewirken. Mehr oder weniger erreichte ich mein Ziel. Allerdings waren die grünen Augen noch weit weg. Trotzdem, das Märchen brachte mich an eine neue Station meines Lebens.

Sie war Studentin an der Kunsthochschule und befand sich im letzten Jahr ihrer Schauspielausbildung. Ich möchte sie hier

Delina nennen. Das ist der Name der Filmfigur, die sie später im Film »Der Nebel« verkörperte, in dessen Drehbuch Motive meiner ersten in der Zeitschrift »Oktober« veröffentlichten Erzählung verarbeitet sind. Neben der Schauspielerei schrieb sie gerne Gedichte. Delina schmeichelte man mehr, wenn man ihre Gedichte lobte, als wenn man ihre Darstellkunst rühmte.

Es war so. Ich klopfte an die Bürotür von Lavdim Lavdoshaj und getraute mich erst, sie zu öffnen, als von drinnen ein »Herein!« erklang. Anders als bei unserer ersten Begegnung schien der Chef diesmal in Form zu sein. Ich brachte dies auf zwanglose Weise mit der Anwesenheit eines Mädchens in Verbindung, dessen Augen nicht grün waren. Ehrlich gesagt, ich kam damals überhaupt nicht dazu, ihre genaue Augenfarbe zu bestimmen. Meine ganze Aufmerksamkeit konzentrierte sich auf den Chef, der sich unerwartet freundlich erhob, mich umarmte und aufforderte, auf dem Sessel neben dem Mädchen Platz zu nehmen. Mein Blick wanderte über seine Schulter hinweg zu dem großen Porträt an der Wand. Und einen Augenblick lang sah ich den Chef vor mir, kreidebleich, den Telefonhörer in der Hand, im Gespräch mit einer amtlichen Person am anderen Ende der Leitung. Aber das Gesicht des Chefs war keineswegs bleich. Er lächelte sogar. Ein wenig boshaft, wie mir schien. Dann reichte er mir ein paar getippte Blätter mit Gedichten und wollte meine Meinung wissen. Daß sie von dem Mädchen stammten, sagte er mir erst, als ich sie nach oberflächlicher Lektüre für brillant und druckenswert erklärt hatte. Das meinte ich ehrlich. Oder sagen wir, ich meinte es fast ehrlich. Trotz meiner Nervosität spürte ich nämlich, daß sich der Chef ein Spielchen erlaubte. Ich ließ mich darauf ein. Man mußte nicht besonders schlau sein, um zu merken, daß die Gedichte von dem Mädchen stammten.

Später erklärte mir Delina, sie wäre mir, hätten wir uns

nicht im Büro des Chefs befunden, bestimmt um den Hals gefallen, als ich ihre Gedichte lobte. Sie fiel mir nicht um den Hals, sondern stand auf und verabschiedete sich. Ich blieb allein mit dem Chef zurück. Während ich in seinem Büro saß, tippte eine Stenotypistin, die er durch Druck auf einen Knopf an seinem Schreibtisch herbeigerufen hatte, meine Erzählung in zweifacher Ausfertigung ab, insgesamt vier Schreibmaschinenseiten. Der Chef war gnädig genug, sie unverzüglich zu lesen. Ebenso unverzüglich äußerte er sein Bedauern, sie leider nicht veröffentlichen zu können. Die Geschichte weise stilistische Mängel auf. Vor allem entbehre sie der letzten Klarheit. Der Leser werde Mühe haben, die Botschaft zu begreifen. Er müsse sich fragen, wen oder was, für sich genommen, der Holzfäller, der Bär und die Wölfe repräsentierten. Und wenn sich diese Frage stellt, meinte der Chef, dann wird es kompliziert. Er bemühte sich indessen aufrichtig, dafür zu sorgen, daß ich zufrieden sein Büro verließ, obwohl er die Erzählung abgeschmettert hatte. Ich tat so, als sei ich zufrieden, und das war reichlich paradox. Ich hatte nicht wirklich damit gerechnet, daß die Erzählung angenommen werden würde. Ohne Grüne Augen hätte ich mich überhaupt keiner Illusion hingegeben. Als ich mit den letzten Nummern der Zeitschrift, die mir der Chef aufgedrängt hatte, unter dem Arm die Treppe hinunterging, schwor ich mir, nie wieder dieses Büro zu betreten, wo ich ständig aufs neue mit meiner Minderwertigkeit konfrontiert wurde, und die Zeitschriften wollte ich in den nächsten Papierkorb werfen. Etwas stimmte mich um. Nicht grüne Augen. Delina hatte keine grünen Augen. Sie hatte ganz gewöhnliche kastanienbraune Augen, so wie die meisten Leute hier bei uns.

Sie lehnte an dem Staketenzaun neben dem Eingang und beteuerte, extra auf mich gewartet zu haben. Ich bin aus Onkels Büro weggegangen, ohne mich bei dir zu bedanken, aber weißt du, setzte sie hinzu, als kennten wir uns schon eine halbe Ewigkeit, ich war ein bißchen verwirrt. Ich hoffe, der Onkel veröffentlicht die Gedichte am kommenden Sonntag, und wenn, dann ist es teilweise dein Verdienst.

Ich erlitt einen Schwindelanfall, einerseits wegen ihres Anfalls von Dankbarkeit, andererseits wegen des Wortes »Onkel«, das sie mit geradezu sexueller Intimität aussprach. Als sei das Wort ein Penis, den sie mit dem Mund zu bearbeiten habe. Bei diesem Gedanken errötete ich. Ich stellte mir die beiden nackt in seinem Büro unter dem Bildnis der amtlichen Person vor, der Chef mit dem Telefonhörer in der Hand, sie mit seinem Schwanz im Mund. Und wurde noch röter. Ein Strudel entstand in meinem Kopf, in dem das Wort »Onkel« zusammen mit dem, was der Holzhacker, der Bär und die Wölfe jeweils für sich darstellten, herumwirbelte.

Wir trafen uns eine Woche später. Es war Sonntag, und ich ging schon früh aus dem Haus, um mir den wöchentlichen »Oktober« zu besorgen. Sie hatte mir versprochen, wenn ihr Gedichtzyklus in dieser Nummer veröffentlicht werde, wolle sie um zehn Uhr vor dem Hotel »Dajti« auf mich warten. Wenn er nicht veröffentlicht werde, gebe es keinen Grund für sie, mich zu treffen. Das Abkommen gelte aber auf jeden Fall weiter, ich dürfe es nicht vergessen, sie würde es für bedauerlich halten, wenn ich es vergäße. An dem Sonntag, an dem der Gedichtzyklus veröffentlicht werde, egal wann, dürfe ich mich zu einem Kaffee eingeladen fühlen, Uhrzeit und Ort des Treffens blieben bestehen.

Der Zyklus erschien bereits am ersten Sonntag. Als ich kam, log sie mir vor, sie sei ganz zufällig vor dem »Dajti«, schließlich habe sie nicht damit rechnen können, daß ich extra wegen ein paar Versen nach Tirana käme. Ich log ebenfalls und behauptete, ich käme jeden Sonntag nach Tirana, und genau wie sie sei ich ebenfalls ganz zufällig am Hotel Dajti vorbeigekommen, an irgendwelche Verse hätte ich überhaupt nicht mehr gedacht. Diese gegenseitige Heuchelei ermöglichte es uns, für den Sonntag darauf ein weiteres Treffen am gleichen Ort zur gleichen Stunde zu verabreden, diesmal ohne einen besonderen Grund. Was sie dazu veranlaßt hatte, eröffnete sie mir, als wir uns zum ersten Mal liebten. Ich sei so rot geworden, als ich die Treppe vom Chef herunterkam und sie am Staketenzaun wartete. Ich habe noch nie erlebt, daß ein Junge wegen mir so rot geworden ist, meinte sie, das war sehr aufregend, und ich bekam gleich Lust, mit dir zu schlafen, wenn auch vielleicht bloß aus experimentellen Gründen, weil ich wissen wollte, wie sich ein schüchterner Junge im Bett anstellt.

Fortan trafen wir uns jeden Sonntagvormittag von zehn bis elf in der Wohnung von Doktor N. T. zu einem Schäferstündchen. Mein Jugendfreund genoß bereits damals, obwohl noch Junggeselle und keineswegs berühmt, das Privileg einer eigenen Wohnung Nähe Stadtmitte, ein Zimmer mit Küche und Kammer. Ich ging schon eine halbe Stunde vor der Zeit hin, manchmal traf ich den Doktor noch an, doch meistens war er bereits ausgegangen, seinen sonntäglichen Morgenkaffee pflegte er im Hotel »Tirana« einzunehmen, für alle Fälle besaß ich eine Kopie seines Wohnungsschlüssels. Delina traf nach mir ein, und zwar stets pünktlich auf die Sekunde. Bevor wir ins Bett stiegen, pflegte sie zu verlangen, daß ich ihre jüngsten Verse las. Ich indessen war zu gar nichts fähig, schon gar nicht zur Beschäftigung mit Lyrik, ehe wir zusammen im Bett gewesen waren. Der nichtstoffliche Bestandteil unserer Rendezvous fand zwischen zwei Liebesakten statt. Ich las ihre neuesten Gedichte und sie meine wertlosen Erzählungen, wenn ich welche geschrieben hatte. Delina äußerte sich niemals abfällig.

Ihren Mangel an Begeisterung brachte sie indirekt zum Ausdruck, mit dieser Erzählung wirst du Onkel wohl kaum überzeugen können, meinte sie, und ich spürte meine Potenz dahinschwinden.

Unser erstes Verhältnis dauerte ein Jahr. Ich habe die Wochen nicht genau gezählt. Aber es waren viele Wochen eines sexuell verzierten Alptraums. Jeden Samstag, gelegentlich auch freitags, reiste ich mit einer Erzählung in der Tasche nach Tirana. Schon wenn ich den Stift in die Hand nahm, wußte ich, daß nichts Gescheites dabei herauskommen würde, höchstens ein steriles Gefasel, das nie und nimmer Telefonanrufe von oben verursachen konnte. Ein Geschreibsel, das Delina für kaum geeignet halten würde, den Onkel zu überzeugen. Schon früh verlor der Chef jede Hoffnung in mich und schlug eine Zusammenarbeit auf anderem Felde vor, nämlich auf dem Gebiet der literarischen Kritik. Oder, was bequemer sei, bei der Begutachtung literarischer Werke aus dem Ausland. Ich beherrschte das Französische in Sprache und Schrift, und er übergab mir einige Nummern der Zeitschrift »Les lettres Françaises«, mit dem Auftrag, Texte herauszufischen, die sich zur Aburteilung in seinem Organ eigneten. In der Zeitschrift »Oktober« wurden nämlich regelmäßig Werke der dekadenten Literatur kritisiert. Das kam gerade in Mode, und bekannte Namen widmeten sich gerne dieser Aufgabe, so daß sich eine Mitwirkung für mich äußerst vorteilhaft ausgewirkt hätte, ich wäre wahrgenommen worden. Leider war der Schwachsinn, den er diesbezüglich zuließ, das einzige, was Delina dem Onkel nie verzeihen konnte. Einmal, als wir zufällig zusammen bei ihm im Büro waren, was selten geschah, weil sie unbedingt vermeiden wollte, daß der Chef Verdacht schöpfte, fing sie sogar Streit mit ihm an. Irgend jemand war im »Oktober« über Samuel Becketts »Warten auf Godot« hergefallen. Delina hatte

Beckett gelesen. Ein Vetter, der im diplomatischen Dienst tätig war, versorgte sie mit Büchern, und gelegentlich gab sie eines davon, wenn es in Französisch war, an mich weiter, stets unter der Auflage, strengste Vertraulichkeit zu wahren. Ich hatte damals von Beckett keine Ahnung, sondern war mir nur darüber im klaren, daß eine Figur wie ich hervorragend ins absurde Theater gepaßt hätte. Nach der erwähnten Szene, die, was ich zugeben muß, meine Zweifel an der platonischen Natur ihrer Beziehung vertiefte (es ging, expliziter gesagt, um den Tribut, den Delina für den Zauber der Poesie zu entrichten hatte), verzichtete ich auf den Versuch, mich an der Kritik der dekadenten Literatur zu beteiligen, weil mich Delina sonst der Kategorie der Scharlatane zugeordnet hätte. Also blieben mir nur meine impotenten Erzählungen. Eine der Sammelmappen aus der Schublade meines fruchtlosen Strebens enthält all diese lendenlahmen Produkte, die nie zur Veröffentlichung kamen. Entweder sprach Delina das Verdikt über die Elaborate oder, wenn sie gelegentlich etwas für geeignet zur Vorlage beim Chef hielt, dieser selbst. Im gleichen Aktendeckel befanden sich zunächst auch noch einige andere Schriften, die später eine eigene Mappe erhielten. Diese trägt ebenfalls die Überschrift »Delina«, allerdings mit dem Untertitel »Literatur als Frau«.

Zu diesen Erzählungen sah ich mich nach der ersten Liebesbegegnung mit Delina verlockt. Schon beim ersten Mal wollte sie nicht, daß ich ein Präservativ benutzte. Sie gab an, die Antibabypille zu benutzen. Im Hemd lag sie auf dem Sofa und las meine Erzählung. Ich dachte daran, daß sich nun mein Sperma in ihrem Körper befand. Soni hatte mich fast nie ohne Präservativ gelassen, Faika gar nicht. Nur gelegentlich, wenn wir es im Meer taten, gab mir Soni grünes Licht. Ich weiß nicht mehr, bei welcher von beiden ich einmal den berühmten Spruch anbrachte, Liebe mit Kondom sei etwa das gleiche wie mit einer Gasmaske an einer Rose zu schnuppern. Ich war neugierig und hätte Delina gerne gefragt, ob ihr Wagemut, was die Liebe ohne Präservativ anbelangte, mit diesem Gasmaskeneffekt zu tun hatte, unterließ es dann aber lieber. Sie gab mir die Blätter der Erzählung mit der Bemerkung zurück, ich hätte eine schöne Handschrift, sauber und gut lesbar. Dann erwähnte sie noch den Onkel, und im dunklen Raum meines Gehirns blitzte das Wort »impotent« auf.

Delina konnte davon natürlich nichts wissen. Ich jedenfalls meinte, sie hätte keine Angst vor der Wirksamkeit meines Spermas. Wahrscheinlich hielt sie mein Sperma für genauso steril wie mein Gehirn, dessen Erzeugnisse nicht geeignet waren, Telefonanrufe von oben zu provozieren, und auch sonst den Onkel nicht überzeugen konnten. Ich litt an einem Impotenz-Komplex. Wir hatten uns gerade geliebt. Es war mir nicht gelungen, sie zu einem richtigen Orgasmus zu bringen. Dieser war schrecklich kurz gewesen. Ich hatte alles gegeben, mich völlig verausgabt, und als ich mich von ihr löste, quälte mich die Angst, ich sei womöglich auf ewig unfähig, eine Frau körperlich zu befriedigen.

Ich kniete neben dem Sofa nieder, auf dem sie nur im Hemd, mit entblößten Brüsten, lag, und begann ihre Füße zu küssen. Delina kicherte und lachte, sie nahm es für einen Spaß. Mein Anliegen war ernsthafter Natur. Ich fuhr fort, sie zu küssen, jeden Quadratzentimeter ihres Körpers, von den Füßen ausgehend, bis schließlich ihre Nervenenden auf meine Lippen zu reagieren begannen, die Botschaft ans Gehirn weiterleiteten, und sie zu lachen aufhörte. Ihr einer Arm sank herab, ihr Körper erschlaffte. Als ich mich ihrem Schoß näherte, spürte ich ihre Hände in meinem Haar. Je stärker der Druck ihrer Hände wurde, desto dunkler wurde es um mich, und ich erlebte eine Halluzination. Die Literatur ist eine Frau, schoß es mir durch den Kopf. Genaugenommen hatte ich die Literatur schon immer für eine Frau gehalten, die mir zu unterschiedlichen Zeiten in unterschiedlicher Gestalt entgegentrat, und ich war ihr immer nachgelaufen, hatte versucht, ihr Genüge zu tun, so wie ich versuchte, Delina Genüge zu tun, stets in der Angst, es nicht zu schaffen, mich vorzeitig zu ergießen und danach völlig leer zu sein, mit dem ständigen Gefühl, einen aussichtslosen Krieg zu führen, den ich nie gewinnen konnte.

In jener Zeit schrieb ich blödes Zeug, das ich, anders als die Erzählung »Zwischen Wolf und Bär«, Delina nicht zu lesen gab. Dazu hatte ich mich nach dem ersten Text des als Zyklus angelegten Werks entschlossen, einem kurzen Essay mit der langen Überschrift »Der Orgasmus oder die Schrecken der sexuellen Verausgabung«. Hätte ich ihn Delina zum Lesen gegeben, wäre sie sofort dahintergekommen, daß sich alles um sie drehte, und damit hätte ich mich wahrscheinlich selbst um den Zauber unserer Schäferstündchen gebracht.

Als sie Jahre später die Hauptrolle in dem Film »Der Nebel« übernahm, hatten wir noch eine weitere Affäre, die für uns beide zur totalen Enttäuschung wurde, was wir einander auch unumwunden eingestanden. Delina befand sich in Tirana, einige der Szenen des Films wurden in der Hauptstadt gedreht. Sie hatte ein Zimmer im Hotel Drin, und diesmal wies sie mich an, die angemessenen Vorsichtsmaßnahmen zu treffen, also ein Kondom zu benutzen, was nur logisch war. Sie war inzwischen verheiratet und hätte selbst dann, wenn Antibabypillen bei uns erhältlich gewesen wären, keinerlei Risiko eingehen dürfen. Aber mit dem Kondom hatte meine Enttäuschung nichts zu tun. Und auch ihre Enttäuschung war wohl nicht auf den Gasmaskeneffekt zurückzuführen. Es funktionierte ganz einfach nicht mehr zwischen uns, wie Delina es ausdrückte. Es war einfach bloß eine verrückte Idee, meinte sie, und ich stimmte ihr zu. Nach der Geburt ihres ersten Kindes stand Delina in der Blüte ihrer Weiblichkeit, ihr Körper war voller geworden, was sie im leichten Sommerkleid besonders begehrenswert machte. Trotzdem funktionierte es einfach nicht. Nach den Gründen dafür bei Delina habe ich mich nicht erkundigt. Was mich anbelangt, so wußte ich es in dem Augenblick, als ich mich von ihr löste und nicht wußte, was ich mit dem gebrauchten Präservativ anstellen sollte. Delina kam mir zu Hilfe. Wirf es ins Klo, sagte sie. Ich tat, wie mir geheißen war, ging ins Klo, warf das Kondom in die Kloschüssel, betätigte die Wasserspülung, sah zu, wie das Wasser es in die Finsternis der Abwässerkanäle fortriß, und als ich kurz in den Spiegel schaute, sah ich mein jämmerliches Gesicht und meinen nackten Leib. Ich ging ins Zimmer zurück und fing schnell an, mich anzuziehen. Delina ebenfalls. Sie hatte ihren Schlüpfer bereits an und war dabei, ihren Büstenhalter zuzuhaken, und ich fürchtete heimlich, sie würde mich bitten, ihr dabei zu helfen. Glücklicherweise tat sie es nicht, sondern sagte nur, es war verrückt, es noch einmal zu versuchen. Ich fuhr schweigend fort, mich anzuziehen, und erst, als ich fertig war, sagte ich, ja, du hast recht, es war verrückt, es noch einmal zu versuchen. Ich wollte ihr auch noch den Grund bei mir sagen, ließ es dann aber sein. Es wäre verletzend für Delina gewesen, hätte ich ihr gestanden, daß ihre physische Anziehungskraft auf mich verlorengegangen war. Damals hatte ich sie als halb himmlisches, halb irdisches Geschöpf verehrt, als eine Mischung aus Frau und Literatur, nie war ich ihr gerecht geworden, und auch sie hatte nie mein Verlangen gestillt, wie ein Sexkranker und psychisch Gestörter war ich ihr nachgejagt, um hinter das irdische und himmlische Geheimnis zu kommen.

Unsere erste Affäre dauerte bis zum September. Die Wochen in B. flogen vorbei, erfüllt von leidenschaftlichem Verlangen und der Unmöglichkeit, es zu befriedigen. Verzweifelt versuchte ich, das Hindernis Delina und das Hindernis Onkel aus dem Weg zu räumen, schrieb sterile Geschichten, immer in der Hoffnung, meinen Namen einmal im Inhaltsverzeichnis der Zeitschrift »Oktober« vorzufinden. Der Teil der Erzählungen, den ich Delina nie zeigte, war mit dem Eifer eines Malerlehrlings geschrieben, der den Körper seines Modells korrekt auf die Leinwand zu bringen versucht, Stück für Stück: Augen, Lippen, Brüste, Brustwarzen, Nabel, Schenkel, Schoß, Mund, Hände, Haare, Nacken, Hals, das Tal zwischen den Brüsten. Dann ihr Stöhnen, ihre Bisse, die Art, wie sie mich mit der Zungenspitze fast wahnsinnig machte, wie sie an mir saugte, bis ich völlig erschöpft war, und wenn ich von ihr wegging, nahm ich dies alles mit und versuchte es, nach B. zurückgekehrt, sofort zu Papier zu bringen, als fürchtete ich, in Amnesie zu verfallen, und wenn ich es zu Papier gebracht hatte, gleichsam als Beweis für die Existenz des halb himmlischen, halb irdischen Wesens, fuhr ich fort, in einem anderen Gewässer nach sterilen Geschöpfen zu fischen.

Lavdim Lavdoshaj geruhte in der letzten Septembernummer eine meiner Erzählungen zu drucken. Sie hieß »Ein Fall aus der Praxis«. Delina war nicht mehr in Tirana, sie hatte ein Engagement am Theater von Fieri bekommen. Also brachte ich die Erzählung ohne Vorprüfung zum Chef. Ich fürchtete, mit dem bei Tschechow entlehnten Titel seinen Unmut zu erregen. Inzwischen kannte ich alle ins Albanische übersetzten Erzählungen und Novellen von Tschechow. Der Chef merkte nichts. Aber jemand anderes: Grüne Augen. Das war am Tag nach meinem Debüt in der Zeitschrift »Oktober«, an einem Montag. Unsere Wege kreuzten sich in einem Zugwaggon, auf dem Weg in die Provinzstadt M.

14

Wir waren uns bereits einen Monat zuvor im fünfzehn-
stöckigen Hotel »Tirana« über den Weg gelaufen. Ich
hatte mein Gehalt bekommen und beschlossen, Sofi zum
Abendessen in das damals teuerste Restaurant der Stadt einzuladen. Während wir auf den Kellner warteten, ließ ich meine
Blicke durch den Saal schweifen und bemerkte sie an einem
Tisch in der Ecke. Sie befand sich in Begleitung eines jungen
Mannes, und ich beabsichtigte, mich tags darauf um zehn Uhr
in der Wohnung von Doktor N. T. mit Delina zu treffen, wie
üblich. Inzwischen hatte ich mir mehr oder weniger erfolgreich
eingeredet, sie existiere gar nicht. Das glaubte ich auch noch,
als sie aufstand, zu unserem Tisch kam, Sofi begrüßte und
dann in Begleitung des jungen Mannes verschwand, als habe
es sie nie gegeben.

Fraglos hatte die Vorsehung ihre Hand im Spiel. Wie sonst
ließe sich erklären, daß wir uns ausgerechnet am Tag nach der
Veröffentlichung meiner ersten Erzählung im hintersten Wagen des Zuges begegneten. Sie war gleichfalls nach M. unterwegs. Ihr Name war, wie sie mir mitteilte, Margareta, doch alle
riefen sie Marga, und diese Reise unternahm sie seit einem Monat jeden Montag. Ich wiederum war, wie ich ihr im Gegenzug anvertraute, schon seit zwei Jahren montags auf dieser
Strecke unterwegs.

Wir hatten beide den Zug erst auf den letzten Drücker erreicht und standen deshalb eingequetscht im engen Korridor
des überfüllten letzten Wagens. Ich versuchte vergeblich, dem
Druck der Körper, die mich gegen sie schoben, Widerstand

entgegenzusetzen. Das erste Stück unserer Fahrt, von Tirana nach Durrës, legten wir gezwungenermaßen dicht nebeneinander zurück, und wenn die Fahrgäste bei den Zwischenhalten in Wellen hinaus- und hereindrängten, gerieten unsere Körper in Kontakt. Das war wohl der Grund, daß sie mich sofort wiedererkannte. Ob ich nicht der Vetter von Sofi sei, fragte sie mich, dieser Superstudentin, die in diesem Jahr als einzige Abgängerin von der Fakultät das Privileg erhalten hätte, in Tirana bleiben zu dürfen, und zwar als wissenschaftliche Assistentin am Lehrstuhl für Mathematik. Auch ich erlaubte mir das Bekenntnis, ihr Gesicht zu kennen, schließlich habe sie mir bei einem Unifest die Gunst gewährt, mit ihr tanzen zu dürfen. So geschwollen drückte ich mich aus, und sie konnte ein leichtes Erröten nicht verbergen. Ich nutzte die Gelegenheit, mich in ihre grünen Augen zu versenken. Deine Augen haben mich ein paar schlaflose Nächte gekostet, wollte ich zu ihr sagen, doch dann überlegte ich mir, daß weder Ort noch Zeitpunkt dafür geeignet waren. Wir hatten Mühe, in der Enge des Ganges dem Druck fremder, größtenteils bäuerlicher Leiber standzuhalten, umgeben von einem Mief, der darauf schließen ließ, daß sich die meisten schon seit längerer Zeit nicht mehr gewaschen hatten. Das ging, wie gesagt, bis Durrës so. Dort leerten sich die Waggons weitgehend, um zehn Minuten später erneut einen Ansturm von Fahrgästen über sich ergehen lassen zu müssen. Wir hatten die Zeit genutzt, um uns auf den beiden Fensterplätzen eines Abteils niederzulassen. Man konnte das Meer sehen. Bereits vor Durrës hatte ich die Information aus ihr herausgeholt, daß sie als Lehrerin in ein Dorf eine halbe Busstunde hinter M. geschickt worden war, unten in der Flußniederung. Das hieß auf jeden Fall schon einmal, daß wir uns noch zwei weitere Stunden gegenübersitzen würden.

Ich war aufgewühlt, überwältigt von einem Glücksgefühl, das so heftig war, daß es mir fast Angst einjagte. Den ganzen Sonntag über war ich mit der neuesten Nummer der Zeitschrift »Oktober« in der Tasche durch Tirana gelaufen. Irgendwie war ich fest davon überzeugt, jedermann in der Stadt habe sie gekauft und als erstes meine Erzählung gelesen, und während ich also herumlief und darauf hoffte, einem Bekannten zu begegnen, hatte ich das Gefühl, die Passanten beobachteten mich beim Vorübergehen aus den Augenwinkeln und flüsterten einander daraufhin zu: Schau, das ist der aufstrebende junge Autor, dessen wichtige Erzählung in der heutigen Nummer von »Oktober« erschienen ist. Danach hatte ich mit der Zeitschrift unter dem Kopfkissen geschlafen, und jetzt mußte ich ständig gegen die Versuchung ankämpfen, sie aus meiner Aktentasche zu holen, Marga zu zeigen und mich als Verfasser des mit einer niedlichen Illustration versehenen Textes zu erkennen zu geben.

Ich hatte nicht lange an meiner Ungeduld zu tragen. Das Leiden war schon vorbei, als der Zug sich in Bewegung setzte. Sie schaute aus dem Fenster, das Meer verschwand aus dem Blickfeld, sie wandte sich mir zu und sagte: Den Titel hast du dir aber bei Tschechow ausgeliehen. Ihre Worte klangen zögernd, es war, als habe sie die ganze Zeit nur aufs Meer hinausgeschaut, weil sie nicht genau wußte, ob sie die Sache erwähnen sollte oder nicht. Ich staunte. Langsam begann mir zu dämmern, daß das Tangopotpourri auf dem Fakultätsfest nicht nur mir Eindruck hinterlassen hatte.

In Parenthese: Marga hat Bücher eine Zeitlang geradezu verschlungen, aber das, was ich schrieb, hat ihr nie gefallen. Am meisten spottete sie über die Filme, die nach Drehbüchern von mir entstanden. An meinen literarischen Fähigkeiten ließ sie kein gutes Haar, und ich wußte sehr genau, daß sie recht hatte. Wenn sie lästerte, war ich verletzt, das stimmt, aber ich machte ihr nie beleidigte Szenen, sondern versuchte, ihre Witzeleien von der sportlichen Seite zu nehmen. Irgendwann fing ich an, meine Seitensprünge mit ein paar jungen Dingern für die sportlichste Art der Konfliktbewältigung zu halten, Stenotypistinnen oder karriereversessenen Statistinnen, die mich fälschlicherweise für eine wichtige Persönlichkeit hielten. Damit auch für sie etwas von dieser Wichtigkeit abfiel, erzählten sie in ihren Kreisen herum, was sie mit mir erlebt hatten. Nichts blieb geheim, mit der unvermeidlichen Folge, daß eine gekränkte Männer- oder Frauenseele anfing, Marga mit anonymen Briefen zu bombardieren. Daraufhin stellte sie ihre Seitenhiebe ein. Sie las nicht mehr, was ich geschrieben hatte, sie las überhaupt nicht mehr. Sie ging auf in den beiden Kindern, vor allem nach dem frühen Tod meiner Mutter. Ich denke, sie fühlte sich sehr einsam, während ich auf dem Höhepunkt meiner erbärmlichen Schürzenjägerkarriere gleichsam als Kompensation für die Sterilität meiner Machwerke eine Affäre nach der anderen hatte und mich dabei nach und nach an das Prädikat »Hundehaut« zu gewöhnen begann.

An dem erwähnten Tag im Eisenbahnwagen machte sie sich natürlich nicht über meine Erzählung lustig. Sie meinte nur, den Titel hätte ich mir bei Tschechow ausgeliehen. Das sagte sie ohne jeden Unterton, und zwar so laut, daß den übrigen Fahrgästen im Abteil ihre Worte kaum entgangen sein können, obwohl keiner von ihnen begriffen haben wird, daß es um meine in der Zeitschrift »Oktober« veröffentlichte Erzählung ging. Ein Mann hatte sein offenes Frühstückspaket auf den Knien und schmatzte. Eine Frau reichte ihrem Säugling, um ihn ruhigzustellen, die Brust, und das kleine Wesen begann gierig zu saugen. Ein anderer lehnte mit weit geöffnetem Mund in der Ecke und schlief, und der letzte starrte unentwegt

Marga an. Ich schaute sie ebenfalls an. Damals ahnte ich noch nicht, daß ich mir eines Tages das Prädikat »Hundehaut« einhandeln würde. Und vor allem hatte ich keine Ahnung, daß »Hundehaut« bereits in mir steckte.

Marga fand die Existenz dieser Kreatur relativ spät heraus. Mir ging es nicht anders. Ich lernte »Hundehaut« erst kennen, als es für ihn kein Zurück mehr gab und ich nichts mehr gegen ihn ausrichten konnte. Selbst jetzt bin ich mir keineswegs sicher, wer hier spricht, »Hundehaut« oder der andere, in den sich Marga auf platonische Art verliebt hatte, getroffen von einem *coup de foudre,* wie ich. Eines aber muß wohl wahr sein: Am Tag, als wir uns im Eisenbahnwaggon begegneten, hat Marga in mir den anderen entdeckt, jenen, mit dem sie fünfzehn Minuten lang Tango getanzt hatte, jenes sublime Wesen, das ich in mehreren aufeinanderfolgenden Nächten aus mir herauszukitzeln versuchte, das beim trüben Licht der Lampe sehnend danach strebte, sich auf das Niveau von Grüne Augen zu erheben, ihrer würdig zu werden, wobei es schließlich doch nur zum Titel eines Gedichts gelangt hatte, das nie zu Papier gebracht wurde. Das tut mir aufrichtig leid. Ich habe das Gedicht nie zustande gebracht. Und ich kann mir nicht erklären, wieso alle Frauen, die ihre Spuren in meinem Leben hinterlassen haben, sich vom platonischen Teil meines Wesens angezogen fühlten, der sich selbst zu edler Gesinnung erheben wollte und Vertrauen weckte, das nicht zu enttäuschen ich mich durchaus bemühte. In alle Frauen, mit denen ich eine Liaison hatte, war ich verliebt. Jede von ihnen hätte meine Frau werden können. Marga wurde es. Sie, die ich am meisten liebte, hatte durch mich am meisten zu erleiden.

Ich betete, als wir uns am Bahnhof trennten, zur Vorsehung. Du dort oben im Himmel, die du über uns Sterbliche hier unten wachst, flehte ich, bewirke, daß ich sie wiedersehe. Sie ging eben weg. Ich schaute ihr nach, bis sie in der Menge verschwunden war. Ich hatte kein allzu großes Vertrauen, daß mein Gebet auch erhört werden würde, zumal ich es nicht von einem Gotteshaus aus abgeschickt hatte, doch bei uns gab es nun einmal weder Kirchen noch Moscheen oder sonst eine entsprechende Einrichtung. Unter diesen Umständen war es sehr unwahrscheinlich, daß mein Gebet seinen Adressaten erreichen würde, aber einen Versuch war es wert. Am folgenden Montag stieg ich in den hintersten Zugwaggon ein und bezog Position am Fenster im Gang, dort, wo wir uns eine Woche zuvor getroffen hatten. Marga hatte die gleiche Idee. Wenn wir uns überhaupt wiedersehen, dachte sie, dann dort, im letzten Waggon, wie beim ersten Mal.

Wie beim ersten Mal legten wir den Streckenabschnitt bis Durrës gezwungenermaßen dicht beieinander zurück und wurden durch ein- und aussteigende Menschen aneinandergepreßt. Später, im Abteil auf dem Weg nach M., gab es wieder jemand, der mit seinem Frühstückspaket auf den Knien schmatzend aß, eine Frau, die ihrem Säugling die Brust reichte, der gierig zu saugen begann, einen, der schnarchend in einer Ecke schlief, und jemand, der fortwährend Marga anstarrte. Das war jedesmal die stupide Kulisse unserer Montage in einem schneckengleich dahinkriechenden Zug. Man hätte verrückt werden können von dieser stupiden Kulisse und dem schneckengleichen Dahinkriechen des Zuges. Was danach kam, war die Trennung. Sie ging weg, verlor sich in der Menge, bestieg einen Bus, der sie in irgendein Dorf in der Flußniederung brachte. Ich kehrte nach B. zurück, wo ich die Tage bis zur samstäglichen Rückkehr nach Tirana totschlug, auf die der Montag im Zug folgte. Bis es mit dieser monotonen Routine ein Ende hatte.

Das war der Tag, an dem sie meinte, wir ähnelten Tschechows provinziellen Helden. Die Uhr sei für uns stehengeblieben, wir gehörten einer verflossenen Epoche an. Eingeklemmt standen wir in einer Ecke des Waggons und konnten kaum atmen. Du irrst dich, wollte ich erwidern, wir gehören ins absurde Theater, wollte ich sagen, unterließ es dann aber. Der Satz war nicht auf meinem Mist gewachsen, ich hatte ihn von Delina, und mein Stolz verbot mir, mit einem geklauten Gedanken anzugeben. In diesem Moment ruckte der Zug an, und sie wurde noch enger an mich gepreßt. Es erschien mir unter diesen Umständen nicht verwerflich, ihre Hand zu ergreifen, und sie schien nichts dagegen zu haben. Im Gegenteil, sie lehnte sogar den Kopf an meine Schulter. Der Zug quälte sich im Schneckentempo voran. Es war mir recht, der Zug durfte kriechen, so langsam er nur wollte. Und was für eine Rolle spielte es, ob wir den provinziellen Helden Tschechows oder Figuren des absurden Theaters ähnelten? Letzteres kannten wir sowieso nicht, sieht man einmal davon ab, daß wir in der Zeitschrift »Oktober« kritische Ergüsse namhafter Vertreter der einheimischen Literaturszene zu diesem Thema gelesen hatten.

Wir vereinbarten, das Wochenende in der Stadt M. zu verbringen. Ich mußte mir für meine Mutter keine Lüge ausdenken, es reichte, wenn ich am Samstagnachmittag vom Postamt der Stadt aus kurz anrief. Marga ihrerseits hielt sich lange in der Telefonzelle auf, fast eine Viertelstunde. Als sie herauskam, waren ihre Wangen gerötet, und sie sah ziemlich verlegen aus. Ich fragte nicht, welchen Vorwand sie ihren Eltern genannt hatte. Wir nahmen uns ein Zimmer im einzigen Hotel der Stadt, wozu ich einen Hotelangestellten schmieren mußte. Ich hatte wie üblich meinen Personalausweis vergessen, und es war nicht einfach, den Mann am Empfang zu überzeugen, obwohl ich ihm nichts über mein Leben verschwieg. Er verzichtete schließlich darauf, Vor- und Nachnamen, Beschäftigungsverhältnis und die Wohnadresse in Tirana samt Telefonnummer zu überprüfen, weil ich seine Entscheidungsfindung mit ein wenig Schmiergeld beschleunigte.

Nun, Anfang November, waren die Nächte bereits ziemlich kalt. Als die Bewohner von M. auf der einzigen richtigen Straße der Stadt ihren üblichen Abendspaziergang antraten, schlug Marga vor, wir sollten uns unter die Leute mischen, und ich stimmte zu. Es war gewissermaßen die öffentliche Bekanntgabe unserer noch frischen Liaison, und wenn sie Wert darauf legte, so hatte ich keinen Grund, dagegen zu sein. Das Abendessen nahmen wir im Hotelrestaurant ein. Wir tranken Wein. Marga war etwas beschwipst. Ich sowieso. Beim Spaziergang in der Dämmerung entdeckte ich eine Frau, die von weitem wie Faika aussah, und möglicherweise war sie es auch wirklich. Als sich die Frau in der Menge verloren hatte, stellte ich bei mir ein dringendes Bedürfnis nach mehr Alkohol fest. Marga erklärte mir ihr Motiv am nächsten Morgen. Es war aus Angst, meinte sie.

Eigentlich hatte ich keine Anzeichen von Angst bei ihr feststellen können. Immerhin war es ihr Wunsch gewesen, an der städtischen Abendpromenade teilzunehmen, bei der die Bürger, die sich untereinander alle kannten, jedes neue Gesicht registrierten. Wenig später waren dann die kompletten Biographien im Umlauf. Etwas war immerhin zu spüren, als sie, nachdem wir im Zimmer angekommen und die Tür abgeschlossen hatten, verlegen dastand. Ich nahm ihr Gesicht in meine Hände, und sie schaute mich an wie ein ängstliches Kind. Es ist das erste Mal, sagte sie. Ihre Unsicherheit war ansteckend. Ich zog sie an mich und küßte sie auf die Lippen, die Wangen, die Augenlider. Gehen wir ins Bett, murmelte ich, dort ist es wärmer. Sie fing an, ihre Kleider abzulegen, und ich ebenfalls. Im Hemd stieg sie ins Bett und zog sich die Decke bis über den Kopf. Ich schlüpfte neben sie. Mit dem Rücken zu mir, lag sie zusammengerollt da. Ich legte den Arm um sie. Schweigend warteten wir, bis uns warm geworden war. Schließlich wandte sie sich mir zu, doch sie wagte nicht, die Augen zu öffnen. Ich begriff, daß sie etwas Schlimmes erwartete. Doch es passierte nichts Schlimmes. Ich zog ihr behutsam das Hemd und den Schlüpfer aus. Als sie sich bewegte, um mir zu helfen, streifte ihr Schenkel mein Geschlecht. Dann bat sie mich, das Hemd, das ich ihr eben ausgezogen hatte, unter sie zu legen. Daran hatte ich nicht gedacht. Ich tat, was sie wollte. Nun schien sie bereit und umarmte mich fest. Als ich in sie eindrang, rechnete ich mit einem leisen Schrei, doch sie drückte mich nur noch fester und biß in meine Schulter. Dann gab es kein Zurück mehr. Sie war noch erregter als ich.

Als wir heirateten, war sie im vierten Monat schwanger. Beiläufig möchte ich anmerken, daß es keine besonders fröhliche Hochzeit war. Margas Vater, ein hoher Funktionär im Finanzministerium, hatte offenbar andere Pläne mit seiner Tochter gehabt und konnte dem kleinen Dorfschullehrer nicht verzeihen, daß er ihm einen Strich durch die Rechnung machte. Es gab eine Menge Unerfreuliches, aber dieses Kapitel ist abgeschlossen, und ich möchte nicht mehr daran rühren.

Für ziemlich lange Zeit verzichtete ich darauf, dummes Zeug für die Schublade zu produzieren. Nicht nur, daß mein Geschreibsel nichts einbrachte, es war sogar gefährlich. Und Dinge, die nichts einbrachten und sogar gefährlich waren, konnte ich mir nicht mehr leisten. Nützlich war allenfalls ein ganzes Buch, das es Lavdim Lavdoshaj erleichterte, mich bei der Zeitschrift »Oktober« unterzubringen, so daß ich in die Lage versetzt wurde, meinen Verpflichtungen als Familienoberhaupt angemessen nachzukommen.

Ein Jahr später war es soweit. Bei dem Buch handelte es sich um einen Band mit zehn Erzählungen, von denen zwei bereits in Lavdim Lavdoshajs Zeitschrift und eine dritte in der Zeitung »Stimme der Jugend« erschienen waren. Dank der Gutmütigkeit eines mit Lavdim Lavdoshaj befreundeten Verlagslektors und zweier positiver Gutachten aus dessen Freundeskreis ging das Buch in Rekordzeit in Druck und erschien bereits vier Monate nach Ablieferung des Manuskripts. Es trug den Titel »Sorgen«. Marga freute sich mit mir, konnte sich aber trotzdem die Bemerkung nicht verkneifen, daß das Buch eigentlich »Sorgen, die niemand interessieren« hätte heißen müssen. Ich verstand genau, was sie damit meinte, riß mich aber zusammen und lachte. Außerdem veranstalteten wir eine kleine Familienfeier. Ich sprach tüchtig dem Alkohol zu. Damals hat mein Sohn Tomi seinen Vater zum ersten Mal volltrunken erlebt.

Etwa den gleichen Grad der Trunkenheit erreichte ich ein Jahr später, doch diesmal nicht zu Hause in der Wohnung. Es war an meinem letzten Tag auf dem Dorf. Zur Feier meines Abschieds, der mit dem Abschluß des Winterhalbjahrs zusammenfiel, lud ich alle, die sich zwischen zwölf Uhr mittags und drei Uhr am Nachmittag im Klub aufhielten, zum Kognak ein. Viele waren nicht gekommen. Es war kalt und regnerisch an diesem Tag. Die Bewohner des nächstgelegenen Dorfteils, die gelegentlich zu uns auf den Hügel kamen, hatten keine Lust, den warmen Herd zu verlassen. Wer weiter weg wohnte, war nicht so verrückt, bei diesem Wetter den Bach zu überqueren. Außerdem war der Abschluß des Winterhalbjahrs an der Dorfschule sowenig ein Ereignis wie mein Abschied. Um zwölf Uhr befand sich, mich nicht eingerechnet, nur die Stammkundschaft im Laden, alles in allem vier Personen: der Sekretär des Dorfrates, ein Hilfsveterinär, mein Kollege Sabri und der Krankenpfleger.

Zuerst verließ der Dorfsekretär die Runde, als der Landregen in ein Schneetreiben überzugehen begann. Sorgen müsse ich mir keine machen, tröstete er mich, der Schnee werde nicht liegenbleiben, die Straßen würden allen Vorhersagen nach erst in einer Woche unpassierbar, es sei durchaus damit zu rechnen, daß morgen noch ein Fahrzeug an der Forststation vorbeikäme, mit dem ich hinunterfahren könne. Kurz darauf folgten Sabri und der Hilfsveterinär seinem Beispiel. Ihnen war der Kognak in den Kopf gestiegen. Sie versprachen, sich am nächsten Morgen auf dem Hügel einfinden zu wollen, um mit mir einen Abschiedskognak zu trinken, ich dürfe mich keinesfalls vorher auf den Weg machen, wolle ich nicht für einen treulosen Gesellen gehalten werden. Ich versprach, kein treuloser Geselle zu sein, und blieb alleine mit dem Krankenpfleger zurück.

Ich kann mich an seinen Namen nicht erinnern. In der Erzählung mit dem ausgeliehenen Titel »Ein Fall aus der Praxis« habe ich ihn Vehap genannt. Es hätte jeder x-beliebige Name sein können, bloß Vehap paßte überhaupt nicht. Ich nannte ihn in einem Anfall von Übermut so, ich hielt den Namen damals für gut. In einem lobhudlerischen Artikel in der Zeitschrift »Oktober« äußerte ein Literaturkritiker die Meinung, der betreffende Charakter werde in schlagender Weise als Träger einer kleinbürgerlichen, dem revolutionären Schwung der Zeit diametral entgegenstehenden Mentalität gegeißelt. Ich weiß nicht, ob der Krankenpfleger die Geschichte gelesen hat. Ich hoffe, er hat weder die Erzählung noch das Buch »Sorgen«, noch den lobhudlerischen Artikel im »Oktober« zu Gesicht bekommen. Auch wäre es mir recht, wenn er sich den Spielfilm »Der Nebel« nicht angeschaut hätte. Im Mittelpunkt des Films steht Delina, eine brave Dorfschullehrerin. Faika lieferte mir das Vorbild für die Figur. Um voreiligen Schlüssen vorzubeugen, verlegte ich die Handlung in ein Dorf unten im Tal. Dort gab es einen Hilfsarzt namens Vehap, der wie Delina aus der Stadt stammte. Ich hatte ihn mit verschiedenen Merkmalen des Krankenpflegers ausgestattet. Dieser Vehap verliebt sich, wie kann es anders sein, in Delina und umwirbt sie mit städtischer Grandezza. Er ist stets reinlich gekleidet, trägt Hemd und Krawatte. Delina indessen ist mit allen Sinnen dem Dorf zugewandt, der idyllischen Landschaft, den heiteren Bootsausflügen auf dem See sowie den ergiebigen Ernten aus den Obstplantagen, die im Frühjahr in reicher Blüte stehen, und schenkt dem Aufschneider keine Beachtung. Ihr Herz schlägt für einen anderen, den Traktoristen der Genossenschaft, einen Bauernsohn. Den Höhepunkt der Handlung stellt die Selbstentlarvung des kleinbürgerlichen Vehap dar: Eine Frau wird nach einem Schlangenbiß in seine Ambulanz verbracht. Natürlich hat es der großkotzige Widerling versäumt, ausreichend Antiserum vorrätig zu halten. Der Traktorist muß eingreifen, um das Leben der Frau zu retten. Er öffnet die Wunde mit seinem Taschenmesser, saugt sie aus, lädt die Kranke auf seinen Traktor und bringt sie mit heftig tuckerndem Motor ins städtische Krankenhaus. Delina dankt dem Helden seine Tat, indem sie ihm die Hand für ein schaffensreiches Leben reicht.

Die Episode mit dem Schlangenbiß hat sich wirklich so abgespielt. Ich war zufällig anwesend, als man die arme Frau in die Krankenstation bei der Schule brachte und der arme Vehap kein Antiserum hatte. Alles andere, sieht man einmal von seiner glücklosen Liebe zu Faika ab, ist frei erfunden. Trotz meiner ungeschickten Versuche, Ähnlichkeiten mit dem wirklichen Leben zu vermeiden, hatte ich jedesmal, wenn ich dem Krankenpfleger über den Weg lief, ein schlechtes Gewissen. Es schien in ihm zu brodeln. Jeden Augenblick mußte ich mit einer Ohrfeige rechnen.

Vor einer Ohrfeige fürchtete ich mich auch noch an meinem letzten Tag in B., als ich mit dem Krankenpfleger alleine am

Tisch saß. Sein sonst eher blasses Gesicht war vom Alkohol gerötet. Das immer dichter werdende Schneetreiben draußen machte mir Sorgen. Außerdem fürchtete ich, mein Gegenüber werde am Ende doch noch seine Wut an mir ablassen. Doch er verhielt sich völlig unaggressiv, fragte, ob wir noch ein paar Gläser zusammen trinken sollten, und war bereit, eine Flasche Kognak zu kaufen, um die Abschiedsfeier in meinem Zimmer fortzusetzen, weil ihm die Atmosphäre im Klub nicht gefiel. Ich hatte stets das Gefühl gehabt, dieser Mensch könne mich nicht ausstehen. Sein Angebot, mir an meinem letzten Abend Gesellschaft zu leisten, rührte mich. Ich war bereits reichlich angetrunken. Und er nicht weniger.

Es passierte an diesem Abend nichts Besonderes mehr. Wir begaben uns in mein Zimmer, und es gelang mir, den Kanonenofen anzuheizen. Schweigend saßen wir da und tranken. Ich erinnere mich, daß er mir eine Art Kompliment machte. Leute wie du setzen sich durch, heutzutage... Ich fragte lieber nicht, was er damit genau meinte, sondern starrte durch das vergitterte Fenster hinaus in das immer dichter werdende Schneetreiben. Meine Angst kehrte wieder. Das Gitter vor dem Fenster gab mir das Gefühl, in der Falle zu sitzen. Der Krankenpfleger befreite mich davon. Er nahm plötzlich die leergetrunkene Flasche und schleuderte sie neben dem vergitterten Fenster an die Wand. Vergeblich suchte mein Blick nach einem Bilderrahmen mit dem amtlichen Porträt. Der Krankenpfleger hatte das Zerschmettern der Flasche nicht mit einem Fluch auf die mythologische Gottheit der Unterwelt begleitet. Dafür entschuldigte er sich sofort bei mir und stand auf. Ich muß wohl hierbleiben, bis ich krepiere, beklagte er sich, das ganze Leben in dieser Strafkolonie vergeudet. Aber dir ist es wahrscheinlich scheißegal, daß ich hier verrecke... Dann stand er auf und ging hinaus in den Schnee.

15

Ich wartete zwei volle Stunden, ohne daß der Boß zu erscheinen geruhte. Als ich das Warten unverdrossen fortsetzte, meinen Blick fest auf den Eingang des Fernsehsenders »Sirius« gerichtet, erschien er immer noch nicht. Genauso war es damals auch bei Lavdim Lavdoshaj gewesen. Wahrscheinlich ist er schon zurück, dachte ich, und ich habe ihn bloß nicht bemerkt. Ein Fünkchen Hoffnung glomm in mir auf, und ich verließ das Lokal. Doch draußen entschied ich mich anders. Ich begab mich nicht zu dem jungen Mann mit der Figur eines Bodyguards, um mich nach dem Boß zu erkundigen. In meinem Ohr waren Posaunenklänge. Es handelte sich um den Trauermarsch vom Vormittag. Ich schaute mich um, doch weder ein Trauerzug noch ein schwarzer Mercedes-Leichenwagen waren zu sehen. Überhaupt nichts war zu sehen. Also entfernte ich mich, immer noch die Posaunenklänge im Ohr. Ich wurde sie einfach nicht los, sie verfolgten mich auf Schritt und Tritt. Kein Wunder, sie kamen aus meinem Innern. Mein ganzes Gehirn hatte sich in eine Posaune verwandelt, mein Schädel dröhnte, und das hörte nicht auf, bis es am Abend dunkel wurde und die Straßenlichter angingen und ich mich nach Zwischenstops in allen Gaststätten, an denen ich vorüberkam, schließlich auf dem zentralen Platz der Hauptstadt vor dem ersten und einzigen christlichen König wiederfand, den die Albaner je gehabt haben. Ich spreche von Gjergj Kastrioti, genannt Skanderbeg. Er sitzt dort auf seinem Pferd.

Ich sank auf die Knie. Meine Beine wollten mich nicht mehr tragen. Das kam vom Trinken. Und weil ich Mitleid mit dem ersten und einzigen katholischen König der Albaner hatte, der in dieser feierlichen Pose, mit gezücktem Schwert, aussieht, als müsse er auf ewig eine Truppenparade abnehmen. Aber auf dem großen Platz gab es gar keine Truppen. Auf dem großen Platz fuhren Autos hin und her. Hunderte von Autos. Die Menschen steckten in den Bäuchen der Autos, und ich begann zu zittern, so einsam fühlte ich mich. Unwiderruflich verloren. Auf den Straßen war kein einziges menschliches Gesicht zu sehen. Die Autos hatten alle Menschen aufgefressen und glotzten mich nun aus ihren Scheinwerferaugen verächtlich an. Diese leuchteten im Finstern wie die Augen wilder Tiere. Was war, wenn ein paar von ihnen meine Anwesenheit auffiel? Dann brachen sie womöglich aus der Kolonne aus, sprangen auf den Gehsteig und fielen über mich her, um mich im Angesicht des Königs zu zerreißen, mit dessen Hilfe ich nicht rechnen konnte. Aber mein Fleisch war von schlechter Qualität, deshalb rasten die Wesen mit den Feueraugen weiter, um sich eine bessere Beute zu suchen. Ich wollte mich beim König erkundigen, was die bevorzugte Nahrung dieser Bestien sei, als in meiner leeren Schädelhöhle wieder die Posaunenklänge erdröhnten. Das war, als ich, den König im Rücken, auf der anderen Seite des Platzes auf den Knien lag, dort, wo sich einst ein gigantisches Standbild erhoben hatte, das von einer noch gigantischeren Menge geschleift worden war, und ein Glänzen wahrnahm, das mir den Atem stocken ließ.

Ich war dort gelegentlich schon in besserer Verfassung vorbeigekommen, das heißt, ohne einen vom Alkohol benebelten und von Posaunenklängen durchdröhnten Kopf, und hatte dabei feststellen können, daß sich am Ort des einstigen Standbilds mittlerweile ein Metallgerippe mit einem Gewirr aus Kabeln befand, an denen unzählige Lämpchen hingen, die alle zusammen eine große Lichtertanne bildeten, ähnlich den Bäumen, wie man sie zum Neujahrsfest auf den Plätzen aufzustellen pflegte. Wenn die Lämpchen brannten, dachte man eher an ein Lapidarium. Aber nun war nicht Neujahr. Und ich wußte nichts von einem Metallgerüst in Form einer Tanne aus Lämpchen, die, wenn sie brannten, an ein Lapidarium erinnerten. Es war eine schwüle Julinacht. Mich quälte die Trauerposaune, mich quälten die verächtlichen Wesen, die auf der Suche nach Nahrung durch die Dunkelheit jagten, und mein erster und einziger christlicher König wollte nichts von mir wissen. Just in diesem Augenblick erschien mir drüben Hades, die mythologische Gottheit der Unterwelt, in Person, weiß gekleidet, eingehüllt in wabernde Dämpfe. Die Posaune in meinem Gehirn schwieg. Der Platz leerte sich, der Raum erstarrte, und an mein Ohr drangen die Klänge eines Trauermarsches, diesmal gespielt von einer Kapelle. Doktor N. T. meinte, ich müsse mich nicht fürchten. Mein Trauerzug war vor dem Hotel Dajti am Boulevard der Helden der Nation angekommen, dort fand die Feier statt, mit der man mich offiziell an meine letzte Heimstatt verabschiedete. Sie haben sich versammelt, sagte N. T., wenn du willst, lauf hin und schau nach, wer da ist, damit du weißt, wer dich gemocht hat und wer nicht. Kann sein, daß gerade die da sind, die dich nicht ausstehen konnten, aber das spielt keine Rolle, du gehst einfach hinüber, und wenn diese Leute schließlich selbst an die Reihe kommen, zahlst du es ihnen heim, du weißt ja dann, welche Trauerfeier du besuchen mußt und welche nicht, alles beruht auf Gegenseitigkeit, in dieser Welt wie in der anderen.

Dummes Geschwätz, wollte ich sagen und ihm ins Gesicht schleudern, er sei ja überhaupt nicht der Doktor N. T., das wüßten wir beide ganz genau, und ich wolle überhaupt nicht wissen, wer er wirklich sei, Hauptsache, er schere sich davon und lasse mich in Frieden. Er scherte sich tatsächlich davon.

Ich fand mich auf den Knien vor dem Skanderbeg-Denkmal wieder. Die Gehwege waren voller Passanten. Ich stand auf und torkelte los, fest entschlossen, um jeden Preis die Straße zu überqueren, auf der ein Strom von Autos unterwegs war. Wenn mich eines davon überfuhr und mein Erdendasein beendete, um so besser. Das war eine Lösung. Sonst blieb mir nichts weiter übrig, als den Karton mit den Schachfiguren aus dem Schrank hervorzukramen und mich morgen, wenn die Sonne aufging, zur Schar der müßigen Männer des Viertels zu gesellen, die ihren Treffpunkt unter den Eukalyptusbäumen bei der Trinkhalle »Zum leeren Sockel« hatten.

Ich trat vom Trottoir auf die Straße. Im Strom der Autos gab es Stockungen. Ich vernahm Verwünschungen, ein wildes Gehupe, jemand bremste mit quietschenden Reifen direkt vor mir, und schon zum zweiten Mal an diesem Tag vernahm ich den wütenden Ruf »Trap!« Als ich glücklich auf der anderen Straßenseite angelangt war, begann ich darüber nachzudenken, wo ich den Karton mit den Schachfiguren gelassen hatte. Offenbar war ich dazu bestimmt, mich der Schar der Müßiggänger des Viertels anzuschließen.

Ich quälte mich die Treppe zur Wohnung hoch. Ich war gerade auf dem Treppenabsatz des ersten Obergeschosses angelangt, als ich in der taubstummen Finsternis, die mich umgab, mein Telefon läuten hörte. Ich hielt es zunächst für eine Sinnestäuschung. Der Apparat stand hinten im Wohnzimmer, das Klingeln konnte also unmöglich hier draußen zu hören sein. Ich schlurfte weiter. Vor der Wohnungstür im zweiten Stock verflogen die letzten Zweifel. Es war wirklich mein Telefon, das klingelte.

Ich erwartete keinen Anruf. Überhaupt rief mich außer den Kindern niemand an. Wenn sie es waren, wußte ich, was mich erwartete. Tomi würde versuchen, mich zu überzeugen, daß mein Platz bei ihm in Amerika sei, und von Irma würde ich nichts anderes zu hören bekommen. Ich wagte schon gar nicht mehr, mit den Kindern zu telefonieren, schließlich hatte ich keine stichhaltigen Argumente gegen ihren Vorschlag. Dieses leidige Thema belastete alle unsere Telefongespräche, und die Kinder waren, wenn sie auflegten, stets erbost. Ich bedauerte sehr, daß ich die Kinder erboste, aber es war mir unmöglich, mich ihrem Wunsch zu fügen.

Mit Mühe gelang es mir, den Schlüssel aus der Hosentasche zu holen. Mit noch größerer Mühe versenkte ich ihn im Schloß und drehte um. Mit letzter Mühe schleppte ich mich durch den finsteren Flur ins Wohnzimmer, wo ich das Licht anknipste. Das Klingeln des Telefons hörte plötzlich auf. Aber nur für ein paar Sekunden. Dann fing es von neuem zu klingeln an. Das schrille Geräusch bohrte sich in mein Gehirn, hätte ich den Hörer nicht abgenommen, wäre ich verrückt geworden. Also nahm ich lieber ab. Am anderen Ende der Leitung fragte jemand: »Lebst du noch?«

Ich gab keine Antwort. Mir fehlten die richtigen Worte. Ich befand mich in einem schwer zu beschreibenden Zustand. Vor allem Lori gegenüber fiel mir die Beschreibung dieses Zustands schwer. So stieß ich eine Art Knurren aus, um ihr zu zeigen, daß ich sie hörte, mehr aber noch, um die Verwirrung zu überspielen, in die mich die Sanftheit ihrer Stimme stürzte. Dann änderte ich meine Meinung. Ja, gewiß, ich bin noch am Leben, junges Fräulein, sprach ich. Aber du wirst nicht glauben, wo ich bin. Wahrscheinlich sagst du dir, wo wird er schon sein, bei sich zu Hause, in seinem Wohnzimmer, den Telefonhörer am Ohr, in dem er meine Stimme hört... Das ist nur zur Hälfte wahr. Wer bist du überhaupt, mein Fräulein? Siehst du, selbst in dieser Frage bin ich mir nicht sicher. Ich stecke in einem Strom, der mich weiter und immer weiter zurückzerrt, gegen die Zeit, die unwiderruflich verrinnt. Auf mir lasten bereits tausend Jahre. Oben auf diesen tausend Jahren bist du, und ich kann kaum darauf hoffen, daß ich durch ein Wunder freikomme und es, gegen den Strom anschwimmend, bis an den Ort hinaufschaffe, von dem aus du mich fragst, ob ich noch am Leben bin oder schon tot, obwohl dies überhaupt nicht wichtig ist, was macht das schon für einen Unterschied, ob man tot oder lebendig ist, ich gehöre jedenfalls in eine tote Zeit, und nur aus träger Gewohnheit spreche ich mit dir, weshalb ich auch nirgendwo anders sein kann als zu Hause in meinen vier Wänden, die haben Augen und Ohren, es sind Wände, die alles registrieren, deshalb muß ich mich um Ernsthaftigkeit bemühen.

Am anderen Ende der Leitung mußte Lori lachen. Sie wollte wissen, wieviel ich an diesem Tag bereits intus hatte. Ich antwortete wahrheitsgemäß, daß ich nicht wußte, wieviel ich an diesem Tag bereits intus hatte. Die Zahl der Gläser stünde in einem gewissen Zusammenhang zu dem Zettel, den sie mir zwei Wochen zuvor hinterlassen habe, als sie heimlich aus meiner Wohnung geschlichen sei, und mir käme es so vor, als seien seit damals schon tausend Jahre vergangen, und in dieser Zeit habe mich Chronos immer tiefer in seinen Abgrund hinabgezogen, so daß fast nichts mehr von mir übrig sei. Lori ließ mich diesen letzten Gedanken nicht zu Ende bringen. Sie bat mich, am folgenden Tag zu einem Treffen mit ihr in der Manhattan-Bar zu erscheinen. Es sei sehr wichtig, das dürfe ich ihr ruhig glauben. Sachen wie diese ließen sich allerdings am Telefon schlecht besprechen, das sei nicht korrekt, sie glaube, wenn sie am Telefon darüber spräche, würde ihr dabei übel. Also, du merkst, es ist wichtig, schloß sie. Morgen vormittag um zehn in der Manhattan-Bar.

Sie legte auf, und ich stand mit dem Hörer am Ohr da. Wie

sich herausstellen sollte, lag ich mit all meinen Vermutungen, was das am Telefon nicht behandelbare Thema anbelangte, weit neben der Wahrheit.

16

Was Lori mitzuteilen hatte, war eigentlich recht einfach. Sie wollte heiraten. Sie meinte, sie habe nur zwei Möglichkeiten, Sergej entweder zu heiraten oder ihn umzubringen. Er sei ihr lebenslanger Schatten, die einzige Möglichkeit, ihn loszuwerden, sei, ihn oder sich selber umzubringen. Da sie zu beidem nicht fähig sei, müsse sie ihn wohl heiraten. Die Hochzeit solle in St. Petersburg stattfinden, auf Wunsch von Sergejs Großmutter, die in Wirklichkeit gar nicht seine richtige Großmutter sei, sondern eine Cousine seiner Mutter, bei der seine Eltern seit ein paar Jahren lebten, eine alte Dame von aristokratischer Herkunft. Das schien Lori viel zu bedeuten, sie ist eine echte Aristokratin, meinte sie, ich habe eine Photographie von ihr gesehen, und sie kennt mich ebenfalls von einer Photographie. Sergej meint, ich würde ihr sehr gefallen, deshalb sei es ihr besonderer Wunsch, daß wir in Rußland heiraten, in St. Petersburg, wo die Großmutter einen berühmten Popen kennt.

Wir saßen an einem der Tische draußen. Sie trank Orangensaft, ich einen Kaffee. Er war lauwarm. Meine Schläfen pochten. Und ich war eifersüchtig. Es kostete mich eine Menge Überwindung, so zu tun, als ob ich ruhig wäre. Um meine Betroffenheit zu überspielen, lehnte ich mich auf meinem Stuhl zurück. Sie begann mich detailliert in ihre Hochzeitspläne einzuweihen, und ich dachte, da siehst du es, mein Freund, so bestraft dich die Vorsehung für deine sündigen Gedanken.

Aber das war noch nicht alles. Schon Loris Präsenz in meinem Leben allein bedeutete für mich die Höchststrafe, wenn man der These folgte, daß wir in Ermangelung eines jenseitigen Vergeltungssystems für unsere Sünden schon im Diesseits zu bezahlen haben. Ich blickte gerade zerstreut zu Hades' Villa auf der anderen Straßenseite hinüber, als Lori etwas sagte, das sehr mit dem Diesseits zu tun hatte. Du, erklärte sie, bist derjenige, der mir auf dieser Welt am nächsten steht. Meine Familie existiert nicht mehr, es gibt nur noch ein paar verstreute Reste, mit denen ich nie etwas zu tun hatte. Der einzige Mensch, der mich zum Altar führen kann, bist du. Bitte, du mußt mir diesen Wunsch erfüllen, auch wenn du nicht an Gott glaubst. Komm mit mir nach St. Petersburg, statt meiner Eltern. Sie werden sich geehrt fühlen, dort, wo sie jetzt sind.

Meine Augen wanderten zu ihrer Brust. Sie hatte ihre Eltern erwähnt, und so war es nur natürlich, daß ich nach dem Medaillon schaute, das unter einer leichten Sommerbluse zwischen ihren Brüsten hing. Mein Blick blieb eine Weile an der Goldkette im Ausschnitt hängen. Trotz eines sekundenlang aufflackernden Reizes regte sich nichts drunten in dem Winkel, in dem die Bestie schlief. Neben Lori saßen plötzlich zwei andere Frauen. Ich hatte bereits auf sie gewartet. Lisa und Dolores hatten das Medaillon verlassen, um mich zu überreden, Lori ihren Wunsch zu erfüllen, auch wenn ich in meinen Träumen mit ihr schlief und mich deshalb wie ein räudiger Hund fühlte. Ich wünsche dir alles Gute, mein Fräulein, rief ich mit gespielter Begeisterung, wofür ich meine sämtlichen schauspielerischen Fähigkeiten aufbieten mußte. Wenn Irma erfährt, daß ich mit dir nach St. Petersburg fahre, wird sie sich freuen.

Lori langte über den Tisch, nahm meine Hand in ihre beiden Hände und drückte sie, wobei sie die verwirrenden Worte hervorstieß: »Du bist ein Schatz!«

Auf diese Weise kam ich an eine äußerst seltsame Rolle in

einem kaum weniger seltsamen Abenteuer. Ich war noch nie im Ausland gewesen und besaß deshalb keinen Paß. Überdies hatte ich keine Ahnung, welche Verrichtungen nötig waren, um mir einen zu besorgen. Staunend erlebte ich, daß alles im Handumdrehen erledigt war. Das einzige, was ich beizusteuern hatte, war ein Paßphoto. Ich sah darauf aus wie ein Schwachsinniger. Ferner mußten noch Bescheinigungen vom Standesamt und sonst irgendwelche Urkunden beschafft werden, was man mir abnahm. Lori übergab alles Sergej, und innerhalb einer Woche lag mein Paß bereit, auch das Visum der russischen Botschaft war schnell beschafft, ein gewöhnliches Faltblatt mit den Insignien des einstigen Sowjetreichs, auf dem wie im Paß mein schwachsinniges Photo klebte. Das Visum war gültig für eine Einreise mit zehntägigem Aufenthalt. Wir wollten uns am letzten Freitag im Juli mit der SWISSAIR auf den Weg machen, in Zürich übernachten und am folgenden Tag nach St. Petersburg weiterreisen, wo am Sonntag die Feier stattfinden sollte. Im Gegensatz zu den anderen, die noch zwei Wochen in Rußland bleiben würden, war meine Rückreise bereits für den Montag vorgesehen, und zwar auf dem gleichen Weg, auf dem ich gekommen war, allerdings ohne Übernachtung in Zürich. Man besorgte mir ein Rückflugticket. Ich weiß nicht, was es kostete, da jemand für mich bezahlte, vermutlich Sergej, denn Lori war nicht reich genug, um die Kosten für meinen Flug, eine Übernachtung in Zürich und zwei Übernachtungen in St. Petersburg aufzubringen, dazu ein im voraus ausbezahltes Taschengeld von fünfzig Dollar pro Tag. Allerdings übte sie uneingeschränkte Macht über den athletisch gebauten russisch-albanischen Geschäftsmann aus.

Nach dem *check-in* auf dem Flughafen von Rinas fiel mir ein Detail auf: für mich gab es nur das russische Visum, weitere Sichtvermerke enthielt mein Paß nicht. Wir übernachteten in Zürich, also benötigte ich eigentlich ein Durchreisevisum. Ich maß dem ganzen keine besondere Bedeutung bei, weshalb sollte ich mir auch den Kopf zerbrechen, das junge Paar übernahm das Denken für mich. Aber am schwersten fiel es mir, mich in meine Rolle einzugewöhnen.

Warum das Schweizer Visum fehlte, erfuhr ich in Zürich. Lori erklärte mir, die Zeit habe nicht mehr gereicht, außer dem russischen auch noch ein Schweizer Visum zu beschaffen, weil man zwei Wochen darauf warten mußte. Also durfte ich bis um Start des Flugzeugs nach St. Petersburg um zwölf Uhr am nächsten Mittag den Flughafen nicht verlassen. Sergej versprach, mir ein Hotelzimmer im Flughafenbereich zu besorgen. Da erst begriff ich, daß die beiden vorhatten, sich von mir zu trennen und die Nacht in der Stadt zu verbringen. Das gefiel mir nicht besonders. Immerhin hätten sie mir bereits vor der Abreise Bescheid sagen können. Nun konnte ich nichts mehr unternehmen, schließlich wollte ich Lori die Freude nicht verderben. Aber wenigstens sollten sie erfahren, daß ich mit ihrer Art, mich vor vollendete Tatsachen zu stellen, nicht einverstanden war. Als ich eben den Mund öffnen wollte, sah ich mein Spiegelbild in einem Schaufenster. Mit meinen Bluejeans, einem orangefarbenen Blouson und weißen Turnschuhen, dazu einer Schultertasche und einer Baseballmütze mit dem Emblem der New York Yankees auf dem Kopf, glich ich einer bunt geschmückten Vogelscheuche. Also schwieg ich lieber und schluckte meinen Ärger hinunter. Ja, ich ließ mich sogar dazu hinreißen, das Gegenteil von dem zu behaupten, was ich empfand, und durch einen möglichst fröhlichen Gesichtsausdruck den Eindruck zu erwecken, daß sie mir geradezu einen Gefallen taten, indem sie mich allein ließen: ich war ja schrecklich müde und wollte mich lieber ausruhen, als auch noch durch die Gegend zu rennen...

Sergej bahnte uns den Weg durch eine Menschenmenge, in der sich Vertreter aller Rassen drängten. Um mir zu beweisen, wie gut er sich auf dem Flughafen auskannte, begann er mich in das Orientierungssystem mit seinen vielen Pfeilen und Zeichen einzuweisen. Zehn Minuten später erreichten wir – die beiden immer voraus und ich, beduselt vom Lichterglanz und der Pracht der Schaufenster, hinterdrein – eine lange Halle. Auf einem Fahrsteig gelangten wir ans andere Ende, und schließlich standen wir vor einer Tafel mit der Aufschrift *Dayroom*. Am Schalter beim Eingang saß eine uniformierte Dame hinter ihrem Computer. Sergej sprach sie in Englisch an und bat um eine Schlafgelegenheit für mich als Transitpassagier nach St. Petersburg. Die Dame warf einen Blick auf meine Papiere und erklärte, Reservierungen seien erst ab acht Uhr abends möglich. Immerhin notierte sie meinen Namen. Auch vergaß sie nicht, den Preis zu nennen, es waren vierzig Dollar pro Nacht, falls ich in amerikanischen Dollar bezahlen wollte. Kaum hatten wir den Schalter verlassen, holte Sergej vierzig Dollar aus der Tasche und drückte sie mir in die Hand, dann erklärte er, sie müßten nun gehen. Also, morgen mittag an der gleichen Stelle, schloß er. Lori hatte die ganze Zeit kein Wort gesagt. Zum Abschied schaute sie mich schuldbewußt an. Krist, sei bitte nicht böse, sagte sie. Das Gepäck geht direkt nach St. Petersburg.

Ich ärgerte mich, daß Lori meinte, mir mit solchen Banalitäten kommen zu müssen, heuchelte aber erneut. Wenn wir uns verlieren, sagte ich, dann kauft mir in St. Petersburg bitte einen neuen Anzug. Sie lachten und gingen weg. Ich blieb zurück zwischen einem Haufen von Sesseln. Als ich sie aus den Augen verloren hatte, ging ich eine Toilette suchen, um einem dringenden Bedürfnis nachzukommen, das ich bereits im Flugzeug verspürt hatte. Schließlich fand ich eine Tür mit der Aufschrift »WC«, ging hinein und erleichterte mich. Beim Händewaschen sah ich mich im Spiegel, immer noch mit der New-York-Yankee-Kappe auf dem Kopf. Du bist ein Schwachkopf, sagte ich zu meinem Gegenstück im Spiegel. Ein Schwachkopf mit einer Baseballmütze, der zu diesem Knotenpunkt des internationalen Flugverkehrs gekommen ist, um zu pinkeln.

Ich verließ die Toilette. Bis um acht mußte ich noch zwei Stunden totschlagen. Ich dachte an Lori. Das ging so nicht, ich mußte mir ein Mittel dagegen einfallen lassen. Ganz beeindruckter Provinzler, tappte ich an den Schaufenstern und Vitrinen vorbei. Schließlich kam ich zu einem Geschäft, in dem Alkoholika verkauft wurden. Ein Drang wie jener, der mich vorher das Klo hatte aufsuchen lassen, trieb mich hinein. Ich erstand eine Flasche »Ballantines«. Danach begab ich mich in ein Café, das durch dekorative Seile vom Rest der Halle abgetrennt war, und besorgte mir ein Sandwich. Mit dem Sandwich in der Hand und meiner Tasche über der Schulter, in der ich die Whiskyflasche verstaut hatte, kehrte ich zurück in den *Dayroom*. Dabei kam mir eine Gruppe japanischer Touristen entgegen, die in Marschordnung unterwegs waren. Eine Führerin erteilte mit lauter Stimme unverständliche Anweisungen. Als die Japaner weg waren, dröhnten mir die Ohren wieder von Posaunenklängen. Das Sandwich in der Hand und die Tasche über der Schulter, stieg ich die Marmortreppe zu der langen Halle hinunter. Vom Fuß der Treppe aus war das Schild mit der Aufschrift *Dayroom* nicht zu sehen, aber ich wußte, es befand sich am anderen Ende. Das Rollband würde mich binnen fünf Minuten dorthin befördern, doch zuvor hatte ich noch sechzig von den Trauerklängen der Posaune begleitete Minuten zu überstehen. Zwei junge Männer schwarzer Hautfarbe lieferten mir die Idee, wie ich ihnen entkommen konnte.

Sie schliefen auf den Sitzen, von denen die Halle gesäumt war. Ich nahm ein Stück von ihnen entfernt Platz. Die Hälfte des Sandwichs hatte ich bereits verzehrt, die andere Hälfte warf ich in den Mülleimer neben meinem Sitz. Dann holte ich die Whiskyflasche aus meiner Tasche, öffnete sie und nahm ein paar Schlucke. Die Posaunenklänge hörten auf. Statt dessen sah ich Loris Gesicht vor mir. Bis acht Uhr hatte ich die Flasche zu einem Drittel geleert. Die anderen beiden Drittel nahm ich mit in meinen Schlafraum.

Er war eng, fast unmöbliert und fensterlos. Immerhin gab es ein Bett. Einen Stuhl. Ein Waschbecken mit einem Spiegel darüber. Und den Kunstdruck eines kubistischen Gemäldes. Man bekam Atemnot und das Bedürfnis, sich auf der Stelle umzubringen. Die traurigen Posaunenklänge kehrten zurück, und gleichzeitig erschien das Bild der nackten Körper von Lori und Sergej vor mir, die sich umarmten. Ich hörte Loris Stöhnen und Sergejs Keuchen. Am liebsten wäre ich mit dem Kopf gegen die Wand gerannt. Dann machte ich mich über den Whisky her.

Sie holten mich dort ab, wo sie mich zurückgelassen hatten, bei den Sesseln vor dem *Dayroom*. Ich hatte den Schlafraum bereits um acht Uhr morgens räumen müssen. Glücklicherweise kam ich rechtzeitig wieder zu mir. Ich lag angezogen auf dem Bett, die Whiskyflasche neben mir auf dem Fußboden. Die ganze Nacht über hatten mich erotische Träume gequält, mit dem jungen Paar als Hauptdarstellern. Außerdem hatte Doktor N. T. ständig neben mir gesessen, als halte er Totenwache. Nach der Ursache meines Todes konnte ich mich nicht erkundigen, eine Kommunikation war unmöglich. So verzichtete ich auch darauf, nach den Gründen für seine Anwesenheit an diesem hermetisch abgeriegelten Knotenpunkt des internationalen Flugverkehrs zu fragen, wo ich mich bekanntlich aufhielt, um zu urinieren. Oder, wenn es hoch kam, meinen Kot auszuscheiden. In dieser sauberen, von menschlichen Gerüchen erfüllten Toilette bekam man Lust, seine Notdurft in jeglicher Form zu verrichten. Doktor N. T. verbarrikadierte sich hinter seinem provozierenden Schweigen, als schiene er zu fürchten, ich käme hinter seine wahre Identität, wenn er auch nur ein einziges Wort äußerte, und das Spiel sei zu Ende. Daran war ihm bestimmt nicht gelegen, schließlich wollte er mir weiter auf die Nerven gehen.

Man sah den Gesichtern der beiden an, daß sie in der Nacht ebenfalls nicht gut geschlafen hatten. Oder sehr beschäftigt gewesen waren. Dafür sprachen Loris matte Augen. Ich riß mich zusammen. Wenn ich meine Eifersucht nicht radikal unterdrückte, war ich am Ende der Reise reif für die Klapsmühle. Auf dem Flug nach St. Petersburg versuchte ich zu schlafen. Es gelang mir sogar. Ich erwachte erst nach der Landung, als mich jemand an der Schulter rüttelte. Ich stand auf und tappte den beiden wie ein braver japanischer Tourist hinterher, mit meiner Tasche über der Schulter und der Baseballmütze mit dem Emblem der New York Yankees auf dem Kopf. Mein russisches Abenteuer hatte begonnen.

Ein Freund von Sergej holte uns am Flughafen ab. Ich erinnere mich sogar an seinen Namen, er hieß Valeri Sajtchev. Es handelte sich um einen fleischigen jungen Mann mit einer Frisur, wie sie unter Bodyguards gerade Mode war. Früher hätten wir Bürstenschnitt dazu gesagt. Er war der erste echte Russe, dem ich begegnete, und folglich auch der erste, an dem ich mein Schulrussisch ausprobieren konnte, das seit vielen Jahren ungenutzt geschlummert hatte.

Auf dem Weg zum Hotel fuhr uns Valeri noch ein bißchen durch die Stadt, und Sergej, der mit mir zusammen hinten saß, übernahm die Rolle des Dolmetschers. Lori konnte überhaupt kein Russisch, ich verstand wenigstens ein paar Worte. Vielleicht lag es daran, daß ich allmählich zu großer Form auflief. Ich hatte meine Verpflichtungen, schließlich war ich Loris einziger Beistand auf dieser Welt. Aber die Form hielt nicht lange an.

Manchmal denke ich, ein Standbild war der Grund dafür, daß die gute Laune, die ich eben zurückgewonnen hatte, schlagartig wieder verflog. Wir fuhren über einen Platz, der so riesig war wie alle Plätze in diesem Land. Der Himmel war wolkenverhangen, und es nieselte beständig. Das Auto hielt an einer Ampel, setzte sich dann wieder in Bewegung, fuhr in eine große Grünanlage hinein, und gleich darauf ragte vor uns eine gigantische Statue auf. Im Nieselregen sah sie aus einigem Abstand wie das Denkmal aus, das einst auf dem Skanderbeg-Platz gestanden hatte, gegenüber dem Historischen Museum. Was hatte der hier zu suchen? Vielleicht, so überlegte ich mir, ist dem geschleiften Standbild die Flucht gelungen, und es hat hier einen neuen Platz gefunden. Meine Vermutung erwies sich als völlig falsch. Das Denkmal, das sich vor mir erhob, diente dem Gedächtnis an Wladimir Illjitsch Lenin. Ich erwog, mich bei Valeri zu erkundigen, ob das Lenindenkmal erst gestürzt, dann aber wieder auf den Sockel gehoben worden war, oder ob man es überhaupt nicht angetastet hatte. Doch ich verzichtete lieber auf die Frage, sie erschien mir unangebracht und provozierend.

Manchmal denke ich aber auch, mein Stimmungsumschwung hing gar nicht mit dem Denkmal zusammen, dessen Anblick so unerwartet nun auch wieder nicht kam. Die Ursache war vermutlich viel banaler. Als wir beim Hotel anlangten, wurde ich erneut vor vollendete Tatsachen gestellt, wie in Zürich. Die beiden stiegen nicht im Hotel ab, dort brachte man nur mich unter. Eigentlich durfte ich mich nicht beschweren, daß man mich höflichkeitshalber in einem Hotelzimmer unterbrachte, wo ich meine Ruhe hatte und treiben konnte, was ich wollte, während das Paar woanders wohnte. Trotzdem war ich verstimmt.

Sie kündigten an, mich am nächsten Tag gegen Mittag abholen zu wollen. Ich erhielt Anweisung, mich rechtzeitig in der Hotelhalle einzufinden, von dort aus sollte es direkt in die Kirche zur Hochzeit gehen. Ich könne die freie Zeit ja nutzen, so schlug mir Sergej vor, einen Spaziergang auf dem Nevsky Prospekt zu unternehmen. Wenn ich mich nicht zurechtfände, solle ich mich mit den Worten »Nevsky Prospekt« an einen Passanten wenden, dann werde man mir schon weiterhelfen. Und wenn ich den Namen des Hotels vergäße, so sei dies auch nicht so schlimm, ich müsse mir nur merken, daß es dem Bahnhof gegenüber auf der anderen Seite des Platzes stand. Ich bekam auch noch weitere Instruktionen von Sergej, die mir allerdings zum einen Ohr hinein- und zum anderen wieder hinausgingen. Sie verschwanden, und ich blieb alleine in der Hotelhalle zurück, den Koffer vor den Füßen und die Tasche über der Schulter. Und mit Loris Blick in mir. Eine unerklärliche Bangigkeit befiel mich, mir war, als würde ich sie nie wiedersehen.

Ich schimpfte mit mir selbst. Wieso mußte ich die Dinge bloß immer unnötig komplizieren? Es war doch alles ganz einfach. Lori feierte morgen Hochzeit, und mich beförderte der Aufzug ins siebte Stockwerk. Die vierstellige Zimmernummer hatte man mir am Empfang auf einen Zettel geschrieben. Endgültig in die dingliche Realität kehrte ich zurück, als der Aufzug im ersten Stock hielt. Ein Mädchen stieg ein und drückte den Knopf mit der Sieben, worauf sich die Tür schloß und der Aufzug wieder in Bewegung setzte. Sie lehnte sich mir gegenüber an die Wand, groß, blond und blauäugig, mit wallenden Haaren und vollen, dunkelrot geschminkten Lippen. Ich starrte sie gedankenverloren an und ging dabei in die Falle ihrer Augen. Sie lächelte mich an. Ich reagierte nicht. Wenigstens aus Höflichkeit hätte ich zurücklächeln sollen. Aber ich war zu durcheinander, um irgendeine Reaktion zustande zu bringen. Sie senkte, immer noch das Lächeln auf dem Gesicht, den Blick. Es war wie eine Aufforderung, sie mir genauer anzusehen. Schließlich erreichte der Aufzug den siebten Stock. Die Tür ging auf, und das Mädchen lächelte mich, bevor es den Fahrstuhl verließ, noch einmal an. Es war, als wolle sie prüfen, ob ich an ihr Gefallen gefunden hatte.

Ich stieg ebenfalls aus. Eine Prostituierte, dachte ich, und es tat mir leid, daß ein so hübsches Mädchen offensichtlich gezwungen war, als Prostituierte zu arbeiten. Unsicher stand ich in einer Art Halle, in der mehrere Flure zusammenliefen. Eine Frau in dienstlicher Kleidung, schwarzem Rock und weißer, kurzärmeliger Bluse, kam vorbei. Ich wies meinen Zettel vor. Sie begleitete mich zu einem Tisch, an dem zwei weitere dienstlich gekleidete Frauen wachten. Jede hatte einen Computer vor sich. Ich wies auch beiden meinen Zettel vor, und sie versorgten mich mit den nötigen Informationen. Mein Weg führte mich durch einen langen Korridor mit vielen Biegungen, der mit einem abgewetzten roten Teppich ausgelegt war. Links und rechts befanden sich Zimmer mit vierstelligen Nummern. An einer der Biegungen des Korridors stieß ich schließlich auf einen weiteren Tisch, an dem zwei weitere dienstlich gekleidete Frauen hinter Computern saßen. Die eine war jung, oder doch relativ jung, so um die Dreißig, und wurde mit Raissa angesprochen. Den Namen ihres älteren Pendants erfuhr ich nicht.

Ich übergab meinen Zettel Raissa. Sie hatte ein ruhiges, vertrauenerweckendes Gesicht. Sie erinnerte mich sofort an die

Protagonistinnen der klassischen russischen Literatur. Offensichtlich betrachtete ich sie etwas zu intensiv, denn sie erkundigte sich nach meinem Befinden. Ich verstand und wurde rot. Ich hätte ihr gerne erklärt, daß sie mich an eine bekannte literarische Gestalt erinnerte, daß ich mich das erste Mal auf russischem Boden befand, daß es mir leid tat, wenn meine Blicke ihr unangenehm gewesen waren, daß ich mich bei ihr entschuldigte. Aber die Sache stellte sich leider nicht so einfach dar. Ich war nicht in der Lage, meine Gedanken in die richtigen russischen Worte zu fassen. Also hielt ich lieber den Mund. Sie musterte mich aus schwarzen, intelligenten Augen, und ich stellte fest, daß sie ebenfalls errötete, als sie merkte, daß ich es merkte. Daß sie einen Ausländer vor sich hatte, erkannte sie offenbar an dem Namen auf dem Zettel, den sie in der Hand hielt. Sie ließ ihn in einer Schublade verschwinden und beförderte statt dessen einen Schlüssel hervor, den sie mir übergab. Daran hing eine runde Messingscheibe mit der Zimmernummer. Sie fing an, mir etwas zu erklären, von dem ich nicht einmal die Hälfte verstand. Es gelang mir, auf Russisch die Bitte zu formulieren, sie möge langsamer sprechen. Sie sprach langsamer. Folgende Botschaft kam bei mir an: Das Zimmer sei am Ende des Flurs. Frühstück gebe es bis neun Uhr im Erdgeschoß. Wenn ich etwas brauchte, solle ich »09« wählen. Ich sei herzlich willkommen.

Ich sagte »Balshoje spasibo!« und machte mich auf den Weg zu meinem Zimmer am Ende des Korridors. Seine Decke war außerordentlich hoch, und das Fenster, dessen beide Flügel offenstanden, genauso. Trotz des offenen Fensters hing ein schwerer Geruch im Raum. Die ganze Zeit quälte mich die Frage, welcher Gestalt aus der klassischen russischen Literatur die junge Frau glich. Warum suchte ich überhaupt nach dieser Ähnlichkeit? Ich öffnete meinen Koffer. Als erstes nahm ich meinen guten Anzug heraus, den ich zum letzten Mal zu Irmas Verlobung angehabt hatte, und hängte ihn auf einen Bügel. Das gleiche tat ich mit zwei Hemden und zwei Jacken. Ich nahm das Rasierzeug und brachte es ins Bad. Wahrscheinlich wäre ich schon zufrieden gewesen, hätte ich herausgefunden, daß sie einer Schauspielerin glich, die in einem dieser alten russischen Filme aufgetreten war. Zu dieser Erkenntnis kam ich, als ich in der Badewanne saß und mich einseifte. Aber sie erinnerte mich an keine Schauspielerin. Sie erinnerte mich an eine literarische Gestalt.

Eine halbe Stunde später verließ ich das Bad, legte mich auf das Bett und schaltete den Fernsehapparat ein. Das Bild war schlecht, außer bei einem einzigen Programm, in dem pornographische Filme liefen. Ich mußte an die Blondine aus dem Aufzug denken, und ich weiß nicht genau, ob ich in meinem Schock über das pornographische Programm das Zimmer verließ, um das Mädchen aus dem Aufzug zu suchen oder um einen Spaziergang auf dem Nevsky Prospekt zu unternehmen.

Das erste Gesicht, in das ich blickte, gehörte Raissa. Sie saß hinter ihrem Computer. Ich übergab ihr den Schlüssel. Diesmal erkundigte sie sich nicht nach meinem Befinden, sondern lächelte mich an. Ich lächelte zurück und hob dann zu einer Erklärung an, die ich mir während der Verrichtungen im Zimmer sorgsam zurechtgelegt hatte: daß sie mich an jemand erinnere, ich wisse nur nicht, an wen. Sie schien mich zu verstehen, denn sie nickte, worauf ich mich durch den mit einem abgenutzten roten Teppich ausgelegten Flur mit den vielen Biegungen entfernte. Das blonde Mädchen war weder auf dem Korridor noch im Aufzug, noch in der Halle beim Empfang zu entdecken. Ich tauschte zwanzig Dollar in Rubel um, verließ das Hotel und ging langsam den Nevsky Prospekt hinunter. Obgleich ich noch nie in St. Petersburg war, erkannte ich die Örtlichkeiten wieder, und zwar aus dem Film »Weiße Nächte« nach dem Roman von Dostojewskij, der in prähistorischen Zeiten in den Tiranaer Kinos gelaufen war. Damals hatte ich zu den glühenden Bewunderern des Hauptdarstellers Oleg Strizhenov gehört, einem Star des sowjetischen Kinos jener Zeit. Es war einer der ersten Farbfilme gewesen, die ich gesehen hatte. Die Schlußszene spielte im Nebel auf einer Brücke am Nevsky Prospekt.

Ich ging raschen Schritts über das feuchte Trottoir. Irgendwo dort vorne mußte die Brücke sein, wo der Protagonist des Films auf seine Geliebte wartete. Die Handlung hatte ich nicht mehr genau im Kopf, weil ich den Roman selbst nicht gelesen hatte. Wie fast alle Bücher von Dostojewskij gab es ihn nicht auf albanisch, die Übersetzung war verboten. Dann entdeckte ich vor mir eine Brücke und begann an meinem Erinnerungsvermögen zu zweifeln. Die Brücke, die ich erreichte, war ziemlich groß. Ich legte die Hände auf das Eisengeländer und schaute hinunter auf das Wasser der Neva. Es war ein kühler Abend, und ich fröstelte. Unter mir fuhr ein Ausflugsschiff mit Touristen vorbei. Mein Blick wanderte weiter zum Ende der Brücke. Dort befand sich auf einem mannshohen Sockel ein Skulpturenensemble: eine Männergestalt, die Apollo glich, hielt ein scheuendes Pferd an den Zügeln und versuchte es zu bändigen. Vielleicht handelte es sich ja tatsächlich um eine Apollodarstellung. Oder sonst eine Gestalt aus der Mythologie. Ich erkundigte mich bei der Skulptur, wen sie darstellte, bekam aber keine Antwort. Dafür drang ein Murmeln an mein Ohr, aus dem ich den Namen Netochka Nezvanova heraushörte. Heureka, jubelte es in mir. Die Frau am Empfang sah Netochka Nezvanova ähnlich. Ich war letzterer natürlich noch nie begegnet, schließlich handelte es sich um die Titelheldin des gleichnamigen Romans von Dostojewskij, den ich während meiner Zeit mit Delina gelesen hatte, damals, als sie mir Bücher in französischer Sprache lieh. Die anderen Romane von Dostojewskij las ich erst viel später, aber, wie man so sagt, besser spät als nie.

Ich habe keine Ahnung, was mein Gehirn dazu veranlaßte, eine Ähnlichkeit zwischen der Hotelangestellten und einer Figur von Dostojewskij festzustellen. Weshalb mir von allen russischen Romanen ausgerechnet dieses Fragment einfiel. Der Meister schrieb daran, als man ihn verhaftete und zum Tode verurteilte. Er stand bereits vor dem Erschießungspeloton, als im allerletzten Moment das Dekret des Zaren eintraf, mit dem er begnadigt wurde. Er kehrte nie mehr zu diesem Buch zurück, was ich zutiefst bedauerte. So wie ich Bedauern empfand, wenn ich den Bronzemann mit dem Aussehen eines Apoll anschaute, der die Zügel eines gewaltigen Pferdes hielt, das sich auf die Hinterbeine erhoben hatte. Netochka Nezvanova lebte in mir als Violinmusik. Damals in meiner Delina-Phase hatte ich beim Lesen ständig den schmerzlich-magischen Klang der Violine aus dem Roman im Ohr gehabt, der dem Klang der Geige meines Vaters so ähnlich gewesen war.

Ich ging weg. Mir war zum Weinen zumute. Am folgenden Tag würde ich Lori zum Altar führen müssen. Tiefer Zweifel erfüllte mich. Was hatte ich auf dieser Brücke zu suchen? Was hatte die junge Frau am Empfang mit einer Figur von Dostojewskij zu tun? Die Ähnlichkeit, die ich zu entdecken glaubte, war gesucht, eine Hervorbringung meines Gehirns. Es gab keine Gemeinsamkeiten. Trotzdem stellte ich, als ich ins Hotel zurückkam und den Zimmerschlüssel abholte, eine absonderliche Frage. Ich wollte von der jungen Russin wissen, ob sie Netochka heiße.

In einem Selbstbedienungsrestaurant hatte ich ein schnelles Abendessen eingenommen und zwei Wodka dazu getrunken. In meinem Besitz befand sich eine Dreiviertelliterflasche »Smirnoff«, die aus einem Geschäft in der Nähe des Hotels stammte. Im Fahrstuhl hinauf zum siebten Stock wiederholte sich die Szene vom Nachmittag. Ein anderes, aber genauso blondes, hübsches und verlockendes Mädchen begleitete mich mit einladendem Lächeln nach oben. Ich lächelte zurück, ohne mir zu überlegen, daß mein Lächeln nicht als Geste der Höflichkeit, sondern als Zustimmung aufgefaßt werden konnte. Nach dem Verlassen des Aufzugs blieb sie wartend stehen. Ich zögerte, schließlich hatte ich keinerlei Erfahrung im Umgang mit Prostituierten. Um mit ihr in mein Zimmer zu gelangen, mußte ich an dem Tisch vorbei, an dem Netochka wachte. Das wäre so etwas wie Verrat gewesen, ich hätte mich furchtbar geschämt. Das Mädchen aus dem Fahrstuhl sagte etwas zu mir, das ich nicht verstand. Ich floh in Panik, als hätte ich es nicht mit einem jungen, hübschen Ding zu tun, sondern mit einer reißenden Tigerin, die sich anschickte, mich zu zerfetzen. Fast rennend bewegte ich mich durch den langen Flur mit den vielen Biegungen, bis ich am Tisch der Etagenaufsicht ankam, wo ich der jungen Frau sogleich die absonderliche Frage stellte, ob sie nicht zufällig Netochka heiße. Sie zuckte mit den Schultern. Ihr älteres Pendant, eine große, kräftige Frau mit weißer Haut, lachte. Nein, mein Herr, sagte Netochka und übergab mir meinen Schlüssel, ich heiße Raissa.

Mit ihrem Namen im Ohr trottete ich bis zum Ende des Flurs. Er war nicht gerade selten, wie mir schien. Als ich den Schlüssel im Schloß drehte, fiel mir ein, daß auch Gorbatschows Gattin so geheißen hatte. Sie war inzwischen an Krebs gestorben. Ich mußte an Marga denken und spürte, wie mir die Tränen kamen. Kaum war ich im Zimmer, schaltete ich das Licht an und sofort darauf den Fernsehapparat. Wie schon ein paar Stunden zuvor, gab es das einzige anständige Bild bei dem

Sender, in dem Pornofilme liefen. Das Zimmerfenster stand offen, und ein schwerer Geruch hing im Raum. Ich nahm einen Schluck Wodka aus der Flasche und ging zum Fenster, um es zu schließen. Es ließ sich nicht zumachen. Ich füllte eines der Gläser, die umgestülpt auf dem Tisch standen, legte mich aufs Bett und begann zu trinken. Dazu schaute ich mir den Pornofilm an. Irgendwann sagte ich mir, daß ich mit dem Trinken aufhören mußte, wenn ich bei Loris Hochzeit der wichtigen Rolle gewachsen sein wollte, die man mir übertragen hatte. Es war eindeutig besser, ich stellte das Trinken ein, schaltete den Fernseher ab und schlief eine Weile. Leider konnte ich mich zu nichts von dem entschließen. Dann wurde mein Zustand unerträglich. Entweder ich onanierte, oder ich suchte eine andere Lösung. Mir einen herunterzuholen wäre am praktischsten gewesen. Das ganze ließ sich schnell erledigen, und ich konnte mich aufs Ohr legen. Doch genau da lag das Problem. Ich wußte nicht, ob ich nach dem Onanieren würde einschlafen können. Wenn ich onanierte, wollte ich mich danach jedesmal umbringen.

Also griff ich zum Telefon und wählte 09. Sie sollten eines der Mädchen aus dem Aufzug zu mir schicken. Das ganze Hotel war voller Fahrstuhlmädchen, und die Nummer 09 erfüllte bestimmt auch diesbezüglich ihren Zweck. Ich erkannte die Stimme am anderen Ende der Leitung sofort. Den Hörer in der Hand, saß ich wie vom Blitz getroffen da. Ich hörte ihre Stimme wieder, sie wurde langsam ungeduldig, das merkte ich. Wenn ich nicht wollte, daß sie wieder auflegte, mußte ich mir schnell etwas ausdenken. Egal was, Hauptsache, sie legte nicht auf. Ich nannte die vier Ziffern meiner Zimmernummer und erklärte, das Fenster meines Zimmers sei defekt. Am anderen Ende wurde aufgelegt. Sie wußte natürlich, wer ich war, schon wegen meines schlechten Russisch. Schwer atmend saß ich neben dem Telefonapparat. Ein paar Minuten später klopfte es, und als ich öffnete, stand sie in ihrer schwarzweißen Uniform vor mir. Entschuldigen Sie, sagte ich, aber mein Fenster läßt sich nicht schließen. Dann trat ich zur Seite, um ihr in dem kleinen Vorraum Platz zu machen.

Ihr Blick ging sofort zum Fernsehapparat. Ich hatte vergessen, ihn auszuschalten oder wenigstens das Programm zu wechseln, so daß sich auf dem Bildschirm immer noch pornographische Szenen abspielten. Eilig griff ich nach der Fernbedienung. Ein leichtes Lächeln huschte über ihre Lippen. Das war durchaus nicht verwunderlich. Genausowenig verwunderlich wie, daß ihr Blick danach zu der Wodkaflasche auf dem Tisch wanderte. Das ist ein guter Wodka, stellte sie fest. Ich habe ihn in dem Laden gleich um die Ecke gekauft, erwiderte ich ganz perplex. Dann wollte ich meinen Wunsch zum Ausdruck bringen, ihr ein Glas von dem Wodka anzubieten, aber nur, wenn sie dies nicht als Beleidigung empfinde. Das erwies sich als zu kompliziert für mich, weshalb ich mich auf die einfache Frage beschränkte, ob sie vielleicht auch ein Glas haben wolle. Sie wollte. Ich füllte das Glas genauso eilig, wie ich den Fernsehapparat ausgeschaltet hatte. Mir selbst schenkte ich auch noch einmal ein, sagte »Nazdarovie!« und stieß mit ihr an.

Sie nahm einen Schluck und ging zum Fenster, um nach dem Schaden zu schauen. Den wesentlichen Inhalt ihrer Ausführungen verstand ich. Das Fenster lasse sich tatsächlich nicht schließen, was sie bedauere, sie wolle einen Vermerk machen, damit es gleich morgen repariert werde. Das Fenster interessierte mich überhaupt nicht, was sie mit weiblicher Intuition natürlich bemerkte. Wenn Sie sonst noch einen Wunsch haben, sagte sie, bin ich gerne bereit, Ihnen zu helfen.

Mein Gehirn ließ sich wieder auf komplizierte Überlegungen ein, was ihre Ähnlichkeit mit Netochka Nezvanova anbetraf. Nun ja, der Vergleich war etwas gewalttätig. Wahrscheinlich kam alles überhaupt nur daher, daß ich mich in Rußland befand. Mit Rußland verband man automatisch eine bestimmte Art von weiblicher Schönheit. Ich hatte eine russische Frau vor mir, die ich reizvoll fand. Ich war drauf und dran, der eigentlich Raissa heißenden Netochka mitzuteilen, es sei für mich nicht wichtig, ob sie aus einem Roman von Dostojewskij stamme oder ihren Platz hinter dem Empfangstisch des siebten Stockwerks habe. Sie sei Russin, und ich begehrte sie. Wahrscheinlich hätte ich es ihr wirklich gesagt, wäre die Sprachbarriere nicht zu hoch gewesen. So schaute ich in ihre strahlenden Augen und sagte etwas Banales, das überhaupt nichts mit dem zu tun hatte, was ich in diesem Augenblick empfand. Ich erklärte, ich brauche in dieser Nacht ein Mädchen.

Sie warf einen Blick zu der halb offen stehenden Zimmertür. Wenn Sie ein Mädchen haben wollen, sagte sie, so läßt sich das durchaus machen. Beschreiben Sie mir einfach den Typ, den Sie bevorzugen, und wir schicken ein Mädchen zu Ihnen... Sie sprach leise. Ich schnappte nach ihrem Vorschlag wie ein Hund nach dem Knochen, den man ihm zuwirft. Unter Aufbietung aller meiner Sprachkenntnisse versuchte ich ihr klarzumachen, um was es mir ging: Die Mädchen, von denen sie sprach, entsprächen nicht dem, was ich mir vorstellte. Ich sei im Augenblick sehr unglücklich und würde es als große Gunst empfinden, wenn sie bereit wäre, mir Gesellschaft zu leisten. Sie sei sehr schön, und es wäre ein großes Vergnügen für mich, mit ihr zusammen den Abend zu verbringen.

Das war die Idee. Was ich sagte, war in einem lächerlichen Russisch zusammengestoppelt. Netochka lachte nicht. Sie wollte wissen, ob ich sie wirklich schön fände. Die Frage klang sehr ernsthaft. Als ich es ihr bestätigte, bedankte sie sich. Sie fügte hinzu, auch ich gefalle ihr. Sie sei bereit, mit mir zwei

Stunden zu verbringen, allerdings ... Dieses »allerdings« drang wie durch Watte zu mir. Es war nicht wichtig. Wichtig war, daß sie sich bereit erklärt hatte, an diesem Abend zwei Stunden mit mir zu verbringen. Und daß sie, um es zu ermöglichen, ihr älteres Pendant freundlich stimmen müsse, klang logisch. Fünfzig Dollar seien ausreichend. Ich überreichte ihr auf der Stelle fünfzig Dollar. Ich gab ihr auch Rubel, damit sie uns Bier oder etwas Ähnliches kaufte. Sie ballte die Faust um das Geld und ging.

Nach einer halben Stunde kam sie wieder. Ich weiß das so genau, weil meine Augen von dem Augenblick an, als sie das Zimmer verließ, an meiner Armbanduhr hingen. Als es schließlich klopfte, hatte ich bereits alle Hoffnung aufgegeben. Mühsam versuchte ich, mich mit dem Gedanken abzufinden, daß sie auch nicht anders als die Mädchen aus dem Fahrstuhl war. Oder sogar schlimmer, nämlich eine eiskalte Betrügerin. Dann kam sie doch noch. Ich sprang auf. Als ich sie in der Tür stehen sah, glaubte ich einen Moment wirklich, in sie verliebt zu sein. Sie, praktischer veranlagt, schob mich beiseite und kam mit einer Plastiktüte in der Hand schnell herein.

Sie trug immer noch den schwarzen Rock und die weiße Bluse. Die Plastiktüte mit dem Bier hatte sie auf den Tisch gestellt. Ich zog die dicken Vorhänge vor, obwohl das nächste Gebäude, nämlich der Bahnhof gegenüber, ein gutes Stück weg und außerdem viel niedriger als das Hotel war. Dann nahm ich ihr Gesicht zwischen die Hände und schaute tief in ihre Augen. Darin war nichts zu lesen. Ein wildes Begehren überfiel mich. Ich hatte seit einer Ewigkeit keinen Sex mehr gehabt und war schrecklich erregt. Doch ihre Augen, zwei schwarze Oliven, blieben undurchdringlich. Dabei hatte ich immer gemeint, alle Russinnen hätten blaue Augen. Ich beugte mich zu ihr hinunter, aber nicht, um sie zu küssen, sondern um ihr ins Ohr zu flüstern: Netochka, wenn du nicht möchtest, kannst du gerne wieder gehen, ich nehme es dir nicht übel. Wieder verstand sie mich, trotz meines holperigen Russisch. Ich heiße nicht Netochka, erwiderte sie, sondern Raissa. Und es gefällt mir hier.

Sie erhob sich auf die Zehenspitzen und gab mir einen Kuß. Dann knöpfte sie mein Hemd auf und streichelte meine Brust. Ich sei reich, sagte sie in bewunderndem Ton, und ich brauchte eine Weile, bis ich begriff, daß sie die Haare auf meiner Brust meinte. Sie setzte ihre Erkundungen fort. Nachdem sie meine Jeans aufgeknöpft und den Reißverschluß heruntergezogen hatte, nahm sie meinen Penis in die Hand und sagte langsam und deutlich, damit ich sie verstand: Ein echter Mann hat Silber im Kopf, Gold im Beutel und Stahl zwischen den Schenkeln. Dir fehlt nichts davon, keine Angst

Mindestens was das Gold im Beutel betraf, täuschte sie sich erheblich, aber Angst hatte ich trotzdem keine. Ich befreite mich von den Jeans. Ich befreite mich von allem. Sie sank gegen mich, und ich begann sie auszuziehen. Ihre Arme lagen um meinen Hals, und ich spürte ihre festen runden Brüste an meiner Brust. Als ich sie zum Bett führen wollte, machte sie sich los. Sie suchte etwas in ihren Kleidern, dann kam sie, lächelte mich an, streckte sich auf dem Rücken aus und zog mich zu sich herunter. Ich legte mich auf sie. Sie griff nach unten, und ich merkte, wie sie sich an meinem Glied zu schaffen machte. Sie hatte vorhin wohl noch ein Präservativ geholt, das sie mir nun überzog. So gut es ging, half ich ihr dabei. Das alles war eine Premiere für mich. Ich versenkte mein Gesicht in ihrer Halsbeuge und fühlte mich wie in einer Sauna, umgeben von heißem Dampf. Ich war blind, doch ich hörte ihren schnellen Atem. Sie umarmte mich fest und flüsterte, während sie mir entgegenkam: »Ja hachu tebja, ja hachu tebja, ja hachu tebja...« Es war unmöglich, diesem Flüstern lange standzuhalten. Ich explodierte, ergoß mich und lag dann reglos im heißen Dampf der Sauna.

Sie öffnete die Augen. Ungeniert griff sie nach unten und zog das Präservativ von meinem Penis, der sich noch nicht daran gewöhnt hatte, daß alles vorbei war. Der Gedanke, sie für morgen in eines der Lokale am Nevsky Prospekt einzuladen, kam mir, als sie aus dem Bett stieg und das Präservativ ins Badezimmer brachte. Dann tranken wir Wodka und Bier. Als das Bier aus war, gingen wir noch einmal ins Bett. Um mich bereit zu machen für ein neues Kondom, bediente sich Raissa der gleichen Methode wie vor vielen Jahren Faika. Dann duschten wir. Es war inzwischen Mitternacht. Als sie mich verließ, hielt sie mir die Wange hin. Die Einladung für den nächsten Tag sprach ich aus, bevor ich ihr den Abschiedskuß darauf drückte. Sie fühle sich geschmeichelt, sagte sie, und wir verabredeten uns für zehn Uhr auf der Neva-Brücke. Ich ahnte nicht, daß ich mich des Hochgefühls, das ich Raissa verdankte, nicht lange würde erfreuen dürfen. Das absurdeste Ereignis meines ganzen Lebens stand mir bevor.

Beim Aufwachen war ich fast glücklich. Das Klingeln des Telefons weckte mich aus dem Schlaf. Am anderen Ende der Leitung war die hübsche Russin, mit der ich in der vergangenen Nacht geschlafen hatte. Wir hatten uns auf der Neva-Brücke verabredet, um dann irgendwo auf dem Nevsky Prospekt einen Kaffee zu trinken, und das war nicht gerade wenig, sondern ein guter Grund, mich an diesem Sonntagmorgen gut in Form zu fühlen. Ich rasierte mich sorgfältig, nahm eine Dusche und zog mir gleich Anzug und Krawatte an. Schließlich wollte ich auf alle Fälle angemessen gekleidet bei Loris Hochzeit erscheinen.

Raissa erschien nicht zu unserem Rendezvous. Ich habe bis

heute keine Ahnung, weshalb sie nicht kam, ob sie sich anders besonnen hatte oder ob alles mit dem Ereignis zusammenhing, das mir bevorstand. Zur Erkenntnis, daß sie mich versetzt hatte, kam ich, als meine Armbanduhr halb elf anzeigte. Der Himmel war bedeckt, jeden Augenblick konnte es zu regnen beginnen, trotzdem wartete ich weiter. Ich stand mit auf das Brückengeländer gestützten Ellbogen da und beobachtete die Schiffe auf dem Fluß, als mich jemand an der Schulter faßte. Es war nicht Raissa. Es waren zwei junge Männer in Zivilkleidung. Einer wies einen Ausweis vor, den ich mir nicht genau anschaute, weil ich überhaupt nicht begriff, was vorging. Ich begriff nur, daß der junge Mann, der mir den Ausweis gezeigt hatte, von mir verlangte, daß ich mitkam, was ich widerstandslos tat. Sie verhielten sich höflich, ich hatte keinen Grund, mich zu widersetzen. Am Ende der Brücke, bei dem Apollostandbild, stand ein Auto. Ich begann mir langsam Sorgen zu machen, als ich zum Einsteigen aufgefordert wurde. Trotzdem gehorchte ich wieder. Ich mußte mich nach hinten setzen, einer der beiden nahm neben mir Platz, während der andere, der mir seinen Ausweis gezeigt hatte, vorne neben dem Fahrer einstieg. Ich ging von einer Verwechslung aus, zumal ich das erste Mal in St. Petersburg war und keinen Menschen in der Stadt kannte. Um zwölf Uhr wurde ich in der Hotelhalle erwartet. Darüber wollte ich die beiden Kriminalbeamten aufklären, sie sollten mir wenigstens sagen, was los war. Das Auto fuhr an, ich brachte die nötigen Worte nicht zusammen, also hielt ich den Mund.

Wir fuhren rund eine Viertelstunde über den nassen Asphalt breiter Straßen. Ich erinnere mich, daß wir auch an der Leninstatue vorbeikamen, und ich erwog, den jungen Polizisten die Frage zu stellen, die ich bereits am Tag an Valeri hatte richten wollen. Ich schlug mir den Vorstoß jedoch sofort wieder aus dem Kopf. Meine Lage bot keinen Anlaß zu humoristischen Einlagen, ich wußte noch nicht einmal, wer diese Leute wirklich waren, wohin sie mich brachten und was sie von mir wollten. Auch als das Auto vor einem großen Gebäude hielt, erfuhr ich nicht mehr. Ohne jede Erklärung sperrte man mich in einen Raum im Erdgeschoß. Jetzt fing ich wirklich an, mir Sorgen zu machen. Aufgeregt lief ich in dem Raum hin und her.

Endgültig mit meinen Nerven am Ende war ich, als meine Armbanduhr halb zwölf anzeigte, ohne daß sich bis dahin jemand um mich gekümmert hätte. Schon jetzt konnte ich es kaum mehr bis zur Mittagsstunde in die Hotelhalle schaffen. Wenn ich nicht bald etwas unternahm, versäumte ich Loris Hochzeit. Ich schlug mit der Faust mehrfach heftig gegen die Tür. Als mir die Hand weh zu tun begann, machte ich mit den Füßen weiter. Auf der anderen Seite der Tür rührte sich nichts. Ich trat und schlug weiter dagegen. Nichts als Schweigen. Grabesstille. Die Decke des Raumes, in dem ich mich befand, war ebenso hoch wie die Decke meines Hotelzimmers, doch das Fenster war viel kleiner und außerdem so weit oben angebracht, daß ein Mensch selbst dann nicht hätte hinausschauen können, wenn er auf einen Stuhl gestiegen wäre. Aber es gab gar keinen Stuhl, sondern nur drei schmutzige alte Sessel um ein kleines Tischchen herum. Ich ließ mich in einen der Sessel fallen und verbarg das Gesicht in den Händen. Was ging hier vor?

Um ein Uhr nachmittags hörte ich Schritte. Inzwischen war mir alles egal. Ich blieb im Sessel sitzen, als die Tür aufging und zwei Personen hereinkamen, die ich noch nicht kannte. Einer von ihnen nahm in dem Sessel neben mir Platz und erklärte, man sehe sich leider gezwungen, mir verschiedene Fragen stellen. Mindestens war dies der Kern seiner Ausführungen, über die ich mich schrecklich aufregte. Ich geriet völlig aus dem Häuschen, als er mich auch noch mit »Herr Trapi« anredete. Ich holte tief Luft. Keine einzige Frage werde ich beantworten, wollte ich ihnen ins Gesicht brüllen, selbst wenn man mich in St. Petersburg festhält, bis ich krepiere. Dieses Trauerspiel sei ein grober Rechtsbruch, man habe mich willkürlich verhaftet, ich sei ein ausländischer Gast, albanischer Staatsbürger, und ich würde überhaupt erst mit ihnen reden, wenn die Botschaft meines Landes informiert worden sei. Außerdem sei mein Familienname nicht Trapi. Ich hieße Tarapi, Ta-ra-pi! Dann verzichtete ich doch lieber auf diese pompöse Erklärung und machte es kurz. Schließlich konnte ich mir keineswegs sicher sein, daß die Botschaft meines Landes wegen mir einen Aufstand veranstalten würde. Und wie man meinen Nachnamen richtig aussprach, war in der augenblicklichen Situation reichlich unwichtig. Ich sagte bloß, ich verstünde kein Russisch. Das wiederholte ich ständig wie ein Papagei, dem man nur diesen Spruch eingebleut hat: »Ich verstehe kein Russisch!«

Sie sahen einander an. Der Mann, der sich nicht gesetzt hatte, wiederholte alles auf Englisch. Ich glaube wenigstens, daß es Englisch war, denn ich verstand kein Wort von dem, was er sagte. Ich leierte als inzwischen bereits erfahrener Papagei meinen Spruch herunter: »Ich verstehe kein Englisch!« Sie fragten mich nach der Sprache, in der wir kommunizieren konnten, und ich antwortete: »Nur auf Albanisch.« Und ergänzte: »Oder auf Französisch.«

Sie entfernten sich. Der Typ, der meinen Familiennamen entstellt hatte, kam nach etwa einer Stunde zurück, begleitet von jemand, den ich noch nicht kannte. Wie schon eine Stunde zuvor, nahm er in dem Sessel neben mir Platz. Der Neue übersetzte. Ich hatte nur den Dolmetscher im Blickfeld, einen jungen Mann mit blauen Augen, der ein sehr anständiges Französisch sprach. Der Polizist, der die Fragen stellte, beteuerte zunächst noch einmal, alles sei eine reine Formalität, es gelte nur kurz etwas zu klären. Dann erkundigte er sich nach dem Grund meiner Anwesenheit in St. Petersburg. Ich antwortete, durch meine Festnahme sei ich an der Erfüllung genau der Mission gehindert worden, die mich hergeführt hatte: den Trauzeugen zu spielen. Ihn interessierten noch einige Details, wobei er jedesmal, wenn er mich ansprach, meinen Familiennamen mißhandelte: Wann war ich in Albanien abgereist, mit welcher Fluglinie, wann beabsichtigte ich, die Rückreise anzutreten, was war mein Beruf, mit welcher Tätigkeit befaßte ich mich in meinem Heimatland? Vor den beiden abschließenden Fragen holte er einen Paß aus der Tasche, den ich erstaunt als den meinen erkannte. Ich hatte ihn am Vortag am Empfang des Hotels hinterlassen. Mit dem Paß wedelnd, verlangte er zu erfahren, was ich mit dem albanisch-russischen Doppelstaatsbürger Sergej Duka und seiner albanischen Freundin Lori Morava zu tun hätte und seit wann ich mit den beiden bekannt sei.

Zum ersten Mal, seit er mich vernahm, schaute ich ihn direkt an. Er hatte Sergej und Lori erwähnt. Also ging es hauptsächlich um sie. Und wenn sich mein Paß in seinen Händen befand, sah die Sache gar nicht gut aus.

Es fiel mir nicht schwer, sein Expertenlächeln zu interpretieren. Er wußte weit mehr über mich, als er herausließ. Zum Beispiel wußte er mit Sicherheit genau Bescheid über meine Nacht im Hotelzimmer. Einschließlich all der Geheimnisse, die ich Raissa bei Wodka und Bier anvertraut hatte. Unter der Wirkung des Wodkas war auch sie von einer Woge der Mitteilsamkeit ergriffen worden: ganz jung geheiratet, schnell wieder geschieden, alleinerziehende Mutter einer achtjährigen

Tochter. Im Gegenzug hatte ich ihr in einem Anfall von Aufrichtigkeit erzählt, ich sei so etwas wie ein Schriftsteller mit vier Büchern. Und so etwas wie ein Drehbuchautor mit einem Dutzend Filmen. Natürlich wußte ich, daß sowohl meine Bücher als auch die Filmskripte keinen müden Groschen wert waren, aber es hatte immerhin gereicht, um Raissa zu beeindrucken. Vielleicht war mir eine Nachlässigkeit unterlaufen, und ich hatte ihr die Begriffe »so etwas wie« und »Groschen« nicht richtig erklärt. Ich bin zum ersten Mal mit einem Schriftsteller und Drehbuchautor zusammen, sagte sie.

Aber der Polizist hatte Sergej erwähnt. Und Lori. Wieso sollte ich mir da noch den Kopf zerbrechen, was er sonst noch von mir wußte? Ich mußte wissen, was mit ihnen war. Ich bekam keine Antwort. Dafür stellte er mir die letzte Frage. Er wollte von mir wissen, mit welchen Personen die beiden in der Nacht unseres Aufenthalts in Zürich zusammengetroffen waren. Ich erklärte wahrheitsgemäß, daß ich während unseres Aufenthalts in Zürich den Flughafen nicht verlassen hatte. Das lasse sich leicht beweisen, er brauche nur in meinen Paß zu schauen, darin befinde sich kein Visum der Schweiz. Er lachte. Dann stand er auf, übergab mir den Paß und sagte: »Gute Reise, Herr Trapi!«

Sie setzten mich dort wieder ab, wo sie mich aufgelesen hatten, am Ende der Neva-Brücke bei dem Apollostandbild. Es war vier Uhr nachmittags, und der Regen hatte wieder eingesetzt. Ich beugte mich über das nasse Brückengeländer und beobachtete die Spritzer im Wasser. Plötzlich hatte ich Loris Gesicht vor mir. Ich begann zu weinen. Vielleicht waren es aber auch nur Regentropfen, die mir in die Augen liefen. Eine Sekunde lang war ich versucht, über das Brückengeländer zu springen und meinem Leben im Fluß ein Ende zu setzen. Statt dessen setzte ich mich in Bewegung. Ich trottete über den Nevsky Prospekt, immer noch unfähig, einen klaren Gedanken zu fassen. Was für herrliche Fassaden! Wieso war mir noch nicht aufgefallen, wie wundersam sich St. Petersburg präsentierte: ein Aristokrat in einem alten Frack, herumlungernd an einer Straßenecke. Wieder hatte ich Loris Gesicht vor Augen. Was, um Himmels willen, war mit den beiden passiert? Angst stieg in mir auf. Wie von allein suchten meine Füße den Weg zu dem Geschäft, in dem ich am Vortag die Dreiviertelliterflasche »Smirnoff« gekauft hatte. Ich wußte nicht mehr genau, ob ich sie mit Raissa zusammen ausgetrunken hatte oder ob noch ein Rest übrig war. Die Stunden, die mir hier noch blieben, würde ich ohne Wodka nicht ertragen. Ich war nicht imstande, meine Lage nüchtern zu analysieren, herauszufinden, wie ich mich alleine in dieser Traumstadt verhalten sollte. Also besorgte ich mir eine weitere Flasche, obwohl ich bei der Rückkehr ins Hotelzimmer feststellte, daß noch zwei Fingerbreit Wodka übrig waren.

Ich goß den Rest in ein Glas. Dann fiel mir ein, daß ich etwas unternehmen mußte, wenn ich tags darauf rechtzeitig am Flughafen sein wollte. Ich hatte sogar die Abflugzeit vergessen. Ich fand das Ticket: sieben Uhr fünfzehn morgens. Mit dem Ticket in der Hand verließ ich das Zimmer und ging zur Etagenaufsicht. Wenn Raissa da war, konnte ich sie um Rat fragen. Und bitten, mir am Abend Gesellschaft zu leisten. Ich wäre bereit gewesen, so gut wie jeden Preis für das Wohlwollen ihres Pendants zu bezahlen. Aber Raissa war nicht da, sie hatte ihren freien Tag. Neue Gesichter saßen hinter dem Tisch. Falls ich mir ein Taxi nähme, erklärte mir eine der beiden, müsse ich spätestens um fünf Uhr morgens aufbrechen. Sie und ihre Kollegin würden mir gerne ein Taxi besorgen und mich rechtzeitig wecken, wenn ich damit einverstanden sei. Ich war damit einverstanden, daß man mich um vier Uhr dreißig weckte. Auf dem Rückweg in mein Zimmer beschloß ich, den Koffer schon am Abend zu packen, damit ich mich am Morgen nur noch duschen und rasieren mußte.

Am Abend fing die Trauerposaune an, mich zu plagen. Ich lag völlig erledigt auf dem Bett und versuchte zu schlafen, die einzige Möglichkeit, mich von dem zu befreien, was mir heute widerfahren war. Aber wahrscheinlich hätte es auch nichts genützt, wenn ich wirklich eingeschlafen wäre. Ständig hatte ich Loris Gesicht vor mir. Schuldgefühle quälten mich, ich warf mir vor, sie nicht genügend beschützt zu haben. Wo mochte sie jetzt sein? Ich war gerade am Eindösen, als ich ihre Stimme hörte. Hilf mir, schrie sie, sie haben mich in der Hexenvilla eingesperrt! Schweißüberströmt stand ich auf.

Gegen Mitternacht hatte ich die zweite Flasche fast ausgetrunken. In einem entfernten Winkel meines leeren Gehirns spielte immer noch die Trauerposaune. Ich machte den Fernseher an und zappte mich zu dem Porno‑Kanal. Die Kombination von Trauerposaune und Pornofilm weckte in mir das Verlangen nach Gesellschaft. Andernfalls wäre ich verrückt geworden. Rettung versprach die Nummer 09. Also griff ich zum Telefonhörer und wählte 09. Am anderen Ende der Leitung sagte jemand »Hallo«. Ich nannte ohne Umschweife die vierstellige Zimmernummer und formulierte ebenso knapp und präzise meinen Wunsch, man möge mir ein Mädchen schicken. Am anderen Ende wurde aufgelegt. Ich bereute meine spontane Entscheidung sofort. Hoffentlich nahm man es für den schlechten Scherz eines Betrunkenen.

Fünfzehn Minuten später, ich war inzwischen tatsächlich überzeugt, daß man mein Ansinnen für einen schlechten Scherz gehalten hatte, klopfte es an der Tür. Ich stellte mein Glas auf den Tisch und ging aufmachen. Vor mir stand eine Vertreterin der Gattung der blonden Aufzugmädchen. Ich wollte erklären, es handele sich um ein Versehen, und sie für die Mühe, die sie sich gemacht hatte, um Entschuldigung bitten, doch sie ergriff zuerst das Wort. Mit einem tiefen Blick in meine Augen fragte sie, ob ich mit ihr einverstanden sei. Ich wußte nicht, was ich sagen sollte. Eine Verweigerung meines Einverständnisses hätte sie gewiß als Ausdruck der Mißachtung ihrer weiblichen Reize verstanden, und daran war mir durchaus gelegen. Vor allem, weil sie so jung war, höchstens zwanzig oder zweiundzwanzig. Also bekundete ich Zustimmung. Sie nickte und versprach, gleich wiederzukommen.

Zehn Minuten später klopfte es erneut an die Tür. Diesmal war sie in Begleitung eines jungen Mannes mit der Figur eines Gewichthebers und Stoppelhaaren. Er begrüßte mich und sagte in geschäftsmäßigem Ton: Fünfzig Dollar für zwei Stunden. Auch Raissa hatte fünfzig Dollar für zwei Stunden verlangt. Für ihr Pendant. Ich holte den Geldschein aus der Tasche und übergab ihn. Er bedankte sich und ging. Dann wandte ich meine Aufmerksamkeit dem Mädchen zu, das sich ein wenig abseits gehalten hatte. Es war von Kopf bis Fuß in eine Pelerine gehüllt und hielt eine kleine Tasche in der Hand. Ich trat zur Seite, sie ging ins Zimmer, und ich folgte ihr. Im Fernseher lief wie immer ein Pornofilm. Sie fragte, ob sie den Fernseher abstellen könne. Ich ging hin und tat es selber. Ich bin Katja, stellte sie sich vor. Ich bin Krist, antwortete ich. Sie lachte. Und dann legte sie die Pelerine ab.

Darunter trug sie nur Büstenhalter und Schlüpfer. Beides schwarz. Gelassen, ohne jedes Zeichen von Emotion, zog sie zuerst den Büstenhalter und dann den Schlüpfer aus, legte beides auf den Stuhl zu der Pelerine, kam zu mir, setzte ein routiniertes Lächeln auf und begann, an mich geschmiegt, mein Hemd aufzuknöpfen. Ich griff nach ihrer Hand. Mein Fräulein, hob ich an, glauben Sie mir, Sie sind zu nichts verpflichtet. Ich hatte nur das Bedürfnis nach Gesellschaft. Wenn Sie das nicht möchten, ich meine, mir Gesellschaft leisten, dann dürfen Sie sich gerne wieder anziehen und gehen. Das Fräulein schaute mich ziemlich verwirrt an. Ich hatte den Eindruck, daß meine Worte nicht bei ihr angekommen waren. Vielleicht hatte ich mich nicht richtig ausgedrückt. Ich irrte mich, sie hatte meine Worte sehr wohl verstanden. Keine Ahnung, was sie sich dachte. Jedenfalls drückte sie mir ihr Bedauern aus, es tut mir leid für dich, sagte sie und zog gleichgültig, als sei ich überhaupt nicht anwesend, erst den Schlüpfer, dann den Büstenhalter und schließlich die Pelerine wieder an. Dann bat sie mich, die beiden Stunden in meinem Zimmer verbringen zu dürfen, wenn sie jetzt gehe, müsse sie gleich einen anderen Kunden bedienen, und dazu habe sie keine Lust. Ich lud sie zu einem Wodka ein, und sie lehnte ab, sie trinke nie Alkohol. Aber ob sie den Fernseher einschalten dürfe. Natürlich, erwiderte ich, machen Sie nur. Sie fand einen Kanal, auf dem ein chinesischer Film lief, eine Geschichte aus dem Mittelalter, lauter Schlachtenszenen, wie bei Kurosawa.

Gegen ein Uhr nachts trank ich immer noch Wodka, und sie saß immer noch auf dem Bett und schaute sich den chinesischen Film an. Uns war der Gesprächsstoff ausgegangen. Sie hatte mir ihr kleines Notizbuch gezeigt, in dem Worte und Redewendungen in vierzehn Sprachen vermerkt waren. Mit dem albanischen »Du bist ein hübsches Mädchen« wurden es fünfzehn. Überdies hatte ich erfahren, daß ich an diesem Tag ihr vierter Kunde war, bei einem durchschnittlichen Arbeitsaufkommen von sechs Kunden am Tag. Dreißig Prozent der Einkünfte durfte sie behalten. Die Trauerposaune fing wieder an zu spielen, als uns kein Thema mehr einfiel. Sie schaute sich den chinesischen Film an, und ich trank in kleinen Schlucken meinen Wodka. Schließlich stand ich vom Tisch auf, setzte mich neben sie aufs Bett und preßte beide Handflächen gegen meine Schläfen. Das Fräulein machte sich Sorgen. Es erkundigte sich nach meinem Befinden. Dann fing es in aufrichtiger Hilfsbereitschaft an, meinen Kopf an den Stellen zu massieren, an die ich meine Hände gepreßt hatte, also an den Schläfen. Es ist in mir drin, sagte ich.

Offenbar hatte sie ein ausgeprägtes Pflichtbewußtsein und verabscheute es, Geld anzunehmen, ohne dafür Leistung erbracht zu haben. Jedenfalls bot sie mir noch einmal an, mir für die fünfzig Dollar, von denen ihr dreißig Prozent zustanden, dienstbar zu sein. Ich schenkte ihr ein viertes Drittel. Dies steigerte offenbar noch ihre Entschlossenheit, sich ihren Lohn zu verdienen, denn sie ließ von meinem Kopf ab und versuchte erneut, mir das Hemd aufzuknöpfen. Diesmal ließ ich sie gewähren. Sie faßte Mut, stand auf, warf die Pelerine über die Stuhllehne, zog erneut Büstenhalter und Schlüpfer aus, warf sie nicht, sondern legte sie achtsam auf den Stuhl, entnahm ihrer Handtasche ein Präservativ und streckte sich auf dem Rücken aus. Der Rest war wie bei Raissa. Wie diese zog sie mir am Ende das Kondom herunter und trug es zwischen ausgestreckten Fingerspitzen ins Bad. Ich blieb auf dem Bett liegen und fühlte mich genauso scheußlich, als wenn ich masturbiert hätte. Selbstmordgedanken gingen mir im Kopf herum. Gelassen kam sie aus dem Bad zurück, zog sich an, kämmte sich die Haare, machte sich zurecht. Dann nahm sie neben mir auf der Bettkante Platz. Ich lag mit geschlossenen Augen da. Schließlich klopfte es. Das bedeutete, wie ich träge realisierte, daß es zwei Uhr nachts geschlagen hatte und ihr Zuhälter mit der Gewichtheberfigur und dem Bürstenschnitt gekommen war, um sie abzuholen.

Als sie das Zimmer verließ, schloß ich die Tür hinter ihr ab. Konfuses Zeug ging mir im Kopf herum. War auch Raissa eine Prostituierte? Ich entschied mich für das Gegenteil. Raissa hatte sich von mir auf den Mund küssen lassen. Katja nicht. Katja hatte mir alles erlaubt, nur nicht, sie auf den Mund zu küssen.

Ich fiel wieder aufs Bett. Mir war, als sei ich auf einem Schiff, bei ziemlich hohem Seegang. Das Bettende schwankte auf und ab, ich spürte ein Würgen in der Kehle, sprang auf, rannte ins Bad und kotzte mir die Därme aus dem Leib. Als nichts mehr kam, taumelte ich ins Zimmer zurück. Dort mußte ich feststellen, daß ich nicht mehr allein war. Der Raum war voller Leute. Es handelte sich um etwa fünfzehn Männer, alle in schwarzen Zweireihern, feierlich an der Wand aufgereiht. Unter ihnen befand sich auch Doktor N. T. Nein, wir wußten beide genau, daß er nicht Doktor N. T. war. Die anderen, Figuren aus meinen Filmen in voller Maske, hatten sich offenbar eingefunden, um an meiner Beisetzung teilzunehmen, was mir komisch erschien, man konnte mich doch nicht hier unter die Erde bringen. Ich versuchte, sie in ein Gespräch zu verwickeln, herauszufinden, weshalb sie nach St. Petersburg gekommen waren, wohin mich ein Spezialauftrag geführt hatte, keineswegs aber die Absicht, an meiner eigenen Beerdigung teilzunehmen. Ihr Anführer fiel mir ins Wort. Das Geschwätz könne ich mir sparen. Sie seien meine Opfer und nur aus einem einzigen Grund hier, nämlich um Gericht über mich zu halten, dabei sei ihnen der Ort völlig egal und ebenso, ob ich in humanitärer Mission hergekommen sei oder zum Herumhuren. Wir sehen ja, sagte er, was das für ein Spezialauftrag ist. Du wirst dich bis zu dem Tag, an dem du endlich krepierst, nicht mehr ändern, du bist und bleibst eine Hundehaut...

Er haßte mich. Ich konnte mich nicht erinnern, je einer Person begegnet zu sein, die mich so haßte. An seiner Stimme, einer leichten Veränderung im Ausdruck, glaubte ich ihn zu erkennen. Nimm die Maske ab, sagte ich, du bist der Krankenpfleger, Vehap oder Vehip, oder wie du sonst heißt. Du brauchst dich nicht zu verstellen. Wenn du immer noch wütend auf mich bist, weil Faika sich nicht mit dir, sondern mit mir eingelassen hat, weil auch später in dem erbärmlichen Film »Der Nebel« ich bei Delina gelandet bin und nicht du, so muß ich sagen, ich kann nichts dafür, aber ich entschuldige mich trotzdem bei dir. Ich entschuldige mich bei euch allen. Ein wenig Toleranz wäre allerdings angebracht, schließlich hatte ich keine andere Wahl, das müßtet ihr eigentlich einsehen. Ich bin nicht geschaffen dafür, Dantes »Göttliche Komödie« zu übersetzen. Außerdem hat auch Dostojewskij seine Helden im Stich gelassen, so etwas passiert nun einmal.

Er brach in lautes Gelächter aus. Hört ihn euch an, Leute, sagte er, offenbar hat er immer noch nicht genug von den Märchen. Dieser Wurm wagt es, sich mit Dostojewskij zu vergleichen. Die anderen stimmten in sein Gelächter ein, es war ein einziges Gewiehere und Gekichere, und schließlich nahm er seine Maske ab. Ich bin weder Vehip noch Vehap, sagte er höhnisch, finde selbst heraus, wer ich bin.

Ich hatte ein sehr vertrautes Gesicht vor mir. Großer Gott! murmelte ich. Dieses eingefallene Gesicht mit dem unrasierten Kinn machte mich ganz krank. Das war ich, damals, als ich nach Grüne Augen geschmachtet hatte. Das sublime Kunstwesen, in dessen Haut ich gekrochen war, um mich vor ihr aufzuspielen, erfolglos, denn die erstrebte Größe und Bedeutung hatte ich dadurch nicht gewonnen. Und wenn man bedenkt, daß sich all diese kleinen Mädchen eigentlich in mich verliebten und nicht in dein wahres Ich, fuhr er in dem gleichen verächtlichen Ton fort, was du in deiner schamlosen Anmaßung ausgenützt hast, du, die elende Hundehaut, die nie etwas zustande gebracht hat außer diesem elenden Haufen von Krüppeln hier, die sich von mir Rettung erhoffen, obwohl ich ihnen nicht helfen kann. Aber selbst wenn ich imstande wäre, ihnen eine neue Gestalt zu geben, was würde es ändern? Du jedenfalls steckst den Kopf in den Sand und meinst, du würdest dadurch unsichtbar, aber das stimmt nicht, vor allem vor denen hier kannst du dich nicht verstecken, sie sind die ewigen Zeugen deiner Nichtswürdigkeit.

Die Männer des Haufens nickten beifällig. Nieder mit der Hundehaut, riefen sie zornig und drängten auf mich zu. Ich floh. Draußen auf dem Flur ließen mich die Beine im Stich. Panik befiel mich. Da hörte ich ein Klingeln. Je näher die Kerle mir kamen, desto durchdringender wurde es. Entsetzt schlug ich die Augen auf: es war das Telefon. Eine Weile lang lag ich schwer atmend da. Dann stand ich auf, um nicht wieder einzuschlafen. Ich hatte keine Zeit mehr, mich zu duschen und zu rasieren. Mein Koffer war auch noch nicht gepackt. Ich warf meine ganzen Sachen einfach hinein, einschließlich der Flasche »Smirnoff«, in der noch ein Rest übrig war. Die Rückreise verschlief ich weitgehend. Ich schlief im Taxi vom Hotel zum Flughafen. Ich schlief im Flugzeug von St. Petersburg nach Zürich. Ich schlief auf einem Sitz im Flughafen von Zürich, während ich auf den Weiterflug wartete, und ich schlief während des ganzen Fluges nach Tirana. Kaum war ich zu Hause, verfiel ich in einen totenähnlichen Schlaf.

17

Zwölf Stunden später erwachte ich. Es war schwül, und ein schrecklicher Hunger quälte mich. Im Bad bespritzte ich mir das Gesicht mit Wasser, ohne einen Blick in den Spiegel zu wagen. Hätte ich in den Spiegel geschaut, wären einige ernste Fragen zu beantworten gewesen. Ich hatte keine Lust auf ernste Fragen. Ich zog es vor, alles, was hinter mir lag, für einen Traum zu halten, und was mein Magenknurren anbetraf, so empfahl es sich, den Lebensmittelladen aufzusuchen, etwas Eßbares einzukaufen, nach Hause zurückzukehren und meinen Hunger zu stillen, um mich danach wieder dem Schlaf widmen und mir dergestalt Kopfzerbrechen ersparen zu können. Ich verließ die Wohnung und ging möglichst leise die Treppe hinunter, wobei ich inständig hoffte, niemandem über den Weg zu laufen. Womöglich war einem meiner Nachbarn meine Abwesenheit aufgefallen, und er wollte in seiner Neugier wissen, wo ich mich aufgehalten hatte, und das wäre ganz sicher zuviel für meine Nerven gewesen.

Niemandem war meine Abwesenheit aufgefallen. Das begriff ich, als ich unten an der Treppe einem Bewohner des Erdgeschosses begegnete. Es war ein geschwätziger Typ, festes Mitglied im Verein der müßigen Männer des Viertels bei der Trinkhalle »Zum leeren Sockel«, vor allem aber jemand, dem nie etwas entging. Unter seinem Arm klemmte ein Tavla-Brett, woraus ich schloß, daß er auf dem Weg in den Schatten der Eukalyptusbäume war. Er grüßte mich ganz normal. Ohne Fragen. Dann entfernte er sich mit seinem Tavla-Brett unter dem Arm.

Im Lebensmittelgeschäft machte ich die gleiche Erfahrung, niemand hatte gemerkt, daß ich weg gewesen war. Immerhin erfuhr ich eine Neuigkeit: Hades war verstorben. Der Unterhaltung im Laden vermochte ich zu entnehmen, daß seine Bestattung am Tag meiner unbemerkten Heimkehr stattgefunden hatte, ein gewaltiges Begängnis mit Blaskapelle und Trauermarsch, Autokorso und zahllosen Blumengebinden. Ich vermied jede Einmischung in die Unterhaltung der Kunden, erledigte in aller Eile meine Einkäufe und ging wieder, ohne ein Wort von dem zu glauben, was geredet worden war. Bestimmt handelte es sich um eine Verwechslung. Kaum hatte ich den Laden verlassen, war ich mir nicht mehr sicher, ob ich den Namen Hades überhaupt gehört hatte. Wahrscheinlich war alles nur eine Verwechslung gewesen, mindestens aber blieb völlig unklar, um welchen Hades es ging: die mythologische Gottheit der Unterwelt oder jenen gewöhnlichen Sterblichen, der die Hoffnung nicht aufgegeben hatte, den verwaisten Sockel wieder besteigen zu können. Jedenfalls mußte ich mir meinen klaren Blick bewahren und durfte nicht auf jede Legende hereinfallen. Selbst wenn irgendein Hades das Zeitliche gesegnet hatte, es würde ihn ein anderer ersetzen. Verwaiste Sockel wecken bei Mächtigen rasende Gelüste.

Eine Woche lang hielt ich daran fest, daß alles ein Traum gewesen war. Die ganze Zeit verließ ich die Wohnung nicht. Zwei oder drei Mal klingelte das Telefon, aber ich nahm nicht ab. Ich wollte mit niemandem sprechen, schon gar nicht mit den Kindern und am allerwenigsten mit Irma. Wahrscheinlich hätte sie sich nach Loris Hochzeit erkundigt, und ich wäre um eine Antwort verlegen gewesen. Nach einer Woche unternahm ich einen Versuch: Ich öffnete den Koffer, den ich auf der Reise dabeigehabt hatte. Er befand sich noch dort, wo ich ihn bei meiner Ankunft abgelegt hatte, nämlich auf der Kommode im

Schlafzimmer. Ich nahm meinen zerdrückten Anzug heraus. Dann die Pullover. Zwischen ihnen entdeckte ich die Wodkaflasche.

Es reichte gerade für ein Glas, vor dem ich lange saß. Dann begann ich hastig zu trinken. Es ging darum, ein Beweismittel zu vernichten. Ich hatte Lori im Stich gelassen. Mir eine Woche lang auf verbrecherische Weise einzureden versucht, alles sei nur ein Traum gewesen, anstatt auf den Skanderbeg-Platz zu gehen und es laut hinauszuschreien, damit die ganze Welt davon erfuhr: Lori ist verschwunden!

Was ich unterlassen hatte, war durch andere besorgt worden. Das erfuhr ich tags darauf aus der Zeitung. Oder genauer gesagt, aus einem Zeitungsblatt. In dem Laden, in dem ich mir meine Lebensmittel besorgte, lag es schmutzig und zertreten auf dem Boden. Die Photographie einer Frau erregte meine Neugier. Sie sah Lori verblüffend ähnlich. Ich beugte mich hinunter, hob das Blatt auf, und mein Atem stockte: die Frau auf dem Photo war tatsächlich Lori. Ich verließ den Laden. In der prallen Sonne lehnte ich an der Mauer des Wohnblocks gegenüber und fing mit zitternden Fingern an, das zerknitterte Blatt zu glätten und vom ärgsten Schmutz zu befreien. Eine Weile lang wollte ich nicht wahrhaben, daß es sich um Lori handelte, obwohl ihr voller Name unter dem Photo stand. Die dicke Überschrift lautete: »Interpol Rußland legt zwei Albanern Handschellen an«. Im Untertitel hieß es: »Spur zu einem internationalen Drogennetz in St. Petersburg«.

»Aus gewöhnlich gut informierten Kreisen in St. Petersburg«, schrieb die Zeitung, »war zu erfahren, daß am vergangenen Samstag der Geschäftsmann Sergej Duka, der neben der albanischen auch die russische Staatsbürgerschaft besitzt, sowie seine albanische Verlobte Lori Morava Interpol Rußland in die Fänge gegangen sind. Die Nachricht stammt aus Kreisen, die der Familie von Herrn Sergej Duka nahestehen, welcher verdächtigt wird, Mitglied eines internationalen Drogenhändlerrings zu sein, der Verbindungen zur russischen, kolumbianischen und albanischen Mafia unterhält. Aus der gleichen Quelle war zu erfahren, daß sich Herr Duka und seine Verlobte in St. Petersburg befanden, um dort nach orthodoxem Ritus die Ehe zu schließen. Trotz dringender Nachfragen von Herrn Dukas Angehörigen schwieg sich die Polizei über nähere Einzelheiten aus. Es ist nicht bekannt, ob das Paar bei seiner Festnahme Drogen bei sich hatte und um welche Menge es sich handeln könnte. Ebenso bleibt unklar, in welcher Weise Fräulein Morava in den Fall impliziert ist. Die Öffentlichkeit unserer Hauptstadt kennt sie seit Jahren als Geschäftsführerin der Stiftung ›Riviera‹. Ein mysteriöses Detail macht die Angelegenheit noch unübersichtlicher. Die erwähnte Quelle, die ihre Anonymität wahren möchte, teilt mit, daß gleichzeitig mit dem Paar auch noch eine dritte Person festgenommen wurde, über deren Identität allerdings keinerlei Informationen vorliegen. In Ermangelung belastender Momente wurde die betreffende Person wieder freigelassen, jedoch aufgefordert, das russische Staatsgebiet umgehend zu verlassen. Unsere Zeitung wird in den kommenden Tagen weiter über die Entwicklungen in dieser Mafiaaffäre berichten.«

Ich las den Artikel zweimal. Die Ecke des Blattes mit dem Datum war abgerissen. Die andere Ecke mit dem Namen des Blattes nicht. Ich hatte eine Seite der Tageszeitung »Die Epoche« in der Hand. Beim zweiten Lesen kam mir die Idee, mich an die Redaktion zu wenden, um den Verfasser des Artikels zu ermitteln. Vielleicht konnte er mir sagen, ob mein Name bekanntgegeben worden war. Vor allem aber wollte ich etwas über den Verbleib von Lori herausfinden.

Diese Idee, merkte ich, war nicht besonders gut. So begab

ich mich zum nächsten Zeitungskiosk und fragte den Verkäufer, ob er mir alle Nummern der Zeitung »Die Epoche« aus der vergangenen Woche besorgen könne. Er erwiderte, dies sei unmöglich, unverkaufte Exemplare würden sogleich zurückgegeben. Ich ließ nicht locker und versprach, im Erfolgsfall den doppelten Preis zu bezahlen. Er lachte. Tags darauf hatte ich die Zeitungen, und der Verkäufer war auch noch großzügig genug, nur den normalen Preis zu verlangen. Ich blätterte alle Nummern durch, aber es wurde nicht mehr über die Angelegenheit berichtet.

Von da an fand ich mich jeden Morgen an dem Kiosk ein, um die jeweils aktuelle Ausgabe des Blattes zu erstehen. Ungeduldig überflog ich die Zeitung, mußte aber jedesmal feststellen, daß die Redaktion ihr Versprechen, regelmäßig über den neuesten Stand der Affäre in St. Petersburg zu berichten, nicht sehr ernst nahm. Es gab keine weiteren Informationen. Offenbar interessierte die Sache niemanden mehr.

So dachte ich und verzichtete fortan morgens darauf, die Zeitung »Die Epoche« zu kaufen, egal, welche Epoche gemeint war. Meine Epoche jedenfalls war zu Ende.

Als das Telefon im Wohnzimmer immer seltener klingelte, verlor sich meine Angst, den Hörer abzunehmen. Offenbar wußte niemand von meinem russischen Abenteuer. Eines Abends riefen mich die Kinder an. Sie hatten sich abgesprochen, denn ihre Anrufe erfolgten kurz hintereinander. Erst Tomi, dann Irma. Von Rußland war keine Rede. Das hieß, daß sie nichts von der Geschichte wußten. Lori hatte vor unserer Abreise offensichtlich keinen Kontakt zu Irma mehr gehabt.

Wie immer drangen sie in mich, endlich nach New York überzusiedeln. Ich leistete keinen offenen Widerstand mehr, sondern unternahm ein taktisches Ausweichmanöver. Die Idee, mich um meine albanisch-amerikanischen Enkel in New

York kümmern zu dürfen, sei gewiß verlockend, erklärte ich. Allerdings benötigte ich noch einige Zeit, um gewisse Dinge in Albanien zu einem ordentlichen Abschluß zu bringen. Obwohl ich bereits mit allem abgeschlossen hatte. Selbst mit meiner Angewohnheit, im Traum mit Lori zu schlafen.

Seit der letzten Nacht in St. Petersburg träumte ich nicht mehr. Alle meine Rätsel waren gelöst, Hades dem Vernehmen nach gestorben. Und Lori? Nichts als eine verlorene Illusion. Das gaben mir auch meine Filmfiguren zu verstehen, als sie mich eines Abends in ihren feierlichen schwarzen Doppelreihern wieder einmal besuchten. Lori war für dich so etwas wie eine Zukunftshoffnung. Aber du hast überhaupt keine Zukunft mehr, sagten sie. Wir wissen genau, was du in Lori gesucht hast. Dieses unerreichbare Wesen, die Literatur als Frau. Dein ganzes Leben lang bist du hinter ihm hergerannt, ohne es zu kriegen. Wir, deine Geschöpfe, können das bezeugen.

Ich stand am Fenster und wußte nicht, was mir mehr auf den Atem drückte, die Abendschwüle oder die Versammlung meiner Figuren an einem ganz unerwarteten Ort, drüben am Sockel ohne Denkmal. Nur einer fehlte, ihr Anführer, und darüber wunderte ich mich nicht, wir waren quitt miteinander. Doch suchten meine Augen Hades, ich glaubte nicht an seinen angeblichen Tod, er war es bestimmt, der diesen Auflauf zu Füßen des Sockels inszeniert hatte. Aber selbst wenn, so hatte ich doch immer noch meine Erzeugnisse auf dem Hals, meine armen Filmfiguren. Ich versank in einem Abgrund von Selbstmitleid. Tot oder lebendig, Hades hatte mich besiegt. Ich war meinen Geschöpfen ausgeliefert, ihr Herr und Sklave zugleich. In einem fernen Winkel meines Gehirns begann die bekannte Posaune ihren Trauermarsch zu spielen. Gut, sagte ich mir, dann geselle ich mich eben zu ihnen. Selbst wenn sie sich zu meiner Trauerfeier versammelt haben.

Das Telefon klingelte, als ich gerade nach den Schachfiguren suchte. Ich nahm ab. Die Stimme am anderen Ende der Leitung gehörte Lori. Du lügst, krächzte ich. Ich kannte einmal ein Mädchen namens Lori, aber das ist verschwunden, wahrscheinlich lebt es gar nicht mehr. Bitte entschuldige, hörte ich sie am anderen Ende der Leitung sagen. Dann fing sie an zu schluchzen. Ich ließ sie weinen. Mit dem Telefonapparat in der Hand lief ich im Zimmer auf und ab. Dann ging ich ans Fenster, um mich mit meinen Figuren zu beraten. Wenigstens einmal sollten sie erleben, daß ich mich ihnen gegenüber korrekt verhielt. Aber sie waren verschwunden, von der Dunkelheit verschluckt. Wo bist du, fragte ich schließlich. Sie war in ihrer Wohnung, vor ein paar Stunden angekommen. Und seit ein paar Stunden hatte sie vor dem Telefon gesessen, ohne den Mut aufzubringen, meine Nummer zu wählen. Endlich hatte sie es doch getan. Du kannst ruhig mit mir schimpfen, ich bin nicht beleidigt, ich habe es verdient, sagte sie. Aber, bitte, triff dich morgen mit mir, wann und wo du willst, und hör dir an, was ich zu sagen habe. Es ist so wichtig für mich.

Ich fragte, wie es ihr ging. Es gehe ihr gut, antwortete sie. Ich erkundigte mich nach Sergej. Sergej habe man dortbehalten, aber sie könne mir jetzt nicht mehr sagen, sie sei schrecklich müde, alles werde sie mir morgen erklären, wenn ich bloß bereit sei, mich mit ihr zu treffen.

Ich benahm mich wie ein Trottel. Wieso ließ ich mich bitten, obwohl ich doch zu Fuß bis ans Ende der Welt gelaufen wäre, um sie zu sehen? Lori verlangte gar nicht, daß wir uns am Ende der Welt trafen. Wir verabredeten uns für zehn Uhr vormittags in der Manhattan-Bar gegenüber von Hades' Villa.

Tirana, 17. Januar 2003

Ismail Kadare
Das verflixte Jahr

Roman
Aus dem Albanischen übersetzt und
mit einem Glossar versehen von
Joachim Röhm
2005. 180 Seiten. Leinen mit Lesebändchen
ISBN 3-250-60044-X
MERIDIANE 44

Eine außerordentlich sympathische Truppe von Freischärlern tritt an, für ihre Heimat Albanien ins Feld zu ziehen. Ismail Kadare erzählt von den Wirren der albanischen Geschichte, packt sie in ein einziges verflixtes Jahr und verbindet Realismus und tragische Komik zu einer Liebeserklärung an seine Heimat.

»Dem Albaner Ismail Kadare gelingen in seiner chronikartigen Erzählung hinreißende Skizzen von wunderlichen Menschen.«
Die Weltwoche

»Ismail Kadare hat Romane verfaßt, die mit zum Besten gehören, was ein Leserleben zu bieten hat.« *Neue Zürcher Zeitung*

Ammann Verlag

László Krasznahorkai
Im Norden ein Berg, im Süden ein See, im Westen Wege, im Osten ein Fluß

Roman
Aus dem Ungarischen von Christina Viragh
2005. 160 Seiten. Leinen mit Lesebändchen
ISBN 3-250-60080-6
MERIDIANE 80

Im Süden Kyotos, an der einschienigen Schnellbahn der Kaihan-Linie gelegen, nur eine Haltestelle außerhalb der Stadt, ist ein Kloster. Eine labyrinthische Steigung führt den Enkel des Prinzen von Genji an diesen abgelegenen Ort. Irgendwo hier müßte er sein, der schönste Garten der Welt.

»Die Universalität von Krasznahorkais Blick zerstreut alle Zweifel an der zeitgenössischen Literatur.«   *W. G. Sebald*

»Der Leser wird mit einem Leseerlebnis belohnt, das nachdrücklich daran erinnert, was Literatur, was Weltliteratur sein kann.«
Der Tagesspiegel

Ammann Verlag

Jiří Kratochvil
Der traurige Gott

Roman
Aus dem Tschechischen von
Kathrin Liedtke und Milka Vagadayová
2005. 192 Seiten. Leinen mit Lesebändchen
ISBN 3-250-60084-9
MERIDIANE 84

Aleš' haßt seine Familie. Er haßt die Jordans, diese Anhäufung geborener Opportunisten, haßt ihre Schamlosigkeit, aus jedem System einen Nutzen zu ziehen. Ob im Kommunismus oder in der freien Marktwirtschaft, die Jordans sind auf Tuchfühlung zu den gesellschaftlichen Schaltstellen, der Familienclan und seine mafiösen Strukturen florieren.

Was klingt wie ein klassischer Mafiaroman mit surrealen Momenten, entpuppt sich bald als hintersinnige Parabel über den Totalitarismus im 20. Jahrhundert. Mit spielerischer Leichtigkeit und mährischem Witz erzählt Jiří Kratochvil eine schier unglaubliche Geschichte.

»Kratochvils Prosa ist das größte Ereignis der tschechischen Literatur nach 1989.« *Milan Kundera*

»Tschechisches Erzählen auf höchstem literarischen Niveau.«
Deutschlandradio

Ammann Verlag